浙江省中青年编剧扶持计划剧本选集（一）

浙江文艺创研中心 ◎ 编

ZHEJIANGSHENG ZHONGQINGNIAN BIANJU
FUCHI JIHUA JUBEN XUANJI

中国戏剧出版社
CHINA THEATRE PRESS

图书在版编目（CIP）数据

浙江省中青年编剧扶持计划剧本选集．一／浙江文艺创研中心编．— 北京：中国戏剧出版社，2023.6
ISBN 978-7-104-05352-1

Ⅰ．①浙… Ⅱ．①浙… Ⅲ．①剧本－作品综合集－中国－当代 Ⅳ．① I230

中国国家版本馆 CIP 数据核字（2023）第 091900 号

浙江省中青年编剧扶持计划剧本选集（一）

责任编辑： 张　霞
责任印制： 冯志强

出版发行：中国戏剧出版社
出版人：樊国宾
社　　址：北京市西城区天宁寺前街 2 号国家音乐产业基地 L 座
邮　　编：100055
网　　址：www.theatrebook.cn
电　　话：010-63385980（总编室）　010-63381560（发行部）
传　　真：010-63381560

读者服务：010-63381560
邮购地址：北京市西城区天宁寺前街 2 号国家音乐产业基地 L 座

印　　刷：北京长阳汇文印刷厂
开　　本：787mm×1092mm　1/16
印　　张：30
字　　数：506 千字
版　　次：2023 年 6 月　北京第 1 版第 1 次印刷
书　　号：ISBN 978-7-104-05352-1
定　　价：180.00 元

版权专有，违者必究；如有质量问题，请与出版社联系调换。

编辑委员会

顾　　　问：刁玉泉　汪　洋
主　　　编：蒋　巍
副 主 编：刘宝淇　张永明
编 委 会：沈　蓁　方　晓
专家委员会：朱为总　沈　勇　周冠均
　　　　　　胡天马　胡月伟　倪东海

浙江省文化厅文件

浙文艺〔2013〕107号

浙江省文化厅关于组织实施浙江省中青年编剧扶持计划的通知

各市文化广电新闻出版局，省属院团、浙江艺术职业学院、浙江省文化艺术研究院：

为进一步加强我省中青年编剧队伍建设，推动全省舞台艺术一度创作，按照《浙江省舞台艺术精品创作生产规划》（浙文艺〔2012〕89号）的部署要求，省文化厅研究制订了《浙江省中青年编剧扶持计划实施方案》。现印发给你们，请认真遵照执行。

浙江省文化厅
2014年1月6日

浙江省中青年编剧扶持计划实施方案

为进一步加强我省中青年编剧队伍建设，推动我省舞台艺术一度创作，按照《浙江省舞台艺术精品创作生产规划》的部署要求，于2014年起，组织实施浙江省中青年编剧扶持计划。方案如下：

一、指导思想

全面贯彻落实党的十八大、十八届三中全会和省委十三届四次会议精神，高举中国特色社会主义伟大旗帜，以邓小平理论、"三个代表"重要思想和科学发展观为指导，坚定不移走中国特色社会主义文化发展道路，以科学发展为主题，以建设社会主义核心价值体系为根本任务，以满足人民群众精神文化需求为出发点和落脚点，以改革创新为动力，以繁荣创作为核心，坚持"二为"方向、"双百"方针和"三贴近"原则，着力抓好舞台艺术精品创作题材规划、剧本创作和中青年编剧队伍建设，努力推出更多更好思想性、艺术性、观赏性俱佳的舞台艺术作品。

二、主要目标

1. 加强舞台艺术精品题材规划，每年开掘10-20个重点创作题材，争取用5年时间，储备和规划50-100个左右体现浙江特色、富于时代气息的优秀创作题材。

2. 加强舞台艺术精品剧本创作，每年资助5-10个优秀原创剧本，争取用 5 年时间，扶持和资助 30-50 个左右艺术质量较好、群众喜闻乐见的优秀舞台剧本。

3.加强全省中青年编剧队伍建设，每年开展 1 次年度优秀剧本评选活动，组织 4 次左右中青年编剧学习观摩、座谈交流活动，争取用 5 年时间，培养和推出 20 名左右基础较好、潜心创作的中青年编剧人才。

三、主要措施

1.推进全省中青年编剧人才库建设。由各设区市文化广电新闻出版局负责汇总本地区中青年编剧人才，向省文化厅推荐入库，加强对全省中青年编剧人才的统筹和管理。浙江省文化艺术研究院负责全省中青年编剧人才库的档案汇总整理工作。每年各设区市文化广电新闻出版局可持续增报本地区新增中青年编剧入库推荐人选。

2.加强全省舞台艺术精品创作题材规划。每年下半年召开一次全省性舞台艺术精品创作题材规划会议，了解和汇总全省舞台艺术精品创作题材规划情况，统筹和规划下一年度省级舞台艺术精品创作重点题材，建立重点题材跟踪检查制度，加强对重点创作题材的全程指导。

3.实施优秀剧本创作资助计划。以本省中青年编剧（50 周岁以下）为主，优先选择列入省级舞台艺术精品创作重点题材范围的剧本，采取双方自愿原则，由浙江省文化艺术研究院统筹，与剧本创作者签订资助协议，分阶段、分步骤对剧本创作者的创作活动进行资助，鼓励和调动中青年编剧的创作热情。

4.开展年度优秀剧本评选活动。以本省中青年编剧（50 周岁以下）创作的原创剧本为主，采取创作者自主申报或单位推荐的方式，由浙江省文化艺术研究院组织专家委员会,对申报的年度原创剧本进行评比,评比若干年度优秀剧本,以浙江省文化厅名义授予荣誉证书,编辑刊印《年度优秀剧本选》,向全省专业剧团和民间职业剧团推荐选用。

5.开展中青年编剧学习观摩座谈交流活动。由浙江省文化艺术研究院牵头,组织本省中青年编剧每季度不定期集中学习观摩省内外优秀舞台艺术作品,召开座谈会进行研讨交流,不断提高中青年编剧业务水平,形成崇德尚艺、潜心学习的良好风气。组织开办编剧短期培训班,为中青年编剧提供学习培训的机会。

四、工作机制

1.编剧人才推荐机制。每年3月底前,由各设区市文化广电新闻出版局向省文化厅上报本地区中青年编剧人才入库推荐人选名单,省属艺术单位及其他创作个人向浙江省文化厅申报。由浙江省文化艺术研究院负责统一建档,建立全省中青年编剧人才库。2014年首批入库推荐人选名单于2月底前上报省文化厅。

2.题材申报论证机制。每年9月底前,由各设区市文化广电新闻出版局统一向省文化厅申报本地区下一年度舞台艺术精品创作题材规划,省属艺术单位及其他创作个人向浙江省文化厅申报。省文化厅艺术委员会对申报的创作题材进行评审,选拔出若干年度重点创作题材,充实到浙江省舞台艺术精品创作题材库。

3.剧本资助评审机制。每年11月底前,由各设区市文化广电新闻出版局向省文化厅申报下一年度本地中青年编剧原创剧本资助申请(列入省级舞台艺术精品创作重点题材范围的剧本优先考虑),省属艺术单位及其他创作个人向浙江省文化厅申报。省文化厅委托浙江省文化艺术研究院组织专家评审委员会，对申报的剧本资助项目进行评审，确定资助剧本名单。省文化厅委托浙江省文化艺术研究院，与剧本创作者签订资助协议，按照剧本大纲、初稿、修改稿三个阶段，分期给予总额3万元左右的创作资助。2014年首批申报项目于4月底前上报省文化厅。

4.剧本评选出版机制。每年3月底前，省文化厅委托浙江省文化艺术研究院组织专家委员会，对上一年度接受省文化厅剧本创作资助的项目进行验收评比，从中评选出若干部年度优秀原创剧本，授予创作者荣誉证书，编辑出版《年度优秀剧本选》，向全省专业剧团和民间职业剧团推荐选用。2014年首次评选于8月底前实施。

5.观摩学习交流机制。省文化厅委托浙江省文化艺术研究院每季度组织若干次中青年编剧集体观摩学习活动，在杭州等地观摩优秀舞台艺术作品，集中座谈交流，整理学习体会，营造潜心创作、交流切磋的良好氛围。

浙江省文化厅办公室	2014年1月6日印发

序

东方风来满眼春!

欣闻《浙江省中青年编剧扶持计划剧本选集》第一部即将付梓，我代表省文化和旅游厅，向为本书编印付出努力的同志们以及编剧作者们致以衷心的谢忱!

这套书集浙江省中青年编剧扶持计划近年工作成果之大成，也是我省中青年编剧人才队伍建设成效的集中展现。

为推动和提升浙江舞台艺术精品创作，浙江文艺创研中心于2018年应运而生。浙江文艺创研中心是在省委宣传部、省文化和旅游厅的指导下，依托浙江音乐学院组建的科研机构，旨在打造，吸引和聚集国内外高层次艺术人才，培育省内中青年创作团队，整合全省舞台艺术精品生产资源，构建精品创作的创意中心、孵化中心和研究中心。

自此，浙江省中青年编剧扶持计划成为浙江文艺创研中心历年重点工作之一。扶持计划面向全省团体组织和社会个人，建立中青年编剧人才库，实施优秀剧本创作指导资助，旨在鼓励扶持原创剧作，发掘培养编剧人才，并为编剧和院团搭建交流平台。2018年以来，共收到剧本40余部，已资助剧本18部，扶持编剧17名。

浙江文艺创研中心成立至今，整体工作成效十分显著，为浙江舞台艺术发展作出了积极贡献。签约知名专家11位，包括著名导演田沁鑫、杨小青、张曼君、宫晓东，著名编剧孟冰，著名词作家朱海，著名作曲家于阳、王丹红等。建立起中青年编剧和导演两支队伍，其中编剧团队汇聚人才30名，导演团队汇聚人才 26 名。中心成立以来，签约的专家积极参与浙江文艺创作，反响热烈、屡获大奖。比如，于阳作曲的交响乐《良渚》，演出盛况空前；杨小青担任艺术总监的民族歌舞剧《畲山黎明》，在第六届全国少数民族文艺会演上同时斩获两项大奖。

习近平总书记在党的二十大报告中提出，坚持以人民为中心的创作导向，推出更多增强人民精神力量的优秀作品，培育造就大批德艺双馨的文学艺术家和规模宏大的文化文艺人才队伍。我省是戏剧大省，素有"一部戏剧史，半部在浙江"的美誉，拥有中国戏剧"梅花奖"获得者 45 人次，位居全国前列；近年来佳作频出，越剧《枫叶如花》、歌剧《红船》等一批文艺精品先后荣获"文华大奖"、中宣部"五个一工程"奖等国家级奖项。

新时代彰显新气象，新征程呼唤新作为。希望浙江文艺创研中心及全省文艺工作者，为赓续浙江文脉、书写人民心声、奏响时代强音而笃行不怠、久久为功，用跟上时代的精品力作开拓文艺新境界，为以"两个先行"打造"重要窗口"、奋力谱写中国式现代化浙江新篇章，提供价值引领和精神支撑。

目录 Contents

2018年浙江省中青年编剧扶持计划入选作品

家　风……………………………………………………陈　晶 / 003
常山阿姨…………………………………………………徐新德 / 023
日出西山…………………………………………………马凌姗 / 058
瓷马泪……………………………………………………刘小波 / 084
红楼·摇滚青春…………………………………………冯　文 / 119

2019年浙江省中青年编剧扶持计划入选作品

国之歌……………………………………………………陶国芬 / 155
渔老大……………………………………………………刘　帅 / 180
绸　娘……………………………………………………钱斌斌 / 216

2020年浙江省中青年编剧扶持计划入选作品

畲山黎明……………………………………………陈　晶　马　丁 / 245

生命之光……………………………………………………夏　强 / 282

红拂记………………………………………………………汪　俐 / 311

浙江省中青年编剧团队成员优秀作品

沙图什………………………………………………夏　雯　黄　颖 / 339

商·道………………………………………………………冯　文 / 371

长　椅………………………………………………………刘宝淇 / 404

下姜女子……………………………………………蒋　巍　陶国芬 / 420

杨开慧·嘱托………………………………………………吴彦青 / 450

父与子………………………………………………………柯逸峰 / 457

2018年浙江省中青年编剧扶持计划入选作品

家 风[1]

陈 晶

序

【老年药葫芦身着一身唐装躺坐在摇椅上,摇着蒲扇闭目养神。此时,三个10多岁孩童丝儿、藤儿、念儿,念着中药儿歌嬉闹着跑上场。

三孩童　　小生姜,辣又香,
　　　　　每逢感冒喝姜汤。
　　　　　汤里加了红甜糖,
　　　　　又辣又甜香。
　　　　　小汗一出便安康。
藤　儿　　(对另外两个小伙伴说道)你们用我的方子,感冒便可好了。
药葫芦　　(睁眼,笑呵呵地招呼藤儿到自己身边)你小小年纪便会问诊治病了?
藤　儿　　不敢不敢,只是娘亲从小教我识药。
药葫芦　　哦,你娘亲还教过你什么?
藤　儿　　娘亲说,我们家是开药堂的,开药堂的人要有"宁药架满尘、愿天下无病"的胸怀。

---

[1] 越剧。

药葫芦	（惊喜）你娘亲是？

【另两个孩童笑闹着扯了戴在藤儿头上的帽子，露出一条辫子。

两孩童	老爷爷你还不知道吧，她是女孩家家。【跑下场。
藤　儿	（又气又恼）你们给我等着！【欲追。
药葫芦	小丫头，你叫什么名字？
藤　儿	我叫藤儿，我先追他们去了。【跑下场。
药葫芦	藤儿。像——了！茯苓，是你吗？是你回家了吗？

一、偶遇

（伴唱）钟家药堂美名扬，
　　　　医术高超三代传。
　　　　七里老街飘药香，
　　　　如今钟家无儿郎。
　　　　倒有个针线绣花都不会，
　　　　不爱红装爱药房的女儿郎——啊。

【钟家花园，女扮男装的钟家小姐茯苓正要往药房跑去，结果慌忙间和迎面而来的爹爹、娘亲撞个满怀。茯苓怕被爹娘识破，正欲逃走，却被爹爹叫了回来。

钟夫人	哪里来的下人，这样不懂规矩。
钟茯苓	（低头欲躲）我——我——我错了。【边说边往下场门挪步。
钟老爷	回来。你是哪个药房的伙计？
钟茯苓	我——我——我……
钟夫人	怎么回事呀？老爷问你话呢！话都不会说了？
钟老爷	（走近看，惊呼）哎呀！夫人呀，难道是我老眼昏花了，你看清楚，她是谁？
钟茯苓	（一把扯下小厮的帽子，露出一头秀发）娘亲，是我咯！
钟夫人	哎呀，我的小祖宗耶，你怎么会这副打扮？
钟茯苓	我听说药房新到了一批名贵的药材，想去看看。

钟夫人	这男儿家的事与你何干？
钟老爷	（冲夫人）看看你教出来的好女儿哟！
	（唱）悠悠古镇、古镇悠悠，钟家药堂世代传，
	实指望抱得男丁继香火，
	却未想黄毛丫头要上墙。
	可怜我一身医术无人继，
	可叹我能医不自医，
	无儿送终心感伤。
钟夫人	（开始耍泼）哎呀，我的命好苦哟！当初要是没有我娘家帮衬，你这药堂开得起来吗？【坐在地上装哭。
钟老爷	你看看你像什么样子！（又指向女儿）你也一样，这副样子，成何体统，成何体统？
钟茯苓	爹爹、娘亲
	（唱）求爹爹消消气，
	劝娘亲莫哭泣。
	女儿自幼身子娇，
	爹爹是尝遍百草来喂养，
	生泡药澡来成长，
	身上亦有草药香，
	我是宁别绮罗识草药、断病症，
	求爹爹、望娘亲成全女儿一片学医丹心。
	（钟老爷、钟夫人欲躲开女儿的请求。）
钟茯苓	望爹爹、娘亲成全。（娘亲向女儿做了个手势，示意求爹爹去，茯苓向爹爹行大礼）爹爹，你就把你的一身好医术传给我吧。你不是还夸过我记起药名来记性特别灵嘛。
钟老爷	荒唐！（唱）钟家医术美名扬，
	从来不传女儿只传男。
	念你身子娇，教你识草药，
	将来嫁作他人妇，免得有辱钟家门，
	想学医术除非七里锦溪水倒流！
钟茯苓	（唱）女儿也有男儿志，

家风

>   学医术来日方长，
>
>   他日里我巾帼不把那须眉让！

钟老爷　　倒还有些志气，可惜、可叹你终究不是男儿啊！【老爷下场。

钟茯苓　　娘亲，你再替我求求爹爹。

钟夫人　　傻女儿，若是你爹爹一点都不同意，他怎会放你去药房呢？

钟茯苓　　（闪过一丝欣喜）哦，原来如此，可是爹爹的医术他一点都不肯教我。

钟夫人　　慢慢来，不要急。【下场。

【钟茯苓若有所思，目送娘亲离开。忽然听见花园假山石后面有人过来，赶紧把小厮的帽子戴上，整理服饰。不一会儿，假山石那头走来两个身背药筐的年轻药工，其中有一个是药葫芦。

药葫芦　　（唱）深山采药数月载，

　　　　　　同门师弟相携来。

　　　　　　采得珍贵人参王，

　　　　　　还有杜仲称心怀。

药　工　　葫芦，（从药筐里拿出一个小"人参"）你看看，我也采到人参了。（药葫芦笑笑没理他）你采那么多杜仲做什么？一点也不名贵，你看我的"灵芝"。【药葫芦依旧笑笑没有理他，小药工觉得好没趣。

药　工　　（忽然听到假山石后有动静，看见钟茯苓觉得眼生）哎，你是哪里来的小厮，不在前厅搬药，跑到后院来做什么？

钟茯苓　　谁说我是小厮，我是钟家大——（恍然捂嘴）

药　工　　你是钟家大——大什么呀？

钟茯苓　　我是钟家大药工。

药　工　　哈哈，大药工。（冲葫芦）师哥，他说他是大药工，哈哈……

钟茯苓　　你笑什么？有什么好笑的。连老药工都赞我是学医的好苗子。

药葫芦　　（上前打量了一下茯苓）师父当真夸过你？我怎么从来没有见过你。

钟茯苓　　你没见过我，我还没见过你呢！

药　工　　他就是老药工的大徒弟药葫芦，你连他都不认识，还说自己是钟家大药工，真是天大的笑话。

钟茯苓	（打量了一下药葫芦）你真是老药工的大徒弟？
药葫芦	自然是真的。
钟茯苓	（撒娇）哼！我现在就去问问老药工，为什么收你做徒弟，不收我做徒弟。
药葫芦	（拉了钟茯苓一下）慢，你要认师父，先过我这关。
钟茯苓	什么意思？难不成你要考我？
药葫芦	你来看！（拿出药工师弟采来的"人参""灵芝"）我这个师弟采了几味药，你来看看。
药　工	对对对，快看看，这是我采的人参。
钟茯苓	（捧腹大笑）哈哈……你说你这是人参？哈哈……
药　工	这还有假？
钟茯苓	（拿过来看了看）人参顶有芦头盘节状，味苦带甘，气清香；假货商陆味淡麻，断面还有同心环。你自己看看，你这个哪一点像人参哦！
药　工	（气不过）葫芦，你说，我这个是不是小人参？（眼看药葫芦也摇摇头、摆摆手，小药工又拿出自己的"灵芝"）你看看这个是我采的"灵芝"对也不对？
钟茯苓	（近处一瞧）哈哈，灵芝？你这分明就是何首乌。
药　工	什么？两个都不对？【一气之下高举起来准备扔了。
药葫芦	（一把抢过小药工的"人参"和"灵芝"，先举起"人参"，开唱）圆棒银锤入地欢，玉花碧叶发冲冠。生津平喘医头痛，汤菜生熟美味餐。（递给茯苓，再举起"灵芝"，开唱）僻壤荒滩野岭中，硕果仅存遇隆冬。素颜陋貌藏羞涩，神骨仙风露峥嵘。师弟呀，两味药品属佳品，莫气馁、需谨慎，师父说，治病救人药为本，望师弟牢记过错勤学问。
药　工	葫芦师哥，我知错了。
药葫芦	不要紧！（把肩上的药筐给了药工）你快去告诉师父我回来了。
药　工	好嘞！我不但要告诉师父，还要把老爷、夫人请来，告诉他们你采到了人参王。【跑下场。
	【钟茯苓快速从筐里拿了一束杜仲垂到身后。
药葫芦	你这是做什么？

钟茯苓	我早就看出来了，你对那些什么人参、灵芝都不放在心上，倒是十分在意那些杜仲。（手持杜仲，举到高处）钟家药堂的家规：药为本，人从之。自家人用药也十分讲究，这杜仲虽没有人参名贵，却也是上乘药物，我看你健壮有力，也不像风湿肿痛之人，你若想要，就要跟我说实话。
药葫芦	你这小厮好生厉害！我的心事都被你看出来了。我也不瞒你，师父他年事已高，腿脚也是老风湿了——
钟茯苓	啊？那老药工为什么不跟我——我们钟老爷说呢？
药葫芦	老爷医者仁心收留我师徒二人已是大恩大德，师父他怎敢讨要如此名贵的药材。
钟茯苓	哦！你来拿去。（葫芦上去拿药，钟茯苓并未放手，两人停顿）我看你倒是个有情有义的人。
药葫芦	我看你倒是个有心有意的人儿呀！

二、离分

（伴唱）同学同进在钟家堂，识草药、断病症、学配药方，互相切磋互成长，却不知兄弟情深深几许，有朝一日变儿女情呀！

【钟家药房，几个小药工各自在忙碌着，另一头，葫芦和小药工围在老药工跟前，认真地在纸上记着什么、找着什么。几个小药工不时对葫芦询问什么。

药葫芦	（对着一个小药工）让你找黄芪，你给我黄参；让你找川麻，你给我川贝，我看你不用待在药房了。
小药工	我错了，我错了，师兄，你原谅我一回吧。
药葫芦	你已经不是初犯了，一错再错，若再容忍，只怕以后要酿成大错。你走吧。
小药工	我自幼家贫，还有重病的高堂老母要供养，多亏钟老爷医者仁心，为我母亲治病，我是甘愿在钟家为奴抵债，你若叫我回去，不是要叫我们母子二人同归于尽吗？

药葫芦	这——师父你看这——
老药工	我看还是再饶他一次吧。

【钟茯苓上场。众小工围上。】

老药工	茯苓你来了。
钟茯苓	给师父请安。
老药工	哎哟,我哪里受得起。你来了就好,你不来,我看葫芦这小子心浮气躁,脾气都大了不少。
钟茯苓	(与葫芦相视而笑)是真的吗?
药葫芦	(略有些不好意思)什么真的假的。我是你师哥,我看你三天都未来学药断症,生怕你荒废了。
钟茯苓	我是偷偷……偷偷看书用功呢!
小药工	(上去拉着茯苓的衣角)茯苓师弟,你替我向师哥求求情吧,师哥要赶我出钟家。
钟茯苓	你的事情,我刚刚在门口都听到了,师父他老人家心慈想再饶你一次——
小药工	(作揖)多谢茯苓师弟。
钟茯苓	慢,我话未说完。葫芦师哥说得对,药为本,人从之、认之、敬之,若让你一错再错,将来必然铸成大错,让你在药房,却是不能够了,你去前厅找大管家,就说是茯苓说的,让他给你在前厅安排个差事。
小药工	真的吗?
钟茯苓	你去就是了,去吧。

【小药工下场。药葫芦凑到茯苓跟前。】

药葫芦	你究竟是何许人也?
钟茯苓	我——我是(正欲告诉实情,老药工忽然咳嗽了一声,茯苓停顿数秒)我是何人,将来你自会知晓,你只须记得今日是我帮了你,你欠我一个人情,他日里我若有所求,你定要答应我。
药葫芦	好,一言为定!
钟茯苓	驷马难追,三掌为盟!

【葫芦和茯苓连击三掌,口头立定盟约。】

老药工	好好好,今日皆大欢喜,来来来,教你们一味新药。

【众人先是围绕在老药工身边，然后听老药工吩咐去拿这个药，去拿那个药，当茯苓去拿一大包比较重的药材时，有些吃力，葫芦上前帮忙，茯苓感激地帮葫芦擦擦额头上的汗，然而这一切却被钟夫人看在了眼里，顿感震惊。

钟夫人　（来回踱步，唱）想不到娇儿学药三月载，
　　　　　　　　　一脸柔情情满怀，
　　　　　　　　　她那里情切切，红鸾星动，
　　　　　　　　　我这里头昏昏，心急火燎，
　　　　　　　　　我嫁到钟家二十载，
　　　　　　　　　贴金贴银扶植老爷把药堂开，
　　　　　　　　　如今是忍苦挨冻熬过来，
　　　　　　　　　非是我有意把药工来看低，
　　　　　　　　　实不愿娇儿再受那人间苦哇。
　　　　　　　　　看来老爷说得对，女儿家就该养在深闺，养在深闺！

【走到明处，一众人等向她行礼。

钟茯苓　（看见母亲，欣喜而略有些尴尬）啊，娘——（立马改口）给夫人行礼。

钟夫人　（瞪了女儿一眼）罢了，前厅药堂送来一批新到的药材，你们快去药堂帮忙吧。

众　人　喏。

【葫芦扶着老药工欲走。

钟夫人　老药工，你且等一等，我有话要说。
老药工　是，夫人。【葫芦将老药工扶到夫人近处，自己转身正欲离开。
钟夫人　老药工，你这个徒弟也留一留吧。
药葫芦　（回转过来）单凭夫人吩咐。

【钟夫人示意二人坐下，葫芦扶老药工坐下，自己站在一旁。

老药工　不知夫人特意将我师徒二人留下，所为何事？
钟夫人　那我便说了。
老药工　但讲无妨。
钟夫人　老药工，你来我钟家药堂有许多年头了吧？
老药工　算起来也有七八年了，多亏钟老爷医者仁心，不想让我这个孤老

	头子在深山无依无靠，将我安排在钟家药堂做个药工。
钟夫人	老爷也是敬重老药工你识药广、做事稳重。
老药工	夫人谬赞了。
钟夫人	你这徒弟都长这么高了，我记得那时候他家乡瘟疫，逃难来此，好像也才七八岁的光景。
老药工	是哇，多亏夫人照应，同意他留在我的身边。葫芦，还不谢过夫人。
药葫芦	（行大礼）多谢夫人，老爷、夫人的大恩大德，我葫芦必将报答。
钟夫人	哦？你要如何报答？
药葫芦	啊，这个……
老药工	夫人可是有事吩咐？
钟夫人	你们觉得茯苓这个孩子怎样？
老药工	聪明伶俐，是块学医的材料。
钟夫人	（走近葫芦跟前）那么你呢？
药葫芦	我——我当然是觉得茯苓兄弟一百个好！
钟夫人	哦，你当她是兄弟？
药葫芦	那是当然，我们两个说好了，好兄弟，一辈子也不分开。
钟夫人	啊呀！一辈子也不分开？
药葫芦	夫人，我看茯苓兄弟聪明得很，你不用担心于他。
钟夫人	我看她是聪明过头了。
药葫芦	啊？
老药工	哦，我明白了。（跪下）老夫向夫人保证，夫人担心的事情，一定不会发生。
药葫芦	（上前要搀扶起老药工）师父，你跪下作甚？究竟是什么事情，你们都把我说糊涂了。
钟夫人	葫芦，我来问你，若茯苓是女儿身，你作何想？
药葫芦	（先是惊喜）若茯苓是女儿身，我想娶她——哎，那是不可能的事情。
钟夫人	我的担心果然没有错。葫芦，你给我听好了。
	（唱）我赞你为人勤勉做事牢靠，
	尊师重道友爱同门，

	可怜我钟家无儿郎,
	若有定叫他与你同拜师父同学医书。
药葫芦	夫人过奖了。
钟夫人	（接着唱）可惜我膝下唯有一个美娇娘,
	不爱绮罗爱医术,
	不用胭脂用药香,
	但求你不许再对娇儿儿女情长。
药葫芦	莫非是——敢问夫人，小姐名讳？
钟夫人	（唱）千年茯菟带龙鳞,
	太华峰头得最珍。
	金鼎晓煎云漾粉,
	玉瓯寒贮露含津。
	钟家不羡人参灵芝贵,
	一枝茯苓格外珍,
	葫芦自有藤儿配，茯苓却要依傍松枝生。
	（白）我的话你可听清楚了？
药葫芦	（震惊，唱）哎呀呀！茯苓原是钟家掌上珠，欣喜过望愁上愁啊。喜的是每见她时总是笑盈盈，所有烦忧全抛掉，未见她时心烦躁，我以为自己断袖实懊恼，却原来、却原来一株仙草降凡尘。（面对师父，白）师父，难道你早已知晓，为什么不告诉我，为什么不告诉我呀！
老药工	院内人多口杂，小姐她女扮男装就是不想徒生事端，你们只要紧守兄弟情谊，也就没有事了。
药葫芦	兄弟情谊？
钟夫人	对，只要紧守兄弟情谊，此事便大事化小、小事化了。你若有非分之想，我即刻就将茯苓禁足，再也不许她进药房一步！
药葫芦	不、不可！茯苓她爱医善药，怎可让她禁足？
钟夫人	那就要看你了。
药葫芦	（冷冷地）夫人，你放心吧，我知道自己该守的本分，过几天我又要去山里采药了，我今天提早动身便是。你让茯苓小姐安心问药学医吧。

钟夫人	好！老药工，我们一道去前厅看看新到的药材。
老药工	夫人，请！
钟夫人	老药工，请。【夫人和老药工一同下场。

三、忧思

【书房灯亮，书房的墙上挂着一副对联："宁药架满尘，愿天下无病"。钟老爷独自在研读医书，时不时地按照医书磨制药物。茯苓双手捧茶进入书房。

茯　苓	爹爹，夜深了，您喝口茶，歇一歇吧。这是葫芦阿哥特地从山上采的野菊花泡的茶，疏肝润肺，清热解毒呢！
钟老爷	听说你整日与药工们一起识药断症，老药工还夸奖你大有长进。
茯　苓	这还不是爹爹的功劳，您肯让我识药，我怎能辜负您的一片苦心。
钟老爷	爹爹也不是顽固不化之人，听说北京、上海、杭州都有了女子学堂，女孩儿家也能够上学去了。
茯　苓	真的吗？女孩儿家也可以上学堂，和男子一起为国家尽一份力。
钟老爷	你呀，口气不要太大。可惜我们镇上还没有这样的学堂，我想你在家里学点中医，有一技傍身总是好事。
茯　苓	茯苓多谢爹爹。爹爹，这几日您都晚睡，又在研制新药啦？【小心翼翼地走进，想看医书。
钟老爷	（忽然咳嗽，茯苓立刻奉茶，待喝口茶后）
	（唱）听闻北方瘟疫传，
	唯恐瘟疫速南移。
	连夜赶制解毒药，
	但保一方平安地。
茯　苓	可是爹爹，我听说邻村的药商都在涨价呢！
钟老爷	可恨可恼也！开药堂的连老祖宗的话也不听了。（看了看墙上的对联）茯苓，吩咐下去，从明日起，钟家药堂清热解毒的药半价

	出售，若是穷苦人家赠予便是。
茯苓	好，我这就告诉葫芦阿哥去。
钟老爷	你老是提起这个葫芦，我也曾听老药工夸奖过他，看来这个葫芦不简单呀！
茯苓	爹爹，葫芦他勤奋好学、善良助人，您一定会喜欢他的。
钟老爷	哦，难道你对他已有——
茯苓	（娇羞状）哎呀，爹爹——【拿茶托遮脸跑下场。

【灯光变换，药葫芦在庭院地上收拾包裹，背在身上准备出门。茯苓跑了过来。

钟茯苓	哎，你背包袱做什么？你这是要到哪里去？
药葫芦	（低头躲闪）我要去山里采药。
钟茯苓	怎么刚回来又要去山里采药啦？（两人相互追赶一番）你躲我做什么？
	怎么才一会儿工夫，你就变了。
药葫芦	我——（欲言又止，唱）茯苓啊，你聪明伶俐心儿巧，师父夸你是学医的好材料。
钟茯苓	你夸我也没有用，哼~！
药葫芦	（接着唱）葫芦自有藤儿配，茯苓总要依傍松枝生……
钟茯苓	什么意思？
药葫芦	（接着唱）感激你三番两次为我解围，感激你对待师父比我尽心，更感激你我同学同进药房数月载，人家是高山流水遇知音，你我是草本相识情相宜。
钟茯苓	（一脸娇羞）你说这些做什么？
药葫芦	（接着唱）我是兄来你是弟，此去深山采药去。望师弟照顾好师父待我回，待我回。
钟茯苓	师父的事情交给我，你放心。可是我还有话儿要同你讲，你真的就要这么快走吗？
药葫芦	有什么话等我回来再讲吧。【快步下场。
钟茯苓	哎——路上小心。（自言自语）怎么走得这样快？

四、除瘟

【钟家药堂门口。钟茯苓女装扮相上场。

钟茯苓　（唱）葫芦一走数月载，
　　　　　　　茯苓已知事原委，
　　　　　　　说什么葫芦自有藤儿配，
　　　　　　　茯苓要依傍松枝生，
　　　　　　　娘亲爱我护我我明白，
　　　　　　　却不该让葫芦独自一人进深山，进深山。
　　　　（白）算算日子，他这几天就要回来了，（拉着裙摆转了一圈）说起来，他还没有看过我这个打扮呢，不知道葫芦阿哥会不会喜欢。【娇羞状。

【钟老爷、钟夫人、老药工领着一众小药工走出门来，茯苓一脸疑惑地看向众人。

钟茯苓　（行礼）爹爹，母亲，你们怎么都出门来了？
钟夫人　邻村遭了瘟疫，你爹爹一定要前去赈灾施药，我不同意，你快去劝劝。
钟茯苓　（走到父亲跟前）邻村遭了瘟疫，爹爹，这是真的吗？
钟老爷　这还有假，这瘟疫若不及时施药救治，只怕蔓延开来，要殃及周边几个村落。
钟夫人　这方圆百里，又不是只有你一家药堂，一个大夫！再说了要赈灾施药，你叫人把药运过去就是了，老爷你就不要去了吧？
钟老爷　哎——妇人之见！
钟夫人　我还不是担心你嘛！如今你年事已高，要是有个三长两短，你叫我和茯苓的日子可怎么过哦！【抽泣。
钟老爷　哎，我不会有事的。
钟茯苓　爹爹，您带我一同去吧。
钟夫人　胡闹！我宁可打断你的腿也决不让你去。
钟茯苓　你不是担心爹爹吗？有我在爹爹身边照料一二，娘亲您便可

	心安。
钟夫人	心安？你们父女二人这是要气死我吗？
钟老爷	茯苓，你若要去，为父也甚是不放心！
钟茯苓	爹爹，我还是可以女扮男装呀！
钟老爷	荒唐！（冲着众药工）你们虽然是钟家的药工，但老爷我膝下无子，若你们愿意随我一同前去，我定然将我钟家一门医术传授于你们，你们可愿意？

【众药工开始窃窃私语，互相推搡却始终没有人站出来。老药工这个时候站了出来。

老药工	（唱）老爷啊，你真是医者仁心菩萨心肠，
	救瘟疫我老夫还有灵丹一方，
	我愿与你一同往，
	拼上老命心也甘。
钟茯苓	师父，您的腿脚老风湿又犯了，怎么能让您去呢？爹爹，您还是带我去吧。
钟老爷	（指着一众小药工开始发脾气）你们，你们呀！
	（唱）钟家药堂美名扬，
	求医问药属平常。
	药皇仙师医风传，
	钟家家规堂前挂。
	（白）你们给我念出来。
	（不等他们念，接着唱）宁药架满尘，愿天下无病！（白）念！
众药工	宁药架满尘，愿天下无病！
药葫芦	（高声）好哇！
钟茯苓	葫芦哥回来啦！

【钟茯苓激动上前，葫芦看见茯苓的女装扮相有些惊喜，却见钟夫人打量着他，便往后退了几步。

药葫芦	（唱）进深山，采药归，
	见茯苓女儿装分外娇媚。
	闻听邻村瘟疫急忙赶回，
	钟家医风高声诵，

　　　　　　学医立志血气涌。
　　　　　　愿随老爷救瘟疫，
　　　　　　还人间太平安康、太平安康。
　　　　（白）你看我这次还采了许多清热解毒的金银花。

钟老爷　　正好派上用场，葫芦，我们走。
钟茯苓　　爹爹，还有我呢！葫芦哥，带上我嘛！
钟老爷　　你还是在家好好陪陪娘亲。
　　　　【说话的工夫，茯苓表现出不高兴的样子，下场换装。
钟夫人　　老爷，您一定要多加小心。葫芦一定要照顾好老爷。（众人挥手送别老爷和葫芦，却发现茯苓不见了。）咦？茯苓怎么也不见了。快去找找小姐。【众人下场。
　　　　【众人送别之时，钟老爷和葫芦绕场在舞台后方，而非下场。前区人景撤离后，两人继续表演，表现出正在赶路的样子。
钟茯苓　　（女扮男装背着包袱赶上）等一等，你们等一等我。
药葫芦　　老爷，是茯苓小姐。
钟老爷　　胡闹，这个丫头真是被我宠坏了。
钟茯苓　　（终于赶到两人身旁，喘气声）哎哟，总算赶得及。
钟老爷　　你你你，成何体统？
钟茯苓　　什么体统不体统的，在邻村又没有人认识我。爹爹不说，葫芦阿哥不说，谁见了我都是个十足的小郎中。葫芦哥，你说是吗？
药葫芦　　老爷，茯苓来都来了，您就叫她随我们一同前去吧，您放心，我一定会照顾好她的。
　　　　【钟老爷勉强点点头，走在前面，往身后看看，只见葫芦接过茯苓身上的包袱，所有重物，他一人承担，茯苓推脱，却还是被葫芦拿过包袱，茯苓替葫芦擦汗。钟老爷笑了一下，却又觉得不妥，假装咳嗽了一声。两人跟上钟老爷的脚步，继续表演赶路的样子。

五、惊变

【随灯光变换，瘟疫流民舞蹈演员出场，在灯光掩映中，钟老爷光鲜的外袍、高帽脱去。

（伴唱）走了一程又一程，
　　　　赈灾施药瘟疫城。
　　　　葫芦茯苓相伴行，
　　　　只待东风化雨病魔消。
　　　　可怜钟家老爷染风寒，
　　　　有病强撑急煞人、急煞人！

【钟老爷连续发出咳嗽声，忽然晕了过去。

钟茯苓　　爹爹，您怎么啦？您的风寒怎么越来越严重啦？
药葫芦　　老爷，我这就替您煎药去。
钟老爷　　（虚弱颤抖声）不用去了，不用去了。我是医病的，我自己的身子我自己最清楚，葫芦你来，我有话对你说。（葫芦上前一步）近一些，（葫芦又上前一步）再近一些。
药葫芦　　（扑通跪倒在钟老爷面前，伸手紧紧握住老爷的手）老爷，您有什么话就尽管说吧。
钟老爷　　葫芦啊！（唱）此番随我来瘟疫城，
　　　　　　　　你是尽心尽力尽责任。
　　　　　　　　你自小在我钟家长，
　　　　　　　　钟家医风你可知晓？
药葫芦　　（唱）感激老爷收留我，
　　　　　　自小就在钟家长，
　　　　　　钟家医风怎敢忘？
　　　　　　时时刻刻记心上。
　　　　　　宁药架满尘，愿天下无病！
　　　　　　宁药架满尘，愿天下无病！
钟老爷　　好好好哇！（唱）你人品医德我安心，

> 尊师重道友爱同门，
> 今日里我要收你为义子，
> 指望你继承医术撑起钟家一门！

药葫芦　　不不不，我岂敢！
钟茯苓　　不——不——不，我岂敢？
【葫芦和茯苓一快一慢形成对比。
钟老爷　　难道你们连我的遗愿都不愿听从了吗？
钟茯苓　　不不不，爹爹，您一定会好起来，一定会好起来的。
钟老爷　　葫芦，你不愿认我这个爹爹吗？
药葫芦　　不，不是的。只是我——**【看向茯苓，茯苓也看向他。**
钟老爷　　茯苓，从今以后，葫芦就是你的大哥，还不向大哥行礼！
钟茯苓　　（欲行礼，却又随后退几步，开唱）

> 霎时间，
> 天旋地转头昏眼花，
> 爹爹病重认义子托钟家满门，
> 我心乱如麻无主张（白）这这这……

药葫芦　　（唱）眼看茯苓双泪洒，
　　　　　　　我是心中有泪不敢流。
　　　　　　　可叹我儿女情要变兄妹情，
　　　　　　　曾记得夫人出言将我告。

　　　　　（白）罢罢罢！
　　　　　（唱）葫芦自有藤儿配，茯苓要依傍松枝生。

钟老爷　　（从怀中拿出一本书）你们看，这是什么？
钟茯苓　　钟家药方。爹爹，难道一定要传男不传女吗？
钟老爷　　钟家自古尊家训，传男不传女，若是以后葫芦当家，他若愿意把钟家医术发扬光大，我也无话可说。葫芦，你若不接这医书，我便撕了它。**【抬手欲撕，被葫芦和茯苓拦住。**
药葫芦　　（拖长音）义父——**【接下医书。**
钟老爷　　（颤抖）千万记得：宁药架满尘，愿天下无病！**【一命呜呼。**
钟茯苓　　（哭腔）爹爹——
药葫芦　　义父——

【一群难民上场,其中一位老难民格外慌乱。二人收拾难过的心情看向难民。

老难民　　老天爷,可怜可怜我的小孙孙,救救我的小孙孙哦!
钟芪苓　　老人家,您的孙儿怎么了?
老难民　　我的小孙孙感染了瘟疫,当地的医生怕传染,要把我们没有感染瘟疫的隔离开。
药葫芦　　那医生没有做错啊!
老难民　　不是的、不是的,我听说严重的,他们没有药救不了就不救了。哎哟,小孙孙是我的心头肉啊!老天爷这可叫我怎么活哦!
钟芪苓　　葫芦阿哥,我们进村子去看一看吧。
药葫芦　　万万不可!
钟芪苓　　怎么?你怕了。
药葫芦　　义父他——他尸骨未寒,我怎能让你再受到伤害。更何况连义父的医术都未能药到病除,以我俩的能力回天无力呀。
钟芪苓　　他们不是缺医少药吗?我只管把药送去就回来。
老难民　　姑娘、姑娘你愿意去给我的孙孙送药,哎呀,我谢谢你呀!
【跪拜礼。
钟芪苓　　(连忙搀扶起老难民)老人家,你不要这样。这是我们医者的本分呀!葫芦阿哥,你去不去,你不去,我自己去。
老难民　　姑娘你真是菩萨下凡,不过我们村子有个瞎规矩,就是从来不让女人家看病。你说这可怎么办呀。
药葫芦　　芪苓,不要任性。义父传下来的药方,我们还没有学会,将来怎么传下去呢!
钟芪苓　　老人家你不用担心。(说着话把头发盘了起来,戴上帽子又是假小伙的状态。)葫芦啊葫芦,我真没有想到你是这种人!你不去,我去!
【药葫芦上前拉住芪苓,不让她走,几经拉扯没拉住,芪苓背着药包前往村子深处。
药葫芦　　(蹲下)唉!【狠狠地把包裹砸在地上。

六、远嫁

（伴唱）喜服红、红烛笑，瘟疫过后春来到，钟家喜事在今朝。

【钟家药堂张灯结彩，药工、仆役开始打扫布置婚礼现场，音乐过渡。葫芦上场门上，茯苓下场门上。

钟茯苓　　（头戴凤冠，身披霞帔，唱）
　　　　　　　　喜服红、红烛笑，
　　　　　　　　我面带笑容心悲戚，
　　　　　　　　瘟疫过后春来到，
　　　　　　　　尊母命远嫁宝岛。

药葫芦　　　　　喜服红、红烛笑，
　　　　　　　　我面带笑容心悲戚，
　　　　　　　　瘟疫过后春来到，
　　　　　　　　茯苓她尊母命远嫁宝岛。

　　　　　（合唱）流泪眼对流泪眼，
　　　　　　　　依依惜别在今朝，
　　　　　　　　但愿人长久，千里共婵娟。

药葫芦　　是我对不起你。
钟茯苓　　现在说什么都迟了、迟了。
药葫芦　　茯苓，你何时回家来？
钟茯苓　　我——我只怕是回不来了。

【后台旁白：吉时已到，新娘子上轿了，吉时已到，新娘子上轿了……

尾声：回家

（伴唱）钟家药堂分号开，喜气盈盈迎客来。

【葫芦在门口迎客，忽然发现一个熟悉的身影。

小药工　　老爷，您看谁来了？【指向一边的茯苓。

葫　芦	（沉默半晌，与茯苓相互对视）回家了？
茯　苓	回家了。
葫　芦	我听说你在宝岛也开了一家药堂。
茯　苓	是呀，爹爹宏愿怎敢忘怀。

【两人欲言又止。

茯　苓	我听说你一直未娶？
葫　芦	哦，我一个人习惯了，我方才看见藤儿了，你教得很好，想必夫家待你不错。
茯　苓	我嫁过去三年，夫君便早亡了。是我重开药堂，才勉强把藤儿抚养成人。
葫　芦	你？回家就好，回家就好。
茯　苓	这里还是我的家吗？
葫　芦	这里永远都是你的家呀！

【两人双手紧紧握在一起。

【小药工，拿着一串火红的鞭炮上来。

【后台声：吉时已到，吉时已到！

（合唱）钟家药堂美名扬，
　　　　七里古街药飘香。
　　　　药皇仙师医风传，
　　　　钟家家规堂前挂。
　　　　宁药架满尘，愿天下无病！
　　　　宁药架满尘，愿天下无病！

（全剧终）

常山阿姨[①]

徐新德

第一场　归故里

【幕前曲：
　　　　山悠悠，水悠悠，
　　　　天上的明月，
　　　　照在心头。
　　　　思悠悠，念幽幽，
　　　　荡起了乡愁，
　　　　覆水难收。
　　　　归来时，青春后，
　　　　莫道岁月催人瘦。
【金源古氏宗祠（在舞台右侧），是县级保护文物，也是金源村委会办公的地方，边上有棵三百多年的大樟树，比古氏宗祠早上一百多年，与古氏宗祠相得益彰，都是金源村的精神象征。
【一村民喊着跑过舞台。

村民甲　　上午十点，古祠旁、樟树下，所有村民开会，上午十点，古祠旁、樟树下，所有村民开会啦。

[①] 戏曲现代戏。

【李大姐和几个村民高兴地上。

李大姐　　（唱）金源祠前升太阳，
　　　　　　　　大树底下好乘凉。
秀　秀　　（唱）天上掉下个村书记，
　　　　　　　　要到村里来帮忙。
二　愣　　（唱）帮不帮忙不曾想，
　　　　　　　　就怕光吃让人慌。
李大姐　　（唱）你嘴巴活像个机关枪，
　　　　　　　　子弹喜欢胡乱放。
二　愣　　（唱）电视、网络常曝光，
　　　　　　　　占坑不拉的一箩筐。
秀　秀　　（唱）如今国家手腕强，
　　　　　　　　社会风清气也爽。
　　　　　　　　旧官新任要表扬，
　　　　　　　　不能随便把人讲！
李大姐　　（朝二愣，唱）对！
　　　　　　　　旧官新任要表扬，
　　　　　　　　还是秀秀有思想！
　　　　　　　　我看你是嘴痒痒，
　　　　　　　　小心里面长溃疡！
刘大包　　哎哟哟，支书还没来，就有人开始替他说话咧。
赵有虎　　刘大包，这你就不懂了，新支书是个退休的老局长，关键还是一个"单身汪"。（跟其他人使眼色）
二　愣　　（邪恶地）哦，我懂了……
　　　　　（唱）人老最怕那温度降，
　　　　　　　　半夜的寡妇心更凉。
　　　　　　　　正好来了单身汪，
　　　　　　　　可以一起暖床床！
李大姐　　我撕烂你的嘴！
【一片哄笑和打闹，突然传来吵闹声。
王国强　　站住，我自己都不来开会，你一个女人凑什么热闹？！

【秀秀和李大姐上前劝解。

秀　秀　　国强哥,今天可是全体村民会议,人人都能来开会!
王国强　　(反驳地)开什么会?!
　　　　　(唱)一年到头常开会,
　　　　　　　　结果无用还浪费。
秀　秀　　(唱)为了民主才开会,
　　　　　　　　怎会无用遭浪费?
王国强　　(唱)大会小会座谈会,
　　　　　　　　哪回没出大祸水?
秀　秀　　(唱)应该坦荡来面对,
　　　　　　　　心如止水怒气没。
王国强　　(唱)看似各个静如水,
　　　　　　　　其实算盘暗里推。
李大姐　　(故意地)哈哈哈……
王国强　　你笑什么?
李大姐　　我笑,乌鸦飞到了猪身上——
　　　　　(接唱)光看到猪的身上黑,
　　　　　　　　却看不见自己的后脊背!
王国强　　你骂谁是乌鸦?
李大姐　　反正不是骂你。
王国强　　哼,你走不走?
【兰芝继续闷声,王国强欲上前,被秀秀、李大姐拦住。
李大姐　　难道还想打人不成?
王国强　　我家的事轮不得你管!
李大姐　　孙猴子没了紧箍咒,无法无天了,你动她一下试试?
【一些村民在边上怂恿。
秀　秀　　(生气地)网上说的"吃瓜群众"就是你们,太过分了!
二　愣　　有你什么事,快回家看你的长腿欧巴脑残剧去!
秀　秀　　(生气地)你!
【突然传来喊救声:"救命啊,罗大妈的孙子掉进水里了。"
【一时间大家心慌意乱手足无措,只见一个身影飞速跳进水里,经过一番施救，终把落水孩子救上来。

罗大妈　　（痛哭流涕）你们快救救我的孙孙……

徐长河　　（安慰道）他呛了几口水，受了些惊吓，并无大碍。

兰　芝　　罗大妈，金源溪三米多深，很危险，一定要看好他。

罗大妈　　（声泪俱下）我年纪大了，腿脚不方便，他爸妈长期在外地打工，时常回不了家，实在是没办法……

徐长河　　还是先送他去卫生院检查一下。

【几个人抱着孩子下。

徐长河　　（一愣神，突然意识到）公文包……我的公文包……莫不是……（赶紧上前寻找）

【刘主任气喘吁吁地跑上来。

刘主任　　（打趣）你怎么蹿得比猴还快，连你的宝贝金源保姆项目书都不要了。

徐长河　　（松了一口气）我还以为它掉进水里了……

赵友虎　　刘主任，这是？

刘主任　　差点忘了介绍，这就是新来的徐长河徐书记，大家掌声欢迎！（掌声奚落）

徐长河　　（为之一尬）我原本就是土生土长的金源人，年轻的时候去了外地，现在老了，要安度晚年喽……

赵友虎　　你看哪一个国家领导人不比你年纪大，不照样天天为老百姓东奔西跑，日夜操劳嘛！

刘大包　　就是，既然回到了村里，就必须做点儿实事。

李大姐　　徐书记，你看隔壁蒲塘村、溪口村，美丽乡村休闲旅游搞得有模有样，再看看我们，百年如一日，真是孙女穿他奶奶的鞋——老样子！

村民乙　　要不然我们也学他们村？

众　人　　对，我们也学。

徐长河　　大家不要着急，请听我说。

（唱）看见大家想改变，

　　　我的心里比蜜甜。

　　　但做事需要想周全，

	别做那，过河的兵卒铆劲蹿。
	俗话说，
	敲锣卖糖，各做一行，
	萝卜青菜，都有喜欢。
	不能光看别人艳，
	不能老把别人羡。
	虽然他有屠龙刀，
	但我也有倚天剑。
	所以应，稳中求进细打算，
	找对路，才能拿出手里的撒手锏！
秀　秀	听这语气，你已经有撒手锏？
徐长河	没有金刚钻，哪敢揽这瓷器活，只是这……
秀　秀	只是什么？
徐长河	（接唱）只是这，眼下一事成关键。
赵友虎	什么事？
徐长河	（接唱）需把那，散沙揉成金刚钻。
	谋发展，还需众人划大船，
	懂团结，才能走出一片天！
王国强	（冷言道）又是纸上谈兵的花架子，走！
刘大包	看看他有什么杀手锏再走也不迟呀。
王国强	浪费时间，我餐厅里还有客人呢。（一些村民随着下）
刘主任	你看看，精神怠慢，组织涣散。你的宝贝计划要是想在村里扎下根，要先把村里这四分五裂的状况给解决掉，要不然，只会是守着公鸡下蛋——白费力气。
徐长河	这我当然知道，但是首先还得在座各位支持我的工作。
赵友虎	你们两个在讲什么话？
徐长河	我们在讲金源的发展规划——金源保姆！
众　人	（疑问地）金源保姆？！

【急幕落，第一场完。

第二场　设巧计

【幕后伴唱：
　　春风拂面吹人爽，
　　金源来了新将相。
　　转眼已过两月长，
　　村里渐渐焕容光。
【两个月后，大樟树底下，徐长河手拿一份文件上。

徐长河　　（唱）当支书，好比做那理事婆，
　　　　　　　村上事，大大小小都要忙！
　　　　　　　今天刘一办喜事，
　　　　　　　明天陈二出殡葬。
　　　　　　　张三贷款要办厂，
　　　　　　　李四上学来盖章。
　　　　　　　赵五钱六，又打嘴仗，
　　　　　　　搬弄生非，周吴郑王！
　　　　　　　还有那，
　　　　　　　五水共治保水源，
　　　　　　　四边三化跑现场。
　　　　　　　文化礼堂，深化改良。
　　　　　　　精准扶贫，对点走访。
　　　　　　　这一件件，那一桩桩，
　　　　　　　桩桩件件费心肠，
　　　　　　　件件桩桩不能忘。
　　　　　　　还有一事我难思量，
　　　　　　　金源保姆该怎讲？
　　　　　　　到乡里，原打算汇报此事求帮忙，
　　　　　　　谁料想，带回这烫手山芋在手上。
　　　　　　　哎，确实难思量，（一个机灵）不过话又说过来，

（接唱）越是事情难思量，
　　　　越显我这旧人新用非寻常。
【刘主任匆匆地上。

刘主任　　你可终于回来了，乡里对金源保姆的计划怎么说？
徐长河　　乡里没有对金源保姆项目做出明确答复，我看到马乡长在办公室里忙，不便继续打扰，我也就先回来了。
刘主任　　（气不打一处来）我就知道会这样！每次去乡政府，那个马乡长总是躲着我，生怕我们金源村给他惹麻烦，捅娄子！
徐长河　　马乡长也没说不同意金源保姆的项目，你就先不要抱怨了，先看看这个文件吧。
刘主任　　关于组织参加常山国际慢城首届农民运动会的通知？
徐长河　　我给乡长汇报金源保姆的事，他三番两次绕开这个话题闭口不谈，最后给了这份文件，让我们组织五十个人参加。
刘主任　　去年乡里给了我们十六个名额参加全县排舞大赛，结果一个人都没参加，最后乡里把参赛名额给了蒲塘村和溪口村，这次你倒好，又做了稻草人救火——引火上身的事！
徐长河　　连这些都做不好，乡里又怎会在金源保姆的事情上给我们帮助哩。
【刘主任走到一边不吭声。

徐长河　　你要知道，金源保姆不是你我两个人就能做成的事情，需要全村的村民一起出力。而这一次，正好借这个活动，让大家团结起来一起奋斗，也让乡里的领导看看金源村村干部真正的执行力和领导力。这样，金源保姆才能尽快地得到乡里的支持呀！
刘主任　　那该怎么做？
徐长河　　我想召集村里的全体党员干部，为此次比赛开一个动员大会，顺便为筹建金源保姆工作组奠定一个有力的基础！
刘主任　　你可得了吧，打死我都不信他们能全部来开会，尤其是那个王国强，一直对没选上村主任一事耿耿于怀，之后，他三番五次唆使一些村干部不让他们来开会，还处处跟村里作对！
徐长河　　我有一个万全之策！
刘主任　　什么万全之策？
【两人耳边密语。

刘主任	（惊讶）啊！让她去，这能行吗？
徐长河	攻破敌人的堡垒要从内部开始，王国强不是不来开会嘛，这次我们就偏要把会议开到他家去！
刘主任	她现在有了二胎，恐怕……
徐主任	（别有深意地）正是她怀了二胎，这事情才会更好办。
刘主任	（思忖片刻，方才恍然大悟）哦……我明白了，原来你想……哈哈……徐书记简直是诸葛在世，佩服佩服呀……
徐长河	哪里哪里，不敢当不敢当……

【两人互相作揖状。

【灯渐暗。

第三场　团圆饭

【地点，王国强家。

【王国强从外高兴地上，手里提着许多补品。

王国强　　（唱）兴高采烈回家门，
　　　　　　我脚步轻盈似踏云。
　　　　　　最近好事总临近，
　　　　　　和我就像一家亲。
　　　　　　饭店开业在乡镇，
　　　　　　收入可观抱金盆。
　　　　　　微商淘宝卖农产品，
　　　　　　日赚百金催人奋。
　　　　　　儿子常考双百分，
　　　　　　重点初中准上成。
　　　　　　还有那，老婆二胎有身孕，
　　　　　　举家欢欣振精神。
　　　　　　这生活，谁能有我王家润，
　　　　　　谁能胜我王家人。

这些日，虽见村庄显新韵，
　　　也听到，金源保姆势如风。
　　　我只管，安闲享乐卧高枕，
　　　忘却它，世俗杂事乱纷争。
　　　任凭那，外界动荡或安宁，
　　　我自岿然不动超脱凡尘做仙神！
（高兴地进家门）兰芝，我回来了，看看我给你带了什么。（没找到人，有些生气）这个不省心的女人又跑哪儿了，回来看我不……（欲扔手里的补品）嘿嘿，不能扔不能扔，抖音上不是经常说，女人是拿来呵护疼爱的，不是拿来欺负伤害的，更何况她有孕在身，所以，我更要做兰芝的暖心男。（边找边亲密地喊道）亲爱的兰兰，你在哪儿，兰兰……

【两位村民们上来听到叫声。

赵友虎	哎哟嘿，是谁叫得这么肉麻哪？
王国强	（随即转换为唱歌）"蓝蓝的天空，青青的水哟"，没叫谁，在唱歌呢。
干部甲	国强，今天必须把你家的好酒好肉拿出来。
王国强	（莫名其妙地）今天是什么情况？
赵友虎	多喝几杯你就知道怎么了。

【几位村民陆续上。

二　愣	真行哈国强哥，神不知鬼不觉地又播下了生命的种子。
刘大包	说明人家精力充沛，国强的日子过得可比我们强多了。
王国强	（继续问道）今天什么情况，你们怎么都到我家来？
二　愣	昨天傍晚兰芝通知我们今天到你家吃饭。
王国强	为什么？
干部乙	你不是说最近你家喜事连连，想请大伙儿吃个饭嘛。
王国强	（闷声道）兰芝？

【正在这时，徐长河一行人上。

王国强	你……你们来做什么？
徐长河	来这里商讨金源保姆的项目规划。
王国强	我不是村干部，与我何关？

刘主任		国强，村委会还没允许你辞去支部委员的身份。
王国强		哼，反正这个干部我是不会当了！
刘主任		不就是去年选举的时候有人诬陷你拉票贿票嘛，最后不是查明真相还你清白了吗？受点委屈就不行了，再说了，当干部哪有不受委屈的道理？
徐长河		（严肃地）刘主任，这就是你的不对了。
		（唱）当干部，不是为了受委屈，
		当干部，不是为了遭人气。
		干部也是血肉体，
		喜怒哀乐生情绪。
		干部也有自尊心，
		伤谁谁都不愿意。
		干部也要顾脸皮，
		丢脸准会发脾气。
		干部也需爱自己，
		这是做人的权利。
		只是一事需谨记，
		干部不能缺理智。
		理是干部的衡量尺，
		智能为百姓解问题。
		知理懂理身影直，
		有智用智谋大局。
		存理智，才能不会陷误区，
		守理智，才能不会撂挑子。
		有理智，才能想出权宜之计，
		多理智，干部才不轻言说放弃！
王国强		好吃的饭少不了盐，好听的话顶不了钱。你就是把天捅个大窟窿，这村干部我也不当，金源保姆我更不会参与。
徐长河		既然不当干部也要通过村委会的商讨决议，趁今天大家都在，正好可以开会商议，你看行不行？
王国强		（思忖片刻，无奈地）好……那就抓紧时间。

刘主任	下面请党支部书记徐长河同志主持议程，大家欢迎。（没有掌声）
徐长河	关于组织参加"常山国际慢城首届农民运动会"的事项！
王国强	（立即打断）不是讨论对我的任免吗？
刘主任	（反驳道）下一项才是！
徐长河	比赛项目有跳绳、赶小猪、踢毽子、男女挑担接力……
王国强	（打岔地）别费力气了，不会有人参加的……
二愣	（马上举手）我想参加……
刘主任	（激动地）好，二愣算一个！
二愣	（矫揉造作道）人家话还没说完呢，我想参加，但是这些项目我不会……
刘主任	（骂道）二愣！这是干部在开会，你瞎凑什么热闹？！
二愣	咦，谁说群众就不能列席会议了？！
徐长河	普通群众可以列席。
二愣	就是！
徐长河	不参加的干部可以发动村民们参加，（默不作声）既然都不愿意，那就进行第二个筹建金源保姆工作组的事项。
王国强	（立即喊道）欸、欸、欸，不是讨论对我的任免嘛？！
刘主任	（再次打断）下一项才是！
徐长河	（抢过话头）前些日子，我已把金源保姆的规划方案给你们送去了，想必大家都应该看了，这事关金源的发展，大家一定要重视。（场上依然鸦雀无声）怎么大家都不说话，到手的金娃娃难道没人要？！
刘大包	谁知道这是不是金娃娃，说不定是个炸药包哩，别把我算进去，我还要照顾生病的老妈呢。
赵友虎	我也不参加，我还要打理胡柚树呢。
干部甲	我最近胳膊疼，做不了。
干部乙	我也没时间……

【场上嘈杂起来，很多干部都想走。

徐长河	（失望地）既然大家什么都不想参加，那就散会吧……
刘主任	还不能散会，还有事情没给大家说呢。
王国强	当然不能散会，我的任免还没商议呢！

刘主任	（再次制止）你的事情先等等！（跑到徐身边）你怎么都忘了和蒲塘村、溪口村打赌的事，我们现在赌赢啦！
徐长河	（突然兴奋不已）哎呀呀，我差点忘了，我们赌赢啦！

【徐、刘高兴得手舞足蹈。

王国强	你们到底高兴什么？
二　愣	赌赢什么了？
徐长河	听我——道来，哈哈……

（唱）昨日里，我到乡上去开会，
　　　碰见了，邻村书记有两位。
　　　一个是，蒲塘村的曹国卫，
　　　一个是，溪口村的陈金水。
　　　他们俩，一上来就把我黑，
　　　说什么，金源就如库存堆。
　　　人口数量比他多，
　　　人口质量少合规。
　　　村里经济跟不上，
　　　年年倒数真可悲。
　　　然后拿，运动会的名额讲是非，
　　　冷讽热嘲，与我针锋相对！
　　　霎时间，我火冒三丈气崩溃，
　　　呼啦啦破口将他怼！
　　　金源的内务少插嘴，
　　　闲得没事多动腿。
　　　就算没人要参加，
　　　勿用你们来诋毁。
　　　他们一旁冷风吹，
　　　让我与他赌一回。

赵有虎	赌什么？
徐长河	（唱）他赌咱，参加人数十个内。
刘大包	那你呢？
徐长河	（唱）我赌咱，报名人数零蛋锤。

二　愣	输赢结果怎么算？
徐长河	（唱）若他输，我去他那旅游吃喝全免费，
	若我输，咱剩下的名额再由他分配！
王国强	人家赌我们不超过十个报名，你还变本加厉，赌我们没有一个人参加，你真丢人！
刘大包	你这是牵牛花上树——顺杆爬呀！
刘主任	（煽风点火道）反正这回我们赌赢了，你赶紧给蒲塘村和溪口村的书记回电话，让他们履行赌约！
	【走到一旁拨打电话。
徐长河	我是徐长河，昨天打的赌我赢了，我们这里没人报名参加。你不信，还要开微信视频验证一下，没问题。
	【一会儿微信响起，徐长河欲接通，被人拦下。
王国强	你这个老徐头，你还真打算接通微信视频，现场丢人呀！
徐长河	我能有什么办法，本来就没人参加呀！
王国强	那也不行！
	（唱）人活就如馒头蒸，
	一团热气在心中。
刘大包	（唱）干事不能先认孬，
	做人不能当孬种！
赵友虎	（唱）这样的挑衅怎能忍，
	这样的耻辱怒火攻。
王国强	（唱）这一次，哪怕闯进老虎洞，
	也要把，它的尾巴捅一捅！
众　人	对！
	（唱）就算闯进老虎洞，
	也要把，它的尾巴捅一捅！
刘主任	你们打算参加，还是不参加？
众　人	（异口同声）参加！
刘主任	好！接下来救讨论关于王国强的任免事项。
王国强	唉，人家都踩到我们头上了，还有心思讨论这个？
徐长河	（见缝插针道）对，什么都不要说了！就让我们齐心协力，一起把

这次任务完成,让他们看看金源是一盘散沙,还是一块混凝土!

【兰芝、李大姐、秀秀几个人手里提着水果蔬菜上。

兰　芝　　怎么都在家门口哩?

二　愣　　兰芝姐,你昨天让我们来你家吃饭,国强说他根本不知道这事。

刘主任　　兰芝,我是让你通知他们来开会,可没让你通知吃饭呀。

兰　芝　　大家好不容易聚到我家,我们当然要尽地主之谊,更何况国强老早就想叫大家来吃饭了,对不对国强?

王国强　　(糊涂地)哦……对、对,老早就想让你们来家里了。

兰　芝　　我今天买了很多菜,特地还叫上李大姐和秀秀来帮忙烧菜,愣着干什么,大家赶紧进屋吧。

【兰芝向徐、刘竖起大拇指示意后,高兴地进屋。

刘主任　　长河呀长河,你可真狡猾呀……

徐长河　　为了金源保姆能尽快实施也没办法,但是,当干部一定要学会捕捉群众的心理细节,这也是新时期党员干部要掌握的管理智慧。(自信地进屋)

【刘主任思忖片刻,意味深长地点头,灯渐暗。

【幕后伴唱:

(唱)老呀么老徐头,

　　遇见困难不烦忧。

　　另辟蹊径寻出路,

　　巧设计谋有一手。

第四场　诉衷情

【村会议室,很多人都垂头丧气。

刘大包　　(生气地)五十个人参加比赛,一个第一名的项目都没得到,唉……果真是照了徐书记的嘴,零蛋锤!

刘主任　　话不能这样说,这些年,县里的活动哪次我们完成过?而唯独这次完成了参赛任务,也算我们村的历史性突破。

赵友虎	蒲塘村和溪口村靠美丽乡村的政策建起了高端民宿，成了市里的示范村，现在又通过这次县的体育比赛，评上了全市的体育强村，这好事全让他们占了！
李大姐	国强，你又开饭店又搞农村淘宝，赚的钞票也不少，你也得带带大家不是，我们可还是贫下中农哩。
王国强	我就是小打小闹过日子，我可没普度众生的能力。
秀　秀	说白了，国强哥就是不愿意带我们，怕占了你的便宜。

【徐长河高兴地上。

徐长河	有两个好消息要告诉大家。
众　人	什么好消息？
徐长河	这次比赛乡里给我们颁发了最佳组织奖。
王国强	这是为了安慰我们……
徐长河	另一个就是……
众　人	什么？
徐长河	乡里同意在金源保姆项目上给予我们帮助了，还要求我们马上成立工作组，把详细的发展规划进行汇报。
王国强	我觉得行不通！
徐长河	为什么？
王国强	长河叔，

　　（唱）这些天，我知道你为村里忙上忙下，
　　　　　扑下身，给群众当牛做马。
　　　　　但做事情，最忌讳喜功求大，
　　　　　有成绩，更应该稳中防滑。
　　　　　这项目，好比是梦中寻花，
　　　　　只觉得，虚无缥缈影难抓。
　　　　　农村人，最讲究现卖现拿，
　　　　　不相信，诱人的大饼纸上画。
　　　　　每分钱，都是大家辛苦挥洒，
　　　　　每分钟，都不敢浪费白搭。
　　　　　这件事，还需三思后计划，
　　　　　到最后，别成了，竹篮打水闹笑话！

【干部们交头接耳，小声议论。

徐长河　　怎么能说这是虚无缥缈的梦中之花呢，我们要打破传统发展观念，寻求新的发展之路呀。

王国强　　但我们也不能当瞎子，摸着石头过河。

赵友虎　　徐书记，国强说的有道理，我觉得还不如学蒲塘村和溪口村去搞乡村旅游，最起码可以学习一下人家的经验。

徐长河　　这些我都知道，

（唱）虽然他们有一套，
　　　　但不能盲目跟人跑。
　　　　人家做的比咱早，
　　　　发展也是全县好。
　　　　现在起步跟后脚，
　　　　很难再把别人超。
　　　　万一失手掉沟壕，
　　　　人力物力，全打水漂。
　　　　金源本来底子薄，
　　　　稳中求进才牢靠。
　　　　所以要，先把观念转，
　　　　再把路子敲。
　　　　群策群力，共同商讨，
　　　　制定金源保姆的大目标，
　　　　我就不信，
　　　　咱不能实现弯道超车领先跑？！

王国强　　反正我觉得这个事情不牢靠，我的餐馆里还有事情，我先回去了！（下场）

李大姐　　（生气地）就喜欢撂挑子走人，一点都不负责任，自私！

二　愣　　不是我二愣揭国强的短，现在我算是看出来了，他光顾着自己吃香的喝辣的，完全不为村里着想，我真后悔去年选村主任的时候投了他的票，幸好他没当上，要不然……

徐长河　　（若有所思地说）二愣，这些话就不要说了，我只想听听大家的意见。

【干部们闷声不吭。

刘主任　（着急地）同不同意,你们都说句话,别一个个像个冬天的知了——闷声不响!赵有虎,你表个态……

赵友虎　……

刘主任　刘大包,你也表个态……

刘大包　……

刘主任　（对大家）你们都说说……（大家闷声不响）有件事我想跟大家坦白一下,其实,这次运动会打赌的事情,是徐书记自导自演的一场戏!他是为了让全村的群众团结起来,一起奋斗,他才故意表演的这场戏!

众　人　啊……?

刘主任　你们知道,徐书记为了金源保姆的项目,做了多少努力,吃了多少的苦吗?……

（唱）有些事,很早就想让你们听,
　　　有些话,很早就想与你们讲。
　　　今日里,正逢大家都在场,
　　　我也好,将许多事道明详。
　　　为村里,你们可知他受了多少罪?
　　　为村里,你们可知他费了多少肝肠?
　　　搞调研,他跑遍了周边省县,
　　　风里来雨里去湿透衣裳。
　　　求帮助他不顾羞惭,
　　　无数次地上门撞在南墙。
　　　他咽下了冷眼旁观,
　　　还把那委屈辛酸肚里藏。
　　　我记得那一次他被车撞,
　　　霎时间腿部鲜血直流淌。
　　　血淋淋,迹斑斑,
　　　他并没有放心上,
　　　包扎后,谈项目疼痛全忘,
　　　女儿叫他退休把福享,

	他却偏把金源的浑水蹚。
	就因这,与家人剑拔弩张,
	差一点儿,同女儿互不来往。
	说这些,不为别的全为金源,
	更为那,金源保姆拼它一场!
赵友虎	徐书记,我们错怪你了……
二　愣	徐书记,虽然我不是村干部,也不知道金源保姆的发展如何,但听了刘主任一番话,我还是决定和你一起努力奋斗,我也不为别的,就为了给金源争一口气!(双手叉腰,神采飞扬)
徐长河	谢谢你,二愣。
秀　秀	徐书记,趁大家都在,你也跟我们讲讲心里话,讲讲金源保姆的项目。
众　人	对,给我们讲讲……
徐长河	(突然不好意思)这……
刘主任	这什么这,赶紧给大家说说……(把徐长河拉到中间)
徐长河	好……我就实话实说吧。
	(唱)我回到家乡已半年,
	初心不忘在心间。
	金源的发展成牵盼,
	多少个日夜难入眠。
	我希望家乡能改变,
	我希望百姓有笑脸。
	我希望自己如春蚕,
	我希望余生献金源。
	立誓言,退休定要把家还,
	为家乡搞建设添瓦加砖。
	为发展,我早把金源了解完,
	将情况,一笔一画详细在案。
	还寻那,成功的范例去调研,
	把人家的弥足经验学周全。
	我发现,咱金源,

	外出人员占多半，
	留守妇女太常见。
	细思想，为何不能沿此线，
	走出金源的一片天？

刘大包　　这……？
老徐头　　（唱）让留守妇女学保姆，
　　　　　　　　让家政产业助发展！
赵友虎　　这能行吗？
徐长河　　怎么不行？
　　　　　（唱）虽然说，城里现在有人做，
　　　　　　　　但他们，技不精业不专，
　　　　　　　　参差不齐有长短。
　　　　　　　　我们要，系统学习和实践，
　　　　　　　　让金源保姆成亮点！
秀　秀　　怎么系统地学习这些技能呀？
徐长河　　（唱）我们可以请专家，
　　　　　　　　让他们，手把手来把经传。
　　　　　　　　只要是大家齐心努力干，
　　　　　　　　就不信，
　　　　　　　　那财神爷爷还能不往口袋钻？
赵友虎　　有你这个老领导引路，我们相信，金源保姆一定能比那个什么菲律宾女佣成功！
　　　　　【罗大妈慌慌张张地上。
罗大妈　　（哭泣着）徐书记，刘主任，我的孙孙找不到了。
徐长河　　您别急，慢慢说……
罗大妈　　他暑假作业不想做，总是在家里看手机，玩游戏，我刚才一气之下把他手机没收了，他又哭又闹，最后跑出了家，求你们快帮我找找，万一他有个三长两短……
徐长河　　我们现在就去帮找，刘大包你带着几个人赶紧去找找。
　　　　　【一些村民跟着下。
刘主任　　我突然想起来一个问题，如果村里的女人都去外面做保姆了，那

	村里的孩子不就成了留守儿童，没人管了嘛，尤其到了寒暑假，潜在的安全隐患会更大。
徐长河	这个问题我早有打算，常山县正在打造志愿者之城，县里和全市的中小学以及衢州学院都有志愿者合作关系，我们可以乘此东风，让志愿者们周末寒暑假到金源来为孩子们上课。这样不仅可以让农村的孩子学更多知识，还能给他们安排合理的学习和休息时间，琳琳就在衢州学院工作，这事我想先让她帮忙。
刘主任	琳琳都不同意你退休回到金源，又……
徐长河	这个我自有办法……

【兰芝慌张地跑上。

兰　芝	（惊慌失措地）徐书记，刘主任，国强刚才被派出所带走了，我家的饭店也被查封了……
刘主任	到底怎么回事？
兰　芝	他背着我把饭店拿去做抵押贷款，把贷出来的钱和朋友一起去放高利贷，谁料，合伙人上个月突然卷款跑路，他的银行贷款还不上，饭店暂时被查封了……
徐长河	我们先到派出所去看看。
刘主任	那金源保姆怎么办？
徐长河	金源保姆的工作还是要继续推进实施，关键时期也只能两手抓了。

【众人匆忙而下。

【灯暗。

第五场　冰释嫌

【金源村，徐长河家。

【徐晓琳急匆匆上。

徐晓琳	（唱）闻听爸爸身子病，
	我急回老家脚不停。

他总不让我省心，

越老越像个人来疯。

我劝他，退休在家学养生，

颐养晚年享天伦。

他不听，吹胡子朝我瞪眼睛，

倔驴的脾气将我顶！

说什么，我自己现在还年轻，

退休也能散余温！

牛老头角最坚硬，

人老手上技术精。

莫要笑我年龄大，

我还有人生第二春。

你看看，

这样的爸爸气人不气人，

这样的爸爸任性不任性？

【徐晓琳进门。

徐长河	（高兴地）琳琳回来了，给你做了最喜欢吃的三头一掌，赶紧尝尝。
徐晓琳	你不是生病了吗？
徐长河	不这么说，你会来看我吗？其实有事想让你帮忙。
徐晓琳	是谁信誓旦旦、大义凛然、惊天动地地跟我说："坚决不向我这个敌对分子低头！"
徐长河	嘿嘿，为了人民群众的利益，爸爸可以牺牲自我的。
徐晓琳	（冷冷地）什么事情？
徐长河	村委会决定把保姆作为金源的发展方向，但又涉及村里孩子无人看管的问题，所以想让你们学校的大学生过来……
徐晓琳	看孩子？
徐长河	是想让你们学校把金源村作为一个教学实践基地，利用学生周末、寒暑假等空闲时间来给孩子上课。
徐晓琳	说白了，这不还是让学生替你们看孩子，我坚决不同意。
徐长河	你就是个倔脾气！

徐晓琳		这都是拜你所赐!
徐长河		你……(唱)你勿要这样冥顽不化,
		我说几遍你才听?
徐晓琳		(唱)是你执意要孤行,
		不在乎别人的心情!
徐长河		(唱)反哺家乡正流行,
		退休也能显本领。
徐晓琳		(唱)这样的本领是任性,
		从来就没人答应!
徐长河		(唱)答不答应由我定,
		就问这事行不行?!
徐晓琳		不行!
徐长河		(没好气地)那我就去找校长帮忙!
徐晓琳		我不答应,你觉得你女婿会答应?
徐长河		你……
徐晓琳		你去找你的女婿帮忙就是以权谋私,这是违反规定的!
徐长河		我找女婿帮忙是为群众谋利益,怎么就违反规定了?
徐晓琳		反正这个忙我是不帮!
徐长河		(厉声道)那你就马上出去!
徐晓琳		(生气地)爸!您还以为自己是什么局长、处级领导?! "戏终人散,人走茶凉"你懂吗?!你知道外面说什么?!说你退休回村里当村支书,就是作秀出风头,博人眼球!就是为了不想失去高高在上的感觉!就是为了能够继续得到更多人的恭维和奉承!他们说就是你膨胀的虚荣心淹没了你退休的现实!
徐长河		你……(一阵眩晕,踉跄地坐到凳子上)
		(唱)一席话,听在耳犹如刀刺,
徐晓琳		(唱)一席话,口中出后悔莫及。
徐长河		(唱)期盼的心,反被冷言来浇袭,
徐晓琳		(唱)蛮横的话,愿他领会明我意。
徐长河		(唱)几十年,怀土之情难忘记,

　　　　　　　到如今，庶老还乡遭非议。
　　　　　　　你说我，任性、虚荣、多固执，
　　　　　　　殊不知，夙愿未偿藏心底。
　　　　　　　当初是，工作在外鞭长莫及，
　　　　　　　退休后，留有余力回报乡里。

徐晓琳　　　爸爸……
　　　　　　（唱）凿井饮水牛耕地，
　　　　　　　日出而作日落息。
　　　　　　　世间万物有规矩，
　　　　　　　遵循自然是道理。
　　　　　　　身体不是铁机器，
　　　　　　　劳逸结合才可以。
　　　　　　　不是我有意将你气，
　　　　　　　父母的身体儿惦记。
　　　　　　　您常年工作不容易，
　　　　　　　退休本该享安逸。
　　　　　　　虽然您还有余心力，
　　　　　　　女儿我，希望您能为自己活。

徐长河　　　爸爸虽然已经退休，可我还是一名共产党员。国家正在决胜全面建成小康社会，村民很想找到一条发展之路，作为一名老党员，怎么能够眼睁睁看着家乡的父老乡亲发展无路，脱贫无计呢，更何况，这里也是生我养我的地方。琳琳，
　　　　　　（唱）乌鸦尚有反哺义，
　　　　　　　羊羔跪乳是天然。
　　　　　　　我忘不了，金源溪水润心田，
　　　　　　　我忘不了，金源稻花扑鼻香。
　　　　　　　我忘不了，金源小桥多离伤。
　　　　　　　我忘不了，金源古祠显沧桑。
　　　　　　　我忘不了，金源乡亲常挂念，
　　　　　　　我忘不了，金源土地将我养。
　　　　　　　今日里我装病骗你回金源，

		愿你能明我心意多体谅。
徐晓琳		爸爸，我……（不知该说什么）

【兰芝拉着王国强上。

兰　芝	（责怪地）有勇气做坏事，难道就没有勇气说句感谢的话？
徐书记	兰芝，你们两个又在生什么气？
兰　芝	徐书记，你误会了，事情是这样的……

（唱）这些日家里好似塌了天，
　　　幸得您见难相助才脱险。
　　　若不是您恢宏大度心地宽，
　　　又怎有我们安然无恙立眼前。
　　　为这事我三番两次与他讲，
　　　他偏就水底放炮闷声不言。
　　　我让他负荆请罪向你道歉，
　　　他面红耳赤，忸怩不安，
　　　唯唯诺诺，欲做又断！
　　　狠下心，我拔锅卷席将他力挽，
　　　才拉这倔头老驴来你面前。

（一用力将王国强推到徐长河旁边）

王国强	徐书记……我……我对不起你……

（唱）都怪我鼠腹鸡肠人狭隘，
　　　将往事含垢藏疾附胸怀。
　　　两年前村主任选举梦落败，
　　　到如今总有怨气心上塞。
　　　无奈何一气之下破罐摔，
　　　抽身去离金源创业在外。
　　　眼见得生意兴隆登高台，
　　　鼓勇气回金源东山再来。
　　　背地里放冷箭暗中使坏，
　　　传谣言看笑话瞒天过海。
　　　本以为坐山可以观虎斗，
　　　谁料想自己反遭虎来害。

	直到你雪中送炭才明白，
	一切是我咎由自取不应该。
	今日里向你认错恳求原谅，
	自此后定为金源前非痛改！

	徐书记，若不是您先帮我拿出二十万元还债，现在我一家三口恐怕早已无家可归了，真的谢谢您……
徐长河	是大家不愿看到你成为村里第一个上黑名单的老赖，才提出一起帮你把钱还上，这个人情是你欠大家的。
王国强	我……我真的是太混蛋了……
徐长河	如今金源保姆正在筹建，需要全村的民众团结起来，一起奋斗，这样，村里才能有更好的发展。所以，你以后可不能再给村里添麻烦了。我奉劝你，你也要抓紧时间回归到组织当中来，大家不想任何一个人脱离金源保姆这个集体。
王国强	谢谢……徐书记……谢谢……大家……

【刘主任带着一些村干部及群众高兴地跑上。

刘主任	马乡长刚才打来电话说，金源保姆的方案得到了县里的充分肯定，县里准备派相关部门到金源实地调研，项目一旦通过，将有一大笔资金给我们用于这个项目的发展！
兰 芝	那真是太好了，王国强，看来你将功补过的机会来了。
刘主任	县里还准备给金源保姆换个新名字，叫"常山阿姨"。
众 人	"常山阿姨"？！
徐长河	这个名字好，既亲切，又顺口，有利于推动金源保姆的品牌化，常山阿姨品牌一旦形成，将进一步提升常山县的美誉度！
刘主任	（发现徐晓琳）这不是琳琳吗？你肯定是来对接志愿者到村里上课的事情的。

【李大姐、秀秀等众人搀着罗大妈上来。

罗大妈	徐书记，我听说周末和寒暑假要请志愿者来村里为孩子补习功课？
刘主任	罗大妈，这是他女儿琳琳，是专门来对接志愿者工作的。
罗大妈	哎哟，长得这么漂亮，一看就知道和徐书记一样，是个热心肠，以后就麻烦你们了。

秀　秀	（争抢着）我也要当志愿者给村里的孩子上课，虽然我没考上大学，但给小孩子上课，我还是可以的……
徐长河	（失望地）志愿者的事情，我们再找其他人吧……
刘主任	为什么，琳琳今天来，难道不是为了志愿者的事情？

【众人的目光投向了徐晓琳。

徐晓琳	（坚毅地说道）我今天就是来对接志愿者的事情的！
徐长河	你刚才不是不同意吗？
徐晓琳	刚才是刚才，现在是现在，爸，

（唱）刚才听您话一番，
　　　我五味杂陈早打翻。
　　　又见这，真情场景在眼前，
　　　不禁得，感人肺腑泪潸然。
　　　虽然我，成长不曾在金源，
　　　但您时常对我言。
　　　家乡有青山碧水，绿树云天，
　　　热肠古道，桑麻鸡犬。
　　　只要闭上双眼，
　　　这一切美景浮梦酣。
　　　谁料想，您退休没有把福享，
　　　到金源，回报乡亲把家还。
　　　多少年，您理想信念铭记不忘，
　　　坚持着党员就是领头雁。
　　　如今看到您的毅然选择，
　　　突然间，我汗颜无地亦羞惭。
　　　想一想，我也在党旗下面宣誓言，
　　　我也应，把服务社会扛上肩。
　　　我也是，有情有义的奋斗青年，
　　　怎不能，回报家乡助发展？
　　　在此刻，比比您这位老党员，
　　　我落后于您怎心甘？！

| 刘主任 | 好，决胜全面建成小康社会，你这个小党员也不能掉队！ |

徐晓琳	但你必须答应我一件事。
徐长河	什么事？
徐晓琳	倘若两年以后金源保姆没有成功，你要马上撒手回家！
徐长河	这……
刘主任	（偷偷地）先答应了再说呗……
徐长河	我答应就是了……
刘主任	那你们就"父女同心，其利断金"！
秀　秀	这叫"打仗亲兄弟，上阵父女兵"！
众　人	哈哈哈……

【灯渐暗，转场。

第六场　破万难

【两个月后，大樟树底下。
【秀秀满面春光地上。

秀　秀　（唱）自从我，成为辅导课组长，
　　　　　　　　整个气质变了样。
　　　　　　　　我走路身轻如飞燕，
　　　　　　　　宛如武功学身上。
　　　　　　　　说话办事气明朗，
　　　　　　　　好似那军人倍儿飒爽。
　　　　　　　　到外面，人人见我喊老师，
　　　　　　　　喊得我心里暖洋洋。
　　　　　　　　谁承想，落榜也能圆梦想，
　　　　　　　　这个结果难猜详。
　　　　　　　　果真是，生活就像巧克力糖，
　　　　　　　　不知那，下一块味道是哪样。

【二愣鬼鬼祟祟地上。

二　愣　（迎合地）秀秀老师……

秀　秀	什么事？
二　愣	没事就不能找你叙叙旧，念念情嘛……
秀　秀	没空，我要到文化礼堂准备周末上课的教案。
二　愣	你周一到周五上班已经够忙的了，还要利用周末给孩子辅导功课，秀秀老师，你真的太好了，太用心了！
秀　秀	有什么事赶紧说！
二　愣	嘿嘿……我还真有事想请你帮忙……
秀　秀	我就知道你有事，赶紧说。
二　愣	是这样的，我金华的两个亲戚要到国外出差，想找两个保姆，他们听说我们常山阿姨品质不错，想托我找两个帮他们带孩子。
秀　秀	那你应该去找常山阿姨服务中心，找我干什么？
二　愣	我刚才去了，常山阿姨服务中心说这一批人员工作还没培训结束，要到下月中旬才可以。但他们这个月底就要出国，想提前把保姆请过去。
秀　秀	我也没办法。
二　愣	你不是有两个闺蜜在常山阿姨培训班嘛，你帮我问问他们，人家给的工资蛮高的，一个月六千块！
秀　秀	（吃惊）六千块？！
二　愣	你小声点，别让人听见了。
秀　秀	（思忖片刻）不行，培训还没结束，有些理论知识和实践技能还没学到，万一出了事，那就遭了。
二　愣	也就一个月，能有什么事情发生？
秀　秀	那也不行，你去找其他人帮忙吧。
二　愣	（可怜兮兮地）哎呀，我的秀秀老师，只有你能帮我，我的小侄女一见面就跟我说，'秀秀老师可好了，不但给我们补习功课，还给我们买好吃的，她就是我们的知心姐姐'……
秀　秀	（不耐烦地）好了，我帮你问问……
二　愣	（激动地）我就知道秀秀老师最好了，我的好妹妹……你告诉你的闺蜜工资还不错，就照顾一个月……（神秘兮兮地从兜里掏出来一个小盒子）给你！
秀　秀	（眼睛一亮）香奈儿智慧紧肤眼霜，这得八百多块呢。

二　愣	送你，这还有两只圣罗兰的口红，你顺便给你闺密。
秀　秀	真的？
二　愣	千真万确！

【徐长河幕后：

（唱）漫天喜讯映彩霞，

二　愣	老徐头来了，这件事你不要和他讲。（急下）
徐长河	（接唱）一路春风赶回家。
秀　秀	老徐头，什么事这么高兴？
徐长河	把大家都叫来，给大家一起分享这个好消息……
秀　秀	大家快来，老徐头有好消息给我们讲。

【村民都拥过来。

秀　秀	赶紧说说……
徐长河	（接唱）县里评优奖牌拿，
	常山阿姨人人夸。
	书记亲自回咱话，
	鼓励我们别自大。
	保证质量不下滑，
	形成品牌往前跨。
	紧跟政策稳步扎，
	机遇就在咱脚下。
	他让咱，甩开膀子加油干，
	遇到困难别害怕。
	县里支持咱大家，
	下步一定要力抓。
众　人	真的假的？
徐长河	（接唱）有政府给我们做抵押，
	这事怎敢去造假？
李大姐	（唱）听你说的美如画，
	就像是乞丐吃烤鸭。
兰　芝	（唱）以后有了宝贝挖，
	看谁还能说咱差！

王国强	（拉着徐长河，唱）多亏这匹千里马，
	带咱找到了金娃娃。
	生姜还是老的辣，
	味道绝对顶呱呱。
赵有虎	哎呀……（唱）女人成了抢手的花，
	地位噌噌往上爬。
	我们男人也得拉一拉，
	免得在家受惩罚。
众男人	对，（唱）男人也得拉一拉，
	免得在家受惩罚。

【场上笑成一片。

徐长河　　为了使所有村民有一技之长，我们还要和县职业技术学校合作，把金源建成一个技术教学基地，为村民开展免费技术培训。什么电器修理、汽车维修、厨师、电焊、糕点、小吃，你们都可报名学习。

秀　秀　　（打趣道）我想学挖掘机！

刘大包　　就你那小体格，就你那小身板，就你……

秀　秀　　（有气地反驳道）就你话最多！

【场上再次笑成一片。

徐长河　　再告诉大家一个好消息，我和刘主任已经和衢州学院那边对接好了，计划在金源村建立一个大学生志愿者服务站，以后，每个周末、寒暑假，都会有大学生来为孩子免费上课了，秀秀，你的责任很大哟。

秀　秀　　放心，保证完成任务！

【刘主任气喘吁吁地上。

刘主任　　长河，出事情了，上个月和好帮手家政公司签订的用人计划缩减到十个了。

徐长河　　为什么？

刘主任　　杭州刚刚发生了一起保姆纵火案，直接导致雇主家里四人死亡。

众　人　　（惊吓地）啊？

刘主任　　相关部门正在严查此事，并且责令全省家政机构对保姆人员进行

	严格考察。好帮手家政公司为了减少麻烦，就缩减了名额。
李大姐	协议都签了，他们上星期刚刚把两万块钱定金交了。
刘主任	好帮手的经理说，定金可以不要，只要把名额缩减到十，毕竟现在是特殊时期，人家也实在没得办法……
秀　秀	我也在网上看到了这个新闻，影响确实挺大。

【众人乱了阵脚，一片热议声。

刘大包	要不我们先把这项工作放一放，等过段时间再去做。
刘主任	这怎么能行，我们才刚刚起步，县里对这项工作特别重视，哪能说停就停，我们要想办法才行！
徐长河	（沉重而坚毅地）嗯……越是困难时期，越要顶住外界的压力，乡亲们……

（唱）现如今，我们好比离港的船，
　　　行至半途遇艰险。
　　　只见海面疾风旋，
　　　不知前方多波澜。
　　　又好比，电视剧里的片段，
　　　跌宕起伏曲折连。
　　　情节步步扣心弦，
　　　难猜到底有几弯。
　　　无论曲折和艰险，
　　　成功向来不简单！
　　　我们要像水手般，
　　　紧握缆绳鼓正帆。
　　　眺望远处地平线，
　　　休让终点航路偏。
　　　要像编剧放得宽，
　　　荡气回肠才好看。
　　　大起大落埋伏笔，
　　　结尾定是大团圆！
　　　眼下之际别慌乱，
　　　想出对策是关键。

李大姐	（急切地）能有什么办法呀？
兰　芝	恐怕一时半会儿想不出来……
刘大包	对啊……唉……这可怎么办……
徐长河	（唱）既然想，壮心欲把海来填，
	何惧吃苦尝万难。
	（灵光一现，好似想出办法）大不了……
众　人	大不了什么？
徐长河	（接唱）大不了，咱把领导请出山，
	让他给咱做代言。
秀　秀	（疑问道）做代言？
徐长河	现在不是都流行请明星做形象代言人嘛，尤其是那些网络游戏公司，一打开网页就是铺天盖地的明星广告，什么"我是渣渣辉，烦人又搞笑的贪玩蓝月"……

【听到徐长河说网络广告，不禁一阵哄笑。

徐长河	我们也可以请人给常山阿姨做代言。
王国强	请谁？
徐长河	徐书记！
王国强	你别开玩笑了，谁认识你是谁呀！
徐长河	我说的是——县委书记徐书记！
兰　芝	县委书记徐书记？哈哈……你别开玩笑了。
王国强	（低声劝解）就是，人家可是堂堂的县委书记。
徐长河	（一本正经地）县委书记怎么了，县委书记也是我们老百姓的县委书记，老百姓现在请自己的县委书记帮忙，是天经地义！
刘主任	（试探性地问）当真？！
徐长河	千真万确！
刘主任	好，我跟你去！
王国强	我也去！
秀　秀	我也跟着去！

【村民们争先恐后地抢着去。

| 徐长河 | 这又不是上战场打敌人，去那么多人干什么，你们就待在村里等好消息吧。（转向刘主任）明天就是县委书记和县长的接待日， |

| | 我们今天写好汇报材料，明天就上县政府！
刘主任 | （自信满满地）好！
【灯暗。

尾　声

【2017年7月，"常山阿姨"杭州推介会召开，全体村民坐在会议室看网络直播。
【幕内声：我们将始终秉持善心，像对待自己亲人一样照顾好每一位服务对象，以"善心、专心、真心"换取雇主的"安心、称心、放心"。最后，我再真诚地说一句，放心保姆哪里找，常山阿姨就是好！
【雷鸣般的掌声响起。

刘主任　如今，县委书记亲自到杭州给我们做品牌推广人，我们一定要下决心，把常山阿姨做成全省知名的家政品牌！
徐长河　（兴致勃勃地）大伙儿要撸起袖子加油干，一定要让常山阿姨在新时期的机遇下，打开一条崭新的致富道路！
众　人　好！（众人唱）【句句双】打开道路血脉通、血脉通，
　　　　　翻天覆地变无穷、变无穷。
　　　　　新时代下换新容、换新容，
　　　　　鼓足干劲，争当先锋！
　　　　　先锋！
　　　　　党的政策指航程，
　　　　　把握机遇势必行。
　　　　　吃苦耐劳有恒心，
　　　　　奋力书写金源梦！
　　　　　看明日，欣欣向荣，
　　　　　看明日，欣欣向荣！
　　　　　欣欣向荣！

【王国强气势汹汹地把秀秀和二愣两人拉上来。

王国强　（厉声对两人说道）去吧！今天当着全体村民的面，跟大家解释清楚！

徐长河　国强，怎么了？

秀　秀　（哭诉道）二愣上个月说，他金华的两个亲戚出国，想在我们这里找两个常山阿姨，给他们照顾孩子，所以，我就把两个学员介绍了过去……

徐长河　这不是好事嘛。

王国强　继续说下去……

秀　秀　我把两个没有培训结束的学员提前介绍了过去，昨天晚上那两个雇主回来，发现家里的许多家具和厨具都坏了，今天，他们直接打电话到常山阿姨的服务中心让我们赔偿损失，要不然就投诉我们！

李大姐　秀秀，你怎么这么粗心大意？

秀　秀　对不起……对不起……

二　愣　都是我财迷心窍，为了赚到介绍费，才让秀秀帮忙的。

王国强　你也不是省油的灯……

徐长河　从这件事情当中看，这说明了一个重大的问题，常山阿姨的管理存在严重的弊端。常山阿姨的路还很长，前面不知道还有多少困难，但只要大家团结奋斗，我相信一定能把常山阿姨做成县里的金字招牌。（换了一种严肃的口吻）通知下去，马上召开金源全体村民大会，对常山阿姨管理模式，进行集体商议！

【村民们陆陆续续地出现在舞台。

【幕后铿锵有力的女生独唱响起：

（唱）这一天，苦苦盼了多少年，
　　　这一天，终于在此刻出现。
　　　决不能把命运埋怨，
　　　要做自己的主心骨。
　　　爬上那巍峨的高山，
　　　越过那艰险的深渊，

你就会突然发现，

奋斗是幸福的源泉。

【**在全体村民热火朝天的发言中，大幕徐徐拉上。**

（全剧终）

日出西山[①]

马凌姗

序

【绵延的远山此起彼伏，古老的西山村镶嵌在初春的烟青色里。
【幕内唱：

　　　　红艳艳太阳东边亮，
　　　　照不到西山穷地方。
　　　　姑娘呀你听我一句劝，
　　　　要嫁人莫嫁那西山郎。

【一阵爆竹锣鼓声响起。聪聪兴奋地跑上山坡。

聪　聪　（大声喊）大翔阿哥抬媳妇喽，西山村新娘子来喽——
【暗转。

第一场　风波

【西山村老祠堂。
【字幕：一九七九年春。

---

① 现代戏。

【赵大翔携新婚妻子田荷花，上。

赵大翔　　（唱）春风满面心花放，
　　　　　　　　大红灯笼挂祠堂。
　　　　　　　　爆竹声声送吉祥，
　　　　　　　　喜气洋洋迎新娘。
田荷花　　（唱）都说这有儿莫结西山亲，
　　　　　　　　有因不嫁西山郎。
　　　　　　　　偏偏这生产队里姻缘撞，
　　　　　　　　荷花大翔要成双。
赵大翔　　（唱）三年来相识相许相扶相望，
田荷花　　（唱）三年来同甘同苦同担同当。
赵大翔　　（唱）革命的友谊化作爱情入心房，
田荷花　　（唱）私定下白头之约随他回家乡。
赵大翔　　荷花！你放心，我一定会对你好的。
田荷花　　怎么个好法呢？
赵大翔　　我要让你过上好日子。
田荷花　　怎么个好日子呢？
赵大翔　　自然是——
　　　　　　（唱）和和美美，
田荷花　　（唱）安安康康。
赵大翔　　（唱）开开心心，
田荷花　　（唱）风风光光。
赵大翔　　（唱）做一对恩爱夫妻呵，
田荷花　　（唱）守一个幸福万年长。

【赵福星、赵一峰，上。赵一峰捧一酒坛。

赵一峰　　啧啧啧，赵大翔，我看啊，人家姑娘就是叫你的甜言蜜语骗来的。
赵福星　　有本事你也骗个来我瞧瞧！你啊，就是不如人家大翔！年纪轻轻当上了基干民兵连长不说，连生产队里最好看的姑娘都带回来了。来来来，福星叔的一点心意。（送上一坛酒）
赵大翔　　多谢福星阿叔，一峰哥。

【张巧与赵刚拉扯着，上。赵刚挑着扁担，两头装了两筐盐巴。

| 赵　刚 | 哎呀，急啥急，盐都漏出来啦！
| 张　巧 | 你知道啥，村里人多，我们早到早开吃，多吃点儿，总不能亏了红包！喏，看见了吧？村长就是村长，聪明人，落手快，来得顶早！大翔啊，新娘子，恭喜恭喜呀！
| 赵大翔 | 阿刚哥，嫂子！快请快请。
| 赵　刚 | （拿出红包）大翔，这是当阿哥的一点心意！收着！（忙塞给大翔）
| 张　巧 | 等等！（拿回红包）我再点一点，你阿刚哥心粗，万一放错了不吉利。

【张巧数了数钱，发现数目不对，揪着赵刚的耳朵拉到一边。

| 张　巧 | 怪不得我看着厚了些！两块八，变成六块八了！好你个赵刚，这再吃十顿也吃不回来啊！（把多余的钱，藏进口袋）

【村民们陆续上，祝贺赵大翔。吉婶提着一个篮子，带着聪聪，上。

| 吉　婶 | 大翔，吉婶也送不出啥好东西，装了一篮红枣、花生、桂圆、瓜子，祝你们"早生贵子"。
| 赵大翔 | 阿婶，这些给聪聪吃吧，吃了脑筋好，会读书。
| 吉　婶 | 唉，小姑娘读什么书。只求能出了西山村，嫁个好人家。（发现失言）
| 赵福星 | 唉呀，乡亲们都到啦！赶紧吃喜酒吧。哎呀！还差一样东西！蜡烛！——这天色不早，我们西山村又没有通电，不摆上蜡烛，过一会儿，可要用鼻子吃饭了。
| 赵大翔 | 福星阿叔，今天用不着蜡烛了！我呀，早有准备！

【赵大翔打开开关，灯亮，老祠堂十分明亮。

| 赵福星 | 哪里拉的电？
| 赵大翔 | 我问东田村借来的，今天，我要请大家吃一顿舒舒服服的饭。
| 张　巧 | 这电灯下面吃夜饭，菜看着特别好吃！还等什么！大家上桌啊！
| 赵一峰 | 我提议啊，让新郎新娘先喝上一碗交杯酒，热热身！

【众人起哄"交杯酒""交杯酒"……两人正欲饮，突然停电，祠堂陷入昏暗。

【田三坎带着两个东田村村民，上。

田三坎	喔唷,好气派,月光作灯光,瘪三充阔佬!赵大翔,看得清我是谁吗?
赵大翔	生产二队东田村的田三坎!是你拉了我们的电?
田三坎	对,就是我!不过,你说错了,这不是你们的电,是我们的电。
赵一峰	田三坎,你要是敢砸场子,莫怪我们不客气!(欲动手)
赵大翔	(劝阻一峰)一峰!田大哥——

(唱)叫声大哥我赔礼,

　　　好日子来者皆客不是敌。

　　　一盏灯儿照得大家欢喜,

　　　一根电线连着两村和气。

　　　结婚是桩大事体,

　　　还望你高抬贵手不要给我出难题。

田三坎	我今朝偏要给你出难题。荷花,跟我走!东田村的姑娘怎能嫁到西山村这个破地方来!(拉田荷花)
田荷花	不,我不走!
田三坎	荷花!你跟了他是要吃苦的呀!
田荷花	田大哥!

(唱)老天爷不予天时地利,

　　　西山村这才土薄草木稀。

　　　荷花我不求富贵有余,

　　　盼只盼夫君待我有情有意。

田三坎	荷花啊,情意不能当饭吃的!你看看这些西山人。

(唱)挑盐巴摸泥鳅苦挨生计,

　　　进了村无好路满地烂泥。

　　　小泼妇斤斤计较算铜锭,

　　　野娃娃无所事事斗蛐蛐。

　　　寡妇难嫁光棍难娶,

　　　一根电线便叫他颜面扫地。

赵大翔	你!
赵一峰	来呀,兄弟们,将这厮给我轰出去。

【赵福星,点起一根蜡烛。

赵福星　　住手！我让你们住手！大翔，这是人家的东西，还给人家。我们要好日子，就要靠自己去挣。西山村是个穷地方，可我们人穷志不穷。荷花，今天阿叔就问你一句，你愿不愿嫁进西山？嫁给大翔？

田荷花　　我愿意！再苦再累，只要跟大翔在一起，我都愿意！

田三坎　　荷花！你，会后悔的！

【田三坎，下。昏暗的烛光照着每一个西山村人。

赵大翔　　乡亲们，大翔对不住你们。我发誓，总有一天，一定要让大家都过上好日子。

【一声春雷响起。

【光渐暗。

第二场　退货

【老祠堂。门口挂着"西山服装厂"的字样。

【字幕：五年后。

【田荷花、张巧、吉婶正忙着做服装，聪聪偷偷看书。

吉　婶　　臭丫头，要你不好好干活！

田荷花　　聪聪喜欢读书就让她读嘛。

吉　婶　　女娃儿，读书有啥用！

聪　聪　　用场大得很。大翔哥说了，现在这世头是一天一个样，一年大变样，改革开放，就是要改革脑瓜子，开放新路子，当然要多读书。

张　巧　　唉，聪聪，你读书人，你算算，这回我们卖到上海那三千件呢子大衣能赚多少？

聪　聪　　我这就算。

【赵大翔，带着一件呢子大衣样品，上。

赵大翔　　（唱）投江入海把潮赶，
　　　　　　　改革春风吹西山。

乡邻合股办工厂，
做完蜡烛做呢衫。
夏收原料冬出货，
赚来利润翻两番。
三月前西山牌进军上海滩，
第一百货订了整整三千单。
只待货款到，盆钵满，
乡亲们欢欢喜喜过年关。

（白）大家来看看，明年做这个样式好不好？现在城里最时兴的。

张　巧　　大翔啊，明年的事明年再说，可今年的钱总不能拖到明年吧。

赵大翔　　嫂子放心，一峰已经去镇上邮局发电报催款了。

张　巧　　哦哟哟，钞票要来哉！哎呀，慢些做活，先到村口接财神去呀！（拉着众人）来呀来呀！噶大的财神爷，我一个人抱不动的呀！

【众人下，留赵大翔一人。赵一峰拿着电报，慌张不安，上。

赵大翔　　一峰，他们都去接你啦，说是迎财神！电报来了？

赵一峰　　来了……

赵大翔　　太好了！拿来我看！（赵一峰闪躲）怎么？还想给我一个惊喜啊！拿来！（念电报）经检验，西山牌呢大衣质量不合格，全数退还，拒付款货！啊！这……一峰，你不是说商场经理讲，衣服的质量相当好的吗？怎么退货了？

赵一峰　　我……我也不知道。

赵大翔　　一定是搞错了，我去问个究竟。

赵一峰　　（叫住）大翔！我、我、我错了！

赵大翔　　一峰，这到底是怎么回事！

赵一峰　　我好悔啊！

（唱）想当日我一路奔波周与转，
三天辰光总算到了上海滩。
一片繁华叫我眼发红脚发软，
一股劲儿窜得是心发烫口发干。
第一百货擦肩过，
我，哎——我歌舞厅里享贪欢。

赵大翔	啊！那货呢？
赵一峰	（接唱）至于这呢大衣三千单，
	全数交给了那个衣冠楚楚信誓旦旦，
	大大方方客客气气的代销人员。
	定是这个王八蛋，
	以次充好趁机倒卖我的呢衫。
赵大翔	你，真是昏了头了！
	（唱）服装厂前行步步艰，
	好不容易有今天。
	你明知乡亲多期盼，
	你明知我也挂心间。
	为何花花世界一头陷？
	为何空口白话传谎言？
	为何轻信代销受欺骗？
	为何不顾后果图眼前？
	退了货欠下债八千，
	我看你拿什么来填。
赵一峰	大翔，我错了，真的错了。我们是好兄弟，你要帮帮我啊，要不然我阿爹非打死我不可。
赵大翔	事到如今，急也没用，我先去趟上海，与商场经理谈一谈，看看还有没有回旋余地。
赵一峰	好好好！你快去！你快去！

【**赵大翔，下。田三坎，上。**

田三坎	没有了货，赵大翔到上海去了也是白去。
赵一峰	田三坎！你来这里做什么？
田三坎	自然是来帮你的忙的啊。
赵一峰	要你多管闲事！走开！（转身欲离开）
田三坎	我有个主意，保你渡过难关。要不要听？
赵一峰	（停下脚步）有话就讲，有屁就放。

【**田三坎凑近赵一峰，耳语。**

【**光渐暗。**

第三场 逢生

【老祠堂。
【字幕：两日后。

张　巧　（拿着一根粗绳，冲上）我不活了，不活了啊！你们不要拦着我！（欲将绳子甩到房梁上）

赵　刚　（阻拦）大翔这不是已经去上海了嘛，你就不要闹了！

张　巧　我当初说啥？少投点，少投点！你不听，非要把家里的钱全都投进去，现在好了，我跟你说，这钱要是没了，我先把自己吊死，再吊死你！

赵福星　好啦！谁也不准再闹！在这里等大翔回来！

【赵大翔提着没有送出的礼，神态疲惫，上。

赵大翔　（唱）两日里风餐露宿，

　　　　　　上海行成效全无。

　　　　　　快一步，慢一步，

　　　　　　长长的山路变短途。

　　　　　　进一步，退一步，

　　　　　　欲敲门来又把墙扶。

　　　　　　见父老我有何面目，

　　　　　　对亲人我愧疚满腹。

　　　　　　西山哪，为何你开花不结果，

　　　　　　眼见着功成又踟蹰。

吉　婶　（发现了大翔）大翔回来了！怎么样？谈妥了？

赵大翔　（摇头）商场的经理连见个面都不肯。

赵福星　（扬起手欲打赵一峰）我打死你这浑小子！

赵大翔　（挡在一峰前）福星叔，这事我也有责任，你要打就打我吧。

赵一峰　阿爹，错已经犯了，你打死我大家的钱也回不来，不过、不过，我有个补救的办法。

赵福星　就你？有办法把钱弄回来？

赵一峰	对，就是要看乡亲们同不同意。
张　巧	哎呀，只要钱能回来，什么办法我都同意。
赵一峰	（犹豫着拿出合约）这、这是隔壁东田服装厂送来的合并合同，只要我们愿意卖厂，他们就愿意承担所有亏损。
赵大翔	一峰，你胡说什么！这厂可是大家辛辛苦苦建起来的！
赵一峰	我也不想的呀！可眼前，还能有什么办法！
赵大翔	（唱）好一份并厂协议，

　　　　　　看得我怒火难息。
　　　　　　说什么盘活资金来救济，
　　　　　　分明是趁火打劫出难题。
　　　　　　说什么共担亏损不图利，
　　　　　　分明是落井下石浑水摸鱼。
　　　　　　如此这般处心积虑使奸计，
　　　　　　叫我如何咽下这口气。

　　　　（白）不同意！我不同意！这厂子不能卖。

张　巧	厂子是大家的，要看大家同不同意啊！反正，我、我同意！（举手，见赵刚没举手）赵刚！举手呀！
赵　刚	（为难地）我、我手痛，举不起来……
聪　聪	姆妈，那我下学期的学费……
吉　婶	你阿哥的彩礼都没了，你还交什么学费！
赵福星	我也不同意！不能叫他田三坎得逞！
赵一峰	阿爹！你身体不好，没有了钱，连药都买不起了。
赵大翔	（唱）一番争论叫我乍然惊醒，

　　　　　　问自己当年创业何初心。
　　　　　　还不是为了过上好日子，
　　　　　　还不是为了家家享安宁。
　　　　　　到头来巧嫂日夜留心病，
　　　　　　到头来赵刚左右难为情。
　　　　　　到头来村长要把病痛隐，
　　　　　　到头来聪聪学费无处寻。
　　　　　　气虽气，我不能一意孤行，

　　　　　　怨虽怨，我不能害了乡亲。
　　　　　　提起笔，笔重千斤，
　　　　　　心流泪，泪下淋淋。
　　　　（白）乡亲们不要争了，这合同，我签！
【赵大翔欲落笔，田荷花与村人，上。抬了几袋退回来的衣服。

田荷花　　慢些签字！大翔！退来的衣服到了。
赵大翔　　（上前打开，拿出一件，失望地）果然不是我们做的那批……
田荷花　　你再看仔细些。与我们那些有什么不同？
赵大翔　　质量比我们差得多了。不过……样子倒好看，嗯，比我们做的还要好看。
田荷花　　是啊，虽说质量不怎么样，不过样子倒是时兴。
【村民们传看。

赵大翔　　（突然想到）有办法了！我有办法了！（将合同撕毁）
张　巧　　大翔，你这是做什么！
赵大翔　　请大家再给我一个月，过了这年，我一定把钱都还上。
　　　　（唱）退来的衣裳花花绿绿，
田荷花　　（唱）叫我们看到一线生机。
赵大翔　　（唱）一等货品质保证值铜钿，
田荷花　　（唱）二等货花式多样图便宜。
赵大翔　　（唱）花花绿绿，
田荷花　　（唱）高高低低。
赵大翔　　（唱）看仔细，
田荷花　　（唱）莫言弃。
赵大翔　　（唱）中国市场何其大，
　　　　　　上下高低皆有需。
　　　　　　放手一搏闯到底，
　　　　　　东边不亮还有西。
　　　　（白）荷花，多谢你！
张　巧　　你们要把退来的衣服拿出去卖掉？
赵大翔　　对，卖掉它们。
张　巧　　可要是这些衣服卖不掉呢？

赵福星	卖不掉，我就用我家的地契填上大家的亏损！
赵一峰	阿爹！
赵福星	不要叫我阿爹，我没有你这样没有出息的儿子！
赵一峰	（受到伤害地）是啊，在你眼里，我永远没有赵大翔有出息，有本事，有脑筋。你看不上我这个儿子，我走就是了！
赵大翔	一峰！

【赵一峰，跑下。

【暗转。

第四场　求才

【焕然一新的西山村。

【字幕：十年后。

【幕内唱

　　　　风雨过，天地换，
　　　　万紫千红春满园。
　　　　总经理成了新村长，
　　　　带领大家建西山。

【赵大翔带领着村民们干劲十足，热火朝天地劳动着。

【吉婶提着一篮鸡蛋，上。

吉　婶	大翔，大翔！我们聪聪啊，考上大学了！
赵大翔	我就知道，聪聪争气。
吉　婶	还不是因为你，要不然我都不晓得她还是个读书的料。这篮鸡蛋，你拿回去给你家娃娃吃，吃了也考大学。（下）
赵大翔	（突然想到）哎呀！今天答应了女儿送她上学！忘了！（欲下）

【田荷花，上。

田荷花	不用去了，女儿已经自己走了。
赵大翔	荷花，我……
田荷花	（拿出一封信）市场部王经理托我给你的辞职信。

赵大翔	他要辞职？到哪里去？
田荷花	自然是到能赚钱的地方去。大翔啊，我真不明白你，好不容易成立了西山工贸集团，当个总经理已经够你忙了，现在还要去揽一个村长的活过来，辛辛苦苦赚来的钱全用在了村里，现在又要弄什么旧村改造……为了这个村，你顾不上家，陪不了女儿，亏待了自己，又留不住兄弟，你究竟是为什么呀！
赵大翔	我答应过乡亲们，要带大家一道过好日子。一个人富，不叫富，大家富，才是真的富了。
田荷花	（心疼地给赵大翔擦汗）可你一个人总不能把大大小小、里里外外的事全都扛起来啊。要不然，我来帮你？
赵大翔	你放心，我呀，已经有个好人选了。

【暗转。

【田三坎家。

张　巧	（唱）一夜之间破了产，
	老板变成穷光蛋。
	并村乔迁本欢喜，
	我却是寄人篱下实难堪。

【张巧往田三坎家门口泼水，田三坎闻声开门，差点滑倒。

田三坎	谁！谁泼的肥皂水！（看见张巧）怎么又是你！
张　巧	喔唷，忘记是新房子了，我在老房子泼惯了。
田三坎	难怪是个泼妇。
张　巧	你说谁泼妇？！
田三坎	谁泼就是谁！
张　巧	你！好啊，田三坎，你想继续跟我做邻居，就天天等着吃肥皂水吧。
田三坎	大不了我去买双防滑鞋！
张　巧	欸欸欸，你！你可不要忘了，现在可是东田并入西山村，当家的是咱西山人！这房子可是西山集团建的！你要是不搬，我就告诉我们赵总、赵村长，到时候你可不要搬得太难看！

【赵大翔，上。

赵大翔	巧嫂，老远就听见你在叫我了。

张　巧	哎呀！大翔你来得正好，有桩事你得给嫂子做个主。我给你说啊……
赵大翔	你这桩事体，只差没有全村贴通告啦，我早就知道了。可这房子是随机分的呀。
张　巧	你是老总，你说怎么随机就怎么随机嘛。反正我不要跟他当邻居！
赵大翔	好，那就搬到东三区去，那里的房子随便挑一套。
张　巧	听到没有？搬到东三区去吧。赵总大方，让你随便挑一套。
赵大翔	嫂子，我说的是你去东三区，不是他。
张　巧	啊？要我搬？赵大翔，你不要忘了，我们才是统一战线。
赵大翔	（笑）嫂子，我们现在可是大统一呀。
	（唱）东田西山并一村，
	并不是大鱼来把小鱼吞。
	我若是碗不端平秤不打正，
	今后谁敢信我这当家人。
	做人道理是根本，
	做事要把公私分。
	做不成邻居不是他责任，
	是阿嫂不愿面朝面门对门。
张　巧	我们可是自己人！
赵大翔	（唱）不管亲人恩人自己人，
	公家的事就要一视同仁。
张　巧	你！好你个赵大翔！我去告诉我们家赵刚！

【张巧，下。

田三坎	用不着你猫哭耗子假惺惺！我知道，你是到我这里看笑话来了！
赵大翔	我哪里有闲工夫来看你的笑话。我这是公事公办。
田三坎	好呀，那你赵村长办完了，可以走了，我要困觉了。
赵大翔	公事办了，私事还没有办呢。
田三坎	私事？
张大翔	我想请你去做西山集团的市场部经理。
田三坎	（难以置信地）还说不是来看我笑话的！

张大翔	喏，合同都带来了。（拿出合同放在桌上）
田三坎	（看合同，诧异地）我不去。
赵大翔	为什么不去？
田三坎	为什么选我去？
赵大翔	因为我看好你是块做生意的料。
田三坎	哈？你看看我这样子，哪里像是做生意的料。
赵大翔	打仗有胜负，生意有盈亏，再正常不过。
田三坎	我啊，就是天生的倒霉蛋。你听听我的名字，田三坎，人生注定过不去三个坎。这第一坎，我娘生我时难产，差点小命丢在娘胎里。这第二坎，娶了老婆跟人跑，头顶绿帽成了光棍汉。第三坎，东田厂会计卷款潜逃，债主逼上门，我一夜破产。你要我去当市场部经理，就不怕我这倒霉命连累你的大集团？
赵大翔	哈哈哈哈，照你这么说，我也该改名叫赵三坎。
田三坎	你？你该叫赵三顺！
赵大翔	这第一坎新婚之夜丢脸面，满堂宾客好难堪；第二坎服装生意被坑骗，险些卖厂过难关；第三坎市场经理撂了担，光棍司令不知上哪儿去把救兵搬。你说是不是，三坎？
田三坎	（不好意思地）你这三坎，前两坎都与我有关啊！
赵大翔	那这第三个坎也要与你有关。田三坎啊！ （唱）人生谁能不遇坎， 　　　互帮互助渡困难。 　　　恩怨往，莫再谈， 　　　是非过，就此翻。 　　　西山要有新发展， 　　　你我自当向前看。 　　　赵大翔诚心来相求， 　　　好比刘备请那诸葛来出山。 　　　生意场风水轮流转， 　　　你怎知坎途不会变平坦？
田三坎	（唱）一时间勾起回忆千万， 　　　一番话叫我面红颜惭。

　　　　　　　　多少次途经旧厂驻足看，
　　　　　　　　多少次唉声垂叹化泪眼。
　　　　　　　　多少次梦中再把事业建，
　　　　　　　　多少次企盼峰回路转重打江山。
赵大翔　　（故意地）哦，我知道了，原来你是一朝被蛇咬，十年怕井绳了。
田三坎　　胡说！我田三坎什么时候怕过。
赵大翔　　那你是答应了？
田三坎　　（想答应又怕丢了脸）我……我再考虑考虑。
赵大翔　　考虑就不必了，这市场部经理的位子多少人排队等着，你这样勉强为难，我找别人就是了。（欲走）
田三坎　　哎哎哎，我考虑好了，我、我去！
赵大翔　　不勉强？
田三坎　　不勉强。
赵大翔　　不为难？
田三坎　　不为难。
赵大翔　　（拿起合同，郑重地递上）
　　　　　　（唱）往日恩怨随风去，
　　　　　　　　一份合同两释然。
　　　　　　　　新房里头新气象，
　　　　　　　　共绘蓝图天地宽。
【光渐暗。

第五场　陷困

【晴天霹雳，乌云密布，风雨瞬至。
【赵大翔惊慌地向前跑着，又似乎辨不清方向。乡亲们从四周走来，将赵大翔围住。
张　巧　　赵大翔，都是你要搞维生素D_3的研发！是你害了大家！
赵　刚　　农民就是农民，做什么科技实验！

吉　婶	西山集团倒闭了！你还我们的钱来！
赵福星	你说要带我们过好日子！你是个骗子！
赵大翔	不，我不是骗子！我不是骗子！乡亲们，你们听我说呀……

【荷花缓缓从人群中走过。

赵大翔	荷花！荷花你到哪里去？
田荷花	我要走了，你心中根本没有我，没有这个家。（径直往前走，下）
赵大翔	荷花，你不要走……不要丢下我……

【越来越多的村民聚拢来，步步逼近，将赵大翔越困越紧。

【暗转。

【字幕：十年后。

【赵大翔办公室。

【赵大翔在办公桌上浅寐。赵一峰，衣冠楚楚地上。

赵一峰	（唱）一别西山二十载，
	千辛万苦把路开。
	终得布衫换洋装，
	满面春光回乡来。
赵大翔	（梦呓）不要走……不要走……
赵一峰	大翔？赵大翔？
赵大翔	（醒来）你是……
赵一峰	哈哈，可还认得？
赵大翔	一峰！真的是一峰！我这就告诉福星叔，还有乡亲们去！
赵一峰	哎呀！不急不急，到时候我要给他们一个 surprise（译：惊喜）！
赵大翔	一峰，这些年你都到哪里去了呀？也不来个信儿。
赵一峰	（有意炫耀地）还能到哪里去，自然是赚钱去了。你看我这件西装，怎么样？
赵大翔	布料挺括，裁剪也不错。上海买的？
赵一峰	上海的东西都是大路货，我这个英国买的。喏，这双皮鞋，法国设计师设计的，限量版。哦，还有我这手表，瑞士的，喜不喜欢？喜欢送给你！
赵大翔	不用不用，我看你啊，从头到脚都变成一个外国人了！
赵一峰	还真被你说中了。再过一个月，我就真要成外国人了。（递上名

	片）我连名片也印好了，来，提前给你了。
赵大翔	莱迪集团总部？
赵一峰	对。
赵大翔	德国的公司？
赵一峰	一个月后，我就要到德国去工作了。
赵大翔	德国莱迪集团……？你们公司生产的，可是维生素 D_3？
赵一峰	不错，全球最大的维生素 D_3 供应商就是我们。大翔，我听说西山集团正和中科院一道在研发维生素 D_3？
赵大翔	是啊，北京还有我们的实验基地。
赵一峰	那实验怎么样了？
赵大翔	这……（掩饰）还在进行中，很快就会成功。
赵一峰	你啊，就不要自欺欺人了。我都了解过了，你们实验已经持续一年多了，一直没有成功。不瞒你说，我今天就是为了这桩事而来的。
赵大翔	为了这桩事？
赵一峰	我要劝你放弃维生素 D_3 的研发！
赵大翔	（不悦地）是你们老板叫你来的？
赵一峰	不，是我自己要来的。大翔，你可知道这个项目上海制药六厂做了整整六年，花了几千万都没有成功？
赵大翔	我知道。
赵一峰	你可知道全球研发出维生素 D_3 也不过只有三个国家？
赵大翔	我知道。
赵一峰	你可知道再这样无底洞地投资下去，西山集团是要破产的？
赵大翔	我知道。
赵一峰	那你为什么还要自寻死路？大翔啊！

（唱）一峰我西山长来西山生，
　　　从不忘自己是个西山人。
　　　眼见这大祸临家门，
　　　我千里之外心如焚。
　　　你可知日头总能胜星辰，
　　　你可知江河不能比海深。

	你可知外国佬多少实力多少本,
	你可知西山村要凭什么来强撑。
	劝你做事多思忖,
	莫要天高地厚都不分。
赵大翔	（唱）并非我天高地厚都不分,
	只是那大势所趋不由人。
	对外开放开国门,
	机遇挑战两半分。
	外资公司如潮涌,
	垄断市场暴利生。
	传统行业受挤压,
	廉价劳力钱难挣。
	一番较量扑面来,
	连着西山死与生。
赵一峰	好,就算你是为了西山发展,可难道就一点不想想自己吗?
赵大翔	自己?
赵一峰	（唱）你是年轻有为当家人,
	本可名利两得好收成。
	若是一着棋不慎,
	满盘皆输只一瞬。
	半生成就无影踪,
	竹篮打水一场空。
赵大翔	（唱）商海本就硝烟滚,
	是成是败皆英雄。
	纵然是竹篮打水一场空,
	也好过畏畏缩缩度一生。
赵一峰	那、那你也该想想西山的乡亲啊!西山集团破产了,他们的好日子就没有了!
赵大翔	是啊,若是西山集团破产了,西山村的好日子就没有了。可若是西山集团成功了,我们就能造福每一个中国人,让更多人过上好日子。一峰啊,你的心思其实我晓得,你是担心福星叔,你怕他

受连累，你怕自己出了国，就照顾不了他了。你放心，我一定不会让他受苦的。

赵一峰　（掩饰地）他、他怎么样不关我的事。

【田三坎，跑上。

田三坎　大翔！

赵大翔　是不是中科院的消息来了？实验结果怎么样？

田三坎　离标准数据还差百分之三……如果要继续实验，还需要投资。

【吉婶，跑上。

吉　婶　不好了，不好了，大翔，你福星叔出事了。

赵大翔　怎么回事？

吉　婶　村里有人到处散播西山集团要破产的消息，搅得人心惶惶，村民们纷纷到村基金会取钱，福星叔前去与造谣的人理论，不小心叫人推倒在地，晕了过去。医生说……

赵一峰　医生说什么？

吉　婶　福星叔生了不好的病，一直瞒着不肯说，怕是时间不多了……

赵一峰　（对赵大翔）都是你！都是因为你！阿爹！（跑下）

【暗转。

第六场　问祠

【老祠堂。已显得十分破旧。

【赵大翔，饮酒，脚步踉跄，上。

赵大翔　（唱）夜深深，静十方，

　　　　　　　步踉跄，入祠堂。

　　　　　　　多年不曾把酒醉，

　　　　　　　今宵解忧唯杜康。

　　　　　　　四面老墙摇晃晃，

　　　　　　　忠孝仁义站两旁。

　　　　　　　抬头见祖宗画像悬堂上，

就好似声声唤我赵大翔。
想当年一根花烛胜月光,
我在此迎娶美娇娘。
想当年穿针引线做衣裳,
我在此起家试锋芒。
想当年一叶小舟遇风浪,
我在此负重闯四方。
想当年西山百姓来点将,
我在此上任新村长。
老祠堂啊老祠堂,
你见我一路跌跌撞撞,
你怜我一路战战惶惶。
你知我一路辛酸备尝,
你疼我一路受尽风霜。
到如今赵大翔跪地问祖上,
究竟该路向哪头人往何方?(跪地)

【半醉中,隐约听到了钱币声。

赵大翔　　(唱)忽闻钱币叮当响,
　　　　　　莫非天意其中藏。

【赵大翔从袋里拿出一枚硬币。

赵大翔　　不如,让老祖宗替我指个方向。小硬币啊,我将你向天抛掷,若是正面朝上,我就继续研发;若是反面朝上,我就就此放弃。你说,好不好呀?

【赵大翔高高将硬币抛起。硬币落地之声。

赵大翔　　(上前,惊)反面!是叫我就此放弃……(转念一想)可这天意也有决策失误的时候吧?不如我再来抛一回?

【赵大翔又将硬币抛了出去。

赵大翔　　(走近,有些不敢看,鼓起勇气瞟了一眼,喜)正面!这一正一反,一进一退,小硬币啊,好狡猾,连你也知道捉弄我了。那我就再来一次!

【不知何时,荷花,上。

【赵大翔抛起硬币，正好落在荷花的脚边。荷花捡起。

赵大翔　　荷花？你怎么来了？快告诉我，刚才是正面朝上，还是反面朝上。

【田荷花将硬币扔远。

赵大翔　　荷花，你、你这是做什么？
田荷花　　你是西山村的村长，西山集团的总经理，公司受困，村民慌乱，你却躲在这里醉酒、抛硬币、求天意……
赵大翔　　我、我心里乱得很……我怕……
田荷花　　你怕什么？
赵大翔　　我怕毁了大家的好日子，我怕、我怕我亏待了你……
田荷花　　你怕，可我不怕。大翔啊。

（唱）你我夫妻二十载，

　　　同甘共苦一路来。

　　　我见过你深夜无眠倚窗台，

　　　我见过你眉头紧锁独徘徊。

　　　我见过你强忍病痛坐灯下，

　　　我见过你顶风冒雨闯天外。

　　　我是你知冷知热知心人，

　　　谈什么亏待不亏待？

　　　你莫要事事心里埋，

　　　叫荷花牵肠挂肚忧心怀，

　　　纵有那塌天灭顶灾，

　　　我与你相扶相持不分开。

【赵福星拄着拐杖，带着乡亲们，上。

赵福星　　对，说得对！你怕，我们可不怕。既然是大家的好日子，应当大家一起来扛。
赵大翔　　福星阿叔，你怎么不在医院养病？
赵福星　　哪里都不及我们西山村，我啊，要回家。

（唱）想当初，忆往昔，

　　　酸甜苦辣在心里。

　　　西山村本是一半杂草一半泥。

　　　乡亲们也曾一顿饱饭一顿饥。

　　　　　若不是一声春雷响,
　　　　　你立志致富靠自己。
　　　　　西山村哪有今日天和地,
　　　　　西山人何来此时欢笑语。(越显虚弱)
　　　(白)你看看现在的西山——
　　　(唱)这一草一木,
　　　　　一砖一瓦。
　　　　　一丝一毫,
　　　　　一点一滴。
　　　　　一家一户,
　　　　　一分一厘。
　　　　　一月一年,
　　　　　一朝一夕。
　　　　　一条改革路,
　　　　　是你咬牙走到底。
　　　　　咱的好日子,
　　　　　是你坚持不放弃。
　　　　　西山村懂你一片情,
　　　　　西山人明你心中意。
　　　　　眼下这西山又风雨,
　　　　　乡亲们自当祸福共相依。
　　　　　输赢我们无怨言,
　　　　　进退我们在一起。

张　巧　　赵大翔,维生素 D_3 研发可是能赚大钞票的好事儿,可不能忘了我们。
赵　刚　　对对对,这一回老婆说得顶对!
吉　婶　　大翔,现在聪聪工作了,我们家也有钱了,这项目我们也要投。赚了钱我还要给我外孙女备嫁妆呢。
村民甲　　对,赚了钱,我们才有更好的日子过。
村民乙　　就算赚不了钱,别人怕过苦日子,西山村人不怕。
　　　　　【村民们争先恐后地要投资。

赵一峰	（上前）这项目，我也要投！
赵大翔	一峰？
赵一峰	大翔，我想好了，我要留下来。
赵大翔	你不去德国了？
赵一峰	不去了。
赵大翔	你要留在西山村？
赵一峰	我要陪着阿爹，陪着大家。
赵福星	（动容地）一峰，我的好儿子……
赵一峰	阿爹……（相拥）

【光渐暗。

第七场　前路

【赵大翔办公室。

【字幕：一个月后。

【田三坎，跑上。

田三坎　　大翔，好消息，好消息！刚才农村基金会给我来电话，说这一个月来，西山村的村民纷纷去存款，连张巧那个铁母鸡也去存了。这样一来，我们申请的项目贷款就可以批下来了。

赵大翔　　真的？

田三坎　　那还有假！

赵大翔　　我这就打电话给中科院。

【赵大翔打电话。

赵大翔　　（打电话）王主任，我是西山集团赵大翔，第三轮的资金我们已经准备好了，请你们继续实验。

【画外音（王主任）：赵总，我们正好想通知你，院里就维生素D_3项目进行了讨论，打算放弃该项目。

【电话传来忙音声，赵大翔茫然地挂下电话。

赵大翔　　（唱）闻消息头昏心乱，

     转眼间进退两难。
     怎么办，怎么办，
     哑然无语一声叹。

田三坎　　大翔，出什么事了？
赵大翔　　中科院希望我们放弃研发维生素 D_3 项目。
田三坎　　啊！为什么！凭什么！
赵大翔　　他们说项目难度太大。
田三坎　　难度再大，只要找对门路，定能突破。
赵大翔　　项目投资太多。
田三坎　　投资再多，一旦研发成功，定能回本。
赵大翔　　还有，项目周期太长。少则三年，多则五年。
田三坎　　若真要三年五年，西山集团恐怕撑不了这么久。大翔，我们还有什么办法？难不成真的要就此放弃？
赵大翔　　让我想想……
    （唱）三年五载一晃眼，
      却如西山生命线。
      中科院为求稳妥步慢慢，
      西山村孤注一掷急急盼。
      与其苦苦痴等喜讯传，
    （白）倒不如……
田三坎　　不如什么？
赵大翔　　（唱）不如自立门户搞科技建个基地在西山。
田三坎　　在西山建实验基地？
赵大翔　　对，在西山建实验基地！
田三坎　　就凭我们？
赵大翔　　（唱）好日子要靠自己挣，
      好项目也要自己盯。
      放手中才能抓得紧，
      在眼前方可看得清。
      农民转行搞科技，
      脚踏实地虎山行。

| 田三坎 | 哈哈哈哈，你啊，不该叫赵大翔，应该叫赵大胆。不过这想得容易，人家北京的大专家哪里会肯到我们小村子来？

【幕内（赵一峰）：北京的专家不肯来，那就请其他专家来。

【赵一峰，上。
| 赵一峰 | （唱）三日来匆匆忙忙上海行，

   东奔西跑四处寻。
| 田三坎 | 又去寻歌舞厅了？
| 赵一峰 | 哎，胡说什么你！这一路啊——

（唱）寻得我法国鞋子脱了胶，

   寻得我英国西装变了形。

   寻得我又苦又欢喜，

   寻得我又累又甘心。
| 田三坎 | 你啊，就不要卖关子了。
| 赵一峰 | 好好好，不卖关子了。这回去上海啊，我拜访了当年上海制药六厂研发维生素 D_3 的退休老专家，得知西山集团正在做这个项目，他们表示愿意全力相助。
| 田三坎 | 那还等什么，还不把这好消息告诉乡亲们去！
| 赵大翔 | 对！告诉乡亲们去！

【光暗。

【幕内唱：

  头顶一片天，

  脚踏一方土。

  连成一条心，

  同走一条路。

【暗转。

【赵大翔办公室。

【字幕：一年后。

【赵大翔和西山村村民们焦急地等待着，翘首以盼。

【赵一峰与两个实验人员，拿着一个牛皮纸文件袋，跑上。
| 赵一峰 | 大翔，实验结果出来了。

【赵一峰远远地递上文件袋，赵大翔难以掩饰内心的激动，却没

有上前去接，文件袋与赵大翔之间间隔着西山的父老乡亲。

【田三坎缓缓走上前，接过了文件袋，传递给了站在身边的赵刚。这个神圣的文件袋在村民们手中逐一传递，最后由田荷花递给了赵大翔。赵大翔打开文件袋，拿出实验报告。

【光渐暗。

【字幕：

2002年，花园集团成功研发出维生素D_3。

2004年，在浙江杭州建成了全国最大的维生素D_3生产基地，打破了德国巴斯夫等老牌跨国公司在这一高科技生物领域的垄断。同年，中共中央国务院出台中央一号文件，加大了解决三农问题的力度，直至2018年，中央一号文件已连续发布十五年。

尾　声

【日出。西山村的土地上焕发出蓬勃的生机。

【字幕：2018年。

【一村民跑上。

村　民　新娘子来喽！新娘子来喽！新娘子来喽！

【鞭炮声响起，穿着婚纱的姑娘在村民们的簇拥下，上。

【幕内唱

　　　红艳艳太阳东边亮，

　　　照亮了西山好风光。

　　　姑娘呀，你听我一句劝，

　　　要嫁人，就嫁那西山郎。

【光暗。

（全剧终）

2018年9月13日初稿于宁波

瓷马泪[1]

刘小波

第一场

【晚上,毕力根的家。一半是客厅,一半是自家开的小商店。两边都开着一盏白炽灯,尽其所能地照亮周围的空间。商店的柜台看上去并不稳当,一看就知道是随意用木板钉成的,上面放着家庭日用品,包括烟酒。客厅里放着一张长方形的桌子,宽度一米五左右,上面凹凸不平,空无一物。在两个房间的拐角处放着一个茶几,上面只有三个同样大小的白色瓷马。客厅的墙刷成白色,但又不是纯粹鲜亮的白,像是已经使用了很长时间后的白,某些地方可以看到白漆脱落的痕迹。墙上挂了几张照片,照片上的人从一个到四个不等。照片旁边挂着一把二胡,弦已断。靠小商店的墙角,放着不起眼的一把铁锹。

【毕力根独自坐在小商店的座位上,口中念念有词,是一首歌。

　　蓝天有多高?
　　问一问天上的云。
　　河水有多长?
　　看一看河边的沙。

---

[1] 话剧。

> 远方的爱人，
> 你是否能够听到
> 这爱的思念流淌的歌，
> 我多想让它
> 夜夜荡漾在你的身旁。

【一阵摩托声传来，毕力根突然一震，有些害怕地转过头看拐角处的三个瓷马。

毕力根　　这是谁又来了。

【王青松的声音："好了，要待也不要待太长时间，早点回自己家。"

【陈茹娜的声音："知道了。"

【王青松的声音："给，这里有一百块钱，需要什么就买，不能总白拿白吃大娘家的。"

【陈茹娜的声音："好的，记住了，你快去吧。"

【王青松的声音："那好，我走了。"加油声，马达声由强变弱。

【王青松骑着摩托上场。

王青松　　（一手摘下发红的有些脏的口罩挂在一个耳朵上）大娘，刚才陈茹娜没有太麻烦你吧。

毕力根　　哦，王青松啊。哪有的事，她要是真麻烦我，我还高兴呢。谁不知道这时候的女人麻烦人都是喜事。

王青松　　呵呵，大娘，看你说的。我来买两节干电池。

毕力根　　又是班儿上用？

王青松　　是，夜班儿熬人啊。真是够累的。

毕力根　　累了好，当上咱们旗的大红人了，当然会累，累了说明自己还活着。怎么不穿上你的警服？

王青松　　嘿，还不是这风沙，怕把衣服弄脏了。刚才去了趟矿上，（从兜里拿出口罩在手上拍打）外面的人只有起风沙了才会戴口罩，在矿上，要一天到晚都戴着这东西，说话都不清爽。

毕力根　　咋去矿上了？你刚才说要啥？

王青松　　干电池，两节。要给他们做安全检查。

毕力根　　哦，对，干电池，两节。岁数大了，刚说过的话就忘。（转身拿

王青松	两节电池给对方）拿好了。你们警察都是好人，为老百姓办事，当年要不是你们警察出面，我小儿子就白死了。
王青松	呵呵，那都是领导的功劳。（拿包里的手电筒，把电池放进去，推开，往客厅照照，特别在三个瓷马身上停留一下，然后关掉）嗯，亮了，这是钱，大娘，你拿着。
毕力根	嗨，没必要，谁叫孩子生出来后管我叫奶奶呢。（收过钱）王青松孩子，这干电池用处可多着呢，可以放在收音机里，也可以放在录音机里，按一下，什么好听的都会出来。
王青松	知道，毕力根大娘，听着好听的歌还能在你家的桌子上跳舞呢。呵呵。
毕力根	嗯，你知道，马德远就是这样。他总是学外面的东西，老想着去外面打工挣钱。
王青松	是啊，可是这次出去他也没叫上我，这么长时间了连个电话都不打，估计是要发大财了。
毕力根	你说的是真的？
王青松	那还用说，你不知道那边的人挣钱都不是论万的，那都是论百万的呀。比我在这里当警察强多了。
毕力根	说的哪里话，我倒宁愿他也像你一样当上警察。（停顿）可是他从来没有给我们寄过钱的啊。
王青松	这不是刚开始吗？他才去了几年。
毕力根	那就好，那就好。

【王青松发动摩托离开。毕力根又是一震。

| 毕力根 | （伸长身子招呼已经远去的王青松）代我问候一下陈茹娜孩子。（一个人坐下开始发呆）两年零七个月十天了，两年零七个月十天。（转头看三个白色的瓷马） |

【从舞台另一侧传来一声响亮的摩托车的轰鸣声。

【毕力根身上一震，转过身子往客厅看。

【卢双玉费力地将摩托车推上舞台，然后扎在原地，开始卸货。嘴里嘟囔着什么，很显然喝酒了。脚步也不稳，在搬第二箱货物时撞到了第一箱货物上，摔倒，压在两箱货物上。

| 毕力根 | （坐着没动，只把头转过去）我不是说了不能听见摩托响吗？我 |

就是受不了。就是这些摩托害了我。这些开起来突突响的车子，只要一看见这种车过来我就恍惚，就分不清前后，总是怕出错，怕被人笑话。

【卢双玉不说话，躺在那里喘粗气。

毕力根　　又喝酒啦，少喝几口不行吗？
卢双玉　　你帮帮忙不行吗？（努力爬起来）
毕力根　　我要看着店，不能走开，一走开就会有人来抢店里的东西。
卢双玉　　都这么晚了，谁还会来买东西，更别说抢东西了。反正来你这里买东西比别处的都要便宜。
毕力根　　那是我老糊涂了。（开始往客厅中走）可是就算老糊涂也比你醉醺醺的强。（站到卢双玉旁边不动）
卢双玉　　看来你不糊涂。你打的什么主意我还不知道。（将两个箱子踢到一边）今天又赔了多少？
毕力根　　怎么又踢，里面有电灯泡。赔怎么了，赔完了就进监狱。赔的再多也没有你输的多。
卢双玉　　嗯，早点儿输完这心就早点踏实。
毕力根　　把这些电灯泡好好归置归置。多少人要等着它照亮呢。
卢双玉　　碎了就碎了，反正它们照不亮这个地方。风沙一来，大白天也会变成晚上，几个灯泡，根本不管用。
毕力根　　只有你这么想。
卢双玉　　还是你这么给我说的。

【毕力根沉默，坐着不动。

卢双玉　　好了，该关门了，没人再买东西了。

【电灯突然熄灭。

毕力根　　停电了。
卢双玉　　停电了好，这日子，黑灯瞎火的才好过。停了电正好睡觉。（摸黑走到一张椅子前坐下）

【毕力根不说话，开始返身关小商店的门。

【卢双玉从桌子下面的抽屉里取出一个手电筒，推亮，照在拐角处，照亮了那三个瓷马。

【毕力根走到瓷马旁边，认真摆好三个瓷马。然后慢慢走到桌子

	边坐下。卢双玉一直给她照着道路。
毕力根	该点个蜡烛。
卢双玉	说不定马上就来电了。反正用完了还有。（先把手电朝向瓷马，然后朝向毕力根身边，感觉不妥，再朝向自己，对着手电发呆的样子，再朝向后面的照片墙上，然后马上往上抬，照着天花板）
毕力根	（从卢双玉手上夺下手电，关掉）不能往天上照，会遭天谴。
卢双玉	早就遭天谴了。天上的人早就看得一清二楚了。
毕力根	我只看见他们坐在桌子旁边的样子。
卢双玉	我看见的是他站在桌子上跳舞的样子。
毕力根	所以你才不喜欢他。
	【毕力根将手电朝下推开，不够平整的桌子上漏出来一些光亮。
毕力根	有点光真好。
	【王青松拿着手电筒上场，胳肢窝里放着一瓶酒，现在他扮演马德远的角色。走到桌子边后，重重地把酒瓶和手电筒放在桌子上，手电筒朝向观众，然后自己也醉醺醺地在桌子一头面朝观众坐下。
毕力根	你也喝酒啦。
王青松	喝，反正也没事干。
卢双玉	这是从哪里弄的酒？
王青松	妈，你去拿个杯子来。
毕力根	用碗不行吗？
王青松	外面打小工的人才用碗。你不是用杯子招待客人吗，还放很多绿茶。
毕力根	好的，我给你拿。（边说边站起来）用杯子会喝得少一点。
卢双玉	这两年你去哪里了？你妈说你去南方打工了。
	【王青松不理会，很随意地转着酒瓶。
	【毕力根拿了一个杯子和一盘土豆以及一双筷子回来。
	【王青松打开酒瓶给自己倒一杯，拿起来喝一口。
王青松	啊——真够带劲的。
卢双玉	看样子是好酒。（伸手去拿酒瓶）
王青松	再好也没你的份。（一把抓牢酒瓶）

毕力根	是好酒就多喝几口，一会儿睡个觉就没事了。（把盘子推到王青松面前）吃点菜，光喝酒对身体不好。
王青松	嗯。（用筷子夹一口土豆吃）还是家里的味道正宗。
毕力根	那是肯定的。
王青松	（再吃一口）可是你为啥不让我吃屋后种的青菜呢？
毕力根	那是用来卖的，家里可吃不起那么好的东西。
王青松	（突然发火，用手捶桌子，高声叫起来）卖给谁呀？挣那么多钱有什么用，人死了花不了顶个屁用。
毕力根	好好好，我这就去做。换换口味。（犹豫着要站起来）
卢双玉	你还是坐下吧，你只要给他说说那些菜是为啥会长得那么好，他肯定就不要再吃了。
王青松	怎么？那些菜怎么长的？
卢双玉	怎么长的你自己清楚。
毕力根	（赶忙朝卢双玉）他不清楚。
王青松	是不是要我再把家里的东西都砸坏？
毕力根	要砸就砸吧，反正也不是头一回，现在家里能砸的只有你手上的玻璃杯了。
王青松	（用筷子点点盘子，发出金属的声音）哦，都换成铁的了。那边不是还有三匹马吗？（并不看三个瓷马，再喝一口）
毕力根	那你可不能砸，以前你闹得那么厉害的时候也没动过它们。
卢双玉	厉害，是真厉害。
王青松	今天，我就试试看。你信不信？它们的声音肯定很脆。（拿着自己的手电筒和酒瓶站起来）
毕力根	不行，（赶紧站起来拦住王青松）不行，你不能动它们。不能动它们。（把王青松推到后墙上）

【王青松隐去。灯突然亮起来，来电了。

【毕力根发现自己站在一张马德远的照片前。

卢双玉	（把酒杯和盘子放在自己面前）来电了，人也走了，什么都不会看见了。（喝一口杯里的水）
毕力根	我看见他了，我看见他了，就是看不见他跳舞了。
卢双玉	要是真有酒就好了。回笼酒最好喝，有时候一口就醉，像是把以

	前喝过的好酒又一下子再喝一遍，又不会让你吐得到处都是，一点都不浪费。
毕力根	刚才王青松过来，说南方的人都看上什么，电什么了，里面除了可以听歌，还能看见唱歌的人。
卢双玉	哼哼，那叫电视。
毕力根	对，是叫电视。你也知道？
卢双玉	哼哼，（清口痰）要电视你想看啥？
毕力根	看看那些人听着歌是怎么在跳舞的。
卢双玉	反正比你那个儿子跳得好看，要不然也上不去电视。
毕力根	不是你儿子吗？
卢双玉	（沉默一会儿）是，是我儿子。

【毕力根沉默，转头看着墙上的照片。

卢双玉	（把杯子里的水倒掉）给我再倒杯水。
毕力根	你怎么倒掉了？
卢双玉	受不了你一直说他。

【毕力根依然坐着不动。

卢双玉	你不给我倒我就去拿酒。

【毕力根站起来走到卢双玉刚才进来的舞台一侧，拿来了一壶水，给卢双玉倒水。这段时间卢双玉缓慢从怀里的衣兜里拿出一盒烟，挑出一根，用打火机点上。咳嗽。

卢双玉	是不是该把东西都捡回来？
毕力根	捡什么？
卢双玉	扣子。那些纽扣。
毕力根	我的扣子撒了？（想起身看看自己卖的扣子）
卢双玉	不是你的，是那个地方的。

【毕力根站起来的身子定住不动。

毕力根	那个——哪个地方？
卢双玉	你刚才一直在念叨的。
毕力根	（停顿）他那里的？
卢双玉	是。
毕力根	（出气有些不均匀）那怎么行，没有扣子算什么。没有扣子，天

	一冷，人是要生病的。要是衣服都不按扣子，我这里的扣子也就没人买了。
卢双玉	知道。
毕力根	要是衣服都没扣子，就会有很多人生病，可是这里的医院住不下那么多人，我去过医院，地方太小了，尤其是孩子们生病的时候。
卢双玉	我知道。
毕力根	你不知道，那时候我还没有过来。那时候，大儿子生病，就是他，现在出去打工了，一直要等到我六十大寿的时候才回来的大儿子。
卢双玉	嗯，是马德远。
毕力根	是。就是因为他不听话，在外面玩得太厉害，都九月多快十月了，还玩得满头大汗，就把衣服上的扣子解开了，那些扣子是我给他缝上去的。
卢双玉	是，六十针，你数着缝的。
毕力根	六十针，一针一年。他在像小儿子那么大的时候就说，等我六十大寿了，好好给我过个生日，他一直在数着我的岁数。
卢双玉	就怕你忘了自己的年岁，我可不会这么对自己的妈。
毕力根	结果他就病了，我只好背着他和小儿子一起到了医院，一路上他说了好多胡话。等到了医院后，小儿子也病了。
卢双玉	可能是医院的病人感染的。
毕力根	是，感染的，先是哥哥感染弟弟生病，后来弟弟又感染哥哥。
卢双玉	好啦，不用再说了，等你六十大寿的时候他就会回来了。
毕力根	我快六十了，他快要回来了。等他回来，还会在我们的桌子上跳舞。我都知道。
卢双玉	嗯，挺好。（抽烟，剧烈咳嗽两声）
毕力根	又赌博喝酒了。
卢双玉	你怎么知道我赌博了？
毕力根	你一咳嗽，身上那股子烟味就会抖出来，和你抽的烟不一样，那是赌博的时候很多人在一起抽烟时的烟味。
卢双玉	那又怎么了？输钱比丢人要好多了。总比你捡来的牛粪好闻。

毕力根		牛粪做出来的馍才有味道。现在这种东西想买还买不到呢。可惜现在这东西也少见了，都是摩托。
卢双玉		都是臊味。
毕力根		总比你赌博喝酒好。一输钱就喝个烂醉。
卢双玉		我喝得再醉也能干活。
毕力根		你最好瞅没人的地方开，人家谁都是家里的孩子。（突然开始哭）说不定那天的那个司机就是因为喝多了酒。
卢双玉		得了吧，又开始了。（狠狠吸一口烟）
毕力根		空的时候我就琢磨，这都是因为喝酒才闹成这样。
卢双玉		都这样了还琢磨个屁。（把烟丢到杯子里，然后拿起杯子重重地往桌子上一砸）
毕力根		马德远也是因为喝酒才——
卢双玉		要说多少遍你才能记牢？他去南方打工了。
毕力根		我知道，邻居们都这么说，那就是肯定的了。（停顿，接着站起来走过桌子来到拐角处，拉电灯的绳子，小商店的灯暗掉，然后又走到后面的墙边，拉电灯的绳子，客厅的灯暗掉）
卢双玉		我就不用灯了？
毕力根		（慢慢走回自己的座位）用不着了，这样你就不用看见他们了。
卢双玉		是你想多看看他们。
毕力根		我是想。（停顿）可是每次看他们都不带彩儿，和梦里看到的一样。
卢双玉		有一种电视是彩电，里面的人和外面的人一样，你穿什么颜色的衣服，在那里就会是什么颜色的。
毕力根		还有这种东西？怪不得这里的人都想出去。可是我不喜欢，我还是看看不带彩儿的儿子就行了。带了彩儿的看着不真。
卢双玉		还说别人，你整天唱的歌里不也是想着出去吗？
毕力根		那首歌才不是要出去呢，那是大山人的歌，是唱马的歌。
卢双玉		好，唱马的，你家的三匹马。

【风吹过去的声音。

【落幕。

第二场

【白天，毕力根家，毕力根和上一场一样坐在小商店的椅子上，口中念念有词，同样是那一首歌。不时地她会回头看看旁边的三匹瓷马。

【陈茹娜从上一场王青松上场的方向上场，一只脚有点跛，挺着个大肚子，快要临盆的样子。

毕力根　　快来快来，（打开小商店柜台边的一扇小门让陈茹娜进来）可不能让她有个闪失。

陈茹娜　　哎呀，大娘，大山上的女人，哪里有那么娇气。

毕力根　　我去给你搬个凳子来，咱娘俩好好说说话。

【毕力根转身到客厅里搬来一把椅子给陈茹娜坐。陈茹娜在她搬椅子时侧身看了看贴着照片的墙，脸色有些不自然。

陈茹娜　　麻烦大娘了。

毕力根　　（拿出糖放在陈茹娜手上）来，先吃颗糖。纯正的马奶奶酪糖。

陈茹娜　　好，谢谢大娘。（拿在手上并不剥开）

毕力根　　怎么，不喜欢？

陈茹娜　　喜欢，就是现在吃不进。刚吃饱。

毕力根　　王青松看来把你照顾得挺好的。

陈茹娜　　大娘——

毕力根　　来，我们吃瓜子。（抓一大把瓜子放在自己的面前）

陈茹娜　　又让你破费了。

【两人嗑瓜子，沉默。

陈茹娜　　（犹豫着）还好你们搬过来了，要不然找个贴心的说话人都难找。

毕力根　　都一样，人这一辈子，就是找伴儿，不管什么时候，只要有个伴儿，什么难事都能凑合着过去。没有个伴儿，那就是断翅的鸟儿，拐腿的骏马。

陈茹娜　　是啊大娘。现在这个样子，去别人那里又怕人家笑话。

毕力根　　说的是哪里话。天空的美丽是太阳、月亮和星星，群山的美丽是野果和森林，我们女人的美丽就是肚子里的孩子。还有，我都说过多少回了，把那个"大"就省了吧，到时候也让他叫我奶奶，我也高兴高兴。

陈茹娜　（有些尴尬）总是有点不一样，怕王青松生气呢。

毕力根　他会生什么气，都是一起玩大的孩子，和我们家马德远还不是跟亲兄弟一样。你还别说，真比亲兄弟还亲，一块儿放羊，一起喝酒，一起偷摩托车，只是后来只有他一个人坐牢……

陈茹娜　大娘，不要说了，再说我更对不起他了。

毕力根　哎，对不起，该说对不起的是我啊。（拍拍手）

陈茹娜　我知道他怎么想的，他想看看外面的世界有多大，多好看。我这个瘸子还不够好。

毕力根　可不能这么说，谁都知道你的腿弄成这样都是因为他，要不是小时候他非要带着你骑马，哪里会有这种事。

陈茹娜　那也不怪他，怪只怪人家结婚的人突然放起了鞭炮，惊了马。现在好了，都用上摩托车了，再也不怕马惊了。

毕力根　是啊，可是我一听到摩托的声音就——

陈茹娜　（沉默一下）他什么时候回来？

毕力根　谁？哦，说是要等我六十大寿的时候，给我风风光光地大办一场。要是问那个人，那个人每天都会来，就是不知道都去哪里了。

陈茹娜　你也不要太难过，看样子这回他是找到好路子了。

毕力根　谁知道呢，说不定回来还是那样。要我说，咱大山人的命就该扎根大山，俗话说得好，松柏纵然长得好，离开了土地只能当柴烧。出去多少人，风光回来的能有几个，我看一个也没有。

陈茹娜　（转身看拐角的三个瓷马）大娘，我看你把原来的两个小马都换成了大马了。

毕力根　是，都成大马了，都长大了。

陈茹娜　他弟弟——

毕力根　他弟弟最懂事，早就是一个大马了。

陈茹娜　那原来的那个小马呢？

毕力根　那个小马？（猛地怔住）

陈茹娜	是啊，原来的那匹马德远的小马？是不是他临走前带走了？
毕力根	对，是他带走了，带到很远的地方去了。还有他的收音机，还有他平时穿的很多衣裳，都带走了。
陈茹娜	一定是带到很远的南方去了。那时候他经常对我说起南方的江河湖海，越往南，水越多，不像我们这里，一刮风就灰天黑地的。
毕力根	可不是嘛，那都是他从收音机和墙上贴的旧报纸上学到的，小的时候他是个乖孩子，他还说过要保护我，不让大山上的狼害了我。
陈茹娜	现在大山上也没有几头狼了。
毕力根	是，到处都是摩托，跑到哪里都突突突，到处都是汽油味，人闻着都难受，哪里还会有狼。
陈茹娜	哎呀？孩子在动了。
毕力根	是吗，我来摸摸。（伸手去摸陈茹娜的肚子）真是，看来是个好男儿，一听见说狼就来劲儿，跟那时候我怀马德远时一个样。（黯然）只可惜他再也没这个福分了。
陈茹娜	哪里，他在南方肯定会找到比我更好的女人。

【王青松骑摩托过来。

王青松	又吃大娘卖的东西了。
毕力根	看你这话说的，我可不是给她吃，是给她肚子里的人吃。

【三个人笑笑。

王青松	回去吧，时候不早了。
陈茹娜	好，那大娘，我就先回去了。
毕力根	好，我也不多留你了，孩子要紧。

【陈茹娜打开小门走出来，毕力根帮忙给她挪椅子，然后站在小门口。

毕力根	快回家吧，你不在，王青松的魂儿就回不去。
王青松	哪里有那么厉害。哎，对了，今天接到所里电话，说在北坡发现了一个人，后面估计要忙起来了。
毕力根	一个人？北坡？什么人？
王青松	说是可能是过路的死在那里了。
陈茹娜	啥？哎哟。（捂肚子）真可怜。

毕力根	哎，保护好孩子，（对王青松）别听他们瞎说。快回去吧。	
王青松	好的，大娘。	

【王青松抱着陈茹娜上摩托车，然后自己骑上，发动摩托车。

毕力根	（看着两个人回家，自言自语）一个过路人。北坡。

【毕力根走回去，关好小门，脚步明显不稳。她走到柜台前，怔怔地看着上面的瓜子，抓起一把，双手捧着放到三匹瓷马的茶几上。

【另一侧传来摩托声。卢双玉骑着摩托车上场，看上去很慌张，急匆匆扎稳了摩托车，走到客厅中间。

卢双玉	（停顿一下）听说他们发现那里了。
毕力根	北坡？
卢双玉	北坡。村里放羊的人发现的。
毕力根	他们说可能是过路的人。我大儿子去南方打工了，不会在这里发现他的。
卢双玉	嗯，你说得对。

【两人沉默。卢双玉看到茶几上的瓜子。

卢双玉	你又在干啥了？
毕力根	干啥了？

【卢双玉朝瓜子点点头，然后一屁股坐下，拍了一下桌子。

卢双玉	给他们吃吧，这样吃不到我再去烧给他们。
毕力根	（朝桌子走两步停下）你们吃瓜子吧，知道怎么吃吧？
卢双玉	过路人。谁知道是不是过路人，这鸟不拉屎的地方会有多少过路人。
毕力根	不是过路人会是谁？
卢双玉	你知道会是谁。要是大儿子真去了南方打工，你再念叨他也不会吃茶几上的瓜子。
毕力根	不管他在哪儿，他总会听娘的念叨的。
卢双玉	对，他就在南方，吃的比这些东西都要好，说不定在吃鱼呢，要不怎么每次出去打工从来都不往家里寄钱。
毕力根	对，他在吃鱼，挣了钱就要花在自己身上，给我们两个老不死的有什么用。（走到茶几旁，拿起一个瓷马）你在吃鱼吧，马

德远？娘只知道鱼是什么样子的，摸上去滑溜溜的，像这个马一样。

【灯暗。

【转场。舞台上依然是客厅的模样，后墙上的照片隐而不显。王青松穿警服坐在椅子上，分析案情。在桌子上放着几个密封的塑料袋。

王青松　　（拿起一个塑料袋仔细看，里面装着很多粒铁纽扣）为什么会有这么多烧过的纽扣？（拿起另一个塑料袋）还有收音机的零件？（思索一下，再拿起另一个塑料袋，里面是几片碎瓷片，摇一摇，发出清脆的响声）啊？（拿起装纽扣的袋子）这些纽扣？无人认领的尸体，火烧燔祭的扣子，还有这些碎瓷片。

【身体往后靠，不相信地看着前方。

王青松　　噢，（再次拿起装纽扣的袋子，放下，再拿起一个装着绕成一个圆圈的麻绳的袋子）这个？（停顿）希望是误伤。一切都是误会。

王青松　　（翻看卷宗）男，年龄：26～30岁，身高：1.70米左右。本地失踪的18个人。（仔细看，看到一处，猛地一震，继而慢慢合上卷宗）不可能的，他去南方打工了。

【灯暗。

【转场。

【场景变换成毕力根家客厅。毕力根和卢双玉坐在桌子两边。

毕力根　　找到的就是他？
卢双玉　　是他。就是他。

【毕力根低头，两手放在下面，头挨着桌子哭起来。

卢双玉　　别哭了，你知道一开始找到的就是他。
毕力根　　我不知道，我不知道你埋得那么浅。
卢双玉　　最要紧的不是埋得浅，是你让我给他烧那些吃的东西，结果引来了那些没有草吃的羊。
毕力根　　这都是以前他想吃，我总是不舍得买的东西，是南方那边孩子经常吃的东西。现在我这里什么都有，他想吃的火腿肠、方便面，都有。娘开了个店，你们想吃什么就吃什么。别忘了，开店的钱是我小儿子挣的钱。

卢双玉　　他没挣那么多钱。
毕力根　　他挣了，每一分都是他挣的。
卢双玉　　好，是他挣的，也是你挣的，是你们三个人挣的，和我没一点关系。
毕力根　　（止住哭，抬起头看着卢双玉，然后低下头摸着桌子）这张桌子，这张桌子——他们是咋发现的？
卢双玉　　反正是发现了。我真该早点把那些没有烧完的东西都拿走。
毕力根　　我想知道是咋发现的。
卢双玉　　大风吹开了上面的沙子，露出了他的一个脚指头。
毕力根　　一根脚趾头，一根脚趾头。你埋得这么浅，还没有我，没有我——
卢双玉　　是，没有你埋得深。埋得浅怎么了？那时候让你一起去你怎么不去啦？你不是整天都在等着他们来发现吗？
毕力根　　那时候我去不了，我怕。
卢双玉　　那后来你怎么不怕啦？搬到这里后你把那条狗——
毕力根　　没有那条狗的事！
卢双玉　　（停顿）我也怕。那晚一直在刮风，一直都像是有人要过来，那么大的风，那么凉的天，可是等埋好以后我还是出了一身大汗。
毕力根　　两年多了，他会变成什么样子？
卢双玉　　不知道。（停顿）你不是一直在看吗？屋后那里？
毕力根　　我没看，我一直没看，我害怕。
卢双玉　　你在看。有时候我听到你的床嘎吱嘎吱响，响得太厉害时我就会醒，你也知道吧，我一醒就不再打呼噜了，可是我想知道你究竟要去干什么，所以我有时候会假装接着打呼噜。
毕力根　　我真的没看过，我只是在那边上站站。刚开始能闻到那股味道，后来渐渐就没有了，变成了和风沙一样的味道，再后来，种的菜就开始长，长得碧绿碧绿的，比我以前种的菜都要好。
卢双玉　　可就是不能吃。
毕力根　　只能送给别人家吃，卖给来买东西的人。可是我知道，不能给王青松他们一家吃。
卢双玉　　看来你还没有那么糊涂。
毕力根　　为了让他们高兴，我只能假装没有种过那点儿菜。

卢双玉	你也挺会假装的。
毕力根	没有你会装。是不是赌博的时候也作假?
卢双玉	那时候不能作假,发现了会被人打个半死。
毕力根	真打个半死就好了。
卢双玉	是,我知道你想要我死,我不是一步步往死里走吗?现在一发现,过不了几天就会进监狱,吃枪子儿。
毕力根	警察都来了?
卢双玉	在村里查呢。警车都来了。
毕力根	我总是怕看公安的车。
卢双玉	那你就待在家里别出去。
毕力根	好。到时候你告诉他们,不要开车过来带我走。只要他们不开车来,怎么查都行。
卢双玉	查到这里也查不出什么来,他去南方打工了,那个人根本就不是他。
毕力根	不是他,假装不是他。
卢双玉	不是假装,是根本就不是他。
毕力根	不是他。根本就不是他。
卢双玉	那就好,那就好。等着他们来问。

【幕落。

第三场

【毕力根坐在柜台前,依然抱着那个瓷马。
【另一侧响起摩托声。卢双玉有些踉跄地走上来,有些失神地坐在桌子边。
【听到摩托声的毕力根把瓷马抱得更紧。

毕力根	不要听,孩子,不要听。听见了你的心就又不安静了,就又要想着偷东西了。
卢双玉	(从自己衣服里拿出一瓶酒喝上一口,重重地放在桌子上,毕力

根身子一震）不用再卖东西赔钱了，也不用熬夜赌钱输钱了，时候快到了。

毕力根　（慢慢从位置上下来，走到茶几旁，把瓷马放好）你刚才说啥？

卢双玉　不用再等了，很快他们就会找上门来了。

毕力根　又打听出什么来了？

卢双玉　他们调查了十七个人，都能找到，只有马德远还没有踪影。调查的人里头还有王青松。

毕力根　不是说我们不用联系他，他到时候会回来的？王青松，他一定会和他们说清楚的。

卢双玉　是啊，会说清楚的。

毕力根　那时候他什么都听马德远的。

卢双玉　是，好兄弟。现在人家当了警察，肯定还是为马德远说话。这世道，说不定明天我就会进去了，那些警车的红灯一转起来我的心就跳个不停。

毕力根　活该，我也不能听见你的摩托响。（走向桌子）

卢双玉　嫌我的摩托，这小商店里的东西哪一样不是我用摩托带回来的。

毕力根　那些青菜就不是。

卢双玉　是，我也嫌你的菜脏，连你自己都不吃。

毕力根　你最应该嫌弃的是这张桌子。（伸手摸桌子）

卢双玉　（猛地把自己双手从桌上拿开）你又提起这张桌子了。当时不让卖就是为了一遍遍地提起它。

毕力根　我是想留个念想。（边说边用手在上面做那抹布抹桌子的动作）那时候我刚到你家，两个孩子为了讨好你，轮流打扫房间，擦这张桌子的时候，他们需要把身体全部爬上去才能都擦到。（自己趴到桌子上擦桌子）那时候马德远7岁，我的小儿子才5岁。

卢双玉　那时候我心里热乎啊，突然间有了两个活蹦乱跳的儿子。

毕力根　两匹小马，将来会长成高头大马。

卢双玉　为了好好养活他们，我没有再要自己的孩子。

毕力根　你是怕自己养不活他们。

卢双玉　要是要了，现在可能也不会是这个结果。人人都有父亲，可是没有一个人的父亲是我。

| 毕力根 | 后来马德远长大了，会念书了，没事的时候就看糊在墙上和顶棚上的报纸，后来又买了收音机，还会跟着里面唱的歌跳舞。 |
| 卢双玉 | 是，就在这桌子上跳。这可是一家人吃饭的桌子啊。 |

【劲爆的流行音乐起，王青松走到桌子前，随着鼓点跳上桌子，开始跳舞。

【毕力根和卢双玉两个人木然地观看。

【音乐结束，王青松跳下桌子，隐去。

卢双玉	每次跳完，桌子上都会留下很多沙子。
毕力根	又要让小儿子擦桌子了。
卢双玉	小儿子不在了。赔了十七万。

【毕力根用自己的袖子擦桌子。

卢双玉	我让你把桌子也一块儿卖掉，你不肯。
毕力根	反正买家也不会在意一张桌子。人家有自己的桌子。留在屋里只会当柴火烧。
卢双玉	就当烧给他了，让他在那边也能跳舞。
毕力根	我不想让他跳那种舞，老老实实做个牧民多好。
卢双玉	我以为你喜欢他跳舞呢。
毕力根	我不喜欢，他做的事我都不喜欢。我喜欢他跟着陈茹娜时候的样子，就像现在王青松做的那样。（拍拍袖子，再用另一只袖子擦桌子）
卢双玉	王青松那时候和他一个样，偷摩托不也是他们两个人一起干的。
毕力根	可人家现在学好了，知道什么花好看，什么草可以吃。
卢双玉	你知道吗？我年轻时也想有自己的一辆摩托车。这是年轻人都喜欢的东西。
毕力根	为什么都要骑摩托。
卢双玉	（喝一口酒，把酒瓶砸在桌子上）自己开着摩托到处跑，那感觉！还能见到那么多人。那是在大城市里。
毕力根	那你怎么又回来了？
卢双玉	我的家还是在这里，那里不是我能待一辈子的地方，我还要回家娶媳妇。可是出去跑一圈回来，才发现没人愿意嫁给我了。
毕力根	咋啦？

卢双玉	他们都怕我在外面学坏了,就像羊群里的一只羊在外面跑一圈,沾染了狼的味道后,羊群就不愿意让它再回来一样。
毕力根	外面的人看起来还真像狼群。他们看到好东西就像狼群看到了猎物一样,轰轰轰地冲上去乱咬一通。
卢双玉	结果把所有的东西都咬成了破烂。可是,等到他们这一辈,什么都反过来了,你越能出去跑就越招人喜欢。现在,谁都想做一匹狼。
毕力根	你就是不知道怎么和他们玩。所以不招他们喜欢。(停顿)
卢双玉	(停顿)我是不知道怎么和他们玩,到底不是自己亲生的。还有那把二胡,我也不会拉。
毕力根	他们的爸爸可是个好手。
卢双玉	(大声)现在我是他们的爸爸!
毕力根	(抬头看看卢双玉,然后拍拍袖子)没事,反正现在他们也不喜欢这种音乐了。好了,擦干净了。
卢双玉	(低头看看桌面)沙子没有了,可是那股脚臭味还在,比马粪的味道还要让人闻着难受。
毕力根	所以你就不乐意了,总是要没事找事。哪里有脚臭味了,我这个当妈的就闻不到。
卢双玉	好了,是我多事,我没事找事。
	【毕力根慢慢坐下,擦眼睛。
卢双玉	又怎么啦。嗯!他从小就脾气倔,别人说他的话一句也听不进。后来出去打工,一分钱也没见着。
毕力根	他不是你儿子。
卢双玉	我知道,所以我的心就冷了。
毕力根	你的心冷了,是因为你的心冷了你才会想要杀了他,不是因为他砸家里的东西。
卢双玉	心冷了,所以就不再把他当自己的孩子了。可是我和你还要活下去。
毕力根	两个快要死的人,还要怎么活?活不活都一个样。
卢双玉	多活一天总是好的。
毕力根	那你现在怎么不跑啊,明天警察就要来捉你了,一命抵一命啊。

卢双玉	跑不动了,没有动手前是一个想法,动过手以后,我的心彻底就死了。(停顿)我对不住你。
毕力根	因为我是你的老婆?
卢双玉	你是我在这个世上最后一个亲人了。可是我对不起你。
毕力根	说白了你就是一只羊,还非要逞能要做一头狼。我真后悔我那时候没有早点让德远出去。
卢双玉	那时候放在谁身上都停不下来啊,绳子一套上,就一定要办成这件事,好像是套在自己身上一样,自己就像是一匹马,有人在拿鞭子抽打自己。
毕力根	你才不配做一匹马呢。(停顿)警察是不是也看见那条绳子了?
卢双玉	看到了,很快他们什么都会看到的。等他们弄明白了,你就可以光明正大地把他再埋深一点儿,还可以装上棺材。
毕力根	装上棺材。还要念点儿经。
卢双玉	念吧,给我也念点儿。
毕力根	我早就在念了。

【幕落。

第四场

【毕力根家客厅。现在作为警察局的审讯室,王青松和卢双玉坐在桌子两边,桌子上放着装东西的塑料袋。后面的墙上照片隐而不见。

卢双玉	(双手握着放在下面)王青松,你们怎么把我抓起来了?是因为北坡上的那个人吗?
王青松	对,大叔,在我们发现那个人后,有人看见你曾经几次到那里去看。
卢双玉	我只是看看你们就把我带来这里。只有你一个人?
王青松	是,我们这种小地方,你也是知道的,人员本来就不多。
卢双玉	是,人不多就有你一个。

王青松	大伯，我们查验了那名死者和毕力根大娘的DNA，什么都知道了。
卢双玉	什么DNA？
王青松	简单说，就是我们采集了毕力根大娘的血。
卢双玉	好，好，王青松，你真是学好了。
王青松	大叔，到底发生了什么？
卢双玉	我不知道。就算是马德远，那，那反正不是我杀的，他那么个大小伙，我怎么能干得过他？再说，他可是我儿子啊。
王青松	可是大叔，你明明知道那就是马德远。而且，他不是你亲生的。
卢双玉	王青松，你！你难过吗？你知道一个人没有儿子的感觉吗？你不知道，你快要当爸爸了。我这棵老树皮糙肉厚，树上的叶子被这山风吹得都快要掉光了，可是树荫下一棵小苗都没长，哪天大风刮起来，我就会倒下去，没有一个人会注意到。
王青松	大叔——（停顿）
卢双玉	你不会知道的。
王青松	是，大叔，我现在就是要为他找到凶手。
卢双玉	凶手，凶手！（看自己的双手）谁能说清楚啊。
王青松	好，那我们还是按流程来办。（咳嗽）老乡，大叔，为什么两年多前你们就搬家了？
卢双玉	这，搬个家又咋了。
王青松	是没什么，可是你明显是贱卖，原本可以卖五千块的房子，你只卖了两千块。还有，我们听说马德远在家的时候你们经常吵架。
卢双玉	那是因为他一喝酒就砸东西，我们总得过日子吧，就吵起来了呗。
王青松	是不是砸的多了，你就想着要杀掉他？
卢双玉	（停顿，双手捂住头）我是这么想过。（突然直起身子，双手抬高）这桌子，你们怎么也有这种桌子？
王青松	是，难道——
卢双玉	不是，看错了，这是你们的桌子，不是我家里的那张。
王青松	你家里那张桌子怎么啦？在上面一定发生过让你忘不掉的事，对吧大叔？

卢双玉	没有，没有。

【王青松不说话，看着卢双玉。

卢双玉	是有点儿。你也知道，马德远经常在桌子上跳舞。
王青松	我知道，所以你紧张一定不是因为这件事。大叔，北坡的人就是马德远，他是被人勒死的。据我所知，没有人和他有这么大的仇。
卢双玉	是，我和他就更不会有了。
王青松	可是你刚才已经说了，想让他死。
卢双玉	说说又不会犯罪。
王青松	嗯，难道你不想找到凶手，替他报仇？
卢双玉	你想替他报仇？
王青松	对。我和他是好朋友。
卢双玉	是啊，好朋友。你忘了你们一起偷摩托的事了吧？
王青松	（停顿）没有，就是睡着了也没有，所以我才一定要替他报仇。
卢双玉	好，浪子回头金不换，你是改好了，他在里面受罪，你在外面接受教育。现在你成警察了，挺好。
王青松	大叔，我知道我对不起他，所以在村子我总是不敢穿警服，怕你们看见不舒服。我也想着你们搬到我家附近就是想让我记着他对我的好，我都知道。所以杀害马德远的凶手我一定要找到，不管他是谁！
卢双玉	明白，不管他是谁，不管他是谁。其实他谁都不是，所以你就更不用难过了。
王青松	你的意思是？
卢双玉	没啥意思。
王青松	好吧。（无奈地翻卷宗）刚才你说到他砸东西，所以你想到要杀死他。
卢双玉	是，想，可是她不同意。还有，你知道他为什么砸东西吗？
王青松	（迟疑）你说。
卢双玉	因为你走了正路，他却什么都不是。
王青松	（停顿，低头）我知道，我欠了他一次，就欠了他一辈子，还让他把命都丢了。

卢双玉	都记得？
王青松	是，都记得。
卢双玉	看来，只有我一个人是坏人。
王青松	你的意思是？
卢双玉	行，我这个坏人就不为难你了。是我杀了他。
王青松	你？（慢慢站起）不可能。怎么，怎么可能？
卢双玉	是我杀的，又不是你杀的。
王青松	（站起来）不，不对，肯定不是你，不会是你，你是看我当了警察，想让我心里过意不去才这样说的。
卢双玉	那只是你的想法，确实是我杀的，你没责任。
王青松	你撒谎，骗人，你是他爸爸。
卢双玉	不是亲爸爸。
王青松	那又怎么样？
卢双玉	你是不是在想如果是我干的，就等于是你干的？
王青松	你，你怎么会这么想？
卢双玉	那是因为你就是这么想的。你怕了，我知道，你是觉得如果是我干的，你就永远还不清债。
王青松	不，绝不是你干的，你撒谎，你就是想报复。
卢双玉	你急什么？又不是我审问你。杀人的是我，你怀疑得没错。我解脱了。
王青松	不，你，你不可能做那种事。
卢双玉	我这一辈子算是毁了，所有的幸福都和我无关，最大的罪孽都是我做下的。
王青松	（扶着桌子）你怎么会做那种事啊，砸东西又怎么了，那些东西才多少钱。
卢双玉	我只想安安静静过日子。
王青松	你撒谎，还是撒谎。这样做能好好过日子吗？只会毁了你全家。
卢双玉	好吧，已经都这样了，毁了就毁了吧。
王青松	你简直——你——你混蛋，就因为他砸东西你就做出这种事来？
卢双玉	谁知道后面他会不会把我砸死。
王青松	砸死你也——他不会那样做的。

卢双玉	是,他不会。刚才你还说不敢相信是我干的。
王青松	你,那完全是你自找的。你经常出去赌博,还把小儿子的赔偿款都赌得差不多了。那是马德远最亲的人啊。(双手抓住卢双玉拼命摇晃,之后颓然放开)
卢双玉	(无力地捶桌子)恨我吧,都来恨我吧。可是谁知道我心里的苦啊。要是那时候警察没有抓到他,或者没有认定他是独自作案,这一切都可能不会发生。
王青松	(拍桌子)我不信,我不信!我还要继续调查。
卢双玉	好,你去调查吧,好让你安心,让马德远安心。
王青松	好,我一定会查清楚的。
卢双玉	终于解脱了。马德远,到时候你可别追着我不放,地上有影,那是因为天上有云啊。
王青松	难道——真是你?
卢双玉	是我,就是我,你没有怀疑错。
王青松	那,大娘她——
卢双玉	她什么都没干。都是我干的。再怎么说都是她儿子,亲生儿子,(一手慢慢摸向桌子)不管他会不会在这桌子上跳舞,砸东西。
王青松	好,我猜他的死一定还和你家里的那张桌子有关。
卢双玉	是,你去调查吧,我等你。现在可以把我铐上了吧。
王青松	(掏出手铐)铐不铐你我没这个权力。我只有权铐我自己。(慢慢将自己铐起来)

【沉默。

【幕落。

第五场

【毕力根坐在柜台上,脸朝着瓷马的方向,木然地择菜,把黄色的叶子扔到地上。

【不时有风吹过来的声音。

毕力根	孩子，他们终于找到了，天神什么都看见了，现在，警察也看见了，就是再大的风沙也挡不住了。前几天青松过来抽了我的血，我知道，这是滴血认亲。很快我就能把你安葬在你弟弟身边了。两匹大马，高扬着头，跑到哪里都不用当妈的操心。

【王青松从小商店对面的一侧上场。

王青松	大娘，在吗？
毕力根	（转过头）谁啊？
王青松	是我啊，大娘，王青松。
毕力根	哦，看见了。今天穿上警服啦。
王青松	是，今天来调查。
毕力根	（放下手中的菜，慢慢从小商店一侧走到客厅中，一边自言自语）你瞧，孩子，他们马上就来了，你那个爸爸可能都说出来了。（到客厅中，对王青松）既然是来办案，你坐。
王青松	好的，大娘。（停顿）我们想了解一下——（看看茶几上的瓷马）就是这些马儿的情况。
毕力根	好的，你问吧。
王青松	原来的两个小马呢？
毕力根	说起当年在小儿子坟墓前的瓷马，现在已经碎了。我去看了。这些天风沙大，上面盖了很厚的沙子。碎了好，碎了就长大了，就像地下的知了，要想飞到树上去，就必须蜕掉自己原来身上的那层皮，从里面爬出来。现在，他变成一匹高大的骏马了，可以独自在荒凉的大山高原上跑了。你知道我为什么要去那里看吗？
王青松	不知道。
毕力根	因为我想他了呀。
王青松	是，大娘，那你想不想马德远？
毕力根	马德远？想，想他，虽然他不如小儿子，总是乱砸东西。
王青松	那原来德远的那个小马呢？
毕力根	那个小马，也碎了，两个马都碎了。
王青松	（慢慢站起来，走到瓷马前）是怎么碎的？碎片都去哪里了？
毕力根	是双玉砸碎的，碎片就在那边。（往观众处指）
王青松	大娘，马德远已经死了，对吧？

毕力根	没死，怎么会呢。他去南方打工了。
王青松	是啊，我也希望他没死。大娘，你还记得前些天我们从你身上抽血的事吗？
毕力根	记得。现在想起来胳膊还疼呢。
王青松	大娘，我们是为了验证北坡发现的那个人是不是马德远才抽的您的血。
毕力根	真的是滴血认亲？
王青松	可以这么说，不过比滴血认亲更准。
毕力根	那，他是谁？
王青松	是你的儿子。可是肯定不是你小儿子。（拿起一个瓷马）
毕力根	难道是德远？
王青松	我也希望不是他。（轻轻敲一下瓷马）
毕力根	不是他，肯定不是他。你听这声音，是骏马的嘶鸣啊。
王青松	可是滴血认亲说明就是他。
毕力根	（猛地转过身看着王青松）这么说，他也死了？死了，两个孩子都死了，两匹骏马都死了，都变成了不会动的大瓷马了。
王青松	（轻轻放下瓷马）大娘，是谁害了德远？
毕力根	谁害的？谁害的？（四下寻找，像是要找到凶手，最后指着摩托车）是它，是这个突突突到处跑的摩托车，（慢慢站起来）因为有了它，我的马德远，我的好骏马就死了。
王青松	大娘，前面的事我都知道，我现在只想知道，他到底是怎么死的？
毕力根	不对，他没死，他在南方打工呢。你也说了，到时候他会挣很多钱回来。
王青松	可是你们都不知道他具体在什么地方啊。
毕力根	那不要紧，只要他知道家在哪里就行。马跑得再远，只要知道圈在哪儿就行。有一天我梦见德远回来，不但自己回来了，还说要带我去找我的小儿子，坐着他骑回来的摩托车，我听了真叫高兴，可是等我回屋里拿好东西，我的德远已经自己开着摩托车走了，怎么喊都不回头。地上留下的是长长的轮胎印，半空中都是呛人的汽油味。（停顿，失神地看着观众）后来外面的马达声就真的响了起来。

王青松	可是大娘，大叔他都已经交代了，不过经过我们的勘察，他说的应该不完全是实情。
毕力根	他怎么说的？
王青松	他说自己先是把德远骗到地里干活，然后在地里把他勒死的。可是那个地方太显眼，两个男人在那里打架肯定会有人看见。
毕力根	他是这么说的？

【卢双玉低头走进来。

卢双玉	都说了，都是我干的，和你没关系。
毕力根	（惊讶）你回来了？
卢双玉	是，这地方还怕我跑了不成。
毕力根	那，你——

【卢双玉蹲在地上不说话。毕力根恨恨地用手敲卢双玉的头。

王青松	大娘，你冷静点。（起身把毕力根拉开）大叔都说了。可是细想起来有很多疑点。你能说说你了解到的情况吗，大娘？
毕力根	我不能说，不能说。
王青松	可是大娘，找到真正的凶手才能让死去的德远瞑目啊。
毕力根	（转身朝后墙走过去）孩子啊，警察来找我了，你的好朋友王青松来找我了。终于等到这一天了。（摸墙上的照片和奖状）两年七个月十五天，七月十五啊，你变成什么样子了，孩子？（转过身面对王青松）我，我孩子他变成什么样子了？
王青松	大娘，我今天来是想知道——
毕力根	我想知道我儿子变成什么样子了。
王青松	大娘，人活着的时候才会有变化，人死了，就是死了。

【外面突然传来乱哄哄的声音，陈茹娜的声音在高喊："天哪，天哪，天神怎么能这么对我啊。"

毕力根	茹娜！（有些恍惚地走到桌子旁，然后再走到后墙对着马德远的照片，然后转身看着王青松）快去看看你媳妇怎么啦？

【王青松扶着陈茹娜从小商店门上场。

毕力根	（跑过去接住陈茹娜）出啥事啦，快说说。你丈夫不是就在这里吗？
陈茹娜	是啊，就是因为他在这里。你来这里调查马德远的死因？

毕力根	啊，你这么在乎我的德远。（看王青松）青松，你可不能责怪她啊。不要说了，你现在不能乱动，千万不能乱动，不能让孩子出事。（扶着陈茹娜在座位上坐下）为了肚子里的孩子，我的好茹娜。
陈茹娜	（呜咽）王青松，孩子他爸，你说说到底出什么事了？
毕力根	没事，孩子，他会出什么事。就是出再大的事也不能伤着你肚子里的孩子啊。茹娜。只要孩子在，一切就都有希望。
陈茹娜	你说，德远就是那个人吗？那个人就是，马德远？
王青松	这——
陈茹娜	你说吧，我坚强，我是大山的女人，我是你的女人，青松。
卢双玉	别难为他了，德远的事你也别操心了。
毕力根	去，这里哪有你说话的地儿。
陈茹娜	大叔也回来了？
卢双玉	嗯。
陈茹娜	那我就放心了，你们都在家，那北坡的就肯定不是德远了。对吧？（看看毕力根和王青松）
王青松	嗯，不管怎么样，事情都会过去的，茹娜，你该回去才对。
毕力根	对，对，啥事都会过去的。我们大山的女人碰上什么事都能够挺过去。今后的好日子还长着呢。你的儿子也会长成一匹高大的骏马。
陈茹娜	我知道，大娘，我听你的。可是你难道就不怕吗？
毕力根	怕什么？该来的总会来的。德远在不在自有天神知道。青松还要等着看自己的宝贝孩子呢，是不是？
陈茹娜	是，可是我总是忘不了他。青松，你不会觉得我这个人——
王青松	没关系，我也忘不了他。没有他，也就没有我的今天。我现在就是要查明他到底是怎么死的。
陈茹娜	什么？你的意思？天哪！
王青松	茹娜，你真该回家去的，这里有我在就行了。
陈茹娜	你在这里，在这里查？你在他家里查他的爸妈？
毕力根	孩子，不要动气，千万别动气。小孩子要紧。
陈茹娜	没事，大娘，我能扛得住，我的孩子，我的孩子也会没事的，

	大娘。
毕力根	是啊。你的孩子会没事的。我的孩子也会没事的。（想起了什么）我要看看我的孩子，我要看看我的孩子，看看我的马德远。（边说边走到墙角拿起立着的铁锨，要从小商店一侧下）
王青松	大娘，你这是要做什么？
陈茹娜	大娘，德远不是在南方打工吗？你告诉我，大娘！

【毕力根停住，有点愧疚地看着两个人。

王青松	（看看陈茹娜）是啊，大娘，就像茹娜的孩子一样安全。
毕力根	（想在陈茹娜面前隐瞒）我想看看他现在成什么样子了。
陈茹娜	可是他在那么远的地方，你怎么能看到他？
卢双玉	你们就让她去看吧，这么长时间了，她一直想看，可是又怕看。
陈茹娜	怎么，难道你们把德远藏起来了？
毕力根	对，藏起来了。我马上就能看到了。他离得不远，就在屋后。（满怀复杂感情地拿着铁锨走到拐角处，看着三个瓷马，伸手抚摸最外面的一个）你一直在这里等着妈妈，我知道。（下场）
陈茹娜	青松，大娘这是怎么啦？难道？（摸摸自己的肚子，慢慢坐下）大叔，你也坐啊。
卢双玉	你坐吧，我就不坐了。坐在这桌子旁边难受。
陈茹娜	怎么难受？
卢双玉	反正难受，你也最好不要坐。
王青松	没事，大叔习惯了。一切都过去了。有什么事都有我呢，你放心。
陈茹娜	嗯。为什么会发生这种事？冬天了，孩子马上就要出生了。
王青松	是啊，所以你要放心，不要多想，都有我呢。

【背景响起毕力根的声音："儿子，我知道你在这里，你等着，妈只是想看看你到底怎么样了。"

【舞台上的陈茹娜和王青松转头朝向声音的方向。

【毕力根从柜台的小门进来，双手捧着一大捧青菜，放到了客厅中央。

毕力根	快好了，还有一点儿，马上就回来。（转身要下场）
王青松	干嘛要把菜都砍掉啊，大娘？

毕力根	（停下，转过身）每次你们来买东西，这些菜我从来没给过你们。现在它们也不用再长下去了，下面的东西也该看看究竟变成什么样子了。
卢双玉	（站起来）要不要我帮你？
毕力根	不用，没你的事。

【陈茹娜也站起来，和王青松站在原地，疑惑地看着毕力根忙来忙去，然后看着地上放的青菜。

【外面风声开始大起来。

毕力根	你们再等我一会儿。（转身欲下）
陈茹娜	等等，大娘，你刚才说那些话——
毕力根	没事，都会好起来的，孩子。青松，你也别急，我会跟你走的，既然他都说了。
陈茹娜	大娘，你怎么这么说？大叔他说了什么，青松？你告诉我啊。
毕力根	没事的，孩子，大娘今天高兴。今天高兴。（转身下）
陈茹娜	高兴？（看王青松）不会出什么事吧？
王青松	我出去看看。（走下场）

【陈茹娜坐下，想想又站起来。

陈茹娜	大叔，你一直蹲着不累吗？
卢双玉	（无奈地搓搓脸）都这时候了，谁还能感觉到累。只要不是待在派出所，怎么都好。
陈茹娜	你的意思是——
卢双玉	就是这个意思，没别的意思。
陈茹娜	没别的意思，就是说，德远真的有事了？
卢双玉	他不会再有事了。
陈茹娜	天哪，他到底怎么样了？现在在哪里？（四处看，最后把目光定在了那面墙上，默默流泪）难道，真的是北坡上发现的那个人？

【王青松再次上场，搓着手，再用手往后搓头发。

王青松	我真是不懂，大叔，你能不能——（看看陈茹娜，不再说话）
卢双玉	好，我去帮帮她。（站起来走下场）

【风声更大了。

陈茹娜	这风刮的好大啊。（停顿）马德远，那肯定不是你，我知道的。

王青松	希望不是。（停顿）从大娘这里你也没有听到过他的消息？
陈茹娜	没有，她只是说要等自己六十大寿，德远就回来了。
王青松	嗯。
	【毕力根声音："我想看看你变成什么样子了，娘只想看看你变成什么样子了，变成什么样子了。"
陈茹娜	（有些担心地回头看）怎么回事？
王青松	你坐在这里，我出去看看。
	【王青松跑着下场。
	【王青松背景声音："出什么事了？""这是怎么回事？""是——""小马？""羊？"
陈茹娜	羊？那里有一只羊？
	【王青松的背景声音："这条绳子。这个手把。""是一只狗。是——"
陈茹娜	（听着外面的说话声渐渐惶恐地站起来）手把。一只狗。
	【静场。只剩下风声。
	【毕力根两手半举着从小门走上舞台，神情恍惚。陈茹娜的目光紧随着毕力根。
毕力根	我知道你们不让我看自己的儿子，我有办法看。（走到茶几旁拿起一个瓷马仔细看）两年零七个月十五天了，七月十五天了。马德远，我的好儿子，娘对不起你，娘没办法让你过上好日子，娘一错再错，最后什么都做不了。（抱着一个瓷马慢慢走向后墙的照片前）
	【王青松慢慢跟上，呆呆站在原地。卢双玉面无表情地跟上，站在一旁。
陈茹娜	（转身看着木木的王青松，像是发现了什么）啊——我要去看看。（欲下场）
王青松	没事，你最好还是直接回家去吧，这样对孩子和你都好。相信我。
陈茹娜	不，我要看看，我是大山的女人，我能坚持住。（小步走下）
王青松	为什么会发生这种事？大娘，难道你——
	【陈茹娜的背景声音："天哪，天哪！"
王青松	茹娜。（转身下场）

毕力根	（摸着后墙马德远的照片）孩子，妈妈看到你了，两年多了，妈妈终于看到你了。你的眼睛都陷下去了，身子瘦多了，头发也乱了。回来吧，回家里来，现在家里什么都有，不用出去打工了，孩子。（背靠墙坐在地上）
卢双玉	别伤心了，何必再折磨自己一次。
毕力根	我喜欢这种折磨，因为我心想我的德远还在，我对他的爱也一直是那么多。只有折磨才让我觉得自己还活着，你连这种折磨都感觉不到了。
卢双玉	（慢慢走到桌子边）是，当时我就想，要是当时死的是我该多好，反正有一个要死。（双手砸在桌子上）就死在这里！
毕力根	你混蛋！你不配死在这里！你也不配死在我家德远手里！德远，你现在一定也成了那种样子，对不对？

【王青松扶着陈茹娜回到舞台，陈茹娜坐到椅子上，神情恍惚。

陈茹娜	怎么会这样，怎么会这样？
王青松	没事的，都过去了，茹娜，都过去了。（走到毕力根面前）大娘，来，坐椅子上。大叔，你也坐。

【王青松扶着毕力根坐回椅子上。卢双玉也坐下。毕力根四下看看自己的位置，马上又站起来。

毕力根	（面对观众坐下）不不，我不想坐在这个位置上。
王青松	大娘，静一下，静一下。（等毕力根安静下来后）你为什么不愿意坐在这里，这个位置上？
毕力根	因为，因为我儿子就是在这个位置死的。（趴在桌子上哭）
陈茹娜	天哪！就是在这里，在自己家里！
王青松	（扶着陈茹娜）该来的终归是来了，茹娜，就像我们的孩子一样。（对毕力根）能不能仔细说说，大娘。他是怎么死的？是谁杀了他？
毕力根	（走到茶几旁抱紧瓷马，背靠在茶几上，全身绷紧）都是因为喝酒，因为钱。
王青松	因为钱。是外面的人来抢劫吗？
毕力根	不是，没有外面的人，是家里人抢家里人的钱。
陈茹娜	不，这不是真的，大娘！

【王青松不说话，静静地看着毕力根。

毕力根　　是真的。那天晚上，我从外面回来，听到屋子里有人费劲憋着气喊的声音，就像是鼓风机破了个洞一样。等我开开门，就看见，就看见他们两个人缠在一起，双玉用绳子套住我儿子的脖子，德远的手从绳子上慢慢垂下来——都怪他多喝了酒，我一开门就能闻到他身上的酒气。可是双玉没喝酒，他一点都没喝，就是为了能牢牢勒住我儿子。他知道我什么时候会出去。

陈茹娜　　啊——（站起来看着一动不动的卢双玉）

王青松　　那时候马德远怎么样了？

毕力根　　死了，身子都软了。

王青松　　那，大叔以前和你说过这事吗？

毕力根　　他跟我商量过好几次，可那是我儿子啊。我宁愿自己死也不能害了他啊。他后来就想背着我干。

王青松　　明白了，大娘。

陈茹娜　　天神哪！（起身离开下场）

王青松　　茹娜！

毕力根　　不明白，谁都说不明白。德远，你不要一直那么瞪着眼看着妈，妈不知道他真的会做。不要一天到晚来吓唬妈了，妈很快就给你做个新坟。

王青松　　大娘，俗话说得好，没有神的地方，从来不会有鬼。

毕力根　　不对，有鬼，人死了就会变成鬼，我很多晚上都会在睡着的时候见到他，他总是朝我伸个胳膊，喊着救命，救命。梦里头有个人，模模糊糊的，只有个黑影，他对我儿子说，"你往前面跑，就跑出去了。"可是每一次到这个时候，我都会醒过来，转头一看，天已经亮了。有时还能听见外面摩托车的声音，肯定就是它们吵醒我的，它们就是跟我作对，孩子都死了还要他往外面跑。我不知道最后儿子有没有跑出去，有没有被人救起来，可是不管他能不能获救，都会离开我。（向观众伸出双手）也不知道到底有没有鬼，他从来没有回来找过我，只有我一直忘不了他。

王青松　　他是谁？

毕力根　　他——他是我的小儿子，我想他。我也想你，德远，想看你在这

个桌子上跳舞。（吻桌子）

【隐约传来新生儿啼哭的声音。

王青松　　茹娜！（立刻跑下场）

毕力根　　啊，茹娜生了，听声音，一定是个大胖小子。德远，这孩子该是你的啊，你怎么就不正干，非要偷什么摩托，你把自己这辈子都偷走了，把娘的一辈子也偷没了，你知道吗？德远，（看着自己手里的瓷马）又一匹骏马要来到这个世上闯荡了，真好。（猛然想起来什么）我得去照顾她。我怎么能一个人傻站在这里。（下场）

【场上只有卢双玉一人。

卢双玉　　都在忙，只有我一个人，什么事都没有。总是这样，没一个人和我有关系。

【毕力根声音："你快去我房里把热水瓶拿来。"

【王青松声音："好的，这就来。"

【王青松跑上场，看着站在一旁的卢双玉，再看看他身旁的三个瓷马。

王青松　　现在，什么都清楚了。

卢双玉　　是，都清楚了。接下来你是不是要把手铐给我戴了？

王青松　　戴不戴都没关系。（转身走到后墙，看照片，然后看着放在地上的青菜）这菜，长得真绿，真不像是这个地方能长出来的东西。水分真足，能照出影子来。（看着瓷马）就像这瓷马一样。你本应该成为一匹真正的骏马的，可是，全都因为我，因为我当时突然地害怕。

卢双玉　　害怕没错，害怕了才不会干傻事。

王青松　　是，可是本来应该没什么需要害怕的。

卢双玉　　嗯，就像赌博，要么一夜暴富，要么输光所有。人生在世，就这么点事。

王青松　　大叔，你是愿赌服输，可是那些心有不甘的就会不安分了。

卢双玉　　就像马德远。

王青松　　是啊，马德远。大哥，（放下瓷马）没错，就像你说的，我这个人只能当小弟，因为我太软弱，太瞻前顾后，害怕未来要承担的一切。不像你,总是希望能有什么新鲜事儿发生,能走出这重重大山,和外面的人一样活得轻松快活。你总是说我像个土著,总是听长辈的话,没有自己的见解,和这大山一样,几亿年都不会变,活脱脱一个当地人的标本。

卢双玉　　他说的不错。

王青松　　是,他没错,其他人也没错。错就错在我们生在了这重重大山里。

卢双玉　　还错在外面的世界走得太快。

王青松　　(取出手铐)我也在往前走,我当了警察,知道了外面的世界有多大,知道了除了人情,还有法理。现在还知道了这冰冷的铁铐,并不是什么时候都管用,有时候反而会让好人心寒。

卢双玉　　是啊,让好人心疼,像我这种人,心早就死了、干了,怎么折磨都不会起皱了。

王青松　　可我的心还在跳着。孩子,爸爸很高兴你能来,爸爸帮你抵御寒冷,这将是个温暖的世界。把你接到这个世界的那双手,现在正抱着你的那双手,你长大了可要好好看看,仔细摸摸,那里有我们山里人的温暖。她会用这双温暖的手,用温暖的水帮你洗掉身上的血污,让你干干净净地活在这个世界上。孩子,爸爸来了,你一定要长成一匹骏马。

【幕落。

红楼·摇滚青春[1]

冯 文

第一幕

场景一 红楼教学楼前方的露天舞台

1. 歌曲《青春是一把刀》贾宝玉独唱，林黛玉重唱，众人合唱。
2. 歌曲《王者不荣耀》薛蟠独唱，薛宝钗重唱，众人合唱。

【舞台分为上下两区域，上层是贾宝玉家中场景，下层是大学红楼周围场景。

【贾宝玉及其"红楼摇滚乐队"在下层舞台的左侧进行音乐会表演，歌舞。

【薛蟠及其"王者不荣耀"网游团队在下层舞台的右侧打游戏，歌舞。

【林黛玉在音乐现场互动；薛宝钗在网游现场互动。

【两边歌舞开始时依次歌唱，后来，两首歌的旋律与歌词相互交融，形成重唱。结束时，青年男女于舞台左右两侧上台，形成热烈的青春歌舞场面。

---

[1] 音乐剧。

1. 歌曲《青春是一把刀》	2. 歌曲《王者不荣耀》
贾宝玉（唱）我们行走在燥热的土地 　　　　　我们穿梭在欲望的森林 　　　　　我们亮出一把青春的刀 　　　　　音乐为我们披荆斩棘 　　　　　成绩证明我的努力 　　　　　优秀必须付出力气 　　　　　不管是晴天还是霹雳 　　　　　音乐是我存在的道理	薛　蟠（唱）别再喷我们的计策 　　　　　我们想体验五杀的快乐 　　　　　别笑我们不懂角色 　　　　　没有谁天生可以当王者 　　　　　狗血的战绩还有几个 　　　　　我的战士英勇不能撤 　　　　　队友坑我从来没有施舍 　　　　　十连跪的排位就在此刻
林黛玉（唱）在这毕业的前夕 　　　　　有万众瞩目的鼓励 　　　　　一把刀成为青春的旗 　　　　　追着音乐奔跑 　　　　　我们从此所向披靡	薛宝钗（唱）什么王者不王者 　　　　　只是消耗生命的执着 　　　　　自以为是荣耀的王者 　　　　　你们争先恐后 　　　　　不过是游戏里的失败者
众　人（合）我们用这把刀来雕刻 　　　　　我们用这把刀来施舍 　　　　　我们用这把刀来创造 　　　　　我们用这把刀来获得	众　人（合）我们是失败的王者 　　　　　我们是懦弱的王者 　　　　　我们是尴尬的王者 　　　　　我们是笑话里的王者
贾宝玉（唱）我们不允许哭泣 　　　　　在音乐的领地上放弃	薛　蟠（唱）我们终于当上王者 　　　　　你别让这王国下课

【歌唱结束，众人祝贺鼓掌，旋律仍作背景音。

同学甲　　（白）宝玉你真棒！为红楼摇滚乐队拿下了"毕业音乐会"的演出资格！

同学乙　　（白）祝贺宝玉！每届毕业音乐会是学校上下最重视的活动，校领导和各大企业都在，还会现场签约优秀毕业生！宝玉，今年你一定行！

【同学们欢呼鼓掌。

【宝钗兴奋、骄傲地跑到贾宝玉身边,把准备好的鲜花献给他。

薛宝钗　　（白）宝玉,祝贺你!

　　　　　3. 歌曲《让我当主唱》薛宝钗独唱,众人合唱。

薛宝钗　　（唱）音乐即将开启,热火触发引擎
　　　　　　　　我是你的主唱,我要与你同台
　　　　　　　　宝玉你别等待,未来已经到来
　　　　　　　　举起你的双手,跟我一起摇摆
　　　　　　　　我会永远都在,接受我的心爱
　　　　　　　　过去现在未来,一定要你精彩
　　　　　　　　我想为你歌唱
　　　　　　　　拥抱我们的未来
　　　　　　　　让我当你的主唱
　　　　　　　　创造我们的时代

众　人　　（合唱）红楼,让世界听见
　　　　　　　　这金玉良缘的精彩

【同学们推促着宝玉和宝钗。

同学们　　（白）宝玉宝钗在一起!宝玉宝钗在一起!

【贾宝玉把花递回薛宝钗。

贾宝玉　　（白）不好意思,我的乐队主唱已经有人选了。

薛宝钗　　（白）（冷笑）怎么可能?我是音乐系学生会主席,没有人比我更适合我们音乐系创办的"红楼摇滚乐队"的主唱位置了!

贾宝玉　　（白）这次是全校的毕业音乐会。

【贾宝玉把林黛玉从人群中拉了出来。

贾宝玉　　（白）我向大家郑重介绍——红楼摇滚乐队主创兼主唱是文学系的林黛玉林姑娘,我们乐队原创歌曲的歌词都出自她的手笔,而且她声音纯净,在摇滚曲风中是点睛之笔。(停顿)最重要的是……她是我心爱的人,毕业音乐会必须由我和她共同完成。（幸福又坚定状）

【众人惊讶。薛宝钗气急,上前。

4. 歌曲《你不配》薛宝钗独唱，林黛玉重唱，众人合唱。

薛宝钗　　　（唱）这个结果很荒唐
　　　　　　　　　哪里轮得到你出场
　　　　　　　　　我信他一时糊涂莽莽撞撞
　　　　　　　　　才做出错误决定贻笑大方
　　　　　　　　　谁不知宝玉和宝钗最配
　　　　　　　　　无论家境专业和地位
　　　　　　　　　原来你林黛玉无所不为
　　　　　　　　　想与别人的男朋友比翼双飞
　　　　　　　　　我只告劝你一句
　　　　　　　　　你不配

林黛玉　　　（唱）因为音乐走到一起
　　　　　　　　　因为音乐彼此纯粹
　　　　　　　　　谁知招惹是是非非
　　　　　　　　　何必证明配与不配
　　　　　　　　　我的歌词你唱不出韵味
　　　　　　　　　我的主题你不懂领会
　　　　　　　　　燕雀安知鸿鹄之志
　　　　　　　　　你才是真正的不配

贾宝玉　　　（唱）宝钗不要无理取闹
　　　　　　　　　谁是你的男朋友不要乱叫
　　　　　　　　　音乐会对我意义重要
　　　　　　　　　我要向父亲证明我的骄傲
　　　　　　　　　黛玉不要被人打扰
　　　　　　　　　我的创作需要你的步调
　　　　　　　　　我的爱情需要你来依靠
　　　　　　　　　你是我不二的美妙
　　　　　　　　　相信我
　　　　　　　　　生活不存在配不配
　　　　　　　　　生活只有爱不爱

众　人	（唱）一个不再枉自嗟呀
	一个不再空劳牵挂
	一个未必是水中月
	一个告别了镜中花
	一句配与不配
	勾起一段感情的伤疤

【林黛玉傲娇走上前，对宝玉说。

林黛玉	（白）宝玉，你说毕业音乐会必须由我们俩共同完成？
贾宝玉	（白）是啊！你有没有很开心？（期待状）
林黛玉	（白）你有跟我商量过吗？（停顿）今天这样的"宣布"难道不是一种冒昧吗？

【贾宝玉愣住。

贾宝玉	（白）林姑娘你是在开玩笑吗？我是好心……
林黛玉	（白）好在你还有"铁杆粉丝"强烈要求当你的主唱，那就让她唱吧。至于我，完全相信自己的能力，不屑与任何人争抢。
贾宝玉	（喊）那是我们的创作啊！你怎么可以拱手让人？！
林黛玉	（白）这不是拱手让人，这算做公益吧，（淡定微笑）要知道，我看中的创作是"未来式"，并非"过去式"。
贾宝玉	（白）那我呢？

【林黛玉看了看薛宝钗，对贾宝玉说。

林黛玉	（白）你是你，我是我。

【林黛玉转身，下场。
【贾宝玉气到跺脚，蹲下懊恼。
【薛蟠跟上前，痴迷般望着远去的林黛玉，同学甲乙丙丁伴其左右。

薛　蟠	（白）有态度，够漂亮，我喜欢……（痴迷状）

5.歌曲《我好像恋爱了》薛蟠独唱，薛宝钗、同学甲乙丙丁重唱。

薛　蟠	（唱）从来没有这种感觉
	像一轮明月的皎洁

	一瞬间化身蝴蝶
	在我的心里
	看见她就看见了喜悦
薛宝钗	（白）什么？连你也喜欢她！（吃惊）
薛　蟠	（唱）我好像恋爱了
	我无法控制自己了
	我要和单身狗告别了
	跟着林妹妹
	她就是我的世界了
同　学 甲乙丙丁	（白）谈什么恋爱？处什么对象？是烟不好抽，酒不好喝，还是王者荣耀不好玩？薛蟠啊薛蟠，体育系男神千万不要想不开！
薛　蟠	（白）你们太调皮，别浪！
	【薛宝钗试探。
薛宝钗	（白）（不可思议）哥你喜欢林黛玉？（停顿）哥你真的喜欢林黛玉？（上前摇醒薛蟠）哥你确定喜欢林黛玉？！
	【薛蟠害羞，低头默认。
薛宝钗	（白）追啊！那以后，黛玉是你的，宝玉就是我的了……
	【薛宝钗害羞，捂嘴偷笑。
薛　蟠	（唱）我好像恋爱了
	我无法控制自己了
	我要和单身狗告别了
	跟着林妹妹
	她就是我的世界了
薛宝钗	（唱）我可以恋爱了
	我不能捆绑自己了
	我要对黛玉发起挑战了
	牵着我的宝玉
	我才是他的整个世界呢
同学甲	（白）为什么要恋爱呢？
同学乙	（白）不要迷失自己啊！
同学丙	（白）不要脱离我们的游戏阵营！

同学丁	（白）只有单身狗，才不会被爱情打倒！
同学甲	（白）从现在起
同 学 甲乙丙丁	（白）跟我们坑倒整个游戏世界吧！

【薛蟠、薛宝钗合唱各自段落，同学甲乙丙丁的台词穿插在两人的合唱中间，游戏的旋律和音效穿插在合唱音乐里。

【场暗，人渐散。

【贾宝玉从一旁起身，束光。

6.歌曲《冷月光》贾宝玉独唱，林黛玉重唱。

贾宝玉	（唱）你就这样静静地走开 把狂欢留给月光下的舞台 我只能遥远地看 看这片开出花朵的尘埃 谁的情深似海 谁的告白偏爱 谁的遗憾飞向天外 谁来承受这无言的伤害 冷月光，你可否到来 冷月光，我不想等待 冷月光，你不要离开 冷月光，你是我梦中的天籁

【林黛玉走上台，束光。

林黛玉	（唱）不想在选择中徘徊 请让我骄傲地离开 热爱的永远热爱 只是这青春的彩排 不许我们演得像小孩 贾宝玉和林黛玉（合唱）： 冷月光，抚平青春的忧伤 冷月光，温暖黑夜的泪光

冷月光，多少梦想在静静流淌

冷月光，流向心中的远方

贾宝玉　（白）我们的歌就该让所有人听到……请给我一个机会，好吗？

【音乐继续，束光渐收，舞台暗。

场景二　贾家

【舞台上层是贾宝玉家，贾父贾母在客厅撰写即将送给薛家的请柬。

【贾母踱步于客厅前，贾父坐在侧后方。

贾　父　（白）你能不能停下，转得我眼晕。

贾　母　（白）（停下脚步，回头）我是担心宝玉不应，这些年我们眼看着宝钗对宝玉有意，可宝玉越来越抵触，真担心他闹出什么幺蛾子来！再说了，他长这么大，什么时候听过我们的话？

贾　父　（白）别管他，他的婚事他能做主不成？！

贾　母　（白）也是，现在管不了那么多了……（苦恼）眼下你职位一丢，我们家确实得找棵大树抱着（停顿）宝玉和宝钗从小一起长大，可即便咱们两家结亲是顺理成章的事，现在还有好多人家盯着这位商场大鳄的千金……我们千万要好好把握才是！

贾　父　（白）我这不正给他们家写提亲宴的请柬嘛！你就安静点吧！

贾　母　（白）（憧憬）宝钗这姑娘有头脑，识大体，到时候啊，有她来督促宝玉学习仕途经济，咱们贾家一定可以东山再起！

【贾母高兴，走到贾父旁边坐定。

【宝玉在下层出现，一束追光。

7.歌曲《父子母子恐怖分子》贾宝玉独唱，贾父贾母重唱。

贾宝玉　（唱）听说我妈给我定亲了

　　　　　　　听说我爸也被降职了

　　　　　　　这一切跟我有什么关系呢

　　　　　　　我想拿着冒蓝火的加特林

　　　　　　　把所有的压迫都给突突了

可是，但是，然后是
他们都是我的亲生父母啊
我到底还是下不去手了
我到底还是张不开嘴啊
我到底应该怎么办呢
我想我只能反抗不能被恐吓
宝钗是个好姑娘
对我好得没话讲
我是真的没话讲
没话讲啊没话讲
开口就是打官腔
我真的跟她没话讲
但不否认她是个好姑娘
父子母子恐怖分子
有爱不支持
无爱却专制

贾　母　　（唱）孩子才是恐怖分子
　　　　　　　　爱他就该给他控制

贾　父　　（唱）不能让他逍遥法外
　　　　　　　　制裁就该显出气势

贾宝玉　　（唱）我想拿着冒蓝火的加特林
　　　　　　　　把所有的压迫都给突突了
　　　　　　　　可是，但是，然后是
　　　　　　　　他们都是我的亲生父母啊
　　　　　　　　收手吧收手吧就此收手吧

【音乐渐收。
【贾父贾母在上层积极商讨请柬的事。上层灯渐收。
【下层出现红楼乐队，贾宝玉放好立体声麦克风，招呼大家排练。

切换至场景三　　校园排练场

贾宝玉　　（白）大家动作快一点儿，我们把新歌走一遍！我们需要用毕业音乐会证明我们的实力，燥起来！

【鼓手给出鼓点，乐队开始演唱。

8. 歌曲《我们是蚂蚁》贾宝玉独唱，乐队重唱。

贾宝玉　　（唱）我们行走在温暖的土地
　　　　　　　　我们穿梭在钢筋混凝土里
　　　　　　　　我们虽然有柔弱的躯体
　　　　　　　　我们披上最坚硬的外衣
　　　　　　　　不管背负多少压力
　　　　　　　　我们有自己的力气
　　　　　　　　不管是晴天还是霹雳
　　　　　　　　我们有我们存在的道理
　　　　　　　　蚂蚁有蚂蚁的悲喜
　　　　　　　　蚂蚁有蚂蚁的体系
　　　　　　　　蚂蚁不要逃避
　　　　　　　　面对这个世界
　　　　　　　　我也是一只蚂蚁

众　人　　（合）我们是渺小的蚂蚁
　　　　　　　　我们是坚强的蚂蚁
　　　　　　　　我们是专注的蚂蚁
　　　　　　　　我们是自由的蚂蚁

贾宝玉　　（唱）我们不允许放弃
　　　　　　　　在我们的领地上面哭泣

【排练间隙，乐队休息。

【薛宝钗找宝玉，质问。

薛宝钗　　（白）昨晚家宴，你怎么没来？

贾宝玉　　（白）什么家宴，你家我家？（转身收拾乐器）

薛宝钗	（白）你……（压住气）我家。
贾宝玉	（白）你家家宴我没必要去。（冷言）
	【薛宝钗生气失落。

9. 歌曲《一物降一物的爱情》，薛宝钗独唱，贾宝玉重唱。

薛宝钗	（唱）我的心里藏着一个你
	你的心容不下我的痴
	我只想把我交给你
	你不收留还要痛快告辞
贾宝玉	（唱）我的心里没有你
	只有一个林黛玉
	有她才有音乐梦
	休想教我与她分离
薛宝钗	（白）我家有豪车和豪宅
	还有供你玩摇滚的天台
贾宝玉	（唱）别跟我浪费时间和精力
	我们之间有无形的距离
薛宝钗	（唱）一物降一物的爱情
	在你的界限里震惊
	她在你的心里安静
	我在你的梦里偷听
	（合）这一物降一物的爱情
贾宝玉	（唱）我的心里没有你
	只有一个林黛玉
	有她才有音乐梦
	休想教我与她分离

场景四　校园，花树下

【落英缤纷，音乐唯美，黛玉在花树底下读书。
【网游王者荣耀音乐起。

【薛蟠与四个男生刚打完一局，结伴着说笑走来，一副纨绔子弟的模样。

薛　蟠　　　（白）你们不是一般的坑，哥带你们玩不如带姑娘玩，（指手机）瞧你们打得，丢人！

男生甲　　　（白）最坑的是你，蟠哥你是不是看上了对面的"貂蝉"？只打野，不抓人？太不地道了，哥们儿是在被你坑！

薛　蟠　　　（白）去去去！我还觉得对面"诸葛亮"不错呢！哥是那种重色轻友的人吗？！

男生乙　　　（白）不好说哦！（贱贱地笑）

【男生乙发现树下看书的林黛玉，示意给薛蟠看。

【薛蟠不耐烦地回头。

【唯美音乐，落英缤纷，黛玉轻声吟诗《人生若只如初见》。

林黛玉　　　（白）人生若只如初见，何事秋风悲画扇。

【薛蟠看到此时清纯貌美的林黛玉，惊艳，愣住。

【同行男生在一旁偷笑。

10. 歌曲《天上掉下个林妹妹》薛蟠独唱，同学甲乙、林黛玉重唱。

薛　蟠　　　（唱）天上掉下个林妹妹
　　　　　　　　　掉到我的眼前随花飞
　　　　　　　　　天上掉下个林妹妹
　　　　　　　　　掉进我的心里没有防备
　　　　　　　　　她比别的妹妹美
　　　　　　　　　她美了好几个轮回
　　　　　　　　　我不能装怂和后退
　　　　　　　　　要勇敢向她表白把她追

同学甲乙　　（唱）小心这是宝玉的好妹妹
　　　　　　　　　你地上的亲妹妹
　　　　　　　　　比不上这位天上的妹妹
　　　　　　　　　仙气的美和世俗的美
　　　　　　　　　宝玉独爱这天上的美

	你就别再搅和与追随
林黛玉	（唱）我是黛玉不是林妹妹
	别人的美与我有什么厚非
	你们别比谁能美过谁
	我不在乎没有什么所谓
薛 蟠	（唱）天上掉下个林妹妹
	我的妹妹也叫我把林妹妹追
同学甲乙	（白）黛玉是黛玉，不一样的林妹妹。
林黛玉	（唱）这样的吸引
	简直让我心累

【宝玉上前，把黛玉拉到身边，对薛蟠说。

贾宝玉	（白）你不去找你妹妹宝钗，跑来找黛玉干嘛？
薛 蟠	（白）嘿，这话你可说错了。首先，我那傻妹妹啊，成天满脑子都是一个叫贾宝玉的，尽管我是她亲哥，她也没心思搭理我。这第二，我可不是跑来找黛玉的，我们是偶遇，（笑）"偶遇"，你知道吗？（停顿，看黛玉）我俩这是有缘分！

【薛蟠的伙伴们笑，表示赞同。

贾宝玉	（白）四肢发达头脑简单，我看你是吃错药了吧。就凭你？还想追黛玉？！

【贾宝玉约薛蟠在台前单挑对决，歌舞表现。
【音乐旋律类似王者荣耀游戏原音《main theme》(cover hans zimmer)。

11. 歌曲《拳头比爱情更适合你》宝玉独唱，薛蟠重唱。

贾宝玉	（唱）你好好看看自己是什么人
	所作所为没有一点儿分寸
	拳头比爱情更适合你
	看你到底要如何上阵
薛 蟠	（唱）以前混球现在是个好人
	谁说我爱黛玉没有分寸
	难道你的拳头比铁还硬

	让我好好给你一个教训
贾宝玉	（唱）这一刻别废话
	拳头比爱情适合你
	看我如何收拾你
	为黛玉出了这口气
薛 蟠	（唱）别妄想莫痴心
	拳头可没长眼睛
	请来与我试一试
	林妹妹才不生我的气

【两人打斗，舞蹈。
【林黛玉着急。

林黛玉	（白）这是干什么，你们别打了！

【贾宝玉与薛蟠双人舞，类似拳击的舞蹈。
【贾宝玉把薛蟠撂倒。音效——KO！
【贾宝玉拉起薛蟠。

薛 蟠	（白）不应该啊（纳闷），我记得你以前病病歪歪……什么时候练了这身功夫？！（惊）
贾宝玉	（白）呵！（不屑地整理衣服）上辈子的事你倒是记得清楚！

【旁边人笑。

贾宝玉	（白）我不练练功夫，怎么保护黛玉！你以为就你们学体育的能打？
薛 蟠	（白）宝玉你不该这么执拗！你该和我妹妹恋爱去，你爸妈都提亲了，这门当户对的亲事，你甭想逃！而我，就该和黛玉在一起，她学文学，我学体育，文体本就不分家！（憨笑）

【林黛玉生气要走，贾宝玉拉住她，转头示威薛蟠。

贾宝玉	（白）你还说？（气，停顿）我揍你了？（举手）

【薛蟠躲闪。

薛 蟠	（白）今天……今天我先走，但我绝不善罢甘休！

【宝玉踹薛蟠没踹着。

贾宝玉	（白）你滚吧，小心我见你一次打你一次！

【黛玉生气，面对宝玉。

林黛玉	（白）你干嘛打他？
贾宝玉	（白）他该打，还从小一起长大呢，不懂规矩就得打，打不怕！（停顿）昨天晚会，你为什么没来？

【黛玉转身背对宝玉。

林黛玉	（白）我为什么要去？我还有自己的事情。你跟你的薛女神是世交，又要联姻，别没事儿想我，有什么用呢。

【宝玉着急，再转至黛玉面前。

贾宝玉	（白）就算她薛宝钗给我金屋银屋，我心里没她就没她！谁不知道我心里只有你，她根本没法跟你比！我想跟你求和好，可你现在摆明了气我！

【宝玉气，坐在树下石头上。

12. 歌曲《用不爱表达爱》林黛玉独唱。

林黛玉	（唱）假装不看
	小心翼翼的我走在爱情边缘
	试探用伤害对抗未来的伤害
	伪装清高说起来也让人心酸
	表达敏感
	不自然的我不说话暗自喜欢
	不管别人怎样想要与你分担
	但直觉告诉我不能肆无忌惮
	用不爱表达爱
	所有人都知道的自我欺骗
	用不爱表达爱
	随后总是一个人伤心不断
	用不爱表达爱
	眼前的 背后的 未来的 都是障碍
	用不爱表达爱
	沉睡了 梦醒了 哭泣了 只剩无奈
贾宝玉	（唱）明明喜欢
	却又说你我暗淡不能再去爱

　　　　　　　　　　拱手相让对我是疼痛的伤害
　　　　　　　　　　我在轮回里注定了被你打败
　　　　　　　　　　有你在别人的爱从此不存在
　　　　　　　（合）用不爱表达爱
　　　　　　　　　　所有人都知道的自我欺骗
　　　　　　　　　　用不爱表达爱
　　　　　　　　　　随后总是一个人伤心不断
　　　　　　　　　　用不爱表达爱
　　　　　　　　　　眼前的 背后的 未来的 都是障碍
　　　　　　　　　　用不爱表达爱
　　　　　　　　　　沉睡了 梦醒了 哭泣了 只剩无奈

贾宝玉　　（白）求你别再拿别人来气我了，（停顿）我上辈子败给了你，这辈子继续败给你……

林黛玉　　（白）我又不需要赢，只有什么宝什么钗的需要赢吧。

【贾宝玉继续献殷勤状。

贾宝玉　　（白）林姑娘您大人有大量，是不会计较儿女情长的……我呢，今天是有事相求，你还记得你写过一首叫《人生若只如初见》的歌词吗？

林黛玉　　（白）（提起兴趣）当然记得，那是改编自纳兰性德的词，我很喜欢！

贾宝玉　　（白）（装作正经）是吗，我最近来灵感谱了曲子，想在毕业音乐会上演唱这首歌曲，你知道我是很看重这次毕业音乐会的，我要向所有人证明我们的，（停顿，转过神来）我的音乐能力！（试探状）您可否赏脸来乐队指导一下？（自豪状）您可是第一个听这歌曲的人呢！

林黛玉　　（白）好！（兴奋转镇定）不过，我是冲着自己的歌词来的，不是冲着你的主唱什么的，你别误会，（停顿）而且，我很忙的，提完意见我就走！

贾宝玉　　（白）（兴奋）只要你能来！（停顿）你开心就好！（装乖，笑）

【林黛玉念歌词，憧憬状。

林黛玉　　（白）人生若只如初见

                你是我心中的万千

                人生若只如初见

                爱在你我心底蔓延……

            【两人坐在花树下，音乐起，意境唯美。

场景五　贾宝玉家

【舞台二层，宝玉回家。
【薛宝钗和贾母正在准备贾宝玉的生日晚餐，贾父在一旁看报纸。
【贾母见宝玉，迎上前，开心问候。

贾　母　　（白）生日快乐，我的宝玉！（停顿，拉着宝玉看）学校离家这么近你都不回来，我这做饭的好手艺都没地儿施展，我……
　　　　　【不等贾母说完。
贾宝玉　　（白）（不耐烦）眼看着就毕业音乐会了，我很忙啊，妈。
贾　母　　（白）嘘！可别让你爸听见你在忙音乐会的事……

13. 歌曲《爱你就该捆绑你》贾母、贾父对唱，重唱。

贾　父　　（唱）他永远不懂你我的用心
                还想继续挑战我的权威
                因为给了他太多自由
                才有今天他的反抗道理
贾　母　　（唱）捆绑的爱才足够真实
                你不要试图用不爱掩饰
                所有的爱都应该背负
                认真的合乎道理的逻辑
　　　　　（合）爱你就该捆绑你
                紧密的爱不存在秘密
                赤裸的心给你看仔细
                那是爱你胜过任何东西
贾　母　　（唱）怪我们给你自由太多
                爱你不知如何诉说

　　　　　　　　以后婚姻捆绑着执着
　　　　　　　　相信宝钗把你管得稳妥
　　　　　【贾宝玉不以为然。
　　　　　【宝钗上前，拿着一把新贝斯给宝玉。
薛宝钗　　（白）宝玉，生日快乐！
贾宝玉　　（白）（惊）你怎么知道我想要这把琴！（停顿，看宝钗）谢谢你！
贾　母　　（白）喜欢吧，宝钗对你是最心细的，你要知道！
　　　　　【宝玉不耐烦。宝钗掩饰不住欢喜。
薛宝钗　　（白）宝玉的爱好，我们得支持。如果仕途经济，他再学习学习，就完美了！到时候有贾叔叔和我爸爸帮助他，他一定可以做得很好。（识大体，微笑）
　　　　　【宝玉露出不快。
贾宝玉　　（白）你就是抱着这种态度想与我合作毕业音乐会的？（停顿）今天我生日，不说这个。
贾　父　　（白）你生日，才要跟你讲这些，宝钗比你强得多，以后你听她的没错。关于这个仕途经济，你必须给我用功，别浪费时间在那些什么摇滚上了！
贾宝玉　　（白）摇滚是我的梦想，你没有权力扼杀它！
贾　父　　（白）反抗无效！宝钗督促他，给我把他看好！

　　　　　14.《老学究》宝玉独唱。

贾宝玉　　（唱）古板苛刻虚伪善变
　　　　　　　　迂腐狭隘自私危险
　　　　　　　　专制独裁脆弱埋怨
　　　　　　　　霸道无奈权力金钱
　　　　　　　　他是真真正正的老学究
　　　　　　　　他是百无聊赖的老学究
　　　　　　　　我想拒绝老学究的要求
　　　　　　　　我知道会撞到南墙头破血流
　　　　　　　　我想挣脱老学究的看守

　　　　　　可想而知自作自受覆水也难收
　　　　　　我想与老学究理论理论研究研究
　　　　　　但只能在梦里拿出勇气喋喋不休
　　　　　　我想去追求更高的自由
　　　　　　老学究不会善罢甘休
　　　　　　怎么办，怎么办
　　　　　　我改变不了老学究
　　　　　　怎么办，怎么办
　　　　　　我甘愿自己一无所有
　　　　　　我不要功名成就
　　　　　　但我是后起之秀
　　　　　　我不知天高地厚
　　　　　　我想追求永远的自由

薛宝钗　　（白）（对贾父）相信宝玉会做得很好。
　　　　　【贾宝玉气得扔筷子。
贾宝玉　　（白）请你出去！我不做什么完美人士，音乐是我的生命，它比你们都要纯粹！（停顿）请你离开！
　　　　　【宝钗试图解释。贾母着急，劝宝玉。
贾　母　　（白）我的儿，过生日为什么要生这么大的气啊！你消消气，宝钗她是为你好，你怎么能赶她走？

　　　　　15. 歌曲《谋杀爱情》贾宝玉独唱，薛宝钗重唱

贾宝玉　　（唱）给你一把刀还是一支枪
　　　　　　你来给我一个创伤
　　　　　　这样的爱情简直太丧
　　　　　　谁能拯救她们的忧伤
　　　　　　没有人在意这里的肮脏
　　　　　　爸爸妈妈想要一枚权力的徽章
　　　　　　想想大清早已经灭亡
　　　　　　这里还有谋杀爱情的荒唐
　　　　　　这谋杀爱情的荒唐

这谋杀自由的荒唐

这谋杀爱情的荒唐

这谋杀自由的荒唐

薛宝钗　　　（唱）请你不要再迷茫

来走进我的胸膛

看看我滚烫的心

祝福我们的爱情

不再思量

贾宝玉　　　（白）你不走，我走！

贾　父　　　（白）你敢！走了就别回来！

贾宝玉　　　（白）好！

【宝玉气愤，回头看了一眼，离开家。

【贾母着急，向贾父求情。宝钗着急，伴其左右。

【贾宝玉气愤得跑下楼，跑至下层校园环境，站在摇滚乐队的中间。

【台下是热情的观众同学。

【贾宝玉唱，众人慢慢围着贾宝玉聚集起来，群舞。

16. 歌曲《自由是我的名字》贾宝玉独唱，众人合唱

贾宝玉　　　（唱）不要问我的底细

不要听我的来历

自由是我的名字

我不是谁的奴隶

青春的狂热燃烧雾霾的城市

你不在这里我不在这里

我们都有一个自由的名字

只为真爱找一片火热的土地

（合）自由是我的名字

贾宝玉　　　（唱）山河湖海狂风霹雳

（合）自由是我的名字

贾宝玉　　　（唱）找一个生存的意义

	（合）自由是我的名字
贾宝玉	（唱）打败这场荒唐的博弈
	（合）自由是我的名字
贾宝玉	（唱）永远在风口浪尖站立

场景六　校园

【薛蟠和同学甲乙丙丁鬼鬼祟祟上场。五人肢体不协调地舞蹈。

17. 歌曲《得不到的永远在骚动》薛蟠独唱，同伴重唱。

薛　蟠	（唱）我有一个骚动着的梦想 　　　梦想有一天被她欣赏 　　　总以为新的一天会更好 　　　明天的我还是这幅熊样
同　伴	（唱）别指望 　　　林妹妹根本看不上
薛　蟠	（唱）得不到的永远在骚动 　　　我没有我想象中英勇 　　　每次见你总是匆匆 　　　想抓住你却没了影踪
同　伴	（唱）别硬冲 　　　林妹妹的情怀你不懂
薛　蟠	（白）不懂？我可以学啊！
同学甲	（白）蟠哥，天涯何处无芳草，人家就是不想跟你好！（笑）算了吧，别追了，你就是把心都掏出来，林姑娘能顺手给你扔垃圾桶里去！还不如跟哥儿几个打一局"王者"，痛快自在！
薛　蟠	（白）就你们那技术，还不够给对方"送人头"（游戏术语）的！我跟你们玩，丢人！再说，哥志向高远，你们不懂。
同学乙	（白）大哥您志向高不高远，我们不知道。我们只知道郎才女貌的宝玉黛玉和好咯！
薛　蟠	（白）（惊讶）和好？！不可能！那我妹妹怎么办？！（停顿）那

		我怎么办啊？！
同学乙		（白）还能怎么办，叫上宝钗来打游戏啊！
		【同伴们笑。
薛　蟠		（白）我追不上黛玉也就罢了，大不了我认了，我在她眼里就是无能了……可宝钗不行啊，她肯定接受不了贾宝玉喜欢别人，还有他们那个毕业音乐会！
同学丁		（白）不知贾宝玉是怎么想的，放着一个貌美多金的不娶，非去追一个孤芳自赏的，还常常热脸贴个冷屁股。就林黛玉那股子清高劲儿，冲上红楼，能把那楼顶给掀了。
		【伙伴们议论，笑。
薛　蟠		（白）不行，我得去弄个明白！
		【薛蟠及同伴们下场。
		【宝玉牵着黛玉上场，乐队上场。
贾宝玉		（白）来，听听看我毕业音乐会上的演唱曲目《人生若只如初见》，这是我们的歌，我要把它献给你！
		【林黛玉站定，贾宝玉高兴地走进乐队。
		【音乐未起，薛宝钗唱着《人生若只如初见》上场。
薛宝钗		（唱）当你哭泣是否听见我的思念 　　　当你离开是我内心遗留的亏欠 　　　我停在原地你走向遥远的天边 　　　没说出口的诺言以后也不会改变
		【贾宝玉着急上前。
贾宝玉		（白）你怎么会唱这首歌？（转身问乐队）谁把词曲给她的？
薛宝钗		（白）宝玉你忘了吗？是你教我的……
		【薛宝钗一边看向林黛玉，一边笑。
		【林黛玉强忍难过。
林黛玉		（白）好……你们配合得很好……
		【贾宝玉着急。
贾宝玉		（白）黛玉你别误会，事实不是你想象的那样！我不曾教她唱啊！
林黛玉		（白）事实已在眼前……从今以后，我不会再看你一眼！

【林黛玉含泪跑下场。

【贾宝玉追上前又折回,跑到薛宝钗面前,指着她。

18. 歌曲《一个不择手段的你》,贾宝玉独唱,薛宝钗重唱。

贾宝玉 　　（唱）为什么你会出现在这里

　　　　　　　　为什么要千百次地算计

　　　　　　　　为什么不让别人喘息

　　　　　　　　为什么一定要赢得彻底

　　　　　　　　一个不择手段的你

　　　　　　　　收起你的把戏

　　　　　　　　和你的卑鄙一起

　　　　　　　　葬身火海从这里远离

薛宝钗 　　（唱）我因为爱你来到这里

　　　　　　　　默默陪伴不曾算计

　　　　　　　　你的决绝你的冷漠

　　　　　　　　我只能偷听学会唱词

　　　　　　　　一个不择手段的你

　　　　　　　　对我残忍至极

　　　　　　　　多少爱换不回怜惜

　　　　　　　　都怪我对你爱得彻底

贾宝玉
薛宝钗 　　（重唱）一个不择手段的你

　　　　　　　　　（一个不择手段的你）

　　　　　　　　收起你的把戏

　　　　　　　　　（对我残忍至极）

　　　　　　　　和你的卑鄙一起

　　　　　　　　　（多少爱换不回怜惜）

　　　　　　　　葬身火海从这里远离

　　　　　　　　　（都怪我对你爱得彻底）

【贾宝玉恨得紧握拳头。

薛宝钗 　　（白）怎么,你要打我?你今天要为了一个林黛玉打我?!

贾宝玉	（白）（举起手）你以为我不敢打你吗！

【薛蟠冲上台。

薛　蟠	（白）贾宝玉你给我住手！敢打我妹妹，你是不是不想活了！
贾宝玉	（白）好你们兄妹俩，你们以为拆散我和黛玉，我就可以和薛宝钗在一起？（停顿）这真是天大的笑话！

【贾宝玉大笑，似醉，歪歪扭扭下场。

【薛蟠安抚薛宝钗。

【收光，舞台暗。

第二幕

场景一　校园红楼前

19. 歌曲《贾宝玉你到底要怎样》薛蟠、众人重唱，合唱。组舞、群舞场面。

同学甲	（唱）你帅你酷你惹人爱
	你疯你魔你那么拽
	爱你的人要被你气坏
	你不关心还死不悔改
贾宝玉	（白）你说谁呢！
同学乙	（唱）作为儿子你只顾气派
	你爸你妈把你宠爱
	可怜他们一大把年纪
	为你操心把身体气坏
贾宝玉	（白）我爸妈怎么了？他们怎么了？！
同学乙	（白）听说你要悔婚，阿姨气得昏过去！
贾宝玉	（白）他们不懂我，我也要昏过去了！（宝玉着急）
薛　蟠	（唱）我说宝玉你别再无赖

		你是我的爱情障碍
		还要把我妹妹伤害
		凭什么就你逍遥自在
贾宝玉	（白）	我没有！
薛　蟠	（唱）	宝钗黛玉上辈子欠了你的债
		都来爱你，为你等待
		谁知你把一手好牌打坏
		一个郁郁寡欢，一个为爱挫败
贾宝玉	（白）	我只爱黛玉，我要给她未来！
同学丙	（唱）	你不懂她们想要的未来
		你给不了她们任何未来
		你的亲人你的爱人
		他们看不到你的未来
		贾宝玉你到底要怎样
		那么多爱，你置之度外
		贾宝玉你到底要怎样
		你的父母，对你很无奈
		贾宝玉你到底要怎样
		一个巴掌，给你试试我的厉害
		贾宝玉你到底要怎样
		只顾逃避，不是成年人的气概
贾宝玉	（白）	我……
众　人	（合）	贾宝玉你到底要怎样
		那么多爱，你置之度外
		贾宝玉你到底要怎样
		你的父母，对你很无奈
		贾宝玉你到底要怎样
		一个巴掌，给你试试我的厉害
		贾宝玉你到底要怎样
		只顾逃避，不是成年人的气概

【组舞到群舞，围绕宝玉。

【宝玉慌张，手足无措，目视前方。

贾宝玉　　（白）你们刚才说什么？我妈怎么了？
薛　蟠　　（白）被你气病了，你赶紧回家看看！

【贾宝玉慌张，转身跑上楼。
【众人散去。

转至场景二　贾家

【宝玉上楼，来到贾家。

贾　母　　（白）宝玉，你可回来了！
贾宝玉　　（白）妈，你不是病了吗？
贾　母　　（白）什么病啊，你回来就好！

【宝玉愣住。

贾　母　　（白）宝玉，你是大人了，你要为你的所作所为负责！你如今悔婚……你考虑过我们的感受吗？（停顿）你知不知道为了搭上薛家这门亲事，我们花了多少心思！

【贾父把手里的报纸摔在桌子上，坐下。

贾宝玉　　（白）妈，你们骗我回来就是为了跟我说这些？！

20. 歌曲《在这崩溃的临界点》贾宝玉独唱，贾母、贾父重唱。

贾宝玉　　（唱）无数的人在拼了命地寻找
　　　　　　　　寻找一种属于自己的咆哮
　　　　　　　　精神的边缘已被彼此烧焦
　　　　　　　　我们只不过是迷途的羊羔
　　　　　　　　妈你别闹　爸你别闹

贾　母　　（白）我们没闹　因为你最重要

贾宝玉　　（唱）自由的力量就像一颗毒药
　　　　　　　　你们的虚伪让我逃之夭夭
　　　　　　　　我在自由的世界大喊大叫
　　　　　　　　没有人听懂我的控告
　　　　　　　　你们只当我是无聊的玩笑

贾 父	（白）	你只是无聊的玩笑
		所有的挣扎被宣告无效
贾宝玉	（唱）	在这崩溃的临界点
		是什么蒙住了我的眼
		在这崩溃的临界点
		丑陋的虚假的没有了尊严
		在这崩溃的临界点
		你们是我永远的梦魇
		在这崩溃的临界点
		是你们杀了我一遍又一遍
贾母贾父	（唱）	我们同样崩溃
		我们不该反对
		只是这爱的习惯
		却成了血脉的负累
贾宝玉	（白）	音乐是我的梦，黛玉她是我的梦，你们为什么一定要把我的梦全部击碎！为什么！

【音乐渐起。

【宝玉苦恼，抱头蹲在一旁。

【舞台灯光渐暗，音乐起。林黛玉出现在一楼侧边，一束追光。

21. 歌曲《有情的世界，无情的人》林黛玉独唱。

林黛玉	（唱）	风雨有情，草木有情
		月光有情，河流有情
		江海有情，青山有情
		云朵有情，人却无情
		走的走留的留始终干净
		花凋落人寂寞从没清醒
		走的走留的留始终干净
		花凋落人寂寞从没清醒

【黛玉边唱边走至校园场景。

　　　　　　　转换至场景三　校园

　　　　　　　【下层灯光渐亮，同学们在准备毕业音乐会现场：挂海报，发请柬。
　　　　　　　【黛玉唱完歌，尾声处接到请柬。
男生甲　　　（白）黛玉，这是宝玉明天毕业音乐会的请柬。
　　　　　　　【黛玉接过来，无心看，准备扔进垃圾桶。
　　　　　　　【女生甲乙与同学们窃窃私语。
女生甲　　　（白）看，林黛玉还是把请柬扔了吧，这献给情敌的演唱会呐，就是不能去！
女生乙　　　（白）可是，宝钗让人给她送请柬，也是够狠。（偷笑）
　　　　　　　【黛玉转过身看横幅，宣传竖幅从天而降，音乐会主题是"摇滚青春——献给宝钗的歌"。

22. 歌曲《爱情世界》同学合唱，黛玉重唱。

同学们　　　（合唱）爱情世界有它的节奏
　　　　　　　　　　悲伤的歌在每个笑容背后
　　　　　　　　　　所有的感情都不需要强求
　　　　　　　　　　每个人有每个人爱的自由
林黛玉　　　（唱）没有什么天长地久
　　　　　　　　　眼前的一切失去了温柔
　　　　　　　　　他们的爱情值得祝福
　　　　　　　　　我不再需要任何理由
　　　　　　　（合）爱情世界是一场魔咒
　　　　　　　　　爱情世界没有遗留
　　　　　　　　　爱情世界有人欢喜
　　　　　　　　　爱情世界让人忧愁
　　　　　　　【黛玉下场。
　　　　　　　【宝玉拽着宝钗上场。
薛宝钗　　　（白）你干嘛，拽疼我了！

贾宝玉　　　（白）你想干嘛？（指着背后的宣传竖幅）你明知道毕业音乐会是我为黛玉做的，即便她不愿与我同台演出，但所有的歌也是写给她的，我要唱给她听！你干嘛还要这么做！

薛宝钗　　　（白）林黛玉不会再见你了！你什么时候能考虑一下我的感受？你爸妈是提过亲的，我们已经有婚约了，今天这些是你逼我做的。（停顿）我不能眼看着你执迷不悟，呵，即便我可以妥协，我爸妈也绝对受不了这种出尔反尔的婚约！（停顿，环看四周）你看这些装饰，我们学生会的小伙伴是不是很给力？

贾宝玉　　　（白）你！

【薛蟠气喘吁吁地跑过来，着急状。

薛　蟠　　　（白）（着急）别吵了！黛玉，她失踪了！

【宝玉听到愣住，宝玉对宝钗说。

贾宝玉　　　（白）我要去找她……我就是死，也要找到黛玉，没有人能取代她！

薛　蟠　　　（白）等等我，我帮你一起找！

【众人在台前来回走动。宝玉跑到台前人群中找黛玉。薛蟠跟随一起寻找。形成歌舞。

23. 歌曲《唯一的梦》贾宝玉独唱，众人重唱。

贾宝玉　　　（白）黛玉你在哪儿？黛玉你在哪儿！
贾宝玉　　　（唱）唯一的梦
　　　　　　　　　你是唯一的梦
　　　　　　　　　前世今生轮回中
　　　　　　　　　你是不变的相逢
　　　　　　　　　唯一的梦
　　　　　　　　　我那唯一的梦
　　　　　　　　　风雪归途长路中
　　　　　　　　　你是希望和永恒
　　　　　　　　　唯一的梦寻一个梦
　　　　　　　　　在风起的地方漂泊
　　　　　　　　　唯一的梦寻一个梦

      把过往的岁月雕琢

      唯一的梦寻一个梦

      人群中有你的轮廓

      唯一的梦寻一个梦

      时间里有我的执着

    （合）唯一的梦寻一个梦

      在风起的地方漂泊

      唯一的梦寻一个梦

      把过往的岁月雕琢

      唯一的梦寻一个梦

      人群中有你的轮廓

      唯一的梦寻一个梦

      时间里有我的执着

贾宝玉　　　（白）黛玉你在哪儿？黛玉你在哪儿！

    【宝玉跑到台前人群中找黛玉，薛蟠气喘吁吁地跟随着他。

薛　蟠　　　（白）兄弟，我真羡慕你！（停顿，失落）但愿黛玉能够回心转意，看到你的付出！

    【薛蟠不忍，转身下场。

    【宝钗远远地望着焦急寻找黛玉的宝玉和薛蟠，独自在一旁落寞。

    24. 歌曲《有情的世界，无情的人》薛宝钗独唱。

薛宝钗　　　（唱）风雨有情，草木有情

      月光有情，河流有情

      江海有情，青山有情

      云朵有情，人却无情

      走的走留的留始终干净

      花凋落人寂寞从没清醒

      走的走留的留始终干净

      花凋落人寂寞从没清醒

【灯光渐收，音乐渐收。

场景四　校园，毕业音乐会现场

【舞台灯光渐亮。毕业演唱会，宝玉及乐队在舞台中央。台下两边是热情高涨的观众。

【摇滚的节奏里，宝玉把写有"宝钗"的宣传语竖条幅撕了下来。

【观众情绪越发高涨，高喊宝玉。

贾宝玉　　　（白）最后一首歌，给大家，给黛玉。

【音乐起，观众热情，欢呼。

25. 歌曲《人生若只如初见》贾宝玉独唱。

贾宝玉　　　（唱）当你哭泣是否听见我的思念
　　　　　　　　　当你离开是我内心遗留的亏欠
　　　　　　　　　我停在原地你走向遥远的天边
　　　　　　　　　没说出口的诺言以后也不会改变
　　　　　　　　　人生若只如初见
　　　　　　　　　你是我心中的万千
　　　　　　　　　人生若只如初见
　　　　　　　　　爱在你我心底蔓延

【间奏，剧场观众席后方出现林黛玉，追光给黛玉。

【宝玉见到黛玉，惊，放下乐器。所有人安静。

贾宝玉　　　（白）黛玉，是你吗？

【黛玉拿起麦克。

林黛玉　　　（白）我一直都在，你为我所做的，我都看到了，我的心也感受到了……

林黛玉　　　（唱）人生若只如初见，你是我心中的万千。

【宝玉跑下台，牵起黛玉，热泪。牵着她跑回舞台。

　　　　　　（合）人生若只如初见
　　　　　　　　　你是我心中的万千
　　　　　　　　　人生若只如初见
　　　　　　　　　爱在你我心底蔓延

【薛蟠抱住痛哭的宝钗，一起鼓掌。
【所有人鼓掌，舞台上下齐唱。

校　　长　　（旁白）同学们，祝贺你们毕业！今天贾宝玉同学将作为优秀学子与国内顶尖音乐制作公司完成现场签约，这场音乐会让我们看到了他的才华与实力，祝贺他！也祝贺每一位毕业生，你们火热的青春未完待续，祝你们与爱同行，勇敢追求人生梦想！
【同学们上台，群舞。

26. 歌曲《红楼·摇滚青春》贾宝玉领唱，薛蟠、林黛玉、薛宝钗重唱，众人合唱。组舞，群舞。

贾宝玉　　（白）让我们举起手来，为我们的青春欢呼，为我们的梦欢呼！
贾宝玉　　（唱）来到红楼，来到我们的春秋
　　　　　　　　来到春秋，在红楼为谁停留
　　　　　　　　这里有你我的故事
　　　　　　　　故事里有你我的喜忧
　　　　　　　　这里有青春的摇滚
　　　　　　　　摇滚让火热的青春颤抖

薛　　蟠　　（唱）我是青春叛逆的河流
　　　　　　　　只为纯粹的理想守候

林黛玉　　（唱）找寻一片梦中的净土
　　　　　　　　在真爱的青春里无限行走

薛宝钗　　（唱）放开那些解不开的忧愁
　　　　　　　　所有的答案在今天的红楼

贾宝玉
薛　　蟠　　（合）来到红楼，来到我们的春秋
　　　　　　　　来到春秋，在红楼为谁停留
　　　　　　　　这里有你我的故事
　　　　　　　　故事里有你我的喜忧
　　　　　　　　这里有青春的摇滚
　　　　　　　　摇滚让火热的青春颤抖

众　　人　　（合）来到红楼，来到我们的春秋

来到春秋，在红楼为谁停留
来到红楼，请你握住我的手
来到红楼，但愿我们的梦都能长久

【歌舞场面。

【剧终。

（注明：同名剧本曾于2018年7月出版于《音乐剧中国——2016年度全国音乐剧编剧人才培养成果集萃》一书，书号：ISBN 978-7-5441-9319-1。）

2019年浙江省
中青年编剧
扶持计划入选作品

国之歌[1]

陶国芬

序幕

地点：上海外滩码头

【聂耳站在码头上，远处是停泊的日本战舰。

【码头工人正在吃力地运货，逃难的人们流离失所。

码头工人　从朝搬到夜
　　　　　从夜搬到朝，
　　　　　眼睛都迷糊了。
　　　　　骨头架子都要散了。
　　　　　嘿咿哟嘿！嘿咿哟嘿！
　　　　　从朝搬到夜从夜搬到朝，
　　　　　眼睛都迷糊了。
　　　　　骨头架子都要散了。
　　　　　嘿咿哟嘿！嘿咿哟嘿！
　　　　　搬啦！搬啦！
　　　　　从朝搬到夜从夜搬到朝，
　　　　　眼睛都迷糊了。

---

[1] 歌剧。

搬啦！搬啦！

嘿咿哟嘿！嘿咿哟嘿！

【另一处，歌女正在卖唱。

歌　女　　（独唱）为了饥寒交迫，

　　　　　　　　我们到处哀歌，

　　　　　　　　尝尽了人生的滋味。

【远处，另一空间，达官贵人纸醉金迷，听着温香软糯之音。

舞　女　　（独唱）毛毛雨，

　　　　　　　　微微风。

男　声　　（合唱）搬啦！搬啦！

　　　　　　　　嘿咿哟嘿！嘿咿哟嘿！

【聂耳救起跳河的小女孩。

聂　耳　　（唱）一辈子就这样下去吗？

　　　　　　　一辈子就这样下去吗？

聂　耳　　（唱）不！不！不不不！

男　女　　（合唱）就这样下去吗？就这样下去吗？

聂　耳　　（唱）兄弟们团结起来！团结起来！

男　女　　（合唱）团结起来！向着光明，向着自由！

聂　耳　　（唱）我们要真正地活着！

男　女　　（合唱）要真正地活着！

聂　耳　　（唱）我们不做亡国奴！

男　女　　（合唱）我们不做亡国奴！

聂　耳　　（唱）团结起来，驱逐列强！

男　女　　（合唱）团结起来！驱逐列强！

聂　耳　　（唱）四万万同胞团结起来，将列强都赶尽！

男　女　　（合唱）都赶尽！都赶尽！都赶尽！

聂耳和合唱　我们结成铁的长城！团结一致抵抗到底！

【大学生群情激奋，抗日游行，拉起横幅"打回东北去""宁做战死鬼，不做亡国奴"。紫姝、聂耳也在其中，聂耳用小提琴拉《毕业歌》

学　生　　（合唱）同学们，大家起来，

担负起天下的兴亡！

听吧，满耳是大众的嗟伤！

看吧，一年年国土的沦丧！

我们是要选择"战"还是"降"？

聂耳、紫姝领学生们　　收复失地，还我河山！打倒日本帝国主义！还我河山！

【警笛声嘶鸣。到处是血与火的洗礼。聂耳和紫姝互相保护，聂耳腿受伤。

【收光

女　生　（合唱）我的家

在东北松花江上

那里有森林煤矿

还有那漫山遍野的大豆高粱

我的家

在东北松花江上

那里有我的同胞

还有那衰老的爹娘

"九·一八""九·一八"

从那个悲惨的时候

"九·一八""九·一八"

从那个悲惨的时候

……

【收光。

第一场

【联华影业公司摄影棚杂物间。

【日，内。

【紫姝上。

紫 姝	聂耳哥，聂耳哥？聂耳哥？
紫 姝	（独唱）等他，
	心悄悄地跳，
	脸发烧。
	昨日，
	生命中的那个他，
	蓦地出现，
	教人甜蜜如梦里。
	你琴声飞扬，
	热情如火！
	你危难相助，
	臂膀可依！
	忘不了那双温厚的大手，
	感谢你保护了我！
	忘不了那对清澈的眼眸，
	你让我找到了自己！
	聂耳哥！
	遇见你我仿佛再世重生，
	莫名欢喜！
	愿与你前路相随，
	紧紧相依！

【聂耳穿戏服上。

聂　耳　　紫姝？紫姝！
紫　姝　　聂耳哥，你这是？
聂　耳　　噢！我客串了一把电影里的矿工！

【聂耳脱下了戏服。

紫　姝　　你受着伤，还揽这么多活！
聂　耳　　哎，没什么，你怎么过来了？
紫　姝　　我来找你啊！看，我给你拿了药，到处找不着你。原来你在拍戏呀！快让我看看！

【聂耳躲闪着不让看。

聂 耳	哎，没事的。
	【紫姝把聂耳按到椅子上坐下，然后捋起他的裤管，发现血迹渗出。
紫 姝	让我看看……你看！你的腿都出血了！
聂 耳	这点儿小伤有什么要紧！我还想枪林弹雨冲锋陷阵呢！
紫 姝	聂耳哥，你真行！
聂 耳	你更厉害，紫姝！以前只知道你是我的隔壁邻居，想不到，昨天我们还在同一支队伍里呐喊！
紫 姝	聂耳哥，你在哪里，我就跟你在哪里！
聂 耳	好！
	【远处传来《大路歌》。
聂 耳	紫姝，你听！
	【二人打着节奏拉手前行，眼里充满了希望，聂耳松手。
聂 耳	哦！紫姝，我又写了一首新曲子。
紫 姝	真的？！
	【二人开始看曲子。
	【田汉、安娥上。
田 汉	（咳嗽）
	【聂耳迎出去，看到田汉和安娥。
聂 耳	田大哥！
田 汉	聂耳！
聂 耳	田老大！
田 汉	耳朵！
聂 耳	（看见安娥）：安娥姐！您也来了？噢！让我来介绍一下，这是我的邻居，紫姝。
田 汉	（关切地问）：是大学生吧？
紫 姝	（自豪地点了点头）嗯！
紫 姝	（欢快）聂耳哥，你们聊，我先走了！
聂 耳	（小声嘱咐）：紫姝，你帮我到门口盯一下。
紫 姝	（会意点头）嗯！
	【紫姝下。

田　汉		你怎么样？聂耳，我的老弟！昨日的暴风雨没把你打坏吧？
聂　耳		我，安然无恙！请"田老大"放心！
田　汉		真是振奋人心，你们昨天在日本使馆前的游行！我深受感染！我也马上提笔就写了一出抗日活报剧，今早就在街头上演了！
聂　耳		真的？我真想一睹为快！

【安娥突然一脸严肃。

聂　耳		安娥姐，您怎么这么严肃，你有话要说？
安　娥		是的，聂耳，今天我有重要的事情向你宣布！
聂　耳		重要的事情？
安　娥		是的！
安　娥		（唱）你的入党申请被批准！
聂　耳		（唱）我的入党申请被批准！
聂　耳		（唱）我的？
安　娥		（唱）你的！
聂　耳		（唱）真的？
田　汉		（唱）真！
田　汉		（唱）我就是你的入党介绍人！
聂　耳		（唱）是您！
		您是我的入党介绍人！
田　汉		（唱）介绍人是我，是我！
田　汉		（唱）是我！
聂　耳		（唱）是你！
安　娥		来吧，我们举行一个简单的宣誓仪式！
田　汉		那，需要一面党旗啊！
安　娥		我早已准备！

【安娥从手提袋里掏出一面叠好的党旗，徐徐展开。

安　娥		（独唱）又见党旗红，
		心中起沸腾。
		革命路上有新人，
		行行又一程！

【歌队上。

田　汉　　　（独唱）又见党旗红，
　　　　　　　　　　心中起肃敬。
　　　　　　　　　　此身归属党，
　　　　　　　　　　人生何其幸，
　　　　　　　　　　何其幸！
　　　　　　　　　　革命路上有新人，
　　　　　　　　　　行行又一程。

聂　耳　　　（独唱）多少次魂牵梦萦，
　　　　　　　　　　多少回砥砺奋进！
　　　　　　　　　　生命燃火二十春，
　　　　　　　　　　唯今之日最神圣！
　　　　　　　　　　立志救中国，
　　　　　　　　　　党怀来靠拢！
　　　　　　　　　　革命和音乐，
　　　　　　　　　　我精神的支撑！
　　　　　　　　　　叫我有万丈豪情，
　　　　　　　　　　迎接雷霆，
　　　　　　　　　　万均雷霆！

田　汉　　　（唱）看，党旗的颜色就是同志们用鲜血染成！
三　人　　　（合唱）热血染旗旗更红，
　　　　　　　　　　战友同志情相依。
　　　　　　　　　　共命运同呼吸，
　　　　　　　　　　凌云壮志与天齐！
　　　　　　　　　　救国家，传火炬，
　　　　　　　　　　誓将光明祈！

【歌队哼唱国际歌。

【田汉在安娥的注视下，举起右手，带领着聂耳入党宣誓。

田汉/聂耳　牺牲个人，严守秘密，阶级斗争，努力革命，服从组织，永不叛党！

【誓毕，歌队下。

【安娥收起党旗，小心地藏进手提包的夹层里。

聂　耳　　　谢谢你们，安娥姐！田大哥！今天我总算加入了组织！现在我就

		是一名光荣的共产党员了,请组织分配任务!
安	娥	你已经做了很多了!音乐就是你的武器!
聂	耳	音乐是我的武器?
安	娥	听!
安	娥	(唱)1 2 3 4 5 6 7

      do re mi fa so la xi!

      do mi so, re fa la……

      音符们有各自的家!

      小家连大家,

      细流汇大浪!

      和弦奏交响,

      革命洪流力难挡!

安	娥	散落的音符汇集到一块就变成一股巨大的力量,这就是音乐的价值!
聂	耳	用音乐抗日,对!

【聂耳拿起小提琴拉了几下。

聂	耳	安娥姐,我会用好我的武器!
田	汉	是啊,有时候,它们比枪炮更有力!
安	娥	寿昌,听说你正构思一部电影,叫《风云儿女》?
田	汉	是啊,我想提笔写写时代浪潮下的青年男女,心中已经有了几个人物,正想和你商量呢!
安	娥	聂耳,你也听听,看能不能帮上忙?
田	汉	那当然,电影的主题曲、插曲少不了你!
聂	耳	求之不得!太好了,田汉哥!

【警笛声响起。

【紫姝急切地冲了进来。

紫	姝	聂耳哥,不好了!我舅舅带着警察往这里来了!
安	娥	你舅舅?
紫	姝	我舅舅在警察局当差呢!
聂	耳	我出去看看!
安	娥	慢着,来者不善!你有伤,还是我去!昨天你在抗日游行队伍中

锋芒毕露，警察局可能盯上你了！你要注意自己现在的身份，凡事不可冲动！

田　汉　　安，你们都别管，还是我去！叫耳朵带你们先躲一躲。
聂　耳　　不行！这是我的地盘！
田　汉　　我是"田老大"，是你的老大哥，服从命令！紫姝同学，你陪我去，去见见你的警官舅舅！
紫　姝　　嗯！

【金彪上。

金　彪　　紫姝？你在这干什么？
紫　姝　　舅舅，你又来干什么？
金　彪　　执行公务！
紫　姝　　我知道，你要带走的，都是好人！
金　彪　　嘘！
田　汉　　（淡然）你要找的是我吧！
金　彪　　（拿照片）田汉！一点不错！你煽动抗日，更有共党嫌疑，警察局盯你很久了！
田　汉　　呵（长笑），"共党"？这顶帽子太大，我可不敢接受，至于抗日……
紫　姝　　舅舅！你太过分了！
金　彪　　你！
紫　姝　　（唱）为什么？
　　　　　　　　你为什么总抓人？
　　　　　　　　你的监狱还缺人？
　　　　　　　　都是抗日的人们！
　　　　　　　　都为了咱东北的乡亲！
金　彪　　（唱）小孩家家发什么声！
　　　　　　　　"一·二八"战火刚停，
　　　　　　　　谁敢再次发起挑衅？
紫　姝　　（唱）是鬼子在挑衅！
　　　　　　　　码头停泊，
　　　　　　　　日本战舰。
　　　　　　　　工人搬运，

日本军火。

它将打向我们的国门！

这也能容忍？

金　彪　（唱）这是国家该操的心！

田　汉　小妹妹，你不要跟他再多说了。

紫　姝　我们只是爱国！这有什么错？

紫　姝　（唱）这就是我的事，

就该我操心！

我是一个中国人！

一个中国人！

金　彪　（唱）你是一个大学生，

一个大学生！

你！你！你只管埋头，

读书上进！

我为何穿它？（手指警服）

茹苦含辛！

紫　姝　舅舅，我不想读书了，我宁愿您脱下这身兽皮！

金　彪　你，是被隔壁那个聂耳带坏了！

紫　姝　聂耳怎么了？

金　彪　他他他他……他迟早也得进去！

田　汉　小妹妹，你就别管了！我就是一个小小的写字匠，能拿我怎样？

紫　姝　田先生！

金　彪　田先生，请吧！

【金彪押走田汉，紫姝追下。

紫　姝　舅舅，舅舅！

【聂耳要冲出去，安娥摁住。

聂　耳　安娥姐！

安　娥　（郑重点头）聂耳，你现在是党员，要遵守组织纪律，我们会想办法救他出来！

【收光。

两位报童上。

唱《卖报歌》：

  啦啦啦，啦啦啦，
  我是卖报的小行家。
  不等天明去等派报，
  一面走一面叫，
  今天的新闻真正好，
  七个铜板就买两份报。
  啦啦啦，啦啦啦，
  我是卖报的小行家，
  大风大雨里满街跑，
  走不好滑一跤，
  满身的泥水惹人笑，
  饥饿寒冷只有我知道。

报 童 卖报啦！卖报啦！
     【收光。

第二场

【关押田汉的监狱
【日，内。

田 汉 （独唱）黄豆粒，小豆苗，
     青青绿绿抽嫩芽。
     小苗儿，盼个家，
     平平稳稳来长大。
     小苗儿，别害怕，
     心若安，哪里都是家。
     愿你悄悄，长叶开花，
     欢欢喜喜结个瓜。

【金彪上。

金　彪　（懊恼）田先生，我求你别唱了别唱了！

【金彪抹眼角泪。

田　汉　哟，我比你更烦！你看，我就是写了几个戏，被冤枉关了这么久，你们不审不放，一直调查，也没个结果，我这心里啊别提多憋屈了！

金　彪　写了几个戏！抗日是台上作戏吗，那是真刀真枪！你在这唱死了，也是纸上谈兵，一文不值！

【安娥上。

【金彪见到安娥进来迎上。

金　彪　您来了！

【安娥塞给金彪两块大洋，金彪半推半就后收下。

【金彪开门。

【安娥进去，看田汉抱着小苗，一脸委屈。

安　娥　寿昌！

田　汉　安娥？怎么样了，我能出去了吗？

安　娥　这是上次聂耳来探监捎来的黄豆吗？

田　汉　（点头）是，不久前我们参加上海抗日救国会，去前线劳军，一个牺牲的义勇军士兵手里握着的一小把豆子。听说每一个东北将士兜里都有一把故乡的黄豆！

【安娥把小豆苗接了过来，眼眶湿润了。

安　娥　（独唱）小豆苗，
　　　　　　　抛别了爹和娘，
　　　　　　　也没有了家园。
　　　　　　　幸而头顶还有一把伞，
　　　　　　　这是东北义勇军，
　　　　　　　拼命撑起的一片蓝天！
　　　　　　　何日能搭乘归雁，
　　　　　　　回到久别的乡关。
　　　　　　　小豆苗，
　　　　　　　抛别了爹和娘，

　　　　　　　也没有了家园。
　　　　　　　小豆苗，
　　　　　　　烈士用鲜血将你浸染。
　　　　　　　一日日往高处攀。
　　　　　　　你常望着家的方向，
　　　　　　　痴痴地看。
　　　　　　　小豆苗，
　　　　　　　你是战士不肯闭上的眼！
　　　　　　　你将人心牵，
　　　　　　　叫大家肩并肩，
　　　　　　　透过重重的战火，
　　　　　　　拨开弥漫的硝烟，
　　　　　　　承载着生的渴望，绿的眷恋！
　　　　　　　承载着河山收复的宏天大愿！
　　　　　　　小豆苗，小豆苗
　　　　　　　……

安娥、田汉　（对唱）小豆苗，
　　　　　　　你将人心牵，
　　　　　　　叫大家肩并肩！

歌　队　　小豆苗，小豆苗
　　　　　　你是我战士，
　　　　　　不肯闭上的眼，
　　　　　　你将人心牵，
　　　　　　叫大家肩并肩，
　　　　　　透过重重的战火，
　　　　　　拨开弥漫的硝烟，
　　　　　　啊！一生的渴望，
　　　　　　收复的宏天大愿！
　　　　　　小豆苗，小豆苗，
　　　　　　……

田　汉		安，你真是我头顶上的一片红霞！是你带我入党，引我走上革命的道路！只要你在身边，我就感到一种精神的力量。你是一抹红，你是一面旗，沐你之光，心魂荡涤！我忘不了，忘不了（激动）……
安　娥		寿昌，你别说了！
田　汉		安，我怎么能不提？我对你有愧呀，我要说出来！我忘不了，你我火热的灵魂曾经合在一起！可就因为我与她有婚约在先，"她"也对我有恩，我不能背信弃义，在你和她之间，我，我……
安　娥		田汉，你不要再说了！我们现在是同志！
田　汉		哦，哦！
安　娥		过去的，就让它过去吧！
田　汉		过去了……
安　娥		说说你的电影吧，《风云儿女》的梗概出来了吗？
田　汉		安，这个电影我卡住了（思索）哎，我有思路了！你就是我的女神，我的灵感之源！

【田汉在草纸上挥笔而就剧本梗概。

田　汉		安，你来看看这梗概怎么样？

【田汉递给安娥看。

田　汉		安，这电影说的就是当下，就是你我！
安　娥		很好！
田　汉		真的？哎，等等，我又有想法了！我要附一首长诗《万里长城》！

【音乐铺上。

田　汉		成了，就这样！安，把电影梗概交给夏衍，请他写成剧本；再请耳朵为电影谱写插曲，尤其是《万里长城》的最后一节，名字就叫……就叫……《义勇军进行曲》！对！《义勇军进行曲》！
安　娥		《义勇军进行曲》？
田　汉		对！

【安娥接过手稿，朗诵歌词。

安　娥		起来，不愿做奴隶的人们！ 把我们的血肉， 筑成我们新的长城！

　　　　　中华民族到了最危险的时候，
　　　　　每个人被迫着发出最后的吼声，
　　　　　起来！（田汉跟着朗诵）
　　　　　我们万众一心，冒着敌人的炮火，
　　　　　前进，前进，前进！

田　汉　　快，赶紧把稿子交给聂耳，对了，聂耳怎么样了？
　　　　【安娥郑重点头。
安　娥　　形势严峻，组织上即刻安排他取道日本去往苏联学习！（停顿）噢！你也别急，组织上正在营救你，你很快就能出狱了！
金　彪　　时间差不多了！
安　娥　　我走了，寿昌！
田　汉　　安，你不在身边，我太孤独了！（哽咽）每一天都在盼着你来……
　　　　【安娥握握田汉的手，心肠一硬走去。
　　　　【安娥下，
　　　　【田汉依依不舍，眼泪又流了下来。
　　　　【收光，
　　　　【卖花姑娘上。

卖花姑娘《渔光曲》：

　　　　　云儿飘在海空，
　　　　　鱼儿藏在水中，
　　　　　早晨太阳里晒渔网，
　　　　　迎面吹过来大海风，
　　　　　潮水升　浪花涌，
　　　　　渔船儿漂漂各西东。
　　　　　……

【收光。

第三场

【聂耳的日本小屋。
【日,内。
【田汉的监狱一角。
【日,内。
【安娥的上海寓所。
【日,内。
【紫姝的剪影。
【四个空间同时展开。
【聂耳在读《风云儿女》电影剧本,停了下来。
【田汉抱着小豆苗,也放下了。
【安娥也停笔。
【紫姝思念。

聂　耳　　（唱）身在异邦遥想祖国,
　　　　　　　同志们可干得热情如火?
　　　　　　　昔日里并肩作战多快活,
　　　　　　　今日我远隔重洋独漂泊!
　　　　　　　想你,
　　　　　　　想你!
　　　　　　　我的"田老大"!
　　　　　　　我的安娥姐!
　　　　　　　想你,
　　　　　　　可爱的小妹妹紫姝!
　　　　　　　你们可知,
　　　　　　　我饱受思念折磨!
　　　　【紫姝下。
安　娥　　（唱）我也在心心念念,
　　　　　　　忧思彷徨!

		聂耳，我的爱弟！
		组织盼你平安无恙，
		望你意志如钢！
		早到苏联那梦的故乡！
		学成归来保家邦！
田　汉	（唱）	我心飞东瀛会故友，
		聂耳，我的兄弟！
		兄弟！
		你只身赴日可孤独？
		我们天涯相隔，
		境遇相似。
		你孤雁儿离群索居，
		我雄鹰折翅陷囹圄！
聂耳、田汉	（合唱）	天涯海角，
		知己难逢！
		血脉相连，
		心意相通！

【安娥下。
【撤去日本和监狱的景，变战地炮火的虚空空间，田汉、聂耳二人合唱。

田　汉	（唱）耳朵，你在读《风云儿女》吗？
聂　耳	（唱）是的！
	我在读，
	在读！
田　汉	（唱）我俩多像，
	电影里的这对好友！
聂　耳	（唱）好朋友前仆后继上战场，
田　汉	（唱）视死如归斗志昂扬！
聂　耳	（唱）谁不恋温柔乡？
田　汉	（唱）谁不念故乡？
聂　耳	（唱）谁愿穿梭于炮火交响？

田　汉　　　（唱）可为了东北同胞免流亡！
田汉、聂耳　（合唱）他们甘洒热血筑城墙！
聂耳、田汉　（重唱）扛起长枪逐豺狼！
　　　　　　　　　复土还乡高歌唱！
田　汉　　　（唱）耳朵，还记得吗？
　　　　　　　　　我们去抗日前线劳军！
聂　耳　　　（唱）永志不忘！
　　　　　　　　　古北口长城的阵地！
田汉、聂耳　（合唱）我们亲眼看见，
　　　　　　　　　日军的重炮轰鸣，
　　　　　　　　　撕裂了山顶上的长城！
歌　队　　　（合唱）反击！反击！反击！
田汉、聂耳　（合唱）守住，
　　　　　　　　　千万守住！
　　　　　　　　　那条二十米宽的缺口！
歌　队　　　（合唱）夺回！夺回！夺回！
田汉、聂耳　（合唱）我们一往无前，
　　　　　　　　　我们众志成城！
　　　　　　　　　一排排冲锋陷阵，
　　　　　　　　　一片片壮烈牺牲！
歌　队　　　（合唱）战死！战死！战死！
田汉、聂耳　（重唱）守住了！
　　　　　　　　　夺回了！
　　　　　　　　　填平了！
田汉、聂耳　（合唱）几千具尸体填平了长城缺口，
　　　　　　　　　叫鬼子魂飞魄散！
　　　　　　　　　魂飞魄散！
　　　　　　　　　不愿做奴隶的中国人！
　　　　　　　　　用血肉，
　　　　　　　　　用血肉，
　　　　　　　　　筑起了新的长城！

【聂耳愤怒已极,灵感满至。
【聂耳弹琴:当当当当当!

聂　　耳　　有了,有了,我有了!
　　　　　　【聂耳提笔谱写《义勇军进行曲》曲谱。

聂　　耳　　(弹旋律)
　　　　　　【收光。
　　　　　　【两位少女上。

　　两位少女唱《几度花落时》:

　　　　徘徊花丛里,
　　　　情人你不来,
　　　　痴痴在等待,
　　　　莫非呀!你把我忘怀,
　　　　那年花落时,
　　　　相约在今日,
　　　　可是呀!不见你来。

【收光。

第四场

【上海黄埔江边长凳上。
【日,外。
【轮船汽笛声。
【明月社歌女演唱《玫瑰玫瑰我爱你》:

　　　　玫瑰玫瑰我爱你,
　　　　玫瑰玫瑰最艳丽,
　　　　常夏开在枝头上。
　　　　玫瑰玫瑰我爱你,
　　　　玫瑰玫瑰枝儿细,

玫瑰玫瑰刺儿锐，

清早风雨来摧毁，

伤了嫩枝和娇蕊，

心的誓约新的情意，

圣洁的光辉照大地。

【日本兵上。

【歌女逃散。

【雨声。

【田汉和安娥见面。

安　娥　　寿昌，出来了？

田　汉　　我出来了！怎么回事，我出来了，你不高兴？聂耳呢，他怎么样了？《风云儿女》的插曲不知他写得怎样了，我真想他此刻就在身边，面对面地好好谈一谈啊！

【安娥不说话，田汉发现她神色有异。

田　汉　　咦，是出什么事了吗？

安　娥　　我带来了一个坏消息，你能挺住吗？

田　汉　　有什么挺不住？什么样的坏消息我都能受！

安　娥　　聂耳，他在日本溺亡了。

田　汉　　什么？你再说一遍？

安　娥　　（哽咽）聂耳，他在日本溺亡了。

田　汉　　（歇斯底里）你胡说！这不是真的，这不是真的！

【安娥把拆开的电报交给田汉。

画外音　　1935年7月17日，聂耳在日本滕泽市鹄沼海滨溺海而亡！

【歌队上。

田　汉　　（唱）啊，溺亡，

溺亡！

在异国他乡！

这是真的？

真的？

不愿想！

字字搅我愁肠！

昨天，我们还在一起创作，
一起碰撞！
一起疯狂！
一起高兴，
一起悲伤！
今天，你就不辞而别，
为什么这样匆忙？
遗我无限惆怅！
从今后高山流水知音渺，
一曲成绝响！

聂　耳　（唱）我在，
我没有走！
我徘徊悱恻，
遗恨绵绵！
对生命无尽留恋，
对青春无限眷爱，
对友谊无穷怀念，
不愿沉睡盼醒来！

【歌队下

安　娥　（唱）都说战士流血不流泪，
今闻噩耗我亦怆然！
你是那样可爱，
那样的激情万丈！
你的灵魂如此纯洁，
你的情绪永远高亢！
多少佳曲等你新创，
革命的音乐事业，
号角待嘹亮！

聂　耳　（唱）我在，
我没有走！
我还有一腔热血等挥洒，

　　　　　　　　　　多想再战斗在一块！
　　　　　　　　　　笔尖指尖齐飞舞，
　　　　　　　　　　一曲曲战歌多豪迈！
田汉、安娥　（合唱）聂耳！
　　　　　　　　　　你是我们的兄弟，
　　　　　　　　　　更是我们的同志！
田　汉　　（唱）难忘，
　　　　　　　　　　介绍你入党，
安　娥　　（唱）带你踏上革命路。
田　汉　　（唱）难忘，
　　　　　　　　　　领你举手宣誓词！
安　娥　　（唱）党旗面前共明志！
田汉、安娥　（合唱）多么想再面对面，
　　　　　　　　　　多么想再肩并肩！
　　　　　　　　　　多么想再心碰心，
　　　　　　　　　　合作一曲，
　　　　　　　　　　惊破强虏化灰烟！
聂　耳　　（唱）我听到了，
　　　　　　　　　　听到了！
　　　　　　　　　　誓言犹在耳，
　　　　　　　　　　旗帜宛如新！
　　　　　　　　　　你们是我的导师，
　　　　　　　　　　更是我的亲人！
三　人　　（合唱）我们盼着那一天，
　　　　　　　　　　民族解放日月新，
　　　　　　　　　　亲人团聚永不分！
　　　　　　　　　　那一天在不久的将来，
　　　　　　　　　　鲜花满地彩霞满天，
　　　　　　　　　　高歌一曲得胜奏凯！
　　　　　　　　　　你（我）用生命奏出最强的音符，
　　　　　　　　　　一声声正呼唤它的到来！

【田汉、安娥遥望远方。
【紫姝跑上，衣衫不整，状似疯颠，后面传来一群日本浪人的淫笑声。

紫　姝　　啊，啊！
【金彪巡视上。

金　彪　　（看见紫姝背影，未认出）：哎哎哎！（发现是紫姝）紫姝？紫姝！你怎么了？
【紫姝看到亲人，泪如泉涌。

金　彪　　他娘的！
【金彪怒目圆瞪，向日本浪人冲去。
【紫姝摇头，死死拖住金彪。一颗子弹飞来，紫姝着急将身一挡，中弹倒地。
【金彪急抱起紫姝。
【安娥、田汉上。

金　彪　　（大哭）田先生！
紫　姝　　（微喘）：田先生……
田　汉　　紫姝！紫姝！
【紫姝奄奄一息。

紫　姝　　田先生……聂耳哥，有消息吗？
安　娥　　紫姝妹妹……聂耳他……
【田汉摇头示意不要告知她死讯。

紫　姝　　我想知道，告诉我！
安　娥　　（哽咽）今早的电报，聂耳他在日本不幸溺亡了！
紫　姝　　（哭泣）聂耳哥，聂耳哥！（咽气）
金　彪　　（歇斯底里）紫姝，紫姝！
紫　姝　　（话外音）聂耳哥！你等一等，妹妹来找你了！
聂　耳　　（话外音）我等你，我来了，我来了！
【意向空间，紫姝哼唱起东北小调小豆苗，
【歌队舞队上。

歌队唱（东北小调）：

　　黄豆粒，小豆苗，
　　青青绿绿抽嫩芽。
　　小苗儿，盼个家，
　　平平稳稳来长大。
　　小苗儿，别害怕，
　　心若安，哪里都是家。
　　愿你悄悄，长叶开花，
　　欢欢喜喜结个瓜。

聂耳缓缓走下，二人牵手同行。

【歌队下。

【金彪泣不成声。

金　彪　紫姝，紫姝啊！你爹娘也在日本鬼子的轰炸下双双丧命了！我不忍告诉你啊！是我害了你们！我就是日本人的狗！报应啊！

金　彪　（独唱）家没了，人死了，
　　　　　　　　我之最珍爱的尽毁。
　　　　　　　　我已一无所有，
　　　　　　　　独活世上何滋味？
　　　　　　　　家破人亡一场空，
　　　　　　　　天伦之乐梦破碎！

【金彪说着，满眼绝望，身子慢慢瘫倒在地。

【田汉安娥二人上前扶金彪。

田　汉　金彪，金彪！

金　彪　（悲痛地）田先生，安小姐，我，我对不住你们啊！

【金彪转身。

【安娥把信塞到田汉手心里。

安　娥　寿昌！这是聂耳谱写的电影《风云儿女》的主题曲《义勇军进行曲》！

【田汉颤抖着将信拆开。

田　汉　《义勇军进行曲》！

【田汉抚摸手稿，整个人振奋起来。

田　汉　（唱）起来，不愿做奴隶的人们！
　　　　（轻轻先唱一句，安娥合上）
　　　　把我们的血肉筑成我们新的长城！

【振奋人心的小军鼓国歌前奏响起。

【众人合唱《义勇军进行曲》：

起来，不愿做奴隶的人们！
把我们的血肉筑成我们新的长城！
中华民族到了最危险的时候，
每个人被迫着发出最后的吼声，
起来！起来！起来！
我们万众一心，
冒着敌人的炮火，
前进！
冒着敌人的炮火，
前进！前进！前进！进！

尾声

【国旗升起，聂耳从后面上来，拿起指挥棒，转身面向观众，全体起立唱。

【红领巾拿鲜花，向国旗敬礼。

　画外音：1949年新中国成立，中国人民政治协商会议决定《义勇军进行曲》被选定为代国歌，2004年，《义勇军进行曲》正式被定为中华人民共和国国歌！

2019年9月排练本

渔老大

刘　帅

第一场

时间：1959 年 4 月底的一个夜晚。

地点：海边。

人物：沈母、18 岁的杨老大。

【1959 年 4 月底的某一天夜晚，天阴沉沉的，乌云厚厚地盖了下来，闪电在云里忽闪，雷声在海面上发着低沉的声音。

【前不久的渔汛让舟山很多岛屿的渔民倾巢而出去捕鱼，但是归家途中遇到了特大海难，很多渔民都没能安全回家。这座岛上就在这几天多出了三十一座坟，却都是空坟，因为无法再找到他们的尸体。

【这时的海边哭声悲戚，似乎还听到了招魂的喊声。

【沈母抱着一件外套上场，是她的丈夫的一件外套。

沈　母　沈清，海上风浪这样大，你什么时候回来呀？很冷吧，我拿了外套给你，是你最喜欢的一件外套，等你到岸就可以披上了。你一定冻坏了吧，这次出海，我居然没有给你带上厚衣服，（笑）但是下次我一定，一定不会忘了。（望海）我等了这么多天，你怎么还不回来呀，是不是捕了很多的鱼，船开得慢呀。没关系，船慢慢开，反正我都在这里等着你。

【杨老大这时还是二十岁出头，他急忙地赶上场。

杨老大	嫂子……
沈 母	小杨你来啦！咦，你都回来了，怎么沈清还没回来？
杨老大	嫂子，我半个月前就回来了。
沈 母	不可能，我一直都在这里等你们船回来啊！
杨老大	嫂子，我每天都来这边接你回家，你……你面对现实好吗？
沈 母	我听不懂你说什么。（想要走开）
杨老大	沈老大回不来了！回不来了！
沈 母	什么回不来！你胡说什么！
杨老大	嫂子，你知道我没有胡说！沈老大回不来了！他为了救我……
沈 母	你胡说！闭嘴！你看海上是不是有一艘船！你看是不是沈清在船头给我招手呢？！
杨老大	没有船没有船，嫂子，我知道我没有脸来见你，可是海峰才一岁，他不能没有你的照顾！
沈 母	海峰？海峰是我的儿子，我自然会照顾好他。我就是想等沈清回来。
杨老大	可是沈老大回不来了，再也回不来了！他已经死了……
沈 母	不可能！你走开，我不想听你说话。
杨老大	嫂子，沈老大已经走了十多天了，这次海难太多人没有回来了。我们岛上的山上多了三十一座空坟，其中一座是沈老大的，你……
沈 母	他带队出海去了，只是还没有捕完鱼回来，你为什么要咒他呢？沈清对你这样好，你为什么要咒他呢？我只是想在这儿等他回家，你为什么要咒他呢？
杨老大	我……
沈 母	（声音逐渐清醒）我在等他啊，他为什么还不回来……
杨老大	嫂子，这是招魂器……

【沈母一手打翻他的招魂器。

沈 母	什么见鬼的招魂器，招谁的魂！沈清好好的！
杨老大	我也不想拿出这个什么招魂器，但是这种迷信的东西可以给我们一点儿寄托啊！
沈 母	我不是你们渔民，我不懂什么迷信，我也不要这样的寄托！我的寄托只在沈清这个人的身上！

【远远传来孩子的哭声,很小声。杨老大听到是海峰的声音。

杨老大　嫂子,是海峰哭了,我送你回家吧?

沈　母　我不回去!我要等他,我要等到他。

【孩子哭声渐响。

杨老大　嫂子,那我先回去看看海峰,他会到处找你。过会儿我来接你回去。

【杨老大下。

【沈母呆滞地坐在一边,转头看向地上的"招魂器"。她愣了一会儿,把外套披到自己身上,再缓缓走过去把"招魂器"捡起来,把它重新装好,一支毛竹,上面挂一面铜锣,吊一面铜镜子,叫"童子转竹"。

沈　母　(轻声地哽咽声)我不相信,我不相信啊……沈清,他们说我自欺欺人,说你已经死了,我不相信啊……你说等你这趟回来就给我买那条裙子,你说我穿上一定很好看。你还没有看到怎么就死了呢?!(她轻轻晃动"招魂器")沈清,海上冷,你快回来吧……沈清,我和海峰都在家里等你呢,你快回家吧……沈清,我们还这样年轻,还有好长的日子要过下去,你快回到我身边吧!沈清,快点回来啊!我很想你!

【雨终于下了下来,海面上因风雨显得雾蒙蒙的。

【沈母一步一步走向海边,仿佛看到了一艘船,船头站着一个男人在向她招手。

沈　母　(愉快地)沈清,你回来啦,你看我贴不贴心,我给你带了外套,你一定很冷吧……

【灯暗。

第二场

时间:1981年

地点:沈海峰的新家

人物:沈海峰、杨秀英、杨老大、建平、阿杰、亲朋好友

【过去二十二年了,二十三岁的沈海峰和杨老大的女儿,二十一岁的杨秀英今天结婚。

【傍晚,夕阳。杨老大坐在椅子上,右手夹着烟,左手拿着一封泛黄的信,但是一看就知道保存得很好。

杨老大　（看着信）嫂子,一晃二十二年过去了,你和沈老大肯定已经投胎转世了吧。对了,今天,海峰和我女儿秀英办喜酒了,老大,嫂子,你们看我把海峰照顾得好吧,还把我的宝贝女儿嫁给他了呢。哈哈哈,开玩笑,他们俩自由恋爱,青梅竹马要在一起,我当然是同意了。老大,海峰很像你,又是我看着长大的,我很放心把女儿交给他,（笑）但是如果他敢欺负我女儿,你们可别怪我打他!（感慨）嫂子,那天对不起,那时年纪轻,也不会说话,一直想让你清醒一点儿,却没有想我说话太重了。事后想起来我真的是句句在扎你的心,对不起。而且我应该早点儿来海边接你,谁知道你就……那天等我哄完海峰,要给他换衣服的时候,我才在他的口袋看到这封信,等我再跑回去找你时,你已经不见了（沉浸在回忆中,后悔不已）。这是我第二次看这封信,那次看完我就收起来了,我会把你的嘱托一一做到,这是我欠老大的。如今海峰长大成人,成家立业,我也算完成一半的任务了。（将信折好,放回信封）

【结婚的喜乐奏响,人声鼎沸,天暗了,灯亮了起来。

杨老大　（听）来了。

【一艘机帆船被打扮得花轿似的,伴着"舟山锣鼓",沈海峰和杨秀英穿着新衣上场。

【杨老大站在中央主位,亲朋好友围着,新人面向杨老大,"郎头傧"用贺郎开场。

郎头傧　日落西山月东升,华堂内外闹盈盈。千古东海传遗风,洞房花烛贺新人。今朝新郎迎新人,大红喜字映堂中。亲眷朋友统走拢,贺郎迎亲喜气浓。新婚喜事传统办,移风易俗人称赞,海岛婚俗有特色,传承发扬是美德。总管先生真周到,廿四冷盆统装好,僮佣帮衬多忙碌,烫酒搬菜汗忙出。帮厨师傅手段高,装出冷盆多花泡,厨工师傅艺高超,只只冷盆有味道。贺郎朋友统坐好,请出新人入华堂，敬请各位多注意，新人到场要鼓掌。一请新人入华堂，天上织女配牛郎，二请新人入华堂，地上金鸡配凤凰。三请新人入华堂，百年好合世无双，新郎新娘入华堂，全体起立同鼓掌。

【随着郎头倌的贺词，新人缓缓入场，向杨老大敬茶。

杨秀英	爸，喝茶。
杨老大	好好好。
沈海峰	（声音特别响）爸，喝茶！
杨老大	臭小子，嗓门这么大。
沈海峰	嘿嘿，这么多年来一直是您养我，我早就想喊您爸了！
杨老大	臭小子，你别以为喊我爸，我就能忘了你把螃蟹放进我的鞋子里，一钳子夹住我的大脚趾这件事！还有偷偷爬上渔船躲起来，跟着我们出海，把我的船吐得稀里糊涂！还有……
沈海峰	爸！今天就别说我糗事了！今天结婚呢，结婚！
杨秀英	是呀！爸，今天还要把海峰的糗事拿出来在大庭广众说，你女儿还要面子呢！
杨老大	好好好！（背过身迅速擦了擦眼角）不说不说，给你点面子。
亲戚1	你看你们爸，还哭了呢哈哈哈。
杨老大	胡说，我这是昨晚没睡好，眼睛有点涩，难受。
亲戚2	哭啥，这还不是自娶自嫁，还是在你们老杨家！
杨老大	也对，还是我们老杨家的！臭小子，你要是敢对我宝贝女儿不好，我可不会看在你爸妈的面上饶过你！
沈海峰	爸，您放心吧！我一定会对秀英好的，从来只有她欺负我。
杨秀英	哼！说得我很凶似的。
沈海峰	不不不，你永远温柔美丽可爱大方！
杨老大	好了，咱们不耽误吉时，接下来什么程序？
郎头倌	送入洞房！
杨老大	这么快就送入洞房啦？没别的程序了？
郎头倌	没啦，送入洞房！
杨老大	等等等等。
建 平	杨老大是不舍得啦！

亲戚2	迟早有这么一遭！
亲戚1	赶紧送，早点儿让杨老大抱上孙子孙女！
杨老大	等等，我总觉得还有一个很重要的程序，让我想想。
阿 杰	杨老大，这个是最重要的程序了！
建 平	阿杰，看你平时傻乎乎的，关键时候你很懂啊！
阿 杰	那是，我可是我们这群人里最早结婚的人了！
建 平	嘚瑟！我和小敏肯定是咱们这群人里第三对！是吧，小敏。

【小敏假笑了一下，不作声。】

杨秀英	我可不答应啊，你这算求婚吗，这么简单就想把我们小敏娶走，不行。
建 平	放心吧，后面我会跟着海峰出去赚大钱！
沈海峰	（打断建平）爸，还有啥程序啊，就剩最后这一个程序了，赶紧的。
杨秀英	（害羞）你别说了啦！
杨老大	臭小子！哦，对了对了，我要把这个给你。

【杨老大去后面抽屉里拿出"船魂灵"（一块长一尺，阔五寸的小木条，中间挖个圆形的小孔，用女人的一束头发缚在铜钱或银元上，放入小孔内）】

杨老大	这是那艘机帆船的船魂灵，你知道的，这艘船救过我的命。而且从小到大，你们的所有开支都是靠它和我一起赚回来的，可以说没有它，就不会有我们。现在你的技术已经在我之上了，你也有本事可以当这个老大，所以我把它的船魂灵给你，这艘船也就交给你了。我呢，现在就想退休，等着你们赚钱养我了。
杨秀英	爸，您这么年轻就想着退休啦。
杨老大	是啊，帮你们带带孩子什么的。
沈海峰	（有点严肃）爸，养您当然没有问题，这是我们一定会做的。只是……
杨老大	只是什么？
沈海峰	只是，我不能接受您的船魂灵。
杨老大	什么？
沈海峰	我不想要这艘机帆船。

杨老大	为什么？

【沈海峰似乎还在组织语言。郎头傧看现场有点尴尬，连忙打圆场。

郎头傧	我们大家伙儿去吃喜宴吧，菜可丰盛了，杨老大可是把家底都掏出来办了酒席，我们得把他的养老钱吃得干干净净才不浪费啊。走吧走吧！

【郎头傧带着亲朋好友下场。

【建平轻轻打了一拳在海峰肩后，给他鼓励。

杨老大	为什么？
杨秀英	爸，您别急，海峰有他的想法。
杨老大	有什么想法，能有什么想法？这条船过去的意义我就不说了，现在这是我们岛上最高产的一艘船，象征着我们岛上渔民的荣誉，你有什么理由拒绝它？
沈海峰	爸，这些我都知道……
杨老大	知道你还拒绝？！
沈海峰	爸，我已经贷款买船了。
杨老大	买船？
沈海峰	我准备买一百吨的钢制渔船。
杨老大	你疯了吗？一百吨的钢制渔船，起码要一百万！
沈海峰	是，我和我几个兄弟集体贷款，有了这艘钢制渔船，我们就可以去更远的地方捕鱼，可以捕更多的鱼，我要赚很多很多的钱，给你们最好的生活。
杨老大	我把女儿嫁给你，还没开始享福，就要背上债了？
沈海峰	这笔贷款也一定很快就能还上。
杨秀英	爸，这件事我是知道的，我觉得……
杨老大	你知道？你知道什么知道，这么大的事情，你们居然瞒着我。
杨秀英	不瞒着您，肯定买不成……
杨老大	还敢顶嘴！（凶）

【沈海峰把杨秀英护在身后。

沈海峰	爸，您别怪她，都是我的主意。爸，现在鱼这么多，一艘小机帆船根本装不了多少，每次出海都那么艰辛，为什么不干脆买艘大

杨老大	船，一次性多捕点儿回来。你看那些黄鱼、乌贼、带鱼，多到捕不完！很快，我们就能从负债变富裕！
杨老大	多到捕不完？是，现在鱼很多，看起来好像多到捕不完，但这是海洋的馈赠，我们不能把海洋捞空！
沈海峰	海洋这样大，怎么可能捞得空？！
杨老大	你怎么这么天真！
杨秀英	爸，您别担心，我相信海峰的技术，我们很快就能还上这笔贷款，您就安心在家休息，不要出海了，我们养您。
杨老大	我不需要你们养，这艘机帆船捕的鱼够我吃一辈子了。
沈海峰	爸，你得往前看！钢制渔船捕捞的量是机帆船的十倍！
杨老大	我不想往前看，我就想现在活得好。
杨秀英	爸，您以前每次出海，我都很担心，我生怕您出一点儿事。如今海峰也要经常出海了，他有了这艘钢制渔船就安全很多，我也能放心一些了。
沈海峰	爸，您相信我，我一定会捕很多的鱼，赚很多的钱，照顾好秀英，还有您。
杨老大	（把船魂灵揣在怀里）我不是不相信你，只是这样真的好吗？哎，算了。船魂灵我收回了，你们，你们走吧，入洞房去吧。（走回抽屉旁）
杨秀英	爸……
杨老大	（背对他们挥手）去吧。
沈海峰	爸……
杨老大	我消化消化，去吧，别误了吉时。
杨秀英	爸，那我们走了。

【杨老大依然背对。

【沈海峰还想说些什么，杨秀英拽着他走了。

杨秀英	爸没事，你知道的，他有事就不是这个样子了，肯定把我们骂得狗血淋头。
沈海峰	但是……
杨秀英	这个消息可能太突然了，他明天就好了。
沈海峰	好吧……

【两人边说边下场。

杨秀英　（朝杨老大喊）爸，我们先去招呼客人啊！您过会来吃饭。

【两人下场。

【杨老大在单束灯光下，呆呆地摸着船魂灵。从口袋里又摸出了那封信，展开。

杨老大　沈老大，嫂子，我希望，海峰是对的……

第三场

时间：1989年

地点：沈海峰和杨秀英的家里

人物：沈海峰、杨秀英、建平、阿勇、杨老大、沈浩

【三十一岁的沈海峰和二十九岁的杨秀英，已经有一个七岁大的儿子，名叫沈浩。

【沈海峰和杨秀英的家变成了一个小客栈，房间不多，外来的渔民会选择住在这儿，房费不贵，又很干净，很受大家欢迎。

【在小客栈里还有一个储物柜，上面有十几个小格子，每个小格子上都有一把小锁。

【这一天中午，杨秀英和沈浩在吃中饭，等着沈海峰和船员们捕鱼归来。

沈　浩　妈妈，今天还有新客人来住我们家吗？

杨秀英　今天可能之前出海的叔叔们会回来住我们的小客栈。

沈　浩　那爸爸今天也回来吧？

杨秀英　这都出海一个月了，应该快回来了吧。

沈　浩　我感觉爸爸这几次出海的时间越来越久了。

杨秀英　是啊，今年每一次出去起码都要半个月才回来。不过，别担心浩浩，这几天爸爸就会回来了。

沈　浩　我才不担心呢，爸爸最厉害了！

杨秀英　对，爸爸最厉害了。你吃好就去找外公，外公可能又给你做新玩

具了。
【沈浩欢呼一声，下场了。
【杨秀英把碗筷收拾了一下放到一边，她拿起抹布擦储物柜。
【福建的阿勇有些腼腆地上场，他捕鱼刚回来。

阿　勇　　（福建口音）秀英。
杨秀英　　（惊喜，又失望）哦，阿勇哥，你们回来啦？
阿　勇　　是啊，海峰还没回来吗？
杨秀英　　嗯，你们这次捕了多少？
阿　勇　　这次不太好，我们又在船上多飘了几天，还是没有。
杨秀英　　难怪海峰他们也还没回来，估计也飘了好几天。
阿　勇　　（掏出小钥匙开小格子）这几次出海，鱼是越来越少了。（拿出一个看起来有些旧的手表）这个储物柜真的是太好了，这个表我一直贴身戴着，以前出海总怕丢，现在存在这儿让我很放心。
杨秀英　　放我这儿你就放心吧！其实这个储物柜我就想让你们外省渔民存点东西在这儿，就好像你们的家人等着你们回来，第一时间就可以见到家人一样。
阿　勇　　是啊，这个手表是我最贵重的一个东西了。
杨秀英　　给我看看你的手表。
阿　勇　　（藏起来）我可不给你看，（开玩笑）万一被你惦记上了怎么办？
杨秀英　　阿勇哥，我杨秀英是这种人吗！我还不稀罕呢。
阿　勇　　自从搁这儿，我好像都不敢死在海上了呢，一定要回来拿走，可不能便宜你们，哈哈哈哈哈哈。
杨秀英　　那你就平平安安回来吧！对了，等这次海峰回来，他说会给我买相机，那我就给每个客人拍一张照片存在这儿，也是一种纪念了。
阿　勇　　好啊，我预约第一个照啊！
杨秀英　　那不行，第一张照片可是我们自己的全家福！
阿　勇　　对对对，那必须的，那我约第二张！
杨秀英　　行！对了，你吃过没？
阿　勇　　吃过了，我先回房间洗个澡，臭了。
杨秀英　　好。

阿　勇	走了。	

【阿勇下场，杨秀英擦好了柜子，坐到餐桌边心事重重。

【沈海峰拿着一个盒子，蹑手蹑脚上场，猛地抱住了杨秀英。

杨秀英	啊！（站起推开）
沈海峰	是我啦！
杨秀英	海峰？！你干嘛吓我啦！哎，你回来了！

【杨秀英还是很激动地抱住了沈海峰，两人相拥。

杨秀英	咦，你今天居然没有很臭？
沈海峰	你看！（把盒子递给她）拆开看看。

【杨秀英拆盒子，是一个崭新的照相机。

杨秀英	照相机！老公！（爱不释手）
沈海峰	最新款！
杨秀英	谢谢老公！
沈海峰	我们这次捕了鱼，直接到宁波卖了鱼，在朋友家洗个干干净净之后，我就去给你买相机了，开心吧。
杨秀英	开心！好棒啊！是不是要放什么胶卷？
沈海峰	早给你放好了。第一张就拍我们的全家福？
杨秀英	那必须呀！我去叫爸和浩浩。

【杨秀英下场。

【沈海峰喘了口气，坐在餐桌边休息，看起来有点心事。

【杨老大、杨秀英，沈浩拿着玩具上场。

沈　浩	爸爸！你终于回来啦！
沈海峰	爸。

【沈海峰一把抱起沈浩。

沈海峰	浩浩，想不想爸爸？
沈　浩	想！爸爸这次又捕了很多鱼吗？
沈海峰	那是呀！又捕了很多很多鱼呢。
沈　浩	爸爸好厉害！
沈海峰	外公厉害还是爸爸厉害？
沈　浩	嗯……
杨老大	哼，这有什么好问的，你爸的技术还都是我教的，浩浩你说谁

	厉害？
沈　浩	那外公厉害！
杨老大	对啦！
沈海峰	对，外公更厉害！
杨老大	哼！
杨秀英	好啦，爸，我们今天拍全家福！你看海峰给我买的照相机！
杨老大	浪费钱。
沈海峰	爸，秀英一直想要这个，这不算浪费钱。
杨老大	现在沈老大财大气粗。
杨秀英	爸，您是不是那个什么什么期啦，怎么还这么别扭啊。
沈海峰	更年期？
杨秀英	对，更年期。
杨老大	我走了。

【杨老大说完就想走，阿勇拎着行李下楼了。

杨秀英	爸！别走呀，还要拍照呢。
杨老大	不拍。
阿　勇	杨大叔，别不拍呀，我就等着你们拍完全家福，给我拍张单人照呢。
沈海峰	阿勇哥，你已经回来啦。
阿　勇	是啊，来来来，你们坐下，我给你们拍一张。
沈海峰	你会？
阿　勇	不会，你可以教我呀！

【沈海峰教阿勇怎么使用，杨秀英拉着杨老大和浩浩坐下。

【沈海峰对焦，找准位置，让阿勇站在他选定的位置不许动，他再走回杨秀英身边。

阿　勇	好了吗？

【沈浩站在杨老大身前，杨老大坐着有些僵硬和不自在，沈海峰和杨秀英在杨老大身后站着，除了杨老大的表情冷酷和别扭，其他三人都是笑着的。

杨秀英	好啦。
阿　勇	我准备拍了啊，1、2、3，笑！（咔嚓）

杨老大	这玩意儿让人这么不自在呢！

【此后场景是在他们的家中，墙后都会挂着这张全家福照片，这张照片并不完美，人物有一点儿偏又有一点儿歪。

阿　勇	给我拍一张！
杨秀英	我给你拍。

【阿勇站在储物格前站直，杨秀英给他拍了一张。

杨秀英	1、2、3！（咔擦）好了，等海峰下次去城里洗出来再给你。
阿　勇	谢啦！
沈海峰	阿勇哥，你坐，我们聊会。爸，您也坐这儿，我们喝点儿小酒。
杨秀英	我给你们弄点儿酒和菜。

【杨秀英带着沈浩下场。

杨老大	我才不想跟你喝酒，免得又吵架。
沈海峰	好吧，爸，晚上您来吃饭，我们一家人很久没有一起吃饭了。
杨老大	哼！

【杨老大下场，慢慢走到门口，驻足想偷听。

沈海峰	阿勇哥，这次出海，你们捕上来多少？
阿　勇	哎，这次少，就十万吨。
沈海峰	我们差不多，而且你发现没有，大部分都是小鱼小虾，根本卖不了多少钱。像黄鱼、乌贼，简直连过去产量的三分之一都不到。
阿　勇	是啊，今年这几趟出来，鱼是越来越少了。

【杨老大听到了，叹了口气摇了摇头，走了。

沈海峰	这过去才两三年，怎么产量下降这么多？
阿　勇	自从你们船队买了钢制渔船，大家都眼红你们的产量，也努力想搞一艘，现在钢制渔船越来越多，这码头停得满满当当，我觉得大家都捕狠了。
沈海峰	渔民就靠捕鱼为生，我只希望我带的是好头儿。
阿　勇	是啊，渔民就靠此为生了。
沈海峰	如果，我是说如果大海真的被捞空了呢？
阿　勇	别瞎说，大海这么大，怎么可能捞得空。我该回去了，儿子还在家里等我。下次我们再喝酒。
沈海峰	行，下次喝。

【阿勇下。
【杨秀英从一边端着酒菜上场。

杨秀英　咦，阿勇哥呢？
沈海峰　他回福建了。
杨秀英　哦，也是，这次出来够久了。
【杨秀英陪沈海峰坐着，喝点儿小酒。
杨秀英　海峰，建平他有没有好点儿？小敏前两天给我来过电话。
沈海峰　她说什么？
杨秀英　也没什么，就是问问近况。她现在和那个军官在一起，平平淡淡的，也说不出好坏。
沈海峰　建平他这几年话是越来越少，怎么劝都不好，也不乐意跟你讲话，就拼命捕鱼，现在船上最卖力的就是他。
杨秀英　你说阿莲嫂也是，当年死活不同意小敏和建平在一起，就因为建平要跟你出去捕鱼，要当渔民。
沈海峰　阿莲嫂也是不容易，阿莲嫂还怀着小敏的时候，她的丈夫、父亲、兄弟都在那年海难里走了，不想小敏嫁给渔民也是可以理解的。
杨秀英　理解归理解，我就是心疼小敏和建平，跟我们一样青梅竹马，却硬生生被拆散。
沈海峰　好啦，小敏现在孩子也有了，建平这么努力也是好事，每个人都有每个人的活法。
杨秀英　嗯……
沈海峰　秀英，你说，大海会不会被我们真的捞空啊？
杨秀英　别瞎说，大海那么大，怎么可能捞得空。
沈海峰　是吗……
杨秀英　别想了，你去休息会，我给你们做晚饭。（下场）
【沈海峰出门，站在门口，望着海边。他看到有渔民收网，把一些小鱼苗小虾米扔回海里。
沈海峰　（感慨）越来越多的小鱼啊……

第四场

时间：1991 年
地点：海上、沈海峰家中
人物：沈海峰、杨秀英、建平、阿杰、船员们、年轻的出网，妻子们

【沈海峰和建平、阿杰、船员们坐在甲板上。
【今天是他们这一趟出海的第二十五天，这次收获很少，大家无精打采。
【沈海峰突然唱起了《会朗五更》。

沈海峰　　一更之夜里，月影白洋洋。有一位大小姐，灯下绣鸳鸯。来一个小情郎，扒开窗户张，好久呀勿见呀，渔船刚拢洋……

【船员们也慢慢地跟进来唱。只有建平没有唱，他显得越发惆怅。
【在《会朗五更》接近结尾时，妻子们的《劝郎五更》相呼应。
【杨秀英和船员妻子们在家里缝缝补补丈夫的衣服，有的勾渔网。

杨秀英　　一更里，月儿东山起，妹劝我情哥哥，老酒少吃点儿。红酒、黄酒、烧酒、啤酒外加白兰地，多吃了几杯酒，误事要多是非，哎郎哟！

【妻子们也跟着唱，歌词诙谐轻快，妻子们这边的气氛就愉悦许多。
【沈海峰站在船头观望。

沈海峰　　兄弟们，收网！

【一众人各司其职，齐心协力地把网往上拉。在一番努力之后，渔网里的鱼依旧很少。

建　平　　沈老大，我们用拖网吧，还有惊虾仪。

沈海峰　　不行，拖网把海底扫来扫去就扫成了荒漠，所有的鱼虾都逃不过，但是那些都卖不了钱。

建　平　　沈海峰，我早就不爽了，你这不让那不让，你看看我们船从当年整个舟山渔船产量第一，到现在成了我们岛上产量倒数的渔船。

	你这个老大到底是怎么当的？
沈海峰	建平，我们船的产量虽然低了，但是总收入并没有低很多。那些船捕上来的鱼多，但是扔掉的鱼苗更多啊！
建　平	那又怎么样，只要能赚钱，鱼苗算什么！
阿　杰	建平你少说两句。
建　平	少说什么少说，难道你们心里不是这样想的吗？难道你们不眼红别人的渔船拉上来那么多鱼吗？
沈海峰	建平，我理解你，你想拼命赚钱给小敏看，给阿莲嫂看，可是现在人家已经结婚了，举家都跟军官换防去了别的地方……
建　平	别跟我提她，我想赚钱跟她们没有关系。
船员1	沈老大，建平说得没错，为什么别人做得，我们做不得？
船员2	是啊老大，我家婆娘老是说我赚的钱越来越少了，（声音越来越小）让我不要再跟着你干了。
船员3	老大，我知道你心疼那些鱼苗，我们这些渔民谁不心疼呢？可是没办法，我们渔民就是要靠它们活下去啊……
出　网	沈老大，我是新来的，没资格多说什么，但是我觉得兄弟们说得不错。你的要求太严格了，只有我们一艘船不这样做，对这片大海能有多少用处呢？
建　平	沈海峰，你是我们的老大，这次出海还是我拉拢兄弟叫你出来，为了捕更多的鱼，这次出来得更远了，难道又要空手回去吗？！
沈海峰	这段时间不是捕鱼的最佳时候，而且天气变化太快，我不想让你们遇到危险。
建　平	不入虎穴，焉得虎子。
沈海峰	我要保证我所有船员的安全。
	【正说着，天空发生了变化，似乎有一场风暴要来。
沈海峰	快，看样子要打暴了！快收网，把所有的网都收上来！老轨，回舵！阿杰，收帆！快快快！
	【海上一瞬间就会有一个变化。雷轰地一声在耳边炸响，闪电似乎就劈在眼前。
沈海峰	来不及了，把渔网割掉！不要了！
出　网	（扑过去）不行不行，这张网是我自己买的，网眼只有零点五公

沈海峰	分，是我好不容易偷偷藏上船的。
出　网	你不要命了！快撒手！
	不行，我要把它收上来。

【一个浪打过来，船倾斜，出网猛地被冲到了船外那张渔网上。

出　网	啊啊啊，老大救我！救我！

【沈海峰拼命向他伸手，但够不到。

沈海峰	建平、老轨你们把好方向，控制船，其他几个人来救人！把网拉回来！
出　网	我还不想死，救我！

【大家努力拉网，但是网似乎被海洋绞住了，拉不动。出网死命抓住自己零点五公分的渔网，鲜血淋漓，仿佛一条鱼被这张渔网绞住了一般。

沈海峰	小胡，你抓紧了，我们很快就能救到你了！

【但是风浪却越发猛了，这张渔网彻底被绞进了大海里面，连同小胡。

沈海峰	啊！！！

【沈海峰的家中，一个很年轻的女孩轻声叫了一声，原来是针刺到手了。

杨秀英	没事吧？
女　孩	我没事，秀英姐。
杨秀英	小心些。（望着屋外）这天变得真快啊……
女　孩	有点儿冷。

【女孩起身关上了门，家中这一块灯暗。

【海上风浪已经停息。

【沈海峰躺在甲板上，目光呆滞。他突然想到，曾经有一天，他和沈浩坐在岸边。

沈　浩	爸爸，（他从沙子里抓了一把，就有小鱼苗）爸爸，小鱼死了好多。
沈海峰	嗯。
沈　浩	爸爸，为什么要把小鱼小虾也抓回来？抓回来又都是死的，全死在这边沙滩上了。

沈海峰	是啊,为什么要抓回来呢……
沈　浩	爸爸,我总是听到很多叔叔在家里说现在鱼越来越少了,那你们大人把大鱼小鱼都抓完了,我们以后抓什么呢?
沈海峰	浩浩,你想当渔民吗?
沈　浩	我是你的儿子,难道不是渔民吗?
沈海峰	对,你是我的儿子,你就是渔民。
沈　浩	所以啊,爸爸,你真的太没水平了,难怪外公老是对着你哼哼。
沈海峰	浩浩,你说海洋这样大,会被我们捞空吗?
沈　浩	会啊!
沈海峰	(惊到)为什么?
沈　浩	哎呀,爸爸你太笨啦,不是你们大人自己说的鱼越来越少了吗?那不是被你们捞少的吗?捞着捞着就空啦!
沈海峰	这……
沈　浩	我不跟你说了,我要找外公玩。

【**沈浩欢快地跑下场。**

沈海峰	对啊,我们明明自己一直在说鱼变少了,却不愿想为什么鱼变少了。我们每次拼命捕鱼,用各种所谓先进的技术和办法去捞空大海的每一处,就怕哪里漏了,就好像大海把鱼藏起来似的……大海明明藏无可藏,连小手指这么点大的鱼都找不到地方可以躲着不被我们捞走,我们却还自欺欺人儿,以为大海大到捞不空。我们现在吃着的是子孙饭啊!

第五场

时间:1993年7月

地点:杨秀英小客栈

人物:沈海峰、杨秀英、杨老大、建平、阿杰、船员们、岛上和外省的渔民

【**小客栈外面摆着几张桌子,三三两两地坐着几个外省渔民和本**

岛渔民聊着天。

【今天是很悠闲的一天,大家喝着酒聊着天,吹着海风,十分惬意。

【杨秀英和杨老大招呼客人。

渔民1　　秀英,给我再来瓶酒。

杨秀英　　好咧。(走到屋内)

渔民2　　杨老大,再我来盘花生米呗。

杨老大　　秀英,再端盘花生米出来!

杨秀英　　好!

【杨秀英端着花生米和酒出来,给两桌送去。

杨秀英　　花生米不限量添加,没了就喊我。

渔民3　　秀英现在也是大老板啦!

杨秀英　　什么大老板,花生米还是请得起的。

渔民2　　你别说,你们家的花生米是真的好吃,下酒!

渔民4　　给我也来点儿呗。

杨老大　　好,我去给你端一盘。

渔民4　　谢谢杨老大。

杨秀英　　那必须好吃呀,这可是海峰特地从上海买来的。

渔民2　　难怪呢,我可得多吃点。(笑)

渔民1　　咦,沈老大呢?

杨秀英　　他去北京出差了。

渔民3　　哇,沈老大都去北京啦!

杨老大　　(阴阳怪气)哼,当了人大代表还真了不得,都出上差了。

杨秀英　　(悄悄话)爸,外人面前给点儿面子。

杨老大　　哼!

杨秀英　　他去好几天了,说是今天回来。

【杨秀英话音未落,沈海峰就愉快地跑上场。

沈海峰　　(兴奋)我回来啦!告诉你们一个好消息!

【杨秀英开心地迎上去。

渔民1　　啥好消息?中央给我们什么优惠政策了吗?

沈海峰　　倒也是没错!

渔民2	沈老大你快说!
沈海峰	我的提案,已经被全国人大通过了!
杨秀英	(脸色有些变化)提案?
渔民3	什么提案?
杨秀英	难道……
沈海峰	对!就是设置禁渔期的提案!

【全场寂静,所有人仿佛被定住了一般。这场停顿仿佛让大家都有窒息的感觉。

杨秀英	你没开玩笑?那个提案我不是不同意吗?!
沈海峰	可这是正确的。
渔民3	沈老大,你一定是开玩笑,哈哈哈,这个一点儿也不好笑。
渔民2	我们是渔民,你说禁渔,你是想让我们靠喝海水活下去吗?

【杨老大虽然十分惊讶,但意外地没有生气。他站在一边沉思。

沈海峰	我没有开玩笑,设置禁渔期这个提案已经通过了,中央有关领导和部门都说这个提案提得好,而且他们很快就会出台相应的政策。
渔民1	沈海峰你知道自己什么身份吗?你是我们岛上最厉害的老大,我们船队当初跟着你买钢制渔船,现在贷款还没还清,你这会儿要断了我们其他兄弟的生路,这是你做的事情吗?你自己赚到钱了,还有这个小客栈,不愁吃喝,就不管岛上其他渔民的生死了吗?
渔民2	对,沈海峰你太自私了。我不管什么提案,什么政策,反正我们渔民必须捕鱼。
沈海峰	没有禁止我们渔民捕鱼,只是有几个月不捕鱼,让鱼儿们产籽然后长大,我们一刻不停地捕鱼,这些鱼永远长不大。
渔民3	几个月不捕鱼还不叫断我们生路吗?!这简直是逼人去死!我不想听你胡说八道了!
渔民2	疯了疯了。

【渔民们气哄哄地走了。
【有渔民气得打翻了酒瓶,现场有些狼藉。
【杨秀英收拾。

杨秀英	你是真的疯了。这个什么提案我跟你说过多少次了,不可以往上提。
沈海峰	可是我跟你解释过那么多次了,设置禁渔期是很有必要的。
杨秀英	什么必要?渔民不捕鱼,吃什么?怎么赚钱?浩浩快要上初中了,学费呢,从哪出?
杨老大	秀英,浩浩的学费我来出。
杨秀英	爸!这不是一次学费的问题。
杨老大	浩浩的学费都由我来负责。
沈海峰	爸,浩浩读书的钱我们有的,你的就存起来养老。
杨老大	我可以帮忙的。
沈海峰	爸,不用,钱我们有。
杨秀英	虽然贷款快要还完了,可我们刚可以过上不负债的日子,你现在又禁渔,我们一家四口不用张嘴吃饭了?不让浩浩读书了?你真的为我们家考虑过吗?
沈海峰	我当然考虑过啊!你听我给你算这笔账啊……

【这时沈海峰船队的建平、阿杰、以及船员们飞快地上场。

建 平	海峰,我刚听到有人在胡说,说你向北京提案禁渔?
阿 杰	不可能啦,他们一定是乱说。这帮八婆真的闲得没事做。
沈海峰	没错。
阿 杰	你看老大都同意我,一定是他们乱说。
沈海峰	我确实向中央提交提案了,他们也没有胡说,我的提案就是设置禁渔期。
建 平	你疯了吗!禁渔?禁渔!
沈海峰	给大海放个假。

【建平气到拿起酒瓶,真想打沈海峰。杨秀英想拦,但是建平并没有真下手,他狠狠地把瓶子摔在地上。
【杨老大拉着杨秀英回房间。

杨老大	没事的,让他们兄弟们自己解决。
阿 杰	老大,你是说真的吗?那我老婆怎么办,她的药不能断啊。
沈海峰	我们不是不捕鱼,只是休息休息,让鱼儿好好长个个。俗话说,三月不捉鸟,四月不捕鱼。老祖宗的话我们不能忘!

建　平	禁渔从四月开始，多久？
沈海峰	我建议是四月到六月。
建　平	两个月？你让我们这些渔民两个月不上船不出海不捕鱼？我们的贷款都还没还清，怎么办？
船员1	是啊，老大，我的贷款也没还清，如果两个月不捕鱼，我一定会被我婆娘赶出门的。
沈海峰	我来给你们算笔账，现在我们捕到的鱼太小了，出一次海其实是亏钱的。每次出海假如我们捕获五万公斤的鱼，其中绝大多数是鱼苗，带鱼小得像筷子，甚至牙签，鲳鱼小得像纽扣，抓一把足有上百尾，结果呢它们基本都是被扔掉的，最后剩下的只能卖两三万。假如实行"休渔期"，推迟几个月捕捞，这些鱼苗就可以长到六百多万公斤，收入可达一千三百多万元。其实是比不禁渔的时候更多。
阿　杰	老大，我不懂那么多大道理，我就想知道不捕鱼的时候，我可以干什么赚钱？
沈海峰	你，你可以，去打工啊。
阿　杰	我是渔民，我别的什么都不会，我只会捕鱼。
建　平	海峰，你明明知道我想在捕鱼上混出点儿名堂，让小敏和她妈看看，当初没有选择我是她们的遗憾！现在好了，我最好的兄弟绝了我的生路，我还怎么能证明自己？
沈海峰	建平你应该可以理解设置禁渔期的必要。
建　平	我现在不想去理解什么，我只知道我跟你，沈海峰，不是兄弟了。

【建平怒气匆匆地走了。

【阿杰和船员们相互看看，虽然也很生气，但还是不敢多说什么。他们没有跟沈海峰打招呼，也各自下场。

【沈海峰独自站在海边，心情虽谈不上好，但他面容轻松。

| 沈海峰 | 我知道我是对的，虽然现在他们还不能理解，但是总有一天他们会看到这样做的好处。你说是吧，大海？ |

【海上传来几声波浪声，仿佛在回应着沈海峰。

第六场

时间：1997年

地点：小客栈前屋和后面，后面是沈海峰放渔具的仓库

人物：沈海峰、杨老大、杨秀英、阿杰、渔民、渔嫂、阿勇

【1995年，国家农业部于2月7日发文，在东海、黄海区域率先实施伏季休渔制度，时间为两个月。

【沈海峰鬼鬼祟祟地上场，生怕遇到人，在他快到家的时候，阿杰追了上来。

阿　杰	老大！
沈海峰	（吓了一跳）嘘！你追过来干嘛！
阿　杰	（轻声）老大，（掏口袋）这钱我不能再要了。
沈海峰	给你就拿着，啰嗦什么。

【两人互相塞钱。

【沈海峰看到有人影，他就赶紧躲起来，阿杰也跟着躲起来。

阿　杰	老大，你已经给我很多了，我够用了。
沈海峰	你老婆身体不好，药又那么贵，你怎么够用了。
阿　杰	以前跟你的船我已经攒了很多了。
沈海峰	攒够了你还偷偷跟别人的船在禁渔期出海？

【阿杰说不出话来。

沈海峰	行了，以后别在禁渔期出海，被抓到了要被重罚的。
阿　杰	我知道，但是……
沈海峰	我知道你们也都怨我，但是这个事你们放长远看，对我们渔民绝对是百利而无一害。（张望，塞钱）别说了，这钱你就拿着，快回去照顾你老婆。
阿　杰	（强硬）老大，这钱我真不能再要下去了，你看你们家玻璃窗，你们家院子，比我们家还破呢。（把钱塞进沈海峰的口袋，霸气地走了）
沈海峰	臭小子！（看着钱）这不是让我下次再跑一趟嘛。

【沈海峰来到自家小客栈前,看到玻璃窗又被砸烂了,院子里的树也歪了。他叹了一口气,正打算端正身子进屋,忽然听到有人说:我好像看到沈海峰回家了……他猫着身子迅速地进屋,关门。

【阿勇带着行李来到小客栈,敲门。无人应答。

阿　勇　　海峰,是我,阿勇。

【沈海峰探出头来,一把把阿勇拉进屋子。

沈海峰　　快进来。
阿　勇　　哎哎哎。

【两人坐下。

阿　勇　　玻璃又破啦?
沈海峰　　嗯,没补,反正都要破。
阿　勇　　秀英呢?
沈海峰　　买菜去了吧。
阿　勇　　这都两年了,还没好点?
沈海峰　　你说谁,秀英还是他们?
阿　勇　　他们啊,秀英再不愿意搭理你,不还是要给你做饭吃。
沈海峰　　嘿嘿嘿,秀英虽然还是会抱怨啦,但是也慢慢理解我一点儿了。
阿　勇　　你可得好好对人家。
沈海峰　　我对她好着呢,现在一到禁渔期,我就待家里,哪儿也不去,她说让我拖地,我就拖地,她说洗碗,我就洗碗,绝无二话。
阿　勇　　还不是你自找的,1995年实施到现在,两年了,禁的是你们舟山的渔民,他们对你有没有宽容一点儿了?
沈海峰　　好像……大概有?
阿　勇　　我也是白问,看你家就知道了。
沈海峰　　我觉得有和谐那么一点点了,之前可都是追着我打呢!其实从我的提案被通过的那一刻开始,我反而觉得轻松了,现在他们所有的不理解和打骂我都不在乎,因为总有一天,他们一定会理解我,并与我站在一起。
阿　勇　　你啊你,我真不知道该说你深谋远虑呢,还是单纯幼稚。
沈海峰　　阿勇哥,你也捕了这么多年的鱼,现在大海已经被捞得渣也不剩

	了，你没有察觉吗？如果再不给大海休养生息的时间，以后不光没有鱼，也再没有渔民了。
阿 勇	我知道，其实大家都有察觉，但是不让渔民捕鱼了，他们就总觉得是被断绝生路。
沈海峰	这样不停地捕下去才是断绝生路。现在禁渔时间还太短，我一定会再提案延长禁渔期。
阿 勇	我看你是入魔了。
沈海峰	大概吧。

【屋外又传来几个渔嫂的讲话声。

渔嫂1	我老公又去宁波打工了，这一去就是两个月。
渔嫂2	我家的也是啊，哎，还不知道出去了能不能找得到地方打工。
渔 嫂	都怪这个沈海峰，把我们这儿搞得乱七八糟的，正儿八经的渔民做不成，现在出去打工还被人嫌弃手艺不好。
渔嫂2	那能一样吗，这出生带的是捕鱼的手艺，现在要去做工地里的技术，那怎么做？
渔嫂1	说起来就头疼，沈海峰把我们都逼成了什么样，他自己倒好，靠着这个小客栈招待外省的客人。
渔嫂2	就是，自己不捕鱼能赚钱了，根本不管我们岛上其他人的死活。
渔嫂1	我们还得眼睁睁地看着别人把鱼都捕走了，凭什么啊！
渔嫂1	不说了，越说越晦气，走吧。

【两渔嫂吐了口水，下。

沈海峰	阿勇哥，不是我说啊，我以前虽然知道女的嘴巴厉害，直到这两年，我才真的体会到啥叫三八、八婆、长舌妇……女人啊，真的是太可怕了！

【杨秀英拎着菜站在门口，瞪着沈海峰。

【阿勇咳嗽，眼神示意。

沈海峰	（意识到）但是我家的秀英就不会这样，超级温柔、超级体贴！

【沈海峰假装才发现秀英回来了。

沈海峰	老婆，你回来啦！
杨秀英	阿勇哥，你们来啦？是不是准备出海了。
阿 勇	对，晚点跟船队出去了，我先过来找海峰聊聊天。

杨秀英	好的，房间我都收拾好了。
沈海峰	老婆，今天怎么菜这么少。
杨秀英	为什么？就因为他们不愿意卖给我。
沈海峰	为什么？
杨秀英	因为我是你老婆啊。
沈海峰	哦……没事，我们还有鱼干。
杨秀英	要不是浩浩上学可以住校在学校吃上好的，不然我真的跟你拼命了。
阿　勇	现在浩浩几年了？成绩怎么样？
杨秀英	初三，马上要中考了，成绩还不错。

【说到儿子，杨秀英语气明显愉快了一些。

阿　勇	比我那儿子争气，高三了，天天就知道玩儿。
杨秀英	高三可是关键时期，你可得盯牢了。福建的高考难吗？
阿　勇	盯不了，我也不知道难不难，大不了也跟我一样做个渔民。

【沈海峰帮杨秀英洗好了菜。

沈海峰	老婆，我洗好了，做菜就交给你了！你做的菜好吃。

【杨秀英虽然不搭理沈海峰，但还是接过了手。

杨秀英	阿勇哥，这次还是放手表吗？
阿　勇	是啊，老格子，老物件。
沈海峰	没问题，我过会儿喊你吃饭，吃完饭再出海。
阿　勇	谢啦，我再蹭一顿饭。那我先上去放行李。
沈海峰	好。

【阿勇拖着行李下。

杨秀英	你也一边待着去，看着心烦。
沈海峰	哦。

【沈海峰默默地走到了小客栈后面的仓库。

【仓库里堆满了他的渔具，他拿着渔网坐到了板凳上。他一个人的时候很沉默，心事重重。

【杨老大的肚子鼓鼓的，他偷偷来到仓库。

杨老大	嗯哼。
沈海峰	（立马假装愉悦起来）爸，您怎么来了？

杨老大	我不能来？
沈海峰	不不不，这儿是您家，您当然是随时。
杨老大	（从衣服里掏出一壶酒）喝一杯。
沈海峰	爸，秀英不让您喝酒。
杨老大	所以来你仓库啊。（又掏出一包花生米）
沈海峰	要是秀英知道了，我会被她骂的。
杨老大	这两年还没被骂习惯啊？
沈海峰	也对，但是您得少喝点儿。（闻酒）好香啊爸，这酒您存了好几年了吧？
杨老大	那可不，浩浩出生那年我存的，十五年了能不香吗！
沈海峰	赶紧赶紧，爸，杯子您没带吗？
杨老大	没有。
沈海峰	我想起来了，我这儿有。（翻找出来）
杨老大	自己偷偷喝了吧？
沈海峰	嘿嘿，还是您懂我。

【两个人倒上了酒，碰了杯。

沈海峰	啧，过瘾！爸，您今天把这酒拿出来，是想？
杨老大	（突然有点害羞）想什么想，喝个酒还要什么理由。
沈海峰	这可不像您啊，突然拿出这么好的酒，我有点怕。
杨老大	臭小子！
沈海峰	嘿嘿。
杨老大	海峰，你当初去上交提案的时候有考虑到现在的后果吗？
沈海峰	爸，我考虑过的。我当船老大的那几年攒下了一笔钱，除了还贷款和儿子学费，禁渔期的时候也不会饿着秀英。毕竟我当初答应过您，一定要照顾好她的。现在贷款也快还清了，秀英的小客栈也有模有样，所以您放心吧。
杨老大	嗯，生活上我一直不担心的。秀英以前总会来跟我讲，哪怕禁渔她也不愁吃不愁穿，她是怕我怪你，我怎么会怪你呢？禁渔是好事。
沈海峰	爸，您这次支持我？
杨老大	亏我从小把你养大，我如果不支持你，头一个上你们家砸窗户了。

沈海峰	爸,我觉得现在禁渔期时间还太短了,给鱼留的时间还是太少。
杨老大	嗯,而且不光我们舟山禁渔,全国都要禁渔才有成效。

【沈海峰激动地找出了他的新提案。

沈海峰	爸,这是我新写的提案,我想延长到三个月,而且必须全国统一政策,并加强违规处罚力度。
杨老大	对,现在实行禁渔期才两年,虽然还看不到很大的变化,加上只禁了我们舟山的渔民,看起来这个禁渔好像没啥作用,但是我知道,我们这些老渔民都知道,大海得到了喘息的机会。
沈海峰	所以我们必须再加强力度!延长时间!全国统一!
杨老大	我给你的提案按手印!

【沈海峰和杨老大碰了杯。

杨老大	海峰,建平是不是做生意去了?我听秀英说的,似乎做得还不错?
沈海峰	嗯,他想要混点样子出来,他现在做生意做得好,我也很开心。
杨老大	还有阿杰也跟了别的船队,你以前那些船员转行的转行,跟人走的跟人走,你那艘大船是开不了了。
沈海峰	哈哈哈那就不开了呗。

【杨老大又从兜里拿出了那艘机帆船的船魂灵。

杨老大	这个给你。
沈海峰	爸?
杨老大	大船开不了,就开小船,再招几个人,禁渔期一过就可以出海了。
沈海峰	爸,我……我可以不捕鱼了……
杨老大	你是渔民,怎么可以不捕鱼?你这次不是又要拒绝我吧?
沈海峰	不是……

【沈海峰有种无言说的感觉,杨老大的关心和爱,他感受得明明白白,但突然又很惭愧,他不知道自己是在惭愧什么,当初的拒绝?他知道自己没错。也并不惭愧如今的提案。他惭愧的是眼前这位父亲对他一直的爱,他现在才和他贴得这样近。

杨老大	你要是再拒绝我,我,我就,死不瞑目了!
沈海峰	爸!别瞎说!(接过船魂灵)爸,我接受,谢谢您。
杨老大	该说谢谢的是我。这艘船救了我的命,是你爸爸把机帆船最后一

		个位置让给我了,他却留在了木帆船上面……如果不是我,你爸爸不会死,你妈妈也不会跟着他走了……
沈海峰		爸,从我懂事起,您就告诉了我这件事,我从来没有怪过您,我相信我爸爸在救您的时候,我妈妈在走了的时候,也都没有怪过您。如果我是船老大,我也会先救我的船员。
杨老大		海峰……谢谢你。
沈海峰		爸,我们是一家人,永远都是,所以别说谢谢。
杨老大		好。如果你找不到船员,我给你当多人!
沈海峰		爸,你年纪大了,就算我不嫌弃您,其他船员也会嫌弃您的。
杨老大		臭小子,我看谁敢在我面前吱声!
沈海峰		哈哈哈哈哈!

【两人碰着酒杯,吃着花生米,其乐融融。

【杨秀英在仓库门后欣慰地看着他们,擦了擦脸上的泪水。

第七场

时间:2004年

地点:码头

人物:沈海峰、建平、阿杰、渔民、渔嫂

【1999年,我国实施全国性休渔,并于1998年、2003年先后对休渔实际和制度进行调整和完善。

【这一天的码头有些安静,现在是禁渔期,除了用于交通和运输的船在码头来来去去,渔船都停在岸边。

【阿杰戴着袖章在码头扫地。

【建平穿金戴银地从轮船上下来,他戴着金项链金戒指,一副土财主的样子。

阿杰	(张望)这个人有点儿眼熟。但是我眼熟的人里面没有财主呀?
建平	阿杰!
阿杰	你认识我?

建 平	是我呀，建平！
阿 杰	建平？是我认识的那个建平？不像呀。
建 平	是我。
阿 杰	哇，你现在人模狗样的啊！
建 平	你才人模狗样呢！你怎么在这儿扫马路？
阿 杰	我之前禁渔期的时候跟船队出去偷偷捕鱼被抓了，政府看我穷，家里还有个要化疗的老婆，就免了我的罚金，但是我要承包这块的卫生。
建 平	哦，钱啊，都是粪土！要不要我帮你把罚金交了，你就别在这儿扫地了，好歹当年也是我们船队的一员，这样丢我的脸啊。
阿 杰	我才不要你的粪土！我觉得我扫地挺好的，政府这样宽限我，我得把地扫得干干净净的才行。
建 平	还不要我的钱？你都穷成这样了，还要装清高。
阿 杰	等禁渔期一过，我就跟着老大出海了，捕到鱼就有钱了。
建 平	呵，渔民啊渔民，可怜。
阿 杰	才不可怜呢！你以为你穿金戴银就了不起吗？我看你还不如我们岛上剃头的王师傅过得自在。你自个儿玩吧，我要去别的地方扫了。

【阿杰高傲地下场。

【建平看着他的背影，放下了叉腰的手，松下了耸起的肩。然后他又走向码头的一个长椅边，眺望着海洋和渔船。

【沈海峰远远就看到了建平，在建平和阿杰聊天的时候，他看到了，又转身下台拿来了两听啤酒，然后他走过来坐在了长椅上。

【建平余光看到了沈海峰，立马又端起了土财主的架子。

沈海峰	王老板回来啦！
建 平	出差。
沈海峰	看上了我们舟山哪一块的生意？
建 平	舟山？这儿的生意，我还看不上。
沈海峰	口气真大！
建 平	嗯。
沈海峰	（拍着身边的位置）坐下聊聊？

【建平迟疑了下，坐下了。

【沈海峰拿出啤酒，开了一听给建平，建平接了过去，沈海峰给自己也开了一听。

沈海峰　我之前又提了好几个提案，现在时间延长了些，而且全国禁渔。
建　平　那不是全国的渔民都要来骂你了？
沈海峰　是啊，但是都被骂了这么多年，也是时候听听别的地方的方言脏话了，我还学会了很多呢，什么奶奶个熊、我顶你个肺啊什么的。
建　平　（笑）活该。
沈海峰　是啊，是我自找的，但反正也听不懂，随他们去说。

【建平已经放下了土财主的架子，沈海峰拿啤酒跟他碰了一下。

沈海峰　建平，你还记得阿勇吗？
建　平　阿勇？福建那个？
沈海峰　对，他死了。
建　平　海难？
沈海峰　嗯，1997年的时候，出去了就再也没有回来了。他比我们大几岁，那会儿还教我们他们福建人捕鱼的一些技巧。时间过得真快啊……
建　平　是啊，我不当渔民已经十年了。不当渔民挺好的，你看你都老成什么样了。
沈海峰　我这叫成熟稳重，不过确实你看起来更年轻。
建　平　你只要做过别的事情，你就知道当渔民是世界上最辛苦最煎熬的职业了。漂在海上的日子简直不是人过的，我现在想起来都觉得让人窒息。你看我现在做点儿小生意，发点儿小财，吃香喝辣，快活似神仙。
沈海峰　你结婚了吗？

【建平沉默，不想接话。

沈海峰　好吧，你倒真的是过着神仙的日子了。
建　平　海峰，我来舟山的船上听到渔民在说禁渔的事情，其实这么多年过去了，大家是真的看到了禁渔的好处。我听说禁渔前，我们省平均捕捞量是一百三十多万吨，禁渔后的这几年，平均捕捞量上升到三百多万吨，增加了近三倍。
沈海峰　对！小黄鱼、鲳鱼的年均捕捞量增幅三点五倍，带鱼增幅百分之

	六十五点三，灭绝的墨鱼和黄鱼如今也看到了影子，鱼的种类还在不断地增加。
建 平	我为我当初的无知向你道歉。
沈海峰	（端坐）来吧。
建 平	干嘛？
沈海峰	道歉啊！你别坐着，去，我前面，也可以跪下道歉。
建 平	去你的！（一拳打在沈海峰身上）
沈海峰	哈哈哈哈哈，你道什么歉，还这么正经。（严肃）其实，我很开心你去经商，而不是继续当渔民。如果一直当渔民，你反而会越陷越深，你看你现在多好，赚大钱了。
建 平	你呢，一直当渔民，你就很好吗？
沈海峰	我当渔民很好啊，你看我这几个提案，我又写了好几个，但是还琢磨不好时间。
建 平	现在是6月1日到9月15日，我觉得可以提前到4月1日。
沈海峰	我觉得可以是4月15日到9月16日。
	【在他们俩专心看提案的时候，几个外省渔民也走过来在他们身后一起看提案。
沈海峰	还有，我要请求中央把全国的禁渔时间统一，另外个别省份的拖网渔船禁止在禁渔期间进行拖网工作，他们捕上来的全是小鱼苗，真的是太让人心疼了。
外省渔民1	呵，你居然还要继续提案？
外省渔民2	你就管住你们舟山的好了，怎么手伸这么长，就因为你一次次的提案，现在弄得我们都要被禁。
外省渔民1	就是。
沈海峰	因为海洋是我们共有的，当然要统一管理。如果只是一个省份禁一个时期，另一个省份禁另一个时期，那禁渔的效果就会打折扣。
建 平	有本事别来我们舟山渔场啊！
外省渔民2	搞笑，这片海是你们舟山的？是你们浙江的吗？你管我来不来。
沈海峰	所以大家要一起保护啊！
外省渔民1	沈海峰你是不是脑子有问题，非要一次次搞什么提案，一次次折腾我们，你到底图啥啊？！

沈海峰	我图海洋可以休养生息！我图我们渔民可以年年大丰收！我图我们的子孙看到的不是被捞空的海洋！我图海洋环境得到保护！

【舟山本岛的渔民看到沈海峰他们似乎被欺负，也赶紧上前来。

本岛渔民 1	禁渔这么多年了，你们能不能用脑子看看禁渔的好处？
本岛渔民 2	休渔养海让鱼儿生息，如果时间再延长一些，让鱼儿长得更大，那不是可以卖更多的钱吗？这么简单的道理都不懂，还是回家好好读读书吧！

【看着对方人渐多，他们俩准备跑了。

外省渔民 2	不跟你们啰嗦了，浪费时间。
外省渔民 1	走。

【两名渔民下场。

沈海峰	你们……谢谢……
本岛渔民 1	敢欺负我们舟山人，给他好看！海峰，你的提案，我们都按手印，绝不能让人瞧不起咯！
本岛渔民 2	我们再号召更多的人来按手印，大家一定很高兴，现在可不能只让你一个人出风头。
沈海峰	好好好！
建　平	海峰，我也要按手印！我要和你一起保护海洋！
沈海峰	好！

【屏幕上出现一个提案，在落款处，沈海峰签下了名字，他按了一个手印在他的名字上。接下来不停地出现新的名字和新的手印，很快这份提案上面落满了红印。

第八场

时间：2019 年

地点：杨秀英的民宿、码头

人物：沈海峰、杨秀英、杨老大、建平、阿杰、阿勇儿子、小敏、小敏女儿、沈浩、船员们、渔民们

【杨秀英的小客栈现在已经是舟山首屈一指的民宿了。她正在给杨老大和沈海峰整理衣服，他们似乎要参加重大活动。

杨秀英　　爸，这身衣服好看，显得您特别精神。
杨老大　　精神什么呀，八十岁老头了。
沈海峰　　爸，您看着可比我还年轻。
杨老大　　胡扯！

【小勇手里拿着一张照片，遇到一个渔民。

小　勇　　您好，请问您知道这是哪儿吗？
渔　民　　这好像是杨秀英的宾馆吧，她那儿有这样一个储物柜。
小　勇　　太好了，我应该怎么走？
渔　民　　前面右拐就到了，她现在改成民宿了，环境很好，你一下子就能看到。
小　勇　　谢谢您！

【小勇告别了渔民，顺利地找到了杨秀英的民宿。他敲了敲门。

小　勇　　请问，有人在吗？
杨秀英　　（赶忙去开门）你好，（吓了一跳）阿勇哥？不对不对。
小　勇　　您好，我是赵勇的儿子，您可以叫我小勇。
杨秀英　　啊，你是阿勇哥的儿子，快进来。

【两人进屋。

杨秀英　　海峰，你看是谁来了？
沈海峰　　阿勇哥？
杨秀英　　是阿勇哥的儿子！他们俩真的是太像了。
沈海峰　　真的太像了。
小　勇　　你们就是海峰叔叔、秀英阿姨、杨老大爷爷吧？我以前听爸爸提起过你们，他说在舟山多亏你们照顾。
杨秀英　　哪里，阿勇哥也很照顾我们……

【大家都有些难过。

小　勇　　秀英阿姨，这张照片是爸爸给我的，他以前告诉我，如果他没回来，就让我来取他存在你这儿的东西。在爸爸去世后，我就被我妈接走出国了，今天我是特意来取爸爸的遗物。
杨秀英　　对，你爸爸的东西一直都在那个小格子里，我们从来没有动过。

	（把钥匙递给小勇）那儿，823号。
小　勇	（小声）823啊，是我妈的生日……

【小勇走过去开了门，拿出里面的手表。

小　勇	原来是这个手表。他以前在家里从来不戴，原来每次出海他都会戴着它。爸爸就告诉我一定要取回他最珍贵的东西，我一直都猜不到他最珍贵的东西是什么。
杨秀英	你爸爸可珍惜它了，还从来不让我看。
小　勇	（递给杨秀英）因为这只表早就不走了，上面这个时间二点四十四分，是他们俩签离婚协议书的时间。他大概是怕被你们笑话吧。
杨秀英	啊？
小　勇	这是我妈妈买给他的，但是他们后来分开了，我一直以为他们俩不相爱，我的出生只是个意外，现在看来至少我爸爸还是很爱我妈妈的。
沈海峰	阿勇哥一定很爱你妈妈，他以前盯着这块表的时候特别温柔。而且每次放进储物柜的时候都特别小心，生怕哪里碰坏了。虽然不知道他们离婚是为什么，但他们一定都很爱你。
小　勇	嗯，我现在都知道了。谢谢叔叔。
杨老大	海峰，秀英，我们该出发了。
沈海峰	好。小勇，你要不也跟我们去参加我们舟山的开洋大典吧？
小　勇	好！

【四人一起来到码头。

【码头上人山人海，可以看到渔民们背着或者扛着各种渔具、渔网过场。岛上彩旗招展，也能看到印有"休渔养海、感恩海洋、善待海洋、敬畏海洋、与海同生共荣、与海和谐共处"等等的旗子和横幅。

【杨老大他们来到了大典的舞台前，仪式已经开始了。

司　仪	2019年禁渔期已过，我们即将出海，现在我们有请我们的主祭人——沈海峰上场给大家说两句。
沈海峰	谁？
杨老大	你！快去！

杨秀英	你以为我好好地给你买这么贵的一身衣服是干嘛？快上去吧！
	【渔民们喊着沈海峰的名字，他被拥上场。
沈海峰	我……我是沈海峰……（停顿了很长时间，大家也都很安静）今天，我代表所有被大海养育的人，跟大海说一声——对不起！我希望我们现在所做的所有努力能挽回点儿什么，海洋不仅是我们赖以生存的经济来源，更是我们全人类不可分离的生命之源。感恩海洋的馈赠，我们绝不辜负！
众　人	感恩海洋，绝不辜负！
	【沈浩开着沈海峰当年的钢制渔船进港。被搁置多年的渔船如今又被刷上了新漆。
	【从这艘船上走下来沈浩、建平、阿杰、船员们，沈浩把船魂灵交给沈海峰。
沈　浩	爸，这艘船我们已经修理过了，这个船魂灵也还给您。
	【沈海峰接过船魂灵。
沈海峰	我……
建　平	多人报到！
船员1	头多人报到！
船员2	老轨报到！
船员3	出网报到！
船员4	出袋报到！
船员5	拔头片报到！
船员6	拔头桨报到！
阿　杰	伙将报到！
	【报到声声如炸雷一般响在众人耳边，沈海峰望着船员、望着渔民、望着大海。
沈海峰	出海！
	【拔船号子响起。

绸 娘①

钱斌斌

序

【起光。

【二十世纪八十年代,柯桥瓜渚湖畔瓜渚村。

【瓜渚村寿乐阵阵,热闹非凡。寿乐是绍兴当地的宣卷,大喇叭里宣卷

艺人唱着祝福调:

> 保佑保佑多保佑,
> 保佑侬,老寿星,身体健康,多子多福活到九十九,
> 九十九岁勿够头,
> 一百廿岁做大寿。
> 南无佛,南无阿弥陀佛!

【当地纺织大亨刘根强母亲六十大寿,村里大摆五十桌寿席,宴请亲朋邻里。

【刘根强的妻子李美英笑容满面,忙前忙后招呼着大家。

李美英　　王阿嫂,侬里面请!刘大姐,侬坐侬坐,来,吃瓜子喝茶!

【刘根强母亲满面幸福带着孙子刘明上。

刘　明　　姆妈,今天奶奶六十大寿,难道爸爸也不回来吗?(学大人样)

---

① 现代越剧。

	这可是大不孝！
李美英	侬个小鬼头！（轻轻拍打一下儿子头）刚刚给你爸爸打过电话——
刘母、刘明	怎么说？
李美英	他呀，马上就到！
刘　母	好好好！回来就好，回来就好！
刘　明	我去村口望望爸爸！（蹦蹦跳跳下）
李美英	明明，明明。（对婆婆）婆婆，我去看看明明。（跟下）

【村民赵大妈上。

赵大妈	老寿星，祝侬福如东海，寿比南山。
刘　母	谢谢侬，赵大妈！
赵大妈	根强娘啊，侬福气真好，宝贝儿子有出息，生意做得大，钞票赚得多，侬看侬今天做寿格场面多少风光！
刘　母	是啊，多亏根强卖布生意做得好。

【刘明急跑上。

| 刘　明 | （大喊）奶奶，奶奶，姆妈她昏倒了！ |
| 刘　母 | 啊！ |

【众人匆匆跑下。

【切光。

【幕后伴唱：

> 霎时晴空霹雳起，
> 塌了青天沉了地。
> 儿亡媳病寿诞日，
> 喜歌顿作哀乐啼。

第一场

【起光。

【三日后，病房内。

【李美英病体恢恢躺在病床上，护士在为李美英吊点滴，刘昕、

刘明围绕在母亲身边。

刘　明　　姐姐，姆妈她醒了。

刘　昕　　姆妈，姆妈。

李美英　　昕昕、明明。（看了一眼四周）我怎么会在医院里呢？

刘　昕　　姆妈，你刚刚累倒了！

刘　明　　姆妈，姆妈，（童言无忌地）你可不要死啊。

刘　昕　　明明！

刘　明　　爸爸已经没有了，我不想没有姆妈，我不想没有姆妈……

李美英　　傻孩子，我不是好好的嘛。昕昕，爸爸入葬了没有？

刘　昕　　（沉重地）嗯……

李美英　　（哽咽，强忍着泪）昕昕，你带着弟弟出去玩一会儿吧，姆妈想一个人静一静。

刘　明　　姆妈，姆妈，我不要离开你！

刘　昕　　明明，乖，让姆妈睡一会儿。

刘　明　　好吧，那我过十分钟再来看姆妈。

【刘昕带着刘明下。

【刘母、刘根土、周红娟拿着饭菜上。

刘　母　　（念）可怜根强一命亡，

刘根土　　（念）根土我时来运转有希望。

周红娟　　（念）趁机接管印染厂，

刘根土
周美娟　　（念）小老百姓要成董事长！

刘　母　　美英，美英……

刘根土
周红娟　　嫂嫂，嫂嫂……

李美英　　（纳闷）他们怎么来了？

【刘母、刘根土、周红娟进病房。

刘　母　　美英，你好点儿了没有？

李美英　　婆婆，吃了药好多了。

周红娟　　嫂嫂啊，这是我亲手给你炖的大补鸡汤，来，喝几口。

刘根土　　嫂嫂，这是长白山滋补人参，给你补补身子！

李美英	多谢根土、红娟。

【周红娟给婆婆使眼色。

刘　母	美英,根强已经走了,你有什么打算?
李美英	孝敬婆婆,抚养儿女。
刘　母	那么,根强留下的印染厂该怎么办?你有没有想过?
李美英	这……我还没想过。
刘　母	美英啊,婆婆我倒替你想过了。
	（唱）老年丧子我心悲伤,
	日日夜夜双泪淌。
	只不过人死不能再还阳,
	留下的摊子要活人掌。
	昕昕明明要你好抚养,
	印染厂就交给——
李美英	（似有察觉）就交给谁?
刘　母	（唱）就交给根土去执掌。
李美英	不,不可能!
周红娟	（唱）嫂嫂啊,你病体恹恹需静养,
	切莫要操劳过度把神伤。
	弟承兄业接管厂,
	嫂嫂呀,我的好嫂嫂,
	你只要安安耽耽,清清闲闲,教子育女把福享。
李美英	（唱）他们你方唱罢我登场,
	一唱一和心不良。
	根土他好吃懒做是赌棍,
	败家子的臭名全村响。
	倘若将印染厂与他执掌,
	一年半载定败光。（对周红娟）
	弟妹呀,深谢弟妹好心意,
	为我担忧为我想。
	只不过印染厂是家务事,
	美英我自然处理会得当!

刘根土	这么说，你不肯？
刘　母	美英啊，这么大的一个厂，难道你要自己来管？
周红娟	几百口人要吃饭，你一个生了病的女人还能管好？真当不兜兜底！
李美英	你……
周红娟	交给根土，印染厂还能有所发展！
刘根土	交给你，只有倒闭一条路！
李美英	小叔子，弟妹你们多虑了！
刘　母	美英啊，我看还是交给根土去管，你也可好好养病。
李美英	婆婆，印染厂是根强辛辛苦苦办起来的，我绝不允许它在败家子手中！
刘根土	你说谁是败家子？！

【李美英不予理会。

刘　母	美英啊，你嫁到我家来，一直在家里带孩子管家庭，从没有做过生意，做生意没有像"三个手指捏田螺"那么简单，听婆婆的话，还是交给根土吧。
李美英	婆婆，你放心，我自有打算。
刘根土	李美英，我再问你一遍，印染厂交给我，你肯是不肯？
李美英	坚决不肯！
刘根土	好，你给我等着，下次不要求我。（对周红娟）走！（欲下）姆妈，难道还要在这里照顾这个扫帚星？还不走！

【刘根土携周红娟气愤地下，刘母无奈下。

李美英	根强，根强，你可知道我的处境吗，我该怎么办，怎么办呐？
	（唱）一场车祸夺走丈夫命，
	顿觉得梁倒房屋倾。
	忍悲痛停尸三日料丧事，
	终换得丈夫入土魂安宁。
	到如今我劳累成疾进医院，
	小叔子图谋不轨歹心居！
	欺负我孤儿寡母无人助，
	欲夺厂言语中伤我美英！

		根强啊,你一命呜呼撒手去,
		美英我心力交瘁难支撑!
刘 明	(幕后音):	姆妈,姆妈,你醒了没有,我和姐姐给你买来了你最爱吃的水蒸蛋。
刘 昕	(幕后音):	姆妈,姆妈……
李美英	(唱)	耳边响一双儿女唤娘声,
		声声呼唤揪我心。
		印染厂是根强心血来凝成,
		儿和女是我们的希望我们的根。
	(白)	我不能倒,我要振作精神!
	(唱)	撑起印染厂,
		抚养儿成人。
		女人当自强,
		闯逆境,谋发展,创新生!

【切光。

第二场

【台口追光起。

【七日后,刘根强"头七"过后。

【债主们拿着"借据"纷至沓来。

张 三	(数板)	刘根强,命归阴,
李 四	(数板)	为讨债,追上门。
王 五	(数板)	闻听说,如今当家是他遗孀李美英,
赵 六	(数板)	今日里,拿着借据会一会这位女强人。

【追光切。

【起光。

【刘根强生前办公室,李美英坐在办公桌前翻看资料。

李美英　(唱)翻账本,猛吃惊,

　　　　　　目瞪口呆心绪乱。
　　　　　　原以为风生水起印染厂，
　　　　　　蓬勃发展前途坦。
　　　　　　又谁晓资不抵债临破产，
　　　　　　空余下呆滞贷款千千万。
　　　　　　根强啊，怪我生前少关心，
　　　　　　千斤压力你双肩担。
　　　　　　危急关头我怎挽狂澜？
　　　　【众债主上。
众债主　　（唱）快快开门把债还！
　　　　　　开门！开门！
李美英　　（开门）噢，各位老板请进。
张　三　　你就是根强他老婆？
李美英　　是的，我是刘根强的妻子李美英。
李　四　　如今是你在当家？
李美英　　是的，不知各位老板有何贵干？
王　五　　贵干？是有"贵"干！
赵　六　　你请看。
　　　　【舞台上垂下数条白色幕布，上面是刘根强生前签下的借条。
李美英　　刘根强向张三借款十万，利息八厘，全部本利将于一年后一次性偿还！刘根强向李四借款二十万，利息一分，全部本利将于一年后一次性偿还！刘根强向王五借款三十万，刘根强向赵六借款一百万！
众　　　　一点勿错！
李美英　　各位老板，根强刚刚过世，我又刚刚接手，还望宽裕些时日！
张　三　　那么你要多少时间？
李美英　　给我半年时间。
李　四　　太长，太长！
李美英　　三个月？
王　五　　还长，还长！
李美英　　那你们说多久？

赵　六	看你是个女人，就可怜可怜你，给你一个月时间筹款！
李美英	一个月？
众	对！
张　三	一月之后，
李　四	本利奉还。
王　五	倘若不还，
赵　六	厂房搬完。
李美英	好，一个月就一个月！
张　三	那么，我们走了。
李美英	谢谢给老板！
李　四	再见！
王　五	BYEBYE！
赵　六	"撒有那拉！"

【众债主下。

李美英　　一个月，我还得出来吗？

（唱）债主催债似催命，
　　　　百万借款压我身。
　　　　金额多，时间紧，
　　　　美英我如何绝处去逢生？（左右徘徊，想起刘根强生前说过的话）对，
　　　　根强生前曾言论，
　　　　句句话儿我记在心。
　　　　创业初他一家一户跑业务，
　　　　印染厂才一点一滴积蓄成。
　　　　今日我学习根强跑业务，
　　　　骑上脚踏车——柯桥老街重登程！

【切光。

第三场

【起光。

【柯桥老街。一条小河流淌在中央,河两边一间间的房子都是一个个"门市部",各个卖布的生意人在这里摆摊,卖布,接单,也有工人在此打包,运布,一片欣欣向荣之景。

【王强,一位三十开外的年轻商人,西装革履上。

王　强　（唱）改革开放好时代,
　　　　　　　王强我寻找商机柯桥来。
　　　　　　　只见这小桥流水多温婉,
　　　　　　　沿河布街欣荣态。
　　　　　　　这一边琳琅满目布满摊,
　　　　　　　那一边打包运布三轮载。
　　　　　　　满脸汗水满脸笑,
　　　　　　　勤劳致富展风采。
　　　　　　　但愿得轻纺城中觅商机,
　　　　　　　开启创业新未来。（边观察布街边下）

【幕后伴唱:
　　　　　　　女强人,李美英,
　　　　　　　脚踏车下起风云。
　　　　　　　凭着才智与能干,
　　　　　　　一米又一米,一单又一单生意成。

【在伴唱声中,李美英骑着脚踏车在舞台上跑圆场,脚踏车可虚拟,也可拿着车把手,剪影式地展现李美英与商户们谈业务。

【在伴唱的尾声中。李美英停好脚踏车,走下河埠头,正要洗把脸。刘昕匆忙跑上。

刘　昕　姆妈,姆妈……
李美英　（回过神来）是昕昕。昕昕,姆妈在这里。
刘　昕　姆妈,弟弟发高烧了,侬快回去看看!

李美英	明明要不要紧？昕昕，快，坐上脚踏车，我们回去！（欲骑车走）
牛老大	（幕后音）美英啊，你脸有没有洗好啊，这一万米订单你签是不签啊？
李美英	噢，牛老板，我马上来。（为难了一下，把钱给刘昕）昕昕，你拿着钱先带明明去医院，我谈完这单业务就来。
刘　昕	（有点不解）姆妈，爸爸留下这么大一片厂，你为什么还要这么拼？
李美英	昕昕，你不知道……你快骑上脚踏车带弟弟看病去。
刘　昕	噢。（下）

【舞台后区慢慢推出牛老大的商铺。

李美英	牛老板，我来啦！
牛老大	这是合同，你先看看。

【拿过合同，仔细看完，从袋子里拿出笔来欲签。

牛老大	美英啊，这么着急？
李美英	（自觉有点失态）让牛老板见笑了。牛老板，那你看这个一万米布……
牛老大	别说一万米，就是十万米，我也愿意和你合作的。
李美英	多谢牛老板，多谢牛老板……
牛老大	不过，我还有一个条件……
李美英	什么条件？

【牛老大在李美英耳边说了几句话。

李美英	无耻！（欲走）
牛老大	那你这一万米的订单不要了？
李美英	不要了！（再次欲走）
牛老大	哦？好大方的小寡妇。那你是不是这条街上所有订单都不要了？
李美英	你什么意思？
牛老大	什么意思？我没有别的意思，（色眯眯地）就想和你意思意思。
李美英	下流！
牛老大	李美英！我看你还是识相点儿！有些事瞒得了别人可瞒不了我牛老大，你家老公给你留下的印染厂，已经亏损近两百万！这要是给老街上的商户知道，我看谁还愿意跟你合作？
李美英	你——

牛老大		你呀，还是乖乖地听话，美英啊
	（唱）	你家厂资不抵债要破产，
		急需要滚滚订单弥补亏损。
		牛老大我菩萨心肠发慈悲，
		隐瞒实情助你脱险境。
李美英	（唱）	谢谢你一片好心，
		生意人以诚为本。
		倘若你真心合作，
		又怎会言语欺凌！
牛老大	（唱）	美英啊，
		常言道窈窕淑女君子逑，
		我对你早已爱慕又倾心。
		如今你新寡多凄冷，
		不如与我鱼水和谐鸾凤鸣。
李美英	（唱）	美英从来走正道，
		岂能够自甘下贱与你流氓一路行。
牛老大	（唱）	你真是给脸不要脸，
		定叫你一米订单也签不成！
李美英		你——（欲下）

【牛老大狠狠拉住李美英，欲施非礼。

李美英		（大喊）有流氓，有流氓！
牛老大		我看谁敢帮你？

【众商贩围上来却不敢相助。
【王强听到呼救声，急上。

王　强		住手！
牛老大		呦，你还想英雄救美？
王　强		光天化日之下，你敢怎样？
牛老大		我敢怎样，你来看！（拧一下李美英的脸）
王　强		无耻之徒！

【王强与牛老大厮打起来，最后王强把牛老大打倒在地。

牛老大		你叫什么名字？

王　强	大丈夫行不改名坐不改姓，大名王强！
牛老大	好，你给我等着，你们都给我等着！（下）
王　强	（对李美英）大嫂，你没事吧？
李美英	没事，没事，谢谢你！
王　强	大嫂，你怎会惹上这位地痞流氓？
李美英	唉！说来还长。我丈夫刚刚过世，留下了一家负债累累的印染厂，我不甘心厂继续这么败下去，就来老街跑业务拉订单，不想惹到了这个商痞！
王　强	不知负债多少？
李美英	将近两百万！
王　强	不瞒你说，我是来柯桥寻商机做投资的。大嫂如果放心的话，把你们厂的资料给我看看，或许我还能替你出主意，想办法！
李美英	真的吗？
王　强	嗯！
李美英	走，到厂里去！

【在音乐声中，李美英与王强走向印染厂，光渐收。

第四场

【一年后。

【刘母端着一碗鸡蛋挂面上。

刘　母　（边喊边上）美英，美英，起床吃早饭啦！

（唱）我（格）媳妇真能干，

　　　印染厂绝处逢生换新颜。

　　　负债的企业赚了钱，

　　　老太婆笑在脸上喜心间。

　　　只不过厂内流言蜚语传，

　　　我将信将疑心不安。

　　　美英，美英……

【刘明睡眼惺忪地上。

刘　明　　奶奶，你一大早吵什么呀？
刘　母　　明明，姆妈还在睡觉吗？
刘　明　　姆妈昨天又没有回来。
刘　母　　又没有回来……
刘　明　　奶奶，姆妈经常不回家，是不是不要我们啦？
刘　母　　明明，不要胡说。
刘　明　　我听他们讲，姆妈要和别人结婚啦！
刘　母　　你听谁讲的？
刘　明　　保安爷爷喽，奶奶这是不是真的呀？姆妈会不会真的不要我们啦？
刘　母　　（唱）孙儿一言将我问，
　　　　　　　　心绪缭乱口难言。
　　　　　　　　倘若她真与王强成了婚，
　　　　　　　　根强的企业要把姓换。
　　　　　　　　倘若她真与王强成了婚，
　　　　　　　　撇下了婆孙三人度日难。
　　　　　　　　倘若她真与王强成了婚，
　　　　　　　　刘家门楣毁一旦。
　　　　　　　　越思越想心越乱，
　　　　　　　　去到厂房问根源。
　　　　　　　　明明，你要不要姆妈？
刘　明　　我要姆妈，我要姆妈。
刘　母　　好，那你跟奶奶一起去厂房。
刘　明　　我把姐姐也叫上。
刘　母　　姐姐正在准备高考，就不要叫她了。我们走！

【刘母带刘明下。
【在王强的帮助下，印染厂还清了债务，渐渐有了起色。
【清晨，李美英徘徊在厂房内。

李美英　　（唱）晨曦耀雀鸟啼微风阵阵，
　　　　　　　　行走在厂房内百感丛生。

　　　　一年前丈夫亡厂负巨债，
　　　　家庭妇出家门挑起重任。
　　　　又谁知商海中藏污纳垢，
　　　　小女子常遭受言语欺凌。
　　　　幸亏得王强他倾囊相助，
　　　　帮美英出逆境枯木逢春。
　　　　他聪明睿智，知识渊博，
　　　　他善良谦恭，朴实纯真。
　　　　一年来他陪我共闯难关，
　　　　一年来他陪我风雨同行。
　　　　一年来破败的企业重振奋，
　　　　一年来天翻地覆亏转盈。
　　　　他是我的航行灯，我的恩人，
　　　　他是我的引路人，我的支撑！
　　　　到如今无债一身轻，
　　　　李美英苦尽甘来得重生。

【王强拿着一份文件上。

王　强	李总，李总。
李美英	哦？王强来了。
王　强	李总，这么早又在厂房了，昨天又没有回家？
李美英	一年多来，日日夜夜与布为伴，早已习惯了，你看，昨晚又在办公室睡着了。
王　强	这一年多，真是难为你了！
李美英	对了，你急急忙忙找我什么事？
王　强	哦呦，差点把要事忘记了。（把文件递给李美英）李总，你看。
李美英	柯桥建城兴市，企业退二进三。王强，到办公室去。

【两人辗转来到李美英办公室。

李美英	王强，这退二进三具体是什么意思？
王　强	简单地讲就是，第二产业从市区退出，发展商业、服务业等第三产业。
李美英	也就是说，我们的印染厂也要退出市区？

王　强	正是。这里的"退二"讲的就是对内环路以内以及附近重污染，能耗大，效益差的工业企业有重点、分层次、分区域、分时段进行搬迁，改造或者关闭停产。
李美英	王强，我们的厂刚刚转亏为盈，有所起色，退二进三合适吗？
王　强	这个问题，我昨天也整整思考了一个晚上，我觉得我们还是要响应政府的号召，退二进三！
李美英	却是为何？王强，这一年多来，我们吃了多少苦，费了多少力，只有你我清楚。好不容易还清了债，如今如果响应"退二进三"，搬迁费、停工费又是一大笔支出，相当于重头再来！
王　强	我陪你重头再来！
李美英	（又感动又不想认同）重头再来哪有那么简单！我不同意退二进三！
王　强	李总，你怎么这么没有大局观！（意识到自己说重了，欲言又止）
李美英	我只不过是一个普普通通的家庭妇女，丈夫死了，没有办法才跑出来做生意，我懂什么大局不大局的，我只是不想再吃那份苦了，这一年，你知道我是怎么熬过来的吗？
	（唱）我日不安来夜难眠，
	睡里梦里都在赚钱。
	几百口员工要吃饭，
	家中老小要用钱。
	忧企业一败再败败我手，
	怕债主催债逼债到门前。
	提心吊胆过岁月，
	熬过一天又一天。
	你看我不到四十皱纹满脸，
	额头两鬓白发添。
	王强啊，好容易度过严冬迎来春，
	却为何要重蹈覆辙退二进三？
王　强	（唱）你的苦，我全懂，
	我亦心痛将你怜。
	常见你筋疲力尽难成眠，

　　　　　　　常见你背地独自偷泪涟。
　　　　　　　一年来你吃尽苦受尽了熬煎，
　　　　　　　终迎来亏转盈余换新颜。
　　　　　　　只不过，生意人要有底线，
　　　　　　　绝不能牺牲环境图发展！
　　　　　　　李总啊，望你大局为重再思量，
　　　　　　　响应政府退二进三！
　　　　　　李总，你放心，退二进三我会继续陪着你的，没钱了我再陪你一起赚，企业倒了，我再帮你一起扶持起来！
　　　　　　【李美英有所动容。
王　强　　　李总，环境是我们赖以生存的根本，我们做生意的，不能为了发展而去一味地破坏环境，污染环境！
　　　　　　【李美英似乎有点听进去了。
王　强　　　倘若我们一味地破坏环境，我们的子孙将如何生存？倘若我们一味地破坏环境，生态失去平衡，最终的受害者也将是我们自己。我们做生意的，不能唯利是图，要有做人做事做生意的底线。虽然我们的企业刚刚有所起色，李总，说实话，是不太适合搬迁，或许还会在短时间内影响我们的盈利。不过，李总请相信，有我在，有政府在，我们去柯西一定会有新的发展，因此，我认为，我们要退二进三！
李美英　　　（唱）一席话激情澎湃有担当，
　　　　　　　陈利弊大局至上生意郎。
　　　　　　　美英我深受启发不再彷徨，
　　　　　　　王强啊，退二进三由你主张。
　　　　　　　王强，退二进三由你安排，我相信你！
王　强　　　谢谢你的信任。（欲走又回）
李美英　　　怎么？王强，你还有什么事吗？
王　强　　　李总。
李美英　　　嗯。
王　强　　　美英。
李美英　　　你叫我什么？

王　强	美英,有几句话,我想说又不敢说。
李美英	(似有所觉)该讲的讲,不该讲的(停顿)也就不必讲了!
王　强	美英!
	(唱)我与你老街相识一年多,
	有几句心头话儿不敢吐。
	王强我虚度光阴三十五,
	到如今仍旧孑然一身孤。
	一年来朝夕相处早爱慕,
	情到深处难自主。
	今日斗胆来表白,
	美英啊,未知你可愿与我,从此携手春秋度。
李美英	(唱)一番话,惊乱心波,
	莫名地,徘徊局促。
	一年来,创业奋斗,
	常相伴,朝夕相处。
	我爱他,细心体贴,
	我敬他,危难相助。
	欲迎他,又怕流言蜚语,
	欲拒他,又恐真爱相阻。
	王强啊,你是未婚好男儿,
	怎与我孀居寡妇配为夫?
王　强	(唱)我爱你吃苦耐劳意志坚,
	柔弱双肩化作顶梁柱。
	我怜你独自儿商海沉浮,
	无依无靠小舟一叶独摆渡。
	美英啊,我愿与你风雨常厮守,
	酸甜同尝,共迎人生新坦途。

【两个人不由自主地倚靠在一起。

【此时,刘母带着刘明偷偷上,听到里面两人在谈情说爱,刘母示意刘明进去。刘明推开办公室门,两人很是尴尬。

刘　明	(哭闹)姆妈,姆妈,哼!你果然不要我了,不要我了!

李美英	明明，不要哭，不要哭，姆妈没有不要你呀！
刘　明	那你为什么和他在一起呀？
李美英	这……
刘　明	姆妈，他们都说，你要跟他结婚了，不要我啦！（推王强）你走，你走！都是你抢走了我的姆妈，抢走了我的姆妈，我讨厌你！呜呜呜呜……
李美英	明明，不要这样，你误会了王叔叔。

【刘母此时也走进办公室。

刘　母	（假装不知道）明明，你怎么跑到这里来了？（对李美英）美英啊，明明他说的都是真的吗？
李美英	婆婆，不是的。
刘　母	美英啊，我老太婆倒不要紧，你嫁人了，我哪怕吃糠咽菜我过得下去的！只不过你不能苦了孩子呀，一年前爸爸刚过世，现在你又要离开他！
李美英	婆婆，我没有……哪怕嫁人，我也不会离开孩子的！
刘　母	明明是个苦孩子，你忙着跑业务赚钱，他发高烧没有及时给他去看病，留下了后遗症。美英啊，无论如何，你都不要离开孩子，算我老太婆求你了！（欲跪，被李美英扶起）
刘　明	姆妈，你不要离开明明好不好，好不好，明明也求你了。（哭泣，学奶奶下跪，突然浑身抽搐）

【李美英连忙抱起刘明。

李美英	明明，你怎么啦？你怎么啦？（哭泣）
刘　明	（懂事的）姆妈，我没有事。
	（唱）好姆妈，
	莫流泪，莫伤心，
	明明为你擦泪痕。
	只要姆妈在身边，
	明明此刻最高兴！
	只要姆妈在身边，
	明明此刻最高兴！（天真地装笑给美英，博美英开心）
李美英	（唱）孩子他天真无邪露笑容，

顿使我愧疚万分恨自身。

他为留娘身强欢笑，

似万把钢刀剜我心。

可怜他去岁才失亲生父，

可怜他高烧留下后遗症。

对孩子亏欠一重重，

为孩子美英情愿弃爱情！

刘　明　　姆妈，姆妈。

李美英　　（唱）抱住孩子含泪吻，

明明啊，妈妈的好孩子，

你放心，妈妈我留在你身边陪你长大成人！

刘　明　　姆妈，你真的不会离开我了啊。

李美英　　傻孩子，姆妈从来没有想过要离开你呀！

刘　明　　姆妈你真好！（哼唱）世上只有妈妈好，有妈的孩子像块宝，投进妈妈的怀抱，幸福享不了！

李美英　　婆婆，你先带着明明出去，我有几句话跟他说。（对着王强）

刘　母　　唉……

【刘母带刘明下。

李美英　　王强……

王　强　　我理解你！

李美英　　你快去准备退二进三的资料吧。

王　强　　嗯。

【王强下。

【电话铃声响起。

【李美英接电话，惊慌失措。

【随之，音效声，电话铃声叠加，反复。

【最后声音定格在牛老大幕后音：

李美英，你家染的是什么布，十匹布有三匹是次品，众商户在老街等你，等你给我们个说法！

【李美英匆匆而来。

【王强拿资料上。

王　强	李总，李总。
	【屋外电闪雷鸣，暴雨将临。
王　强	她会去哪里呢？（听到电话"嘟嘀嘟嘀"在想，发现事情不妙，下）
	【切光。

第五场

【瓜渚湖畔。

【电闪雷鸣，风雨交加。

【李美英撑着雨伞疾上。

李美英　（唱）雷电鸣，风雨骤，
　　　　　　　泥泞小路难行走。
　　　　　　　心急如焚老街往，
　　　　　　　美英心中忧复忧。
　　　　　　　产品质量严把关，
　　　　　　　次品怎会市面留。
　　　　　　　莫非有人来作梗，
　　　　　　　不由我冷汗浑身流。
　　　　　　　东山再起不容易，
　　　　　　　出现次品信誉丢。
　　　　　　　只身老街探情由，
　　　　　　　但愿风波顷刻休。

【李美英下。

【王强骑车上。

王　强　（唱）路崎岖，雨如豆，
　　　　　　　不见美英我心担忧。
　　　　　　　莫非是布匹出问题，
　　　　　　　她匆匆前往去补救。

　　　　　　　莫非是明明病未愈，
　　　　　　　她抱着亲生把医求。
　　　　　　　莫非是牛老大又生歹心意，
　　　　　　　诱骗美英去上钩！
　　　　　　　美英，美英，
　　　　　　　呼喊声声未回应，
　　　　　　　加速脚踏老街走。
　　　　【王强下。
　　　　【刘根土骑摩托上。
刘根土　　（唱）雷电鸣，为我吹响胜利曲，
　　　　　　　风雨骤，为我跳起凯旋舞。
　　　　　　　数年心愿将实现，
　　　　　　　胜利属我刘根土。
　　　　　　　瓜渚湖啊瓜渚湖，
　　　　　　　根土与你吐肺腑。
　　　　　　　次品是我亲手弄，
　　　　　　　牛老大为我铺前路。
　　　　　　　想到此不由我眉飞色舞，
　　　　　　　加大马力，老街去把好戏睹。
　　　　【由于刘根土过于兴奋，吊儿郎当，一不小心，摩托车开进了瓜渚湖。
刘根土　　（大声呼救）救命啊，救命啊。
　　　　【听到呼救声，李美英上。
李美英　　喂，喂——
刘根土　　（用搞笑的声音）我在瓜渚湖里！
李美英　　啊？有人落水。（捡起身边的一根棍）接住！
刘根土　　（拉住棍子，慢慢露出头来）嫂嫂！
李美英　　根土！
　　　　【两人都很惊讶，刘根土一不小心没有抓住棍子，喝了几口湖水。
刘根土　　嫂嫂，救我，嫂嫂，救我！
李美英　　根土你不要急，我来救你。

【李美英急昏了头，忘记自己也不会游泳，"噗通"一声跳入湖中。

【王强上。

王　强　　美英，美英——
李美英　　（口中喊着水）我在这里，我在这里。
王　强　　啊，美英，你怎么会在瓜渚湖里啊！
李美英　　快来救……救……救人！

【王强亦"噗通"一声跳入湖中。

【切光。

第六场

【台口追光起。

【刘根土与周红娟拿着水果、滋补品上。

刘根土　　都怪你，出的馊主意！
周红娟　　明明是你自己开车不小心才掉进瓜渚湖的！
刘根土　　你倒怪起我来了，明明是你财迷心窍！
周红娟　　（讽刺）好好好，你清高，你清高。
刘根土　　好了，不吵了，医院到了，给嫂嫂赔礼道歉去！

【刘根土与周红娟下，追光切。

【起光。

【病房内，李美英穿着病服，手中翻看着退二进三的资料，时隔一年，她又一次躺进了医院。

【刘根土与周红娟小心翼翼地上，不好意思地敲门。

李美英　　请进。
刘根土
周红娟　　嫂嫂。
李美英　　原来是根土、红娟来了，请坐请坐。（李美英也从病床上起来，坐在椅子上）你们今天来有什么事吗？

刘根土	一来谢谢嫂嫂。
李美英	都是自己人,说什么谢呀。这一年多来,我全身心都在厂里,这次因祸得福,正好休息休息。
刘根土	二来么……
李美英	二来做什么啊?
刘根土	(开不了口)二来么……
李美英	根土啊,你平时大大咧咧的一个人,今天怎么吞吞吐吐起来了?
周红娟	还是我替他说了吧。二来是向嫂嫂请罪道歉的!
李美英	你们有什么罪,道什么歉啊?
刘根土	嫂嫂,次品是我搞的怪。
李美英	你说什么?
刘根土	一年前,哥哥刚过世的时候,我想接管印染厂,你却坚决不肯。
李美英	因为你好吃懒做,赌博成性!
刘根土	从那时起我就怀恨在心,寻机报复。直到我碰见了牛老大,他说他对你有意思,我一时脑子发昏,就与他合伙陷害你。先是在老街与你作对,让你出丑,谁知出现了个王强,我们功亏一篑。前段时间我们又搞出了次品风波,想让你信誉扫地,难以经营!
李美英	你呀你!
刘根土	谁知道那天我幸灾乐祸,骑摩托不慎跌入瓜渚湖中,无奈大声呼救,是嫂嫂你不顾自己不会游泳,跳入湖中救我,才救起我一条狗命!嫂嫂,根土对不起你!对不起你呀!
	(唱)对亲人不由我羞愧阵阵,
	好嫂嫂为救我奋不顾身。
	都怪我财迷心窍来陷害,
	害嫂嫂湖中受惊病一身。
	根土我自知罪孽重,
	嫂嫂啊,要打要骂要杀要剐我愿担承!(自己掌嘴)
李美英	根土,不要这样,不要这样!
	(唱)根土他自掌自嘴悔恨深,
	我又是气愤又心疼。
	根土啊,

　　　　　　　我恨你误入歧途失本性，
　　　　　　　我怨你制造次品害亲人。
　　　　　　　我怜你自责自打伤自身，
　　　　　　　我敬你迷途知返重做人！
　　　　　　　根土啊，
　　　　　　　你是根强亲兄弟，
　　　　　　　同气连枝一脉根。
　　　　　　　我望你改掉旧习忘旧恨，
　　　　　　　帮助嫂嫂同打拼。
　　　　　　　我望你昂扬斗志鼓起劲，
　　　　　　　生意场上去驰骋。
　　　　　　　刘家人团结捏成一股绳，
　　　　　　　新时机退二进三同踏征程。
　　　　　　　根土啊，
　　　　　　　以诚为本做生意，
　　　　　　　以善为本方做人。
　　　　　　　嫂嫂今日原谅你，
　　　　　　　你看回头正是一片春！

刘根土　　嫂嫂，你真的原谅我了？
李美英　　都是自家人，没有什么原谅不原谅的，嫂嫂只要你从今以后改邪归正，好好做人好好工作！
刘根土　　嫂嫂，从今后你有什么事尽管和我说，根土我赴汤蹈火在所不辞！
李美英　　好！根土啊，你哥哥虽然走了，但留下了这么大一个印染厂，现正退二进三，我们又要搬到柯西去了。嫂嫂希望你也能帮助我，一起把你哥哥的企业壮大！
刘根土　　我愿意！我愿意！
李美英　　还有一件事我想请你帮忙。
刘根土　　嫂嫂你说。
李美英　　你曾经与牛老大走得很近，我想请你搜集牛老大的恶迹证据，我要铲除柯桥老街上的这颗毒瘤！

刘根土	好！

【王强兴奋地上。

王　强	李总，次品风波我已经摆平了！
李美英	好！
王　强	退二进三的意向我也已经签了！
李美英	好！
王　强	印染厂一切有条不紊！
李美英	谢谢你王强！

【刘母边喊边跑快步上。

刘　母	美英，好消息，好消息！
众	什么好消息？
刘　昕	还是请昕昕自己说吧。

【刘昕拿着录取通知书，带着刘明上。

刘　昕	姆妈，我被××大学的纺织专业录取啦！
李美英	真的呀？
刘　昕	姆妈（拿出录取通知书）你看！
周红娟	昕昕真有出息。
刘　明	哇，姐姐好厉害！
刘　昕	我要去大学学新知识新思维，回来帮助姆妈把爸爸的企业壮大！
李美英	昕昕，真懂事……

【一家人欢声笑语，其乐融融。

【在温馨的音乐声中，光渐收。

尾声

【若干年之后，刘昕接过李美英的接力棒，掌管印染厂。刘昕通过学来的知识，进行产业转型升级，做外贸做电商，随着国家的"一带一路"，把柯桥的布匹远销海外各国。

【起光。

【是日,"根强纺织品有限公司"正式挂牌成立。

【幕后伴唱:

新时代,新梦想,

筑梦路上斗志昂。

一带一路新征程,

轻纺城美名全球扬!

【李美英、刘昕、刘明、王强、刘根土、周红娟、刘母等欢聚一堂。

【在欢快的音乐声中收光。

【剧终。

2020年浙江省
中青年编剧
扶持计划入选作品

畲山黎明[1]

陈 晶 马 丁

序 《红五星》

【夜空中,繁星点点,一颗"启明星"分外耀眼。主题音乐起,在主题音乐中,以倒叙的方式呈现寨民跟随头戴红军帽的钟银钗上山的意向表达。启明星逐渐转换成一道穿破夜空的光亮,照亮畲山大地,给予忠勇畲民希望与力量。

【曲目01——《红五星》(混声合唱)

合　　　畲山岭　黑沉沉
　　　　山哈人　路难寻
　　　　红星照耀　天心启明
　　　　北斗引路　畲家前行
　　　　忠勇魂　山连山
　　　　畲汉情　心换心
　　　　红星点亮　畲族好运
　　　　北斗辉映　畲山黎明

---

[1] 民族歌剧。

第一场　祝寿

【傍晚，钟银钗家院子。
【周边寨落的乡邻身着节日礼装都从四面八方赶来，载歌载舞唱起了祝寿歌。

【曲目02——《祝寿歌》（领唱+合唱）

男乡邻	叫一声畲药婆　叫得亲唻
	药到病除医术精唻
	畲家康健保护神
	伤筋动骨拍拍手
	拍手就摆平　就摆平
女乡邻	叫一声畲药婆　叫得亲唻
	仁心燃起火一盆
	头痛脑热把把脉
	十指尖上有春温
众乡邻	叫一声畲药婆哟　叫得亲唻
	老老少少把您来敬　把您来敬哟
男乡邻	你就像畲山那凤凰鸟
女乡邻	护佑着十里三乡驱灾病
众乡邻	今天是你的好日子哟
	山歌庆寿声声情
	六十甲子再一轮
	修竹苍松百年青
众　人	畲药婆，我们来给您祝寿了！
雷阿根	哟，这么热闹啊。
众　人	阿根叔。
蓝　婶	阿根叔，快把畲药婆请出来吧。大伙的祝寿礼啊……
众　人	都准备好了！

雷阿根	谢谢大家,银钗上山采药去了,一会儿就回来。来,大家院里坐。
雷大木	哎,你们听,好像是阿婆回来了——

【场外钟银钗歌声传来。

【曲目03——《采药归》(女独)

钟银钗	畲山哟春来早哟
	春来早
	药香满山坳
	夕照花影满路摇
	山里人呐爱山俏,爱山俏
	巍巍青山遍地宝
	林深树密有路道
	半辈子行医又采药
	换一个乡邻人欢笑,人欢笑
踏归路	过廊桥
	近家闻欢笑
	晚风伴我早归巢
	那一边山歌把人叫
	山歌声声把人叫

【众人看见钟银钗,围上来拉她入座。

雷大木	阿婆!
钟 婶	哦哟,大木,你吓我一跳。
雷大木	您总算回来了。
众 人	阿婆,回来啦。
钟 婶	大木,你伤寒好些没?
雷大木	好多了好多了。阿婆啊,大家伙都等着您呢,阿婆,我来(帮拿东西)。
蓝 婶	哎呀,畲药婆,你可算回来啦。
钟银钗	你们这是?
四 婶	我们来给您祝寿啦!
钟银钗	哎呀——瞧我这脑子,忘得一干二净了。

蓝　婶	阿婆，我们四个一合计，给你买了个锅。
钟银钗	唷，天天背药篓，还让我再背锅？
众　人	是火锅！
蓝　婶	你家的火锅，锅边儿坏了。
李　婶	锅底儿薄了。
雷　婶	锅也太小了。
众　人	该换一个了。

【曲目04——《你家的火锅成了百家锅》

蓝　婶	（唱）你家的火锅成了百家锅
李　婶	（唱）一年到头锅底不熄火
雷　婶	（唱）看病的上门，先请饭桌上坐
钟银钗	（唱）也无非添筷子几双饭碗一摞……
钟　婶	（唱）抬担架的还要给酒喝……
钟银钗	（唱）山高路远步步都是力气活
	谢谢乡亲们了！咱们都是山哈同宗，这乡里乡亲的就别见外了。
乡亲甲	阿婆快坐！
乡亲丙	对，阿婆快来坐！
雷阿根	老太婆！
众　人	畲药婆，我们来给您祝寿啦！
钟银钗	谢谢大家，谢谢！

【四位婶将钟银钗按住，众人争相行畲礼，一片欢笑声。

【忽然一声铜锣响。一名保安队员从观众席经过，宣告"十杀令"

团　丁	县党部有令，近日有少股江西赤匪流窜我地，凡有知情瞒报者，杀！暗通赤匪者，杀——

【吴良相带着几个团丁上。紧接鸣锣团丁的"杀"音开唱。

【曲目05——《十杀令》(小合唱)

合　唱	杀杀杀，杀杀杀
	知情瞒报者，杀
	暗通赤匪者，杀

　　　　　　　窝藏包庇　资匪救匪

　　　　　　　统统要杀杀杀

　　　　　　　杀杀杀，杀杀杀

蓝　婶　　（白）听说赤匪是红毛怪。

李　婶　　（白）吃人魔呀！

雷大木　　（白）瞎说，我听说红区的赤匪给老百姓分盐、分田地呢！

雷　婶　　（白）哎，我们这寨子里缺盐也不是一天两天了，没有盐这日子久了可是要出大问题的。

乡邻乙　　（白）你看，那不是吴良相吗。

【曲目06——《谁敢通匪》（男独）

吴良相　　第一死罪通赤匪

　　　　　　妄议时政你胆够肥

　　　　　　违犯禁令乱开口

　　　　　　不死也叫你变残废

　　　　　　知情瞒报者，杀

　　　　　　暗通赤匪者，杀

　　　　　　窝藏包庇　资匪救匪

　　　　　　统统要杀杀杀

【众人一时怔住，议论纷纷。只见吴良相给身后的"大人物"让了一个身位，团总走上前。

吴良相　　（恼羞成怒地）你们都给我听着！这可是县党部通告！实话告诉你们，你们寨里的钟正兴在外头参加了共产党，给赤匪领路打盐行，已被悬赏通缉。（见众人被镇住，得意地）哼哼！你们哪个不怕死的，可以试试。到时候被砍了头，可别怪我这个保长没事先告诉你们。

【众乡亲纠结，团总带了一行兵丁先下。吴良相留在后头招呼畲药婆。

吴良相　　来来来，畲药婆，今天可是您的大日子呐。给您祝寿了。

钟银钗　　不敢当。

吴良相　　最近这山上不太平。可能有赤匪来求医，你可得小心别救错了

	人呐。
钟银钗	这荒山野岭的,外人如何会找到我家?
吴良相	外人找不到,怕会有内人会拉线啊!
吴良相	(故意压低声音)有人不但看到了钟正兴,还看到了香儿。
钟银钗	(震惊地)不可能!
吴良相	(意味深长地)哈哈,最好是看错了。告辞!
雷阿根	老婆子到底怎么了啊?
钟银钗	(轻吟)香儿,香儿……(音乐起)

【钟银钗一脸震惊瘫坐,雷大木劝说众人先回,众人散去,四位婶欲言又止;留下钟银钗与雷阿根两人,"十杀令"的音乐复起,"杀杀杀"声在回荡;在"十杀令"的音乐中,灯光集中在钗与根身上,后区转换场景。

第二场　拒红

【灯光换场:钟银钗家内院,香儿帮着钟正兴一起将刘挺躺平,香儿急忙忙推钟正兴进里屋。

蓝香儿	(门旁侧身轻叫)阿公,阿婆。
钗、根	香儿!
钟银钗	香儿,你去哪儿了?
雷阿根	你这孩子,这几天跑哪儿去了啊?
钟银钗	吴良相说看到你跟赤匪在一起。
蓝香儿	阿婆先来救人,快!(刘挺咳嗽!)
雷阿根	救人?救什么人?这孩子,两三天不见人还带个病人回来,真是不让人省心。
钟银钗	阿根,赶紧去拿吊命药酒。
雷阿根	好。

【钟银钗解衣查伤,掉下一顶染血军帽,香儿立马捡起藏在身后。钟银钗忽然惊起,叫出声音:枪伤!(音乐起)

【曲目07——《救的什么人》(三重唱，各自内心独白式)

雷阿根	一个枪字听得我胆战心惊
钟银钗	一个枪眼惊得我瞬间清醒
蓝香儿	一声枪伤老俩口眉头皱紧
雷阿根	他是什么人
	这枪伤为何因
钟银钗	他是什么人
	心里也能猜八分
蓝香儿	他是什么人
	你们最好别猜问
雷阿根	他究竟是什么人
钟银钗	眼下救人最要紧
蓝香儿	不救好人亏良心
蓝香儿	（白）阿婆
钟银钗	（白）你们快去拿热水和毛巾。
雷阿根	（白）香儿，这是什么人？还带着枪伤？
蓝香儿	（白）阿公，他为救畲家人受的伤，他是好人！
雷阿根	（白）吴良相说最近闹赤匪，你别惹大祸啊！
蓝香儿	（白）阿公先救人。

【二人又转身看钟银钗救人，钟银钗在唱中完成包扎。

钟银钗	咱山哈讲的是厚道实诚
	他身上可不是普通伤痕
	阿婆已清理伤口敷良药
	香儿说实话他是什么人？
雷阿根	（白）香儿，你跟阿公说实话，他到底是什么人啊？
钟正兴	（手臂负伤）阿婶啊眼亮心更明
	真话说与真人听
	他是红军队伍带兵人
	受伤是为了我钟正兴
根、钗	啊？正兴！

蓝香儿	表叔，不是让你藏起来嘛。
钟正兴	我了解阿婶，她不会见死不救。
雷阿根	咳，你被通缉了知不知道？
钟银钗	（打断）正兴啊，你这伤不要紧吧！
钟正兴	我没事儿。
钟银钗	这到底是怎么回事？你该不会真的是……
钟正兴	阿婶，他的伤怎么样了？
钟银钗	这人的命是捡回来了。
雷阿根	赶紧把人带走吧。
刘 挺	谢谢阿婆，你别害怕，我不是坏人，我们这就走。
蓝香儿	伤得这么重，能去哪里？让他留在家里养伤吧。
雷阿根	要是被人看到了，可不得了啊。
蓝香儿	阿婆，你倒是说话呀？

【钟银钗正在迟疑，听到远处的呼唤声，四位婶子上，钟银钗关好房门出院子。

蓝 婶	哎哟畲药婆，我家那口子不知怎地上吐下泻，人都要虚脱了。
钟 婶	对对对，寨里好几个人都这样，在地里干着活忽然就晕倒了。
钟银钗	哦，这应该是缺盐中的暑，我去收拾一下马上就来，你们先回去吧。
李 婶	（擦汗）哎呀，畲药婆呀，我看寨里的病人那么多，不如都送你这儿一块治，省得你挨家挨户地跑。
雷 婶	对对对，都送过来好，都送过来好！
四 婶	是啊是啊！
钟银钗	（犹豫地）也好……也好。
蓝 婶	畲药婆，你怎么了？
钟银钗	没事没事，你们去把人带过来吧。（看着她们）去吧。
蓝香儿	阿婆，就让他留家里养伤吧！
刘 挺	留下来会连累你们的。正兴（挣扎起）我们走！

【钟正兴背上刘挺。而此时院外四婶并未走开，钟正兴一出来，被抓个正着。

四 婶	钟正兴！

蓝　婶	赤匪！
钟　婶	赤匪！
雷　婶	通缉犯！
李　婶	通缉犯！
蓝香儿	（冲上去拦着）不，不，他们不是——（音乐起）

【曲目 08——《让他们走》(领唱 + 伴唱)

四　婶	都说你们是赤匪
	都说你们是恶魔
	都说你们杀人放火
	你们究竟什么人？什么人？
雷阿根	（白）让他们走
雷阿根	山野乡寨再也经不起兵戈
蓝香儿	伤残病弱再也经不起颠簸
雷阿根	男女老少怕极了通匪罪过
蓝香儿	缺医少药让他们怎么存活
雷阿根	看在乡亲　念在同族
	快走　快走
蓝香儿	都是乡亲　都是同族
	万万不可
钟银钗	让他们走
	让他们留
	我该如何取舍
	伤员的病
	乡亲的命
	我在犹豫什么　犹豫什么
伴　唱	帽上一颗红五星
	血染颜色更分明
钟银钗	有人说它是灾星
	有人说它是救星
	行医治伤一辈子

　　　　　　　这一救是行善还是将祸引 将祸引
刘　挺　　　（白）乡亲们，不给你们添麻烦了，我们走……
蓝香儿　　　（白）他们不是你们说的那样，表叔，刘队长（向二人追去）

第三场　探红

【幕开启时：早晨，森林深处（二层平台）是"杀杀杀"的基调音乐，团总带着一行人正在搜山。
团　总　　　一寸地方都不要放过，搜！
【钟银钗背着药筐，避开人群，小心翼翼地上山。

【曲目09——《心累更觉山路长》（女独）

钟银钗　　　雾茫茫，心沉沉
　　　　　　山路崎岖道难行
　　　　　　亲人病，伤员命
　　　　　　攀山送药上山岗

　　　　　　想当年
　　　　　　香儿正兴两孤儿
　　　　　　凄风苦雨度日难
　　　　　　我将他俩接回家
　　　　　　苦熬岁月度光阴

　　　　　　现如今
　　　　　　香儿学医伴身旁
　　　　　　正兴独自闯四方
　　　　　　他俩待我如亲娘
　　　　　　我盼天佑孩安康，孩安康

那一日
正兴负伤遭通缉
香儿负气离家走
心如焚 心如焚
非是阿婆不留客
世事多凶险
你们可知详

怕怕怕
一怕乡邻来责怪
二怕阿根少胆量
更怕寨口十杀令
字字红印催人命

难难难
难的是伤员需救治
难的是亲人要遭殃
难的是族人受牵连
难的是保安团气焰嚣张

双脚仿佛有千斤重
心中翻滚如潮涌
忠勇畲家人
精诚畲家医
眼前的红星再端详 细思想
哎，心累更觉山路长
【正走到半山腰，雷阿根跑来拦阻。

雷阿根	站住！
钟银钗	噢哟，阿根，吓死我了！
雷阿根	别以为我不知道，你就是去山上找正兴他们。
钟银钗	阿根！正兴那孩子不也是你养大的吗？

雷阿根	可是他跟赤匪在一起。
钟银钗	我看他们不像坏人。
雷阿根	好人坏人写在脸上吗？说什么也不能去！
钟银钗	老头子，阿根！
雷阿根	老太婆——（音乐起）

【曲目10——《这个家你还要不要》（男独）】

雷阿根	那年你十岁来到我的家
	如姐似妈 我从小就听你的话
	风风雨雨几十载
	平安是福 这话总在你嘴边上挂
	治病救人善事为大
	牵扯赤匪祸事进家
	风吹走星星由它去了
	休管他是哪一家人马
	今天我问你一句话
	这个家你还要不要
	我和香儿你舍得放下

【曲目11——《为何这么说》（女独）】

钟银钗	为何这么说
	为何这么讲
	阿根啊 你要细思量 别莽撞
	红军为谁负的伤
	红军为谁流的血
	当兵的进山谁不抢
	唯有他们不一样
	阿根啊阿根 阿根啊
	畲家人呐说话做事凭良心
	可不能任由传言蒙眼睛
雷阿根	老太婆！

钟银钗	老头子!寨里人吃不上盐发烧呕吐难受成那样,你想想正兴他们受的伤——
雷阿根	要是被吴良相他们知道,你这是要给全寨惹大麻烦的。
钟银钗	所以我趁着天还没亮出门,就是为了不让他们看见。
雷阿根	不许去就是不许去。
钟银钗	我去去就回。给他们送点儿药和吃的。再把香儿带回来,这总行了吧。
雷阿根	说什么我也不同意!
钟银钗	雷阿根!
雷阿根	(停顿几秒)那你说话可要算话。
钟银钗	算话!那我走了!
雷阿根	(脱下身上的马甲塞给钟)哎,老太婆,等等,山上凉,早去早回,路上小心啊。

第四场　识红

【山里忽然下起了大雨。山洞内景,二条凳架起的木板床,刘挺睡平躺着。一旁还有几个轻伤的战士靠着墙睡。香儿正在为伤病员处理伤口,小石头添柴烧火煮鱼汤。

【曲目12——《拔节的相思草》

蓝香儿　　山洞里,静悄悄
　　　　　热腾腾,香飘飘
　　　　　泉水流过山洞口
　　　　　小石头捞来鱼几条
　　　　　负伤的人儿要营养
　　　　　我为红军阿哥把汤熬
　　　　　听柴禾噼啪作响像是庄稼拔节
　　　　　拔节的是我心头的相思草

《畲山黎明》薛雷饰刘挺　陈盼盼饰蓝香儿

【猫叫声。

小石头　　不好！

（唱）猫儿闻到鱼香味
　　　　怕是想把鱼儿叼
　　　　顺手抄起身边刀
　　　　抽筋扒皮把汤熬

（拿起一根柴刀，蹑手蹑脚向猫叫的方向走去）

【朦胧中的刘挺突然醒来。

蓝香儿　　小石头，别！

刘　挺　　站住！

小石头　　队长我先把猫抓住……（欲跑）

刘　挺　　你把刀放下

【香儿和小石头大吃一惊。

【众战士被惊醒。

蓝香儿　　队长，你……（走近）

小石头　　队长，干嘛这么凶，你这模样怪吓人的……

刘　挺	（挣扎着挺起身）让你给我写检讨！
	【曲 13——《信仰是一个民族的魂》
刘　挺	队伍开进畲山岭
	畲家的风俗早讲明
	（白）畲家人最忌讳杀蛇杀狗杀猫……
小石头	（白）我……我就想吓唬吓唬它呗……
刘　挺	（白）小石头啊
	习俗是山哈传统的火
	信仰是一个民族的魂
	尊重他们心灵的供奉
	真心换得"诚则灵"
	我们流血流汗
	乡亲会看得分明
	汗珠子落地浇花荫
	血珠子飞天化星辰
小石头	队长我知道错了。
蓝香儿	刘队长你就别生气了，小石头也是好心。
刘　挺	这件事，大家都看到了。我希望我们每个人都要引以为戒，好好想想。
	【畲药婆的山歌声起。
钟正兴	有人？
蓝香儿	是阿婆的声音（轻哼刚刚听到的畲歌）阿婆来了。
	【山洞里又恢复了平静。
钟正兴	阿婶！
钟银钗	正兴！
蓝香儿	阿婆，你怎么来了？
钟正兴	你怎么知道我们在这儿？
钟银钗	这附近哪座山我没采过药，哪个山洞我没有躲过雨？
蓝香儿	阿婆，我就知道你一定会来，你不会不管我们的。
钟正兴	（对众战士）同志们，这就是畲药婆，也是我婶娘（对钟银钗）

	阿婶，这位是我们红军的刘队长，他的命是您救的。
钟银钗	刘队长可好些了？
刘　挺	好些了，阿婆快请坐。
蓝香儿	阿婆，刘挺哥的伤已经好多了，您再帮他看看。
钟银钗	（上前搭脉）恢复得不错，还需要调养。正兴呀，我带了些药和吃的，这段时间应该够你们用了。
小石头	阿婆，您喝碗热汤吧，暖暖身子。
钟银钗	孩子，你叫什么名字？
小石头	我叫小石头。
蓝香儿	刚才被刘队长批评了，还有点儿不高兴。
小石头	我忘了畲家风俗，想杀只野猫给大家补补，阿婆，我知道错了。
钟银钗	（摸摸小石头受伤的头）好孩子，还疼不？
小石头	不疼！阿婆您特像我奶奶，看着就亲。
钟银钗	（喜爱地）这嘴真甜。你手上冰凉，还受着伤，这山上忽冷忽热的，可别着凉了，把这衣服穿上。
小石头	这点儿冷，我受得了（穿上衣服）。
蓝香儿	这不是阿公的衣服吗？
小石头	阿婆，您看（兴奋跳起畲族舞段）
蓝香儿	阿婆，寨里人的病怎么样了？
钟银钗	病是小病，就是缺盐中的暑，按以前喝几碗淡盐水就好了，可如今县里盐行一天一个价，都是穷苦百姓，这闹盐荒的日子唉，可不好过啊。
刘　挺	阿婆，您又为百姓看病，还来山上帮助我们，真是给您添麻烦了。
钟银钗	（拿出军帽交还给刘挺）不麻烦，刘队长，这帽子我已经洗干净缝补好了。
刘　挺	谢谢阿婆。
钟银钗	刘队长，你能给阿婆讲讲，这帽子上为什么有颗红五星啊？

【曲目14——《自己给自己当救星》（领唱+伴唱）

刘　挺	阿婆呀
	军帽上亮晶晶的一颗红五星

	我们的队伍叫红军
	党的光辉像五星
	红星照耀伴军行
众战士	打土豪 分田地
	烈火燎原满天星
	斗地主，除恶霸
	百姓遇见幸运星
钟正兴	阿婶呀
	军帽上亮闪闪的一颗红五星
	共产党的队伍叫红军
	红军帽上红五星
	指引我们向前进
众战士	干革命 求解放
	跟着红星奔前程
	要翻身 当主人
	自己给自己当救星

【曲目15——《头一回听到这些新鲜话》（女独）】

钟银钗	头一回见到这样一群人
	头一回听到这些新鲜话
	他们一身正气令人敬仰
	那美好的生活更令人向往
	（音乐间奏过渡，转回现实）
	寨口那十杀令字字红印
	这世道黑暗凶险要人命
	就这样一群娃娃兵
	怎能够打得了天下救百姓
钟银钗	刘队长，你们这些打打杀杀的，阿婆我年纪大了也不懂。我先回去了，香儿、跟我回家。
刘　挺	（拿出一个小袋子）阿婆您把这些盐带回去吧！
钟正兴	阿婶，这是我们洗伤口用的盐，您拿回去给乡亲们吧。

钟银钗	这——使不得！
钟正兴	阿婶！（塞给她）
钟银钗	（握住钟正兴拿着盐袋的手）正兴，婶娘明白你们是做大事的，劝不了你什么，可是一想到寨口挂着你的通缉令，阿婶这心里就……不管怎么样，你要记得这山深处有你的家啊，我先回去了。

【钟正兴点头，众人挥手与畲药婆告别。蓝香儿跟在钟银钗身后转场。

畲药婆	香儿，你是不是喜欢上那个刘队长了？
蓝香儿	阿婆！（害羞）
畲药婆	你这丫头，你别以为阿婆看不出来呀！

【灯光切换，钟家小院，好几个晕倒、头痛、呕吐的场景，钟银钗、香儿进入人群，摇头焦急，众乡邻愈发紧张。

蓝 婶	哎呀，畲药婆，您可算回来了。
蓝香儿	怎么会这样。
钟银钗	香儿，快，盐。
蓝香儿	阿婆，我们这点盐怕是不够——
钟银钗	不管够不够，快冲水让他们喝了。（疲惫交加晕倒）
雷大木	（围拢在钟银钗身边）可恶的盐霸，狗官，还让不让老百姓过日子了？这好好的人都成了这副样子。
乡亲丙	豁出去跟他们拼了！
钟银钗	（勉强起来）别——别冲动！
雷阿根	你看你都这样了！

【另一边二层平台灯光亮起，刘挺、钟正兴等人在山洞内商量，舞台上形成双重场景空间。

【曲目16——《缺盐的事该怎么办》

雷阿根	这一点儿盐，救得了今天，救不了明天
蓝香儿	这缺盐的事可是人命关天
钟正兴	乡亲们苦，捱得过今天，捱不过明天
刘 挺	这缺盐的事我们不能不管
蓝香儿	盐行有盐大囤小囤满满

四 婶	大狗小狗走狗牢牢看管
众 人	可恶的盐霸手捏着盐
	把穷人的命呀看得贱
雷阿根	要买盐我们哪有这些钱
刘 挺	打盐霸才能夺得这些盐
女乡邻	老天呀,你叫我们怎么办
众战士	这事呀,我们来想办法干
众战士	乡亲们的苦就是我们的苦
	乡亲们的难就是我们的难
众战士	我们一起下山打盐霸
	一定要让乡亲们吃上盐
众乡邻	我们下山打盐霸
	山哈人挺直腰板不惧怕

【一分为二的舞台。

钟正兴	(白)整理行装、子弹上膛。
钟银钗	你们病还没好呢?
众乡邻	我们不怕!
刘 挺	同志们,出发!走!
雷大木	山哈的弟兄,跟我走!
众战士	是。
众 人	走!出发!
众 人	打盐霸!
众乡邻	危险!

第五场　　夺盐

【当天深夜,寨民们、红军分别奔袭下山,往盐行仓库去的路上。行军场景。

【曲目 17-1——《打盐霸》（合唱）

大木、寨民	盐啰 是大山的盐啰
挺、兴、石头	人啰 是大山的胆啰
大木、寨民	凭什么盐行霸得横
挺、兴、石头	凭什么穷人淡得惨
红军、寨民	盐 盐 盐
	官商勾结 我们叫苦连天
	盐 盐 盐
	人命关天 我们哪能不吃盐
挺、兴、石头	盐啰 是大山的盐啰
大木、寨民	人啰 是大山的胆啰
挺、兴、石头	凭什么盐行当霸王
大木、寨民	凭什么穷人就命贱
红军、寨民	盐 盐 盐
	官商勾结 我们叫苦连天
	盐 盐 盐
	人命关天 我们哪能不吃盐
小石头	百姓责任扛上肩
钟正兴	盐商恶霸一锅端
刘 挺	红五星帽戴头上
	镰刀铁锤红旗展
挺、兴、石头	誓为百姓撑起了天咯 撑起了天

【百姓与红军相遇。雷大木和钟正兴彼此相认。】

刘 挺	不好，有情况！
雷大木	有人！
小石头	老乡，半夜三更的，你们干什么去啊？
雷大木	你们是什么人？
钟正兴	是雷大木吗！？
雷大木	正兴！
钟正兴	大木，你们在这干什么？
雷大木	当官的跟盐霸勾结，逼得我们没活路了。我们打算跟他们拼了。

	（身后群众附和）
刘　挺	乡亲们，千万别冲动，你们这镰刀、锄头都是干农活的，盐霸他们可都是真刀真枪啊！打盐霸，我们来！
乡亲甲	大木，这，不太好吧。
雷大木	怎么了？
乡亲甲	你没看钟正兴勾结赤匪吗？
乡亲乙	这些人该不会是赤匪吧？
雷大木	别人我不知道，正兴是我们畲家人，畲家人忠勇不害人。我们跟你一起去！（身后乡亲有的附和，有的犹豫。）
乡亲甲	谁打头阵？
刘　挺	当然我们！
乡亲乙	打下的盐怎么分？
刘　挺	伤员留一点儿，其余的都给乡亲们。
雷大木	不……论忠勇，我们应该打头阵。论规矩，畲家人最义气！缴获的盐至少要平分。
乡亲甲	大木，你再好好想想……这世上哪儿来这样的好人！

【曲目18——《这一颗红星不欺人》

乡亲甲	他们为何舍命上阵
	夺来的盐为何不要平分
	人心隔肚皮
	谁为他们做证明
乡亲乙	我看是赤匪过山岭
	捞上一把躲进快活林
	谎称为百姓
	谁为他们做证明
众	人心隔肚皮
	谁为他们做证明
	山在问，水在问
	世界上哪儿有这样的好人
钟银钗	（白）我证明！

　　　　　　（唱）我证明

　　　　　　　　世上就有这样的好人

　　　　　　　　见过他们省下自己的盐

　　　　　　　　留给生病的乡亲

　　　　　　　　见过他们尊重畲家的规矩

　　　　　　　　从不越轨半毫分

　　　　　　　　治病救人大半生

　　　　　　　　日久方见心意真

　　　　　　　　他们的举止他们的言语

　　　　　　　　忠厚诚实都像农家好儿孙

　　　　　　　　嘴边的话语头上的红星

　　　　　　　　明亮亮暖洋洋就像畲山春

　　　　　　　　当作月亮当作太阳，阿婆我证明

　　　　　　　　这一颗红星不欺人

刘　挺　　阿婆，谢谢你！

雷大木　　乡亲们，你们都听到了吧，听阿婆的，我们一起去！

众　人　　一起去！

钟正兴　　香儿，这里危险，你带着阿婶先回去！

钟银钗　　正兴，大木你们可得当心呐，千万要注意安全！

刘　挺　　小石头，掩护百姓，同志们，出发！

众　人　　出发！

　　　　　【战斗音乐起，场景转换为县城盐行仓库。

　　　　　【曲目 17-2——《打盐霸》（合唱）

合　　　　盐啰　是大山的盐啰

　　　　　人啰　是大山的胆啰

　　　　　凭什么盐行霸得横

　　　　　凭什么穷人淡得惨

　　　　　【刘挺、钟正兴、小石头等边开枪边往前冲。但几次都被压住。

钟正兴　　（白）队长，敌人的火力太猛了。

刘　挺　　（白）不管今天有多危险，一定要夺到盐。卧倒！

雷大木	（白）小石头，他们为什么喊你们"赤匪"？
小石头	（白）我们是红军！他们才是白匪！
雷大木	（白）红军是干什么的？
小石头	（白）红军就是老百姓的亲人。
合	盐　盐　盐 官商勾结　我们叫苦连天 盐　盐　盐 人命关天　我们哪能不吃盐
刘　挺	（白）小石头，大木，快去搬盐。
小石头 大　木	是。

【音乐律动中掩护百姓背盐包的场景表演。

小石头	大木，危险。
雷大木	我没事。
小石头	大木！

【一声枪响，小石头挡在雷大木身前应声倒下。

雷大木	小石头！
钟正兴	小石头！
小石头	钟大哥，刘队长……帮我把马甲还给阿婆。替我谢……谢她…… （小石头牺牲在大木身前）
众　人	小石头！

【众人伤心不已。

雷大木	（拿起小石头手中的枪）我要跟他们拼了。
钟正兴	（拉回刘挺，撕下身上畲家腰带给刘挺包扎手臂）刘队长，你带着百姓和盐撤离，我去吸引敌人火力。
刘　挺	还是我去吧。
钟正兴	不，山路你没我熟。我去！（摘下刘挺的军帽戴在自己头上跑开）

【只见钟正兴在二层平台跑去，"啪"一声枪响，钟正兴应声倒地，滚落山崖。

刘　挺	快，救正兴！
众战士	救正兴！

第六场 回家

【天刚亮,钟家小院。

【曲目19——《回家》(小合唱)

军　民　　(合)回家 回家
　　　　　　　盐回来了
　　　　　　　人回来了
　　　　　　　坚持住
　　　　　　　家中有你的牵挂
　　　　　　　坚持住
　　　　　　　我们送你回家 回家

【受了重伤的钟正兴在刘挺和寨民等人合力下被抬回山哈寨落。伤势较轻的一行人把盐包陆续送进了小院。

雷大木　　阿婆……阿婆!
雷阿根　　大木
雷大木　　阿根叔你等一下,阿婆,正兴正兴他……
四　婶　　钟正兴?红军?赤匪?通缉犯!
雷大木　　别胡说!今天要不是他们,我们连命都没了,红军,可是好人呐!
钟正兴　　(虚弱)阿婶,我回来了。
钟银钗　　哎,回来就好,回来就好。
刘　挺　　阿婆,快救救正兴。
钟银钗　　老头子,快去拿药酒。

【众人背过脸去。
【香儿在另一侧检查刘挺等人的伤势。

钟正兴　　阿根叔,阿婶,我有话要说。

【曲目 20——《让我喊您一声亲娘》（男独 + 伴唱）

钟正兴　　阿婶啊 阿婶啊
　　　　　此刻我躺在您身旁
　　　　　就像躺在娘的胸膛
　　　　　多少年 您吃糠咽菜将我养
　　　　　多少年 您顶风冒雨护我安康
　　　　　阿婶啊，原谅我在外奔走
　　　　　不能在家为您分忧
　　　　　让我喊您一声亲娘
　　　　　来生再报您恩情长
　　　　　来生再报恩情长

钟正兴　　乡亲啊 乡亲啊
　　　　　红军究竟啥样人
　　　　　我们用心去看清
　　　　　虎口夺盐，人人英武冲向前

《畲山黎明》郑培钦饰钟银钗　高宇饰钟正兴

	挺身救人，个个忠勇敢拼命
	小石头今天刚满十六
	为乡亲夺盐 血染荒岭
	乡亲啊 乡亲
	乡亲啊 乡亲
	红五星呐 启明星
	跟着红军闹革命呐
	闪闪红星 山哈的眼睛
	跟着红军向前进 向前进
钟银钗	正兴！
钟正兴	阿婶。（把红军帽递给钟银钗）
	红军和山哈、永远心连心。
	（指刘，手悬到半空奔拉下来，去世。）
蓝香儿	表叔——（众人悲呼其名：正兴）
	【钟正兴最终牺牲在钟银钗怀里。钟银钗颤抖地拿起这顶红军帽，在雷阿根及四婶面前展示，几位当初把红军赶出寨子的人低下头去，极其不好意思。
雷阿根	我糊涂啊——（搧给自己一个耳光蹲在地上）

【曲目21——《红五星》（清唱）

钟银钗	畲山岭 黑沉沉
	山哈人 路难寻
合	红星照耀 天心启明
	北斗引路 畲家前行
	忠勇魂 山连山
	畲汉情 心换心
	红星点亮 畲族好运
	北斗辉映 畲山黎明

【寨民上场报信。

| 乡亲丙 | （远处跑来）阿婆，阿婆，吴……吴良相…… |
| 雷阿根 | 别着急，慢慢说。 |

雷　婶	吴良相怎么了？
乡亲丙	吴良相，又带人来了，要抓红军伤员。
蓝　婶	这可怎么办啊？
李　婶	屋后就有条上山的路，赶紧上山。
钟　婶	来不及了，现在上山正好被他们碰见。
蓝香儿	阿婆，你快想想办法呀。
钟银钗	快，赶紧让红军穿上我们族人的衣服。乡亲们，来，我们这么办——（附在几位婶耳边说了点儿悄悄话，四位婶点点头。）
众　人	好！

【转场至屋后通往后山的路前，两架打糍粑的架子推上来，几位婶叫来寨里族人一起围着打糍粑，恰好挡在上山的路口。男男女女载歌载舞，其余寨民错落地坐在各处，军民混在一起，并不显眼。

【曲目22——《打糍粑》（男声号子）

男　女	（合）嘿咗嘿　嘿咗嘿
	搭把手呀么打糍粑
	嘿咗嘿　嘿咗嘿
	心要齐哟　气要正
	打出的糍粑绵又蜜　嘿咗嘿
吴良相	畲药婆。
钟银钗	哦，是吴保长来了。
吴良相	你们这是在干什么啊？
钟银钗	吴保长，我们正在打糍粑呢！
吴良相	这又不是过年过节的，打什么糍粑？
钟银钗	哎，是雷婶家在办喜事。

【雷阿根抓了两只野味走上前。

雷阿根	哟，吴保长，看我新打的野味，走，去我家里喝两杯去。
吴良相	哎呀，雷叔，这些天赤匪把县里的盐行捅了个大窟窿，现在抓赤匪要紧。
钟银钗	吴保长你可别累着，老头子拿几瓶药酒给保长补补身子。

吴良相	今天实在是有公务在身,改天来找雷叔喝酒,先走了。
雷阿根	哎哎——
钟银钗	也好也好,吴保长您慢走。
众　人	吴保长,您走好。

【吴良相等人离开,蓝婶等人才松了口气。

钟银钗	(拉起刘挺的手)走,上山!

第七场　恋红

【幕未启,四位婶在山涧边洗衣。

【曲目23——《红军真是不一样》小合唱

四　婶	红军真是个顶个的强
	领导队伍的叫共产党
蓝　婶	打盐霸
钟　婶	干农活
蓝　钟	脏活累活他都抢
李　婶	知心话
雷　婶	暖心肠
李　雷	问暖问俗很周详
四　婶	兵和兵真是不一样
蓝　婶	一边是耀武扬威
钟　婶	一边是古道热肠
李　婶	一边是空手白狼
雷　婶	一边是救死扶伤
四　婶	红军真是不一样
李　婶	哎哟,那天可吓死我了。多亏了畲药婆和阿根叔,总算把那个吴保长应付走了。
蓝　婶	哎呀,就属你胆子小。

钟 婶	哎,你可别说,姓吴的好些日子没来了,你们说这红军打盐霸的事儿是不是没事了?过去了?
雷 婶	不知道啊,也不知道畲药婆和红军在山上怎么样了?

【吴良相在角落里听到了四婶的谈论。

【幕启,山洞医院的场景,轻伤员逐渐恢复操练。

刘 挺	战斗准备!敌进我退,敌驻我扰,敌疲我打,敌退我追。

【钟银钗背着药筐上。刘挺和香儿迎上去接过背篓,钟银钗取出竹筒装的蛋酒。

蓝香儿	刘挺哥。
刘 挺	香儿,阿婆,你们来了。
钟银钗	刘队长,我看大家都恢复得不错啊。
刘 挺	阿婆,这可得感谢您和香儿,经常给我们送药送吃的。没有你们这山洞医院怎么建得起来啊。
钟银钗	应该的,这都是乡亲们的一点儿心意。
刘 挺	阿婆,您快坐!
众战士	阿婆今天又给我们带什么好吃的了?
钟银钗	有有有,雷婶让我给你们带了红糖鸡蛋酒。
蓝香儿	刘挺哥,你快喝呀!
刘 挺	好,同志们都过来!
钟银钗	孩子们,你们多喝点儿,这红糖鸡蛋酒啊补血补气还御寒,我们畲家人呐都喝它。
蓝香儿	对对对,我表叔最爱喝了!
刘 挺	阿婆,正兴不在了,我们都是您的孩子。
红军甲	阿婆您受累了。来,这边坐,我给您捶捶腿。
钟银钗	不用不用。

【曲目24——《劳苦大众紧相随》

战士甲	叫一声阿婆 让我给您捶捶腿 我们给您添了累 等到革命成功来看您

	拜师学医，踏遍畲山送春晖
	（白）阿婆！（走到钟银钗身边）娘！（给钟银钗捶腿）
众战士	（白）娘！
钟银钗	一声声娘叫得我热泪淌
	一句句话语听得我心里暖
	哪像是血火中走出的兵
	分明是好儿好女身边围
	孩子啊孩子
	为了天下的穷人
	你们踩着血路把光明追
	阿婆我恨不生出千双手
	给你们缝一双布鞋
	让你们一身轻松上征途
	走到哪里劳苦大众紧相随
战士乙	（白）阿婆，我们与畲族百姓永远在一起！

【曲目25——《星星的眼睛》（男女二重）

蓝香儿	红军帽上红五星
	一颗闪闪放光明
	多少人追随这颗星
	刀山火海也不怕送命
	在我眼中　红军就是那北斗星
	你们是最亮的一颗走进了我的心
刘　挺	红军帽上红五星
	一颗闪闪放光明
	多少人追随这颗星
	汇进天河激荡赤潮汛
	在我眼中　百姓就是那满天繁星
	你们是最亮的一颗走进了我的心
	挺（刘挺）钗（钟银钗）香（蓝香儿）战士们（合）：
	我在你们的眼里　看见星星

像那畲山泉水清澈透明

我在你们的眼里 看见星星

唱一曲动人的歌 迎来光明 光明

【音乐急促，雷婶慌张奔跑上山疾呼畲药婆。

【曲目26——《天塌了》

雷　婶　　天塌了

地陷了

红军快躲藏

天塌了

地陷了

畲寨遭祸殃

【蓝香儿上前扶住气喘吁吁的雷婶。

钟银钗　　雷婶，到底出什么事儿了？

雷　婶　　畲药婆，不好了，县保安团围寨搜捕红军，把阿根叔抓走了！

钟银钗　　阿根！

第八场　曙光

【幕启：一声声冷飕飕的皮鞭声。雷阿根被绑在广场上，雷大木气不过，被团丁押在一旁。

【皮鞭声再次响起。场景灯亮起，吴良相指挥团丁押着全体寨民。寨民被皮鞭声威慑住，县团总上。

团　总　　说，畲药婆在哪儿？赤匪在哪儿？

吴良相　　雷叔你就快说吧，也好少受些皮肉之苦。

雷阿根　　枉你还吃过我们畲家的饭，用过我们畲医的药！呸！

吴良相　　雷阿根，我也是一片好心，你还不识好歹？

团　总　　老头，我再问你一遍，畲药婆在哪儿？赤匪在哪儿？

雷阿根　　我看你们才是匪！

【曲目 27——《当一回顶天立地畲家汉》

雷阿根	是谁在高举皮鞭 心狠手辣
	是谁威吓百姓 任意辱骂
	说什么赤匪该抓？赤匪该杀
	你们才是一群该杀该剐的
	我恨我将红军来错怪
	没看清你们这些人渣
	今日里挺起脊梁迎屠刀
	砍头不过碗大的疤
	当一回顶天立地畲家汉
	敬天地尊神明不负畲家
	（白）你们休想从我嘴里得到一个字！
团 总	筋骨硬是吧？来人，动手！

【眼见雷阿根要受重刑，一声响亮的"住手"传来。畲药婆、蓝香儿、刘挺三人上场。雷大木一看畲药婆上来，挣脱团丁的辖制，跑到畲药婆跟前。

吴良相	团总，这就是畲药婆。
团 总	畲药婆，你来得正好！
钟银钗	你是谁？
团 总	我可是保这一地平安的父母官。
众 人	狗官！
钟银钗	父母官！盐霸当道，百姓吃不起盐，你这父母官在哪里？保安团欺压百姓，百姓苦不堪言，你这父母官又在哪里？你口口声声保一地平安，却伤害我的家人，你算什么父母官！
团 总	（怒）好个牙尖嘴利的老太婆，来人，把她的牙给我一颗一颗地拔了！
刘 挺	我看谁敢！

【众人惊讶中分出一条路，刘挺挺胸抬头上场。

吴良相	什么人？
刘 挺	红军挺进师刘挺！

团 总	哼哼。你到底还是出来了!
刘 挺	别伤害老百姓,有什么冲我来!
团 总	好,那我问你,前几天你们去县城砸了我们的盐行,这笔账该怎么算?
刘 挺	问得好!今天我就好好跟你们算算这笔账。

【曲目28——《畲山是畲族人祖祖辈辈的家园》

刘 挺	畲山是畲族人祖祖辈辈的家园
	畲族人忠勇志坚　勤勤恳恳
	看这小小的山坳
	秀山丽水多安宁
	山是喜庆歌台
	水是梳妆明镜
	是你们倒行逆施　天地悲情
	你们还颠倒黑白　污蔑红军
	红军为了百姓走出暗夜
	燃热血点星灯
	乡亲啊乡亲　让我们同心合力
	奋勇砸碎锁链
	勇敢反抗暴政
	追随红旗前行
	跟着红军　跟着党　走向光明
雷大木	跟着红军,跟着共产党!
众百姓	跟着红军,跟着共产党!
团 总	反了你了!老子今天毙了你!
	【只见团总一个手势,团总一个手势示意团丁"上",团丁左一鞭子被刘挺拿下回抽,吴良相正想举枪偷袭。
蓝香儿	刘挺哥!(一个箭步上前,替刘挺挡枪。慢镜头倒下)
众乡亲	杀了吴良相,杀了这群狗官。
	【吴良相抱头鼠窜,下场。
红 军	追!(追下场)

【刘挺走到香儿的身旁。

刘　挺　　香儿！为什么要这样傻？你忘了我们的约定吗？等杜鹃开满山的时候，我就回来娶你。

蓝香儿　　刘挺哥……

【前奏起，意向空间蓝香儿、刘挺的畲族婚礼举行。歌声穿透闪电雷鸣。

【曲目29——《多想等到那一天》（二重唱）

蓝香儿　　多想等到那一天
　　　　　没想到一场梦幻
　　　　　我美丽嫁衣风吹去　你可看见

刘　挺　　多想能有那一天
　　　　　没想到化为云烟
　　　　　风过眼前泪不干　你可看见

蓝香儿　　梦里红星亮闪闪
　　　　　红军女兵走在前……
　　　　　哪怕万水千山我跟你走
　　　　　为何不把我手儿牵……

刘　挺　　头上红星亮闪闪
　　　　　梦里与你肩并肩
　　　　　盼望千里万里结伴行
　　　　　为何你举步难向前

蓝香儿　　多想等到那一天
　　　　　畲山开满红杜鹃

刘　挺　　多想能有那一天
　　　　　红旗见证红星缘

合　　　　多想等到那一天
　　　　　红星与爱一起凯旋

蓝香儿　　刘挺哥，我看见，畲山的杜鹃花都开了，好看真好看！

刘　挺　　好看，真好看——

【钟银钗叫着"香儿"从人群中冲出，钟银钗上前，轻抚香儿的脸庞悲痛万分。

钟银钗　　香儿——
香　儿　　阿婆,再给我梳一次头吧。(摸头的手耷拉下来,香消玉殒)

【曲目30——《曙光》(领唱+合唱)

钟银钗　　香儿啊香儿
　　　　　睁开你的眼
　　　　　看一看阿爷
　　　　　看一看阿婆
　　　　　看一看生你养你的畲山

　　　　　还记得小时候
　　　　　每天晨起阿婆为你梳头
　　　　　上山采药你跟后头
　　　　　一路欢笑　一路山歌
　　　　　一转眼
　　　　　畲山妹子长大了
　　　　　每天你为阿婆来梳头
　　　　　上山采药你走前头
　　　　　山路不平你扶着阿婆走

　　　　　多想看看你穿上嫁衣
　　　　　再为你梳一个出嫁的凤凰头
　　　　　多想听听你唱畲歌
　　　　　从春到夏,从夏到秋
　　　　　都说你歌如美酒
　　　　　谁料想昔日欢歌成永诀
　　　　　痛割阿婆心　哭断阿婆肠
　　　　　(钟悲伤悲痛不已,雷阿根上前扶她)
　　　　　乡亲啊乡亲
　　　　　擦亮眼看分明

多少年受苦受难受欺凌

多少年忍气吞声难言隐

终盼到亲人红军来

像那北斗星拨开迷雾将畲族指引

跟着红军跟着党

看东方曙光点亮畲山黎明

阳光普照的那一天终会来临

【畲药婆将香儿藏在怀里的红军帽拿出戴回香儿头上,刘挺抱起香儿往山上走。四婶畲族民谣唱起"情歌调"。

尾

【合唱中,钟银钗、雷阿根被雷大木扶着,艰难上山。四婶领头,众乡亲渐聚渐多,远远跟在她的身后。山路上,众人一起回头。

民族歌剧《畲山黎明》 摄影:七七

【曲目31——《红五星》（合唱）

女　领　　畲山岭　黑沉沉
　　　　　山哈人　路难寻
　　　　　红星照耀　天心启明
　　　　　北斗引路　畲家前行
合　　　　忠勇魂　山连山
　　　　　畲汉情　心换心
　　　　　红星点亮　畲族好运
　　　　　北斗辉映　畲山黎明

【画外音：1935年春到1938年，三年多的时间里，钟银钗和她的家人先后救治了三十余名红军伤员，使他们重返战场。解放后，她坚持在畲乡继续行医，深受百姓爱戴，人民群众尊称她为"畲族革命老妈妈"。

【全剧终。

生命之光①

夏 强

序

【一个秋天的凌晨，东方欲晓。天空中还有一点点星星，仿佛一双双明亮的眼睛。

【一首儿歌浮现：一闪一闪亮晶晶，满天都是小星星，挂在天上放光明，好像许多小眼睛。

【突然，随着一声小女孩的惨叫声，救护车的声音响起。

【舞台上，晶晶妈发出揪心的呼喊。

晶晶妈　医生，你们一定要救救她，救救我的孩子！

晶　晶　妈妈，我怎么看见的都是红的，我的眼睛看不见了？

【舞台深处亮起冰冷的蓝色光芒，一盏时间提示灯升起，显示出时间"1995年5月20日，星期六"。伴随着沉重的心跳声，不断有护士匆忙的身影在走动。

护　士　眼角膜破裂，护士长，要换眼角膜，可是孩子这么小，单纯换眼角膜，长大了，还要再次换，怎么办啊？

护士长　快！通知俞峰医生！他不是有最新的眼角膜上皮移植技术吗！

护　士　今天星期六，俞医生休息！再说他那技术还没有真正用在人眼上……

---

① 越剧现代戏。

护士长	来不及了，立刻通知他！其他人，准备手术！
	【在医疗器材的碰撞声中，传来有序的声音：伤口清创完毕！器材准备完毕！吸气、呼气，麻醉完毕！准备手术！
	【时钟的滴答声和心跳声再次响起，俞峰穿着手术服出现在手术台前。时钟声渐弱，舞台上一片寂静。
俞　峰	（唱）手术刀拿在手上
	能听见心的跳动
	三千次的动物实验
	我洞察分毫面从容
	仓促间上了手术台
	第一次面对患者心潮涌
	天真烂漫人生初
	灿烂年华把她等
	眼角膜上皮移植新方法
	可否让她重新绽放光明
	（内心独白）嗨，这是我第一例啊，要是失败了……我……
晶　晶	（内心的声音）叔叔，您怎么还不为我动手术？我想看见天上的星星和月亮，我想看见春天的鲜花，我想看见秋天的果实，我想看见冬天的雪花，我想看见夏天的阳光，我想看见许许多多我想看见的一切……
晶　晶	（从手术台上坐起来，唱）我想要有一双明亮的眼睛
俞　峰	（唱）让美好的世界重新映入她的心灵
晶　晶	（唱）可为什么要让我失去光明
俞　峰	（唱）失去了光明，关闭了心灵
晶　晶	（唱）我在黑暗中渴望，渴望光明
俞　峰	（唱）我的专业，我的职责，就是
	就是寻找，寻找那生命之光
	去点亮每一颗明亮又美丽的心灵
	【手术室外，晶晶妈撕心裂肺地哭喊着。
晶晶妈	医生，求求你们！眼睛保不住，这孩子的一生就毁了！那该怎么办啊？

【手术室内，俞峰的心被猛戳了一下，他的手和身体在颤抖，失去了往常的沉着与镇静。

【幕后伴唱：

  多么熟悉的话语

  多么熟悉的声音

  一语戳心现往事

  历历在目诉真情

第一场

【浙江温州，1979年夏，某中学校园，旁边的大墙报上写着"热烈欢送1979届高中毕业生离校""一颗红心，两种准备""好儿女志在四方""广阔天地大有作为"等字样。

【旁边大榕树上的喇叭里传来广播声：高等院校的招生工作，是为四个现代化选拔人才的工作……在今年的招生工作中，要认真地贯彻执行党的招生政策，继续坚持德、智、体全面考核，坚持择优录取的原则，确保招生质量，选拔优秀的青年上大学，为实现四个现代化培养又红又专的各类专门人才……广大青年要做到"一颗红心，两种准备"……"好儿女志在四方"，学校和家长应鼓励青年们服从国家的分配，到祖国最需要的地方去。

【一位老师走了过来："同学们，填高考志愿书咯！"同学们一哄而上，挥舞着高考志愿单起舞。

【同学们正跟着歌曲《我们的生活充满阳光》在热情歌唱，有几个还自由组合在一起翩翩起舞。

众学生 （唱）幸福的花儿心中开放

    快乐的歌儿随风飘荡

    我们的心儿飞向远方

    憧憬那美好的革命理想

    啊！亲爱的同学携手前进

迎着新长征路上的风雨

为祖国贡献出青春和力量

【看着同学们欢快地歌唱着离开校园，俞峰悄悄地拿着志愿书走到了一旁。要好的同学志强看见了，连忙过来。

志　强　　俞峰，你怎么愁眉苦脸？你考得那么好，还愁上不了一个好学校？

俞　峰　　嗨，志强，我是不知道回家如何跟我姑姑说填报志愿的事情。你知道我爸妈在外地工作，家里都是姑姑做主。

志　强　　那怕什么，自己的路自己走，有什么不好说的？我就没有这样的烦恼。

俞　峰　　你家里就全听你的？

志　强　　我们家？小商小贩，以前老是被割资本主义尾巴。这几年好了，国家政策慢慢放开了，他们忙着呢，没有空来管我，我读什么都不反对。反正啊，我已经是家里学历最高的了。唉！你到底想报哪个学校？

俞　峰　　我……

志　强　　怕什么？我们好兄弟，加上我这个成绩，不会成为你的竞争对手的。

俞　峰　　好兄弟，怎么说这样的话！我想填报医学院，以后做一名医生！

志　强　　医生？理工农医，你要报最后一个？可惜了！不过你成绩这么好，填报医学院那就应该向着大城市、好学校发起冲锋，北京、上海、广州，最起码也要杭州！撑死胆大的，饿死胆小的。我支持你！以后你当了医生，我找你看病，都方便不少！

俞　峰　　呸呸呸，我可不希望你找我看病。不过人有梦想就要去实现，对不对？

志　强　　对，就是要坚持。悄悄地填了，神不知鬼不觉，等到生米做成熟饭，你姑姑想反对也来不及了。

俞　峰　　不，我要做通姑姑的思想工作。

志　强　　你姑，你去做她的思想工作？那我就爱莫能助了。再见！

【场景转至俞峰家大院里，俞峰姑姑俞巧姑正在客厅抹桌子，准备晚饭。

巧　姑　　（唱）峰峰他高考志愿要填报

　　　　　　巧姑我读书少帮不上忙
　　　　　　峰峰他年虽小主意却大
　　　　　　听说他一定要治病疗伤
　　　　　　我听说志愿填报是大事
　　　　　　选择错那就会痛悔心肠

【俞峰悄悄上，坐到一边编姑姑还没有编完的大蜻蜓，旁边挂着好几个。

巧　姑　　峰峰，（端着菜出来）你怎么又在编了？跟你说过多少次，不要编了。

俞　峰　　姑姑，马上就做好十个了。您拿到集市上买了，好补贴家用。

巧　姑　　现在你马上就是大学生、高级知识分子了，不要编了。看姑姑给你做的好菜，补补身子。

俞　峰　　谢谢姑姑。（为难地）有个事情……

巧　姑　　填报志愿？你班主任来过了，说你考个重点没问题，我不担心。

俞　峰　　姑姑，我想……

巧　姑　　你的心思我明白，姑姑都替你想好了。这样，第一志愿填理工类，第二志愿填医学类。这也是你爸爸妈妈的意思。

俞　峰　　可是我想，第一志愿填医学类，第二志愿填理工类。

巧　姑　　不行，我不同意！学好数理化，走遍天下都不怕！我们家峰峰将来要做工程师、发明家，当厂长，做领导，干大事！光宗耀祖！你可不能只做一个小小的医生，整天和病人打交道。

俞　峰　　姑姑！做医生有什么不好？大姑，大姑父还都是医生呢。

巧　姑　　打住，打住！你千万不要学他们。你看他们多么忙？要休息没休息，要高工资没有高工资，我说你就死了这条心。

俞　峰　　姑姑！做医生就是我的理想。
　　　　　（唱）曾记得爷爷经营中药坊
　　　　　　　　暖杏林医者仁心美名扬
　　　　　　　　当医生承祖业是我梦想
　　　　　　　　报志愿学医学请你原谅

巧　姑　　（唱）龙游浅水怎能欢畅
　　　　　　　　大鹏展翅定要飞翔

		你的前途不能埋没
		不报理工没得商量
俞　峰	姑姑啊,(唱)爸妈辛劳生计忙	
		姑姑恩情不敢忘
		只是我一心早已把那决心下
		还望姑姑您不要把我挡
巧　姑	不许当医生!时代不同了,你要做更大的事情。你真是越大越不听话了。	

【姑姑不再说话,坐在一边生闷气。俞峰又开始编大蜻蜓。

【一首儿歌响起:大蜻蜓,大蜻蜓,一对眼睛亮晶晶,飞一飞,停一停,飞来飞去捉苍蝇。舞台一侧,记忆里,年轻的姑姑在一边编大蜻蜓,一边教眼睛周围缠着纱布的小男孩峰峰哼唱儿歌。

峰　峰	姑姑,我的眼睛还会看得见吗?姑姑,我不想是个瞎子,我要读书,我要学习知识,我要建设四个现代化。
巧　姑	医生的医术很高明,手术很成功!
峰　峰	姑姑,我眼睛好起来了,就要读书。姑姑,我给你背书吧。我记得可牢了。"在苍茫的大海上,狂风卷集着乌云。在乌云和大海之间,海燕像黑色的闪电,在高傲地飞翔……这是勇敢的海燕,在怒吼的大海上,在闪电中间,高傲的飞翔;这是胜利的预言家在叫喊:——让暴风雨来得更猛烈些吧!"
巧　姑	我们的峰峰好棒!我们的峰峰眼睛一定能够好起来!多亏了医生啊,要不然……
峰　峰	要不然什么?
巧　姑	要是你的眼睛保不住了,你的一生就毁了!晓得吧!
峰　峰	医生,这么厉害!我长大以后,也要做一名医生!

【两人的笑声隐去,回到现实。

俞　峰	(唱)是谁医好了我的眼睛
	是谁给了我灿烂光明
	是医生,一袭白衣如天使
	是医生,妙手回春送光明
	我记得,童年陪奶奶在乡下

　　　　　　亲眼见，缺医少药难治病
　　　　　　叔伯们，生病只靠硬来挺
　　　　　　土方子，草药子就当治病
　　　　　　还记得，深山老林探父亲
　　　　　　见到的，至今提起震我心
　　　　　　那里是，小病不能算作病
　　　　　　硬生生，天长日久成大病
　　　　　　成大病，回天无力无法医
　　　　　　每一日，病痛煎熬痛身又痛心
　　　　　　绝壁处，纵身一跳了百事
　　　　　　唯留下，亲人呼号荡山林
　　　　　　姑姑啊
　　　　　　此情此景把我的主意定
　　　　　　我愿学，精卫填海寻光明
　　　　　　让悲剧，不再继续上演
　　　　　　让百姓，绽放灿烂生命
巧　姑　　　嗨，你真的决定了要做医生？
俞　峰　　　我相信我的选择不会错。
巧　姑　　　那有一个条件，你必须要答应我。
俞　峰　　　什么条件？
巧　姑　　　毕业分配工作，必须和我们全家商量！
俞　峰　　　好，姑姑！
　　　　　【灯光暗。

第二场

【五年后的春天，杭州某高校青年宿舍。外面街道上车来车往，不断传来叫卖声。学生们三三两两唱着邓丽君的歌曲匆匆而过。
【狭小的单身宿舍，布置得井井有条。俞峰伏在孤灯下看书，他

抬起头来，看着窗外。

俞　峰　（唱）五年学习好辛苦
　　　　　　　遵守承诺不食言
　　　　　　　毕业后，留校改行当干事
　　　　　　　专业知识抛一边
　　　　　　　悬壶济世难实现
　　　　　　　长思量，求改变
　　　　　　　寻机遇，常复习
　　　　　　　救死扶伤还是在临床

【雅芳轻轻地从门外走进来。

雅　芳　又在看外科手术书？
俞　峰　放不下啊。
雅　芳　外面春光明媚的好时光，你就把我约到你这窄而霉的陋室？你就不怕本姑娘一生气，不理你了？
俞　峰　真的，你不会生气吧？
雅　芳　你啊，嗨。谁叫我看不惯那些花言巧语的男人，偏偏喜欢你了呢！
　　　　（唱）想当初，与你遇上就发现
　　　　　　　你与他人不一般
　　　　　　　西子湖，桃红柳绿莺声旋
　　　　　　　你却在书海遨游独自欢
俞　峰　（起身来，拉着雅芳的手）雅芳啊？我的爱人！
　　　　（唱）想当初，与你遇上就发现
　　　　　　　你与他人不一般
　　　　　　　西子湖，桃红柳绿莺声旋
　　　　　　　你却在书店里冒充营业员
雅　芳　那是人家想见你！一天不见心里就慌得很。你呀！一门心思都伏在学习上，两耳不闻窗外事，一心只读圣贤书。你呀！
　　　　（唱）看书看得似疯魔
　　　　　　　一做试验就专注
　　　　　　　全不见窗外春光繁华景

> 坐居闹市当隐居
>
> 延安路、龙翔桥，解百商场
>
> 小情侣，恩爱情，欢笑甚多
>
> 从不见你陪我去走上一趟
>
> 两个人透过寒窗看西湖

俞　峰　　哈哈，我们的爱情就像一只小船，我这里还是湖景房，怎么样？今天电视上有《今夜有暴风雪》重播，我们一起看怎么样？

【俞峰打开电视，出现电视剧《今夜有暴风雪》的片段和主题曲。

雅　芳　　真是不可思议，一个医生怎么可以看所有的病呢？内科、外科是有科学划分的。

俞　峰　　条件所限，没有办法。在我们家乡的许多农村，还没有医疗站，看病要走很远很远的路。

雅　芳　　我也知道……你怎么流泪了？

俞　峰　　其实我报考医学院，就是想做一名真正的医生。我喜欢别人叫我俞医生，而不是俞干事。

【这时候突然从外面传来一阵焦急的喊声：俞干事，俞干事，有人找。

【片刻，志强脸色苍白、气喘吁吁地冲了进来。

俞　峰　　志强，你怎么来了？

志　强　　路上讲，快，跟我去医院！

【紧张的音乐起，志强拉着俞峰跑向医院。医院办公室，俞峰看病历，愁眉不展。

志　强　　俞峰，她是我一起做生意的好伙伴，也是我的女朋友，我就你和她两个最要好的朋友，现在能帮我的就只有你了。

护士长　　俞干事，她是沙眼晚期，眼角膜都坏死了。我们只能稳定，不能根治，病人的眼睛也只能这样了。

志　强　　俞峰，你是我们班成绩最好的，在医科大成绩也是名列前茅，你一定要救她！

俞　峰　　（拿着病历，看）志强，目前，也确实只能这样了。

志　强　　（哭了出来）她本该有美好青春，却被这沙眼，嗨。这几年我和她在一起，苦尽甘来搞养殖，起早摸黑好辛苦！俞峰啊，你不是学医的吗？你不是医生吗？你不是在大城市吗？为什么，你都不能帮帮我？我们凑齐了医药费来找你，却也是叫天天不应，喊地地不灵。

【志强哭丧着脸，颓丧地离开。

俞　峰　　志强，我也是没有办法啊！
（唱）不忍看志强绝望的身影
听他言好似万箭在穿心
好兄弟一句句都在质问
惊得我好似那大梦初醒
学医的却不能临床治病
枉费我当初的一片苦心
我该怎么办？（大声地）我该怎么办啦

护士长　　（在一旁看见刚刚发生的事情）俞干事，我们经常听院长说起，你专业这么好的人在机关里做行政，真是浪费……

俞　峰　　可我已经荒废几年了，还来得及吗？

护士长　　你的一双手那么巧，外科基本功又扎实，有什么来不及的。俞干事，要是再过几年，你想改，那也是来不及了。

【雅芳拿着衣服赶了过来，她在一旁听见了刚刚的对话。

雅　芳　　可是，做医生要三班倒……为我，为你，为将来，你真的考虑清楚了吗？

俞　峰　　雅芳，你知道我最大的梦想就是做一名合格的外科医生。
（唱）有一双灵巧的手
上天造物有所授
凭借着，这双手
外科手术成绩优
我有一双明亮的眼
把病人的忧愁印在了心头
使命所然无需过多理由
满腹的医学怎可丢
献身医学解病痛
要为千万病患把生命挽留

雅　芳	其实，前几天你姑姑来找过我，她怕你还没有打消做医生的念头。今天我本来是想劝说你，可现在我改主意了。我支持你！
俞　峰	雅芳！谢谢你。

【两人紧紧地拥抱在一起。

【音乐起，灯光暗。

第三场

【时钟滴答，伴随着快节奏的迪斯科音乐，舞台上出现了新的城市轮廓。进入20世纪80年代末期，医院。医生护士和病人人来人往，一派繁忙的景象。

【护士长被一波又一波病人及家属拦住，让她安排病床和手术时间。

【俞峰刚从一台手术下来，来不及休息，又带领其他护士走向另一个手术室。

护士长	最近我们眼科病人越来越多了，都安排不过来了。我们医院力量……
	（又有人在叫她，她一回头看见俞峰，连忙叫住他）俞医生，你的信。
俞　峰	（接过，看）志强！

【舞台一角出现机场，在国际航班登机广播中，志强拖着行李箱离开祖国。

志　强	俞峰，当你看到这封信的时候，我已经在去美国的飞机上了。我最爱的她消失在茫茫人海中，这两年我一直在找她，可杳无音信。我想，在我找到能治好她眼睛的方法之前，她是不会出来见我的。我的魂丢了！
俞　峰	志强！我……嗨！我没有帮上你！对不起！
	（唱）一封信百转回肠千钧重
	别故土悲苦难诉志强兄

　　　　　　俞峰我千般悲戚心头涌
　　　　　　心愧疚未能相助危难中
　　　　　　……
　　　　　　好兄弟，情同手足未相送
　　　　　　待来日，你我两个再相逢
　　　　【院长匆匆赶来，看见俞峰，连忙叫住。

院　长　　俞峰，等一下，等一下！好消息，好消息！

俞　峰　　院长，什么好消息？

院　长　　你不是一直都想去外面进修吗？现在就有一个好机会。根据中日友好交流协议，我们可以送两个眼科病人去日本接受免费治疗，同时派遣一位医生陪同交流。你不是早就偷偷地在自学日语了吗？怎么样，有没有兴趣去？

俞　峰　　真的！太……（兴奋之后又停了下来）我考虑考虑……

院　长　　不急，三天考虑时间！俞峰，这次和我们接洽的日本医院，眼科治疗技术可是世界一流啊！机会不容错过哦！资料拿好。

俞　峰　　谢谢院长！

　　　　【俞峰接过资料，在他看资料的过程中，场景变换到俞峰家，墙边五斗柜上放着最新款的录音机，书柜上摆满了医学书籍，靠近窗台一旁的方桌上插着一朵绽放的杜鹃花。

　　　　【巧姑在一旁照看炖在煤球炉上的鸡汤，一边做一双虎头鞋。

巧　姑　　（唱）小小一双虎头鞋
　　　　　　　　迎接俞家小乖乖
　　　　　　　　小小一双虎头鞋
　　　　　　　　虎头虎脑挡祸灾
　　　　　　　　小小一双虎头鞋
　　　　　　　　虎虎生威来驱邪
　　　　　　　　小小一双虎头鞋
　　　　　　　　健康平安富贵来

　　　　【雅芳挺着大肚子过来看姑姑做事情。

巧　姑　　哎呀，我的姑奶奶，你怎么出来了？你现在要多休息，可不能随便走动。

雅　芳	姑，医生说了要多运动运动。
巧　姑	也是。我们怀孩子的时候，洗床单、搞卫生，走街串巷，一点儿也不耽误。不过，你们不一样，生活条件好了，要金贵点儿的，呵呵呵！
雅　芳	姑，听说生孩子很疼的。
巧　姑	不要怕，峰峰就是医生。
巧　姑	这女人生孩子啊，眼睛一闭，等你听到响亮的哭声，就是你最幸福的时刻。峰峰出生的时候，我就在旁边，那叫声，差点儿把屋顶都掀翻了，可把我们高兴的啊！
雅　芳	真的，姑姑，再跟我讲讲他的故事。
巧　姑	那不行，我可不能再背后说峰峰的坏话。要是小宝宝在你肚子里听到了，以后告诉他爸爸，那峰峰可是要怪我的。
雅　芳	姑，你想得真神奇，哈哈哈。
巧　姑	雅芳，等孩子出生后，你们就真正的长大了。你可要把峰峰管牢，让他做一个好丈夫、好爸爸……

【两个人继续说话，俞峰回来。】

俞　峰	（唱）心绪乱，回家转
	七上八下心儿悬
	理想现实各一半
	难取难舍难言传
雅　芳	俞峰回来了，你看，这是姑姑给我们孩子做的虎头鞋，好看吗？
俞　峰	好看……好看。
雅　芳	（把他拉进内屋）怎么啦？你好像有些不高兴。
俞　峰	有一个出国交流的机会，这正是我一直以来所期盼的。这些年我们虽然取得不小的进步，但是无论硬件还是技术上，与国外的差距还很大。治疗沙眼，让病患重复光明的关键是眼角膜移植，可是国内这项技术还没有突破。错过了就……
雅　芳	那，以后还有机会吗？孩子就要出生了，我想你陪在我的身边。
	（唱）这将要降临的小生命
	是你我爱情的结晶
	胎教时你卯起劲儿来将心倾

		小家伙早已习惯你的声频
		你若出国会扫兴
		我怕自己难以来调停
		出国还可再申请
		神圣时刻难再寻
俞　峰	雅芳（唱）	我也想守你身边保康宁
		欢欢喜喜迎亲生
		我也想天天为你将胎心听
		做一个尽职尽责的好父亲
		可是这手术突破陷困境
		破题必须随同患者日本行
雅　芳	（唱）	我担惊受怕只为是初孕
		人生第一遭，怎离最亲人
		俞峰，我也需要你呀
俞　峰	以后再说……以后再说！	
	【夜，满天星光，俞峰踌躇不定。	
俞　峰	（唱）夜无眠	
雅　芳	（唱）夜无眠	
俞　峰	（唱）望星空	
雅　芳	（唱）望星空	
俞　峰	（唱）仁者之心少小种	
	十载寒窗苦用功	
雅　芳	（唱）医者仁心我早懂	
	夫妻恩爱心相通	
俞　峰	（唱）雅芳待产应侍奉	
	又叹机遇太匆匆	
雅　芳	（唱）相亲相爱一家人	
	我心沉重，他愁容	
两　人	嗨，我们该何去何从？何去何从！	
	【音乐延续，两人互望，停顿。过一会儿雅芳打定主意，她坚定地说。	

雅　芳　　俞峰，我想过了，你还是去吧！等孩子出生了，我就告诉他，他爸爸是一个有担当的男子汉。

俞　峰　　在你最需要的时候，我不在你的身边，我……

雅　芳　　其实，也没有这么严重。有些事情需要你怎么去想，怎么去看。既然我支持你做一个医生，就该想到要面对今天的情况。如果你丢下病人不管，就不是我深爱着的那个俞峰了。将来，我也不知道怎么跟孩子说这件事情，告诉他，你是怎样的一个人。

俞　峰　　雅芳！谢谢你！（拥抱）
（唱）又将爱妻来拥抱
　　　　泪已盈眶眼朦胧
　　　　感你休戚相与共
　　　　他日偿还恩爱隆

【巧姑在一旁看着，听见了他们的话，她走了进来，递过来虎头鞋。

巧　姑　　峰峰，既然你选择了做一个治病救人的医生，那家里的事情你就放心。有我呢！我这一把老骨头，有的是经验，什么月子、护理，洗洗涮涮，我一个人包了。

俞　峰　　姑姑！

巧　姑　　你们睡不着，难道我睡得着？你们两个小家伙，哦，不对，不对，现在是三个小家伙。不过，姑姑还是要有一个条件的。

俞　峰　　什么条件？

巧　姑　　你从国外回来的时候，带几样家电。你看看这个家，多少年了，除了这个双喜还是这样鲜红外，有一样新的东西吗？人家什么东芝、爱立信，你偏偏往家里倒腾书。还有，我家那大小子也要结婚了，他对象说要是有一台二十一英寸大彩电，那该多带劲儿！

俞　峰　　姑姑放心。表弟的大彩电，一定会有的。

雅　芳　　（笑）哎呦！小家伙踢了我一脚。

俞　峰　　（轻轻地俯下身子，靠近雅芳的大肚子，听。唱）
　　　　孩子，孩子，你在动
　　　　是在怪爸爸，不能迎接你降临
　　　　你满心欢喜来到人间

		爸爸却不能陪伴你身旁
雅　芳	（唱）孩子，孩子，你在动	
		你是在为爸爸高兴
		虽然你看不到降临
		相信不久就会重逢
		那时候，他带着神奇的梦
		迎来一片崭新的光明

【夜色正浓，两个人的剪影映照在窗台旁绽放的杜鹃花上。
【灯光暗去。

【舞台上，又出现"1995年5月20日，星期六"的字样。手术室内医疗仪器的"滴滴"声不断地响着，晶晶躺在手术台上。手术室门口，俞峰与晶晶妈还有护士长在准备告知手术风险。

护士长	俞医生，角膜配对成功，现在需要亲属签手术风险告知单，你看？
俞　峰	（看向晶晶妈）
晶晶妈	只要有希望保住孩子的眼睛，什么我都愿意。
俞　峰	这是我第一次把这个手术运用到人的身上，有一定的风险。
晶晶妈	第一次？你不是从国外回来的博士，大专家吗？
护士长	这个技术是俞医生独创的。你孩子的这一个手术，是国内第一例，也是全世界第一例。
晶晶妈	有没有百分之百的把握？
俞　峰	医学不存在百分之百的成功，最好的医生也有治不好的病，再成功的手术，也难以确保万无一失。我只能跟你说，我一定会尽全力！

【晶晶妈还在犹豫中。手术室内，晶晶轻轻地叫了一声。

晶　晶	妈妈，我以后还要读书，还要考大学！"在苍茫的大海上，狂风卷集着乌云。在乌云和大海之间，海燕像黑色的闪电，在高傲地飞翔……"
护士长	只要有一线希望，就不要放弃！
晶晶妈	（望着手术台上的晶晶）好！只要有希望，我签字！
俞　峰	（紧紧握住晶晶妈妈的双手）好，谢谢！

第四场

【时钟滴答,伴随着《春天的故事》音乐声,舞台上出现了初步现代化的城市轮廓。一个小姑娘奶声奶气的声音在与一个女生在对话,那是雅芳和女儿在送别俞峰。

小姑娘　　妈妈,爸爸不是刚从日本回来吗?怎么又要去日本?

女　声　　爸爸这次是要去读博士,要两三年呢。妞妞你舍不舍得爸爸去啊?

小姑娘　　妈妈你舍得不?妞妞会好想爸爸的。

女　声　　妞妞要是想爸爸了,我们一起去日本看爸爸。

小姑娘　　妈妈,日本远不?我现在就想爸爸了。

女　声　　妞妞不哭,我们回家,回家……

【日本,某大学医学实验室,俞峰正在实验室里做准备工作,看着实验室里的一切,非常兴奋。

俞　峰　　(唱)离家别女到东瀛
　　　　　　要为世间寻光明
　　　　　　肩上担着患者希望
　　　　　　脚下走着坎坷路径
　　　　　　一路上准备把风雨迎
　　　　　　我自如磐石不动决心
　　　　　　几年来,角膜移植案例细研判
　　　　　　有一个,大胆的想法需践行
　　　　　　剥离下,角膜的最外层
　　　　　　六微米,头发丝的六十分之一
　　　　　　手啊手,灵巧的手
　　　　　　希望你要努力助我成功

【实验室外,走进来几个研究生,他们有的认识俞峰,赶紧过来介绍。

同学一　　俞峰君,想不到我们这么快又见面了。

同学二	你挺厉害,直接考上了田野教授的博士,我都考了三年。
同学三	真是了不起,你是我们学院第一个来自中国的眼科博士!
俞　峰	嗨嗨,运气好,运气好。以后还望各位同学多多帮助!

【田野教授夹着一叠开题报告进来。众人围上去。

田　野	你的,你的,你的!
三　人	哦耶!
田　野	拿回去!早一点儿进入实施计划!俞峰君,你跟我来一下。
俞　峰	导师。
田　野	你的……嗨!教研室其他教授说……还是换一个研究方向吧!比如,中国眼科技术发展……我查过了,也是开创性的课题。
俞　峰	可是,那我来日本干什么呢?不接触世界前沿眼科技术。
田　野	可他们说你这是异想天开啊!
俞　峰	导师,这不是异想天开,而是一条更好的路。这些天我一直在看角膜移植的病例,发现许多失败的案例都是因为手术后排斥反应而引起的。如果我们能把角膜最外面的那一层膜剥下来进行移植,或许就不会有这个风险了。
田　野	我怎么不知道呢!可眼角膜上皮,只有六微米,六微米!比头发丝还细,要剥离出来,比登天还难!其实,十年前我就发现了这个问题,也做过尝试。只不过,都失败了。
俞　峰	导师,您知道童第周不?
田　野	童第周?生物学家?
俞　峰	对,他就是出生在我的家乡浙江的生物学家。半个多世纪前,他在那么艰苦的环境下还剥离出青蛙卵的膜,现在我们的条件比他那时候好多了。
田　野	俞峰君,我是怕你三年拿不下呀!
俞　峰	只要有耐心,就没有办不到的事情。老师,您还记得那年我送给您的那只大蜻蜓吗?那就是我自己编的。我对我的这双手,有信心!
田　野	(从包里拿出来,笑)是不是这个?好,我们一起加油!
俞　峰	我一定不辜负导师的期望!

【窗外,另外三个同学在看着。

三同学	（念）异想天开？自不量力
	雄心壮志？豪情万丈
	（唱）六微米，六微米，一根头发丝的六十分之一
	那是一个无从下手的大难题，大难题
	眼角膜，上皮剥离，好像就是在刀锋上面去跳舞
	那是一条看不到头的登天路，登天路
	【灯光暗转，出现实验室场景。其他人都准备离开，只有俞峰还在实验台上潜心做角膜剥离实验。
俞　峰	（唱）一次次的努力，一次次的失败
	原因难找紧锁眉
	经受住千辛万苦多少累
	不放弃、不气馁、收拾心情再重来
	（白）嗨，真的好难啊！为什么我还是找不到方向？
	【一声清脆的婴儿啼哭声响起。
俞　峰	雅芳，妞妞，你们……
	【舞台一角出现雅芳、巧姑在哄孩子。
巧　姑	妞妞不哭，妞妞不哭。（拿出一个编的大蜻蜓）我们一起唱儿歌？
	（唱）大蜻蜓，大蜻蜓
	一对眼睛亮晶晶
	飞一飞，停一停
	飞来飞去捉苍蝇
	【两人一起唱，传出欢笑声。
	【俞峰拿出了孩子和妻子的照片看。
巧　姑	（摇着摇篮，念）一闪一闪亮晶晶
	满天都是小星星
	挂在天上放光明
	好像许多小眼睛
	【雅芳拿着那张照片，轻轻地唱。
雅　芳	俞峰，你看孩子长得多像你，
	（唱）一双明亮的大眼睛

　　　　　　　对世界充满了好奇
　　　　　　　就像你，对医学孜孜以求
　　　　　　　就像你，对医学永远好奇
　　　　　　　就像你，眸子中饱含柔情
　　　　　　　就像你，眸子中深藏坚毅
　　　　【雅芳和姑姑隐去。
　　　　【俞峰打开灯，继续做实验。斗转星移，时光流逝。
俞　峰　　（唱）一千次的努力，一千次的失败
　　　　　　　莫非江郎已尽才
　　　　　　　这是一场未知终点的比赛
　　　　　　　必须初心不改莫徘徊
　　　　【窗外是三个同学和田野教授在观察。
三同学　　（唱）失败，失败，还是失败
　　　　　　　坚持，坚持，努力坚持
　　　　　　　为了一个遥不可及的理想
　　　　　　　痛到窒息却又在所不辞
田　野　　去、去去，不要影响人家。
　　　　　（唱）哪一次成功不是来自失败
　　　　　　　哪一次攻关不是苦尽甘来
　　　　　　　科学探索没有捷径
　　　　　　　他的精神值得学习
　　　　【田野和三个同学隐去，俞峰专心做实验。
　　　　【志强身穿西服出现美国的街头。
志　强　　（唱）多少期盼，多少等待
　　　　　　　在异国他乡把日子捱
　　　　　　　为了我心爱的人儿
　　　　　　　光明重现需春雷
　　　　　　　俞峰呀！我的心债
　　　　　　　亟待你相助为她把光明追
俞　峰　　（唱）两千次的努力，两千次的失败
　　　　　　　焦心，烦恼，苦闷齐来摧

　　　　　　　　莫非我真的是走进歧路

　　　　　　　　莫非我真的是异想天开

　　　　　【舞台一角出现国内医院的场景，院长和护士长在鼓励他。

院　　长　　（唱）不要被焦躁困扰意志丧

　　　　　　　　要相信滴水穿石胜利在前方

护 士 长　　（唱）黑夜尽头是黎明

　　　　　　　　坚持到最后终会现曙光

两　　人　　（合唱）三千次的失败并不可怕

　　　　　　　　有多少患者在苦苦盼望

　　　　　　　　俞峰啊

　　　　　　　　要相信自己相信未来

　　　　　　　　你从来不曾让人失望

　　　　　【实验室的开水房。清晨，俞峰煮好鸡蛋，在桌子上敲碎鸡蛋壳剥开，忽然，他把鸡蛋壳捡起来看。

俞　　峰　　咦？蛋壳剥落，蛋衣竟完好保留！

　　　　　【俞峰两眼直愣愣地盯着蛋衣，突然，有种醍醐灌顶的感觉。

俞　　峰　　若将角膜开一个小口，露出后弹力层与内皮层，让"蛋壳"与"蛋衣"分离。而后，再剥"蛋壳"，剥破"蛋衣"的概率不就可能明显降低吗？我明白了！我找到办法了！！！

　　　　　【俞峰心情异常兴奋，直奔实验室。与三个同学擦肩而过。三个同学惊奇不已。

三 同 学　　（唱）异想天开变现实

　　　　　　　　简直是一个奇迹

　　　　　　　　世纪难题被他破

　　　　　　　　这真是一个激励人的好故事

田　　野　　（热情地拥抱俞峰）孩子，我为你骄傲！

　　　　　　（唱）一朝解开世界迷

　　　　　　　　他日定能震乾坤

俞　　峰　　我成功了！天哪，我终于成功了！

　　　　　【一个个亲人和朋友出现在舞台周围，大家都高兴极了。

众　　人　　（唱）六微米技术世界仰望

　　　　　　六微米微创荡气回肠
　　　　　　六微米成就一代巨匠
　　　　　　六微米铸就生命之光
　　【音乐延续，灯光暗。

第五场

【几天后，田野教授家，典型的日本家庭风格中有了不少中国元素，悠扬的日本音乐响起。

俞　峰　　多谢老师对学生的悉心教导，我敬您一杯。
　　　　　（唱）今日里科研实验能取胜
　　　　　　　　老师您鼎力相助情义深
　　　　　　　　学业满难舍难离归期近
　　　　　　　　一杯酒聊表千言谢师恩
田　野　　（唱）为师只作向导引
　　　　　　　　修行你是靠自身
　　　　　　　　既然是救死扶伤为己任
　　　　　　　　何不来更大空间将梦寻
　　　　　　　　俞峰君年轻有为是才俊
　　　　　　　　迈出去他日定必集大成
俞　峰　　多谢老师教诲。
　　【田野妻端菜上。
田野妻　　俞峰君，这是你家乡的盘菜，做得不好，请多多批评。
俞　峰　　盘菜？
田　野　　这是你师母特地为你做的。她为了今天的家宴，已经学习了五个月，我吃着味道已经不错了，你尝尝。
俞　峰　　五个月？就为了一道盘菜？
田　野　　就跟你做实验一样，我们的品质相近，做事风格相近，我是很看重你的。

俞　峰		哎呀！（唱）一道家乡菜
		客地蓦然来
		喜忧两参半
		细品费疑猜
田　野		俞峰君，这味道怎么样？
俞　峰		好久没有吃到家乡菜了，我是天天都在想着。
田　野		今天这个家宴，既是给你饯行，也是给你接风。
俞　峰		老师，这又怎么一回事？
田　野		我希望你能留在日本，做我的助手。我会把所有的本事教给你。
俞　峰		留下？
田　野		我知道，你们那边有规定，出国交流必须立即回国，不过有一些人的办法可以借鉴一下。
俞　峰		什么办法？
田　野		把你的家人接过来，后面的事情我都会帮你办好。
		（唱）一篇论文震寰宇
		万众瞩目你惊世才
		世界舞台任翱翔
		当断不断你要后悔迟
田野妻		俞峰君，这是您夫人和孩子的旅游签证！
俞　峰		老师，这盘菜到现在才吃出了滋味。
田　野		你能明白我的心就好。只要留下来，凭借我的资源，完全可以让你登上全球眼科的巅峰，名誉、地位、金钱，都会随之而来。
俞　峰		老师，你知道，国家送我出国学习交流，签有合约，一旦毕业就要回国。
田　野		这都不是问题。你想想，我这里的实验室环境，我这里的技术可要比你们国家的好得多。良禽择木而栖，你要为自己多考虑。
田野妻		俞峰君，我家的程控电话可以直拨到你家里。
俞　峰		不，老师，师母，恕我不能答应你们。我出国来交流学习，就是为了早一天学成归国。
田　野		俞峰君，作为世界上第一个剥开眼角膜上皮的人，是一位百年难得一见的眼外科人才！你应该有更大的空间施展你的才华，以你

	们国内现在的条件，你回去恐怕……
俞　峰	（思考一下，端起酒杯）老师，感谢您这几年对我的悉心教导，我敬您。
	（唱）蒙老师，支持我，剥离角膜
	教诲深，情谊厚，铭记在心
	今日里，学业满，即将归国
	一杯酒，表衷肠，感谢师恩
田　野	那好吧。既然你不想留在我们日本，那我也不勉强。这里有两张机票，一张是回国的，还有一张是去美国的。你到国内后不要出机场，直接转机去美国哈佛大学眼科研究所，那里有人在等你。
俞　峰	老师，这是什么意思？
田　野	我把你推荐给了我的同门师弟，他们欢迎你去美国继续博士后研究。
田野妻	俞峰君，为了你的未来，我家这一位，可是花了血本啊！
俞　峰	谢谢，我只能够拿这一张。
田　野	俞峰，科学没有国界，到哪里都是为病人服务。你应该抓住机会，去探索世界眼科的巅峰，去造福更多的人。
俞　峰	老师，我知道，可是我也明白，我是一个中国人。科学是没有国界，可是科学家是有国界的。
	（唱）今日再次将杯举
	师生离别又分离
	待到樱花烂漫时
	相聚杭州会有期
田　野	看起来，今天这家宴也就只能是饯行了。俞峰君，这是我特地请德国知名公司制造的你设计的手术刀，就当我送你的纪念礼物吧。

【俞峰收下离开。留下田野夫妻两个拿着那一张机票，怅然若失。

【音乐延续，灯光暗转。

第六场

【几个月后，90年代中期的杭州某医院，新的大楼已经建起，窗明几净。院长办公室，俞峰和院长在交谈。

院　长　　俞峰，来，有一个好消息，有一个坏消息，你要先听哪个？

俞　峰　　院长，您也学会开玩笑了。那就好消息吧。

院　长　　（拿出一张任命书）院党委一致同意，聘任你为眼科副主任，具体负责医疗技术医疗质量。

俞　峰　　这个，我恐怕不合适，我没有想过啊。我怕我做不好。

院　长　　怕什么，世界难题都被你解决了，还怕这一点小事情？来，拿好。明天我就大会宣布。

俞　峰　　（迟疑地收下）那，不好的消息呢？

院　长　　（笑了）看把你吓得，这个不好的消息啊，就是，你提出建立眼科中心的报告被否定了……

俞　峰　　那，那……

院　长　　俞峰啊，你知道我们国家现在还很困难，要用钱的地方很多。有些困难还是要克服。不过，你不能因为没有建立眼科中心的就放弃继续努力，要把你掌握的新技术运用到病人身上，造福更多的病人。

俞　峰　　可是，没有手术条件，没有器材，我空有一身本领也无能为力啊？

院　长　　怎么无能为力了呢？战争年代，白求恩在那样艰苦的条件下，不是照样抢救病人。童第周，不也是在啥也没有的条件下开展试验吗？还有两弹一星的那些科学家，在大西北那么艰苦的环境下，照样让原子弹氢弹爆炸、人造卫星上天！

俞　峰　　可是……

院　长　　别丧气了，拿出你三千次实验的勇气来，我相信你！

俞　峰　　院长……

【院长办公室隐去，场景出现俞峰的家，只是看上去更加拥挤了。家里灯火通明，志强一身潮流名牌在客厅里给雅芳、姑姑介绍自

　　　　　　己送给她们的小礼品。**俞峰疑惑地走进来。**

俞　峰　　志强，你怎么会在我家里。
志　强　　我啊，无事不登三宝殿。今天我是特地来拜访你的。
俞　峰　　你这家伙，回来了也不早说，还拜访！快说说，这些年你都……
巧　姑　　你这次回来，要和你那个女朋友结婚了吧，老大不小了，该成家了！
志　强　　姑，我在国外已经有女朋友了。嗨，过去的事一言难尽。不说了，说我这次回来最重要的事情。
俞　峰　　你还有重要的事情？
志　强　　是这样，你在国外杂志上发表的文章，被美国眼科权威医院发现了，他们说你是奇才，就想和你联系，要和你合作，在中国创立联合眼科医院，投资一个亿，你技术入股，占百分之四十九，美方控股，占百分之五十一，你看，这是他们的授权书，合作协议。

　　　　【雅芳和巧姑连忙过来看。

巧　姑　　我的天，一个亿，百分之四十九，是多少？
雅　芳　　四千九百万。
志　强　　兄弟，我们应该抓住这个机会，去开创眼科的托拉斯，赚更多的钱。

　　　　【时钟滴答，屋子里非常安静。

巧　姑　　峰峰，这是一次好机会。能赚大钱，为我们家争光！雅芳，你说是不是？
雅　芳　　这个，我……
俞　峰　　真的？你们都这么看？
雅　芳　　（望着他处）也许，对你，对我们，都是一次巨大的人生转折。

　　　　【俞峰拿着授权书，又拿出了院长给的任命书。

俞　峰　　（唱）白衣天使本职就像那及时雨
　　　　　　　　滋润生命守护健康方为大医
俞　峰　　（唱）谢兄弟，一片好意
　　　　　　　　兄弟情，牢记心底
　　　　　　　　还记得，你伤心欲绝地离去
　　　　　　　　我当时愧疚难当痛心扉
　　　　　　　　志强呀，你想一想

　　　　　　　当初情景刻在心
　　　　　　　儿不嫌母丑狗不嫌家穷

志　强　　（叹气）嗨，这么好的机会，你就放弃了？你看看，你掌握了这么好的技术，可是你们医院还只给你一个小小的副主任，听说你想建一个眼科中心，都没有钱！我真不知道你是怎么想的。你难道就这样爱国？

俞　峰　　志强，（唱）祖国当下虽贫瘠
　　　　　　　相信总有一天会腾飞
　　　　　　　学成回国信诺履
　　　　　　　眼科手术扛大旗
　　　　　　　金钱地位和名誉
　　　　　　　种种诱惑真不低
　　　　　　　可是我，不可忘本失自己
　　　　　　　为天下可怜人我愿意倾囊相授

志　强　　可是祖国给了你什么，还是住这么破破烂烂的房子里。我替你不值啊！

俞　峰　　志强！这个国家不是我一个人的，也不是你的，也不是他的，但是，你、我、他，我们都是这个国家的一份子。

志　强　　又没叫你离开，你还是在国内，你的技术也还在国内……

俞　峰　　志强啊，你想过没用？外国人和我合作，他的目的是什么？还不是为了赚钱？虽然现在我们的老百姓富裕了一点儿，有了一点儿钱，但你想没想过，还是有好多人因病返贫，因病致贫？你还记得我报考医学院时跟你说的吗？你难道真的忘记了你当初出国的原因？志强，跟外国人合作，我个人确实能赚下很多钱，可是，我当初选择攻克移植难题，根本就没有想过我个人要赚钱的事情！我想的，我期盼的都是普天之下的那些希望早日见到光明的病人！还有，我们自己的国家，你不来建设，我不来建设，他不来建设，那我们的国家怎么强大起来？志强！

【停顿。
【巧姑和雅芳默默地拿着志强刚刚送过来的礼品，递到志强面前。
【志强一跺脚，离去。灯光隐去。

尾声

【舞台深处手术室内又亮起冰冷的蓝色光芒,"1995年5月20日,星期六"的字样继续闪烁。心跳声越来越快,小女孩的眼角膜上皮移植手术成功了。

【护士长打开晶晶眼睛周围的纱布。

晶　晶　　我看见了,我又能看见了!我看见了天上的星星和月亮,我看见了春天的鲜花,我看见了秋天的果实,我看见了冬天的雪花,我看见了夏天的阳光,我看见了许许多多我想看见的一切……

（唱）雨后彩虹心驰神往
　　　我看到了美丽西湖垂柳悠长
　　　我看到了钱塘江水激情荡漾
　　　浩浩荡荡流向远方

晶晶妈　（唱）我看到了美满的生活
　　　　灿烂的明天充满希望

【巧姑和雅芳站在一起。

巧　姑　（唱）我看到了一种激动
　　　　难以言表却暖心房

雅　芳　（唱）我看到了一种担当
　　　　事业家庭一肩扛

【志强在一旁上。

志　强　（唱）我看到了一种情义
　　　　默默无言却鼎力相帮

【院长和护士长在一起出现。

护士长　（唱）我看到了一种力量
　　　　让人热血沸腾

院　长　（唱）我看到了职业的荣光
　　　　初心不改守护安康

【院长又拿出了一张纸:俞峰,告诉你一个好消息,经过党委的积极争取，我们决定在眼科设立全世界最先进的眼科实验室，让你一边研究一边给病人做手术，更加重要的是，你要为我们培养更多的高层次人才，为广大患者服务。

俞　峰　　谢谢！（唱）人之有情孕希望
　　　　　　　　　　天涯海角皆良朋
　　　　　　　　　　人之有爱乾坤掌
　　　　　　　　　　生命处处有亮光

【夜晚的天空月朗星稀，一个个美丽的星星就像一双双闪亮的大眼睛。

【童谣声响起。"天上星，亮晶晶，就像一双大眼睛。一眨一眨水灵灵，深邃之中蕴生命。"

【所有人，主题歌响起。

（合唱）为了寻找那七彩之光
　　　　无数的付出让我坚强
　　　　人生路上有阳光有风雪冰霜
　　　　张开翅膀让我们用力去飞翔
　　　　冲出黑暗让世界相信我最棒
　　　　用微笑去面对那未知的迷茫
　　　　我希望挣脱命运的捆绑
　　　　我期盼雨过天晴的芬芳
　　　　生命之光！是你把我梦想照亮
　　　　生命之光！你指引我前进方向

——剧终

2019年12月26日初稿	2020年01月23日二稿
2020年03月15日三稿	2020年04月20日四稿
2020年05月07日五稿	

红拂记[①]

汪 俐

一 渡江献策

【幕前
【音乐起（悲凉）
【幕后唱

　　四野愁云山岳寒

　　满空冷雾斜阳残

　　秋风吹尽路人泪

　　壮士悲歌行路难

【渡口。音乐声中，一众衣衫褴褛的百姓以逃难的姿势次第过场，李靖与（渔夫装扮的）刘文静上。

李　靖　多谢刘兄渡我过江！你我江湖心照，他日相见。
刘文静　啊，贤弟，你还是随为兄同赴太原，投奔李世民为好！
李　靖　弟虽耳闻李家英名，然越国公杨素位高权重，且与弟已故舅翁韩擒虎老先生，曾驱驾并征，素日交厚，乃我自幼敬仰之人，与弟颇加青眼，我若献策与他，救天下苦难，大事易成，你我各行其是，无论何人功成，总是救天下于水火。望兄谅之！
刘文静　只恐此日国公，已非彼时。

[①] 昆剧。

李　靖　　若当真如此，弟再斟酌去留，前去寻兄，（拱手）山高水远，刘兄一路珍重！

刘文静　　贤弟保重，就此别过！（礼别下。）

【音乐声再起（欢快）。杨素笑声出。

【越国公府，歌舞升平。杨素慵懒高坐，边上有侍女在扇扇子。

杨　素　　（南 正宫 引 齐天乐）

　　　　　　　扫清江汉功无匹，

　　　　　（叹）当年危险劳瘁。

　　　　（犹将）铜雀歌台

　　　　　　　笙竹琼宴

　　　　　　　慰我黄发驼背

　　　　　　　出尘哪里

红　拂　　来也！（持红拂上，行礼，起舞。）

　　　　（唱）（雁过声）

　　　　　　　舞兮

　　　　　　　步步谯僬

永昆《红拂记·渡江献策》剧照 1.1

　　　　　锁重门杜鹃空啼
　　　　　原是那前尘拖累
　　　　　父征亡母命非
　　　　　多少恨都收眉底
　　　　　空慕他炼石成重器
　　　　　俺也盼山湖间留踪迹
　　　【音乐停，杨素闭目养神状。门房上

门　房　　丞相，那韩老将军的外甥唤李靖的，已等候多时了。（杨素不理会。）

红　拂　　莫非是写《六军镜》的那个李靖？（转身。）丞相，那韩老将军莫不是你时常提起的韩擒虎吗？

杨　素　　正是。

红　拂　　原是故人之后。

杨　素　　也罢，请来一见。

门　房　　有请李公子。（李靖上。）

李　靖　　晚辈三原李靖，拜见丞相。

杨　素　　看座。药师，闻知你少年英发，名满天下，真乃后生可畏也。想当初老夫在你舅家见你的时候，你还是个小娃娃呢。如今你舅翁已逝，老夫也垂垂老矣。唉！往事不堪记忆。你此番前来，有何见教？（仆从端椅，李靖坐。）

李　靖　　岂敢！自幼熟知丞相英名，今闻丞相广纳贤良，为此而来！

杨　素　　哈哈哈，好说好说。你既是故人之后，老夫定当优待与你，保你富贵门中，欢乐无忧。

李　靖　　晚辈告罪，非为一身富贵而来，却是为解天下之忧而来。富贵门中，朝欢暮乐，自可无忧。长此以往，天下又岂能无忧乎？

杨　素　　解天下之忧？（略显不屑。）

红　拂　　富贵门中，朝欢暮乐，怎说无忧？乃忧之本也！（认同，忧愁。）

杨　素　　呃，药师远道而来，一路劳乏否？

李　靖　　（接过话头）丞相，晚辈路途之上，目睹奇观，耳听奇闻，倒不觉劳乏。

杨　素　　愿闻其详。

李　靖	（唱）（倾杯序）
	奇迹
	大运河堪称奇
	龙船儿鳞枥比
	丝竹莺歌
	红灯影水
	湛湛生辉
	（好一派）富丽靡靡
杨　素	那是皇帝行巡江都！这又怎么样呢？
李　靖	（接唱）女流们尽拉纤
	蓬首苦徒跣
	夫儿郎征役边关远
	围庐见篱藜又谁怜
	丞相可知，这些百姓如何度日
杨　素	嗯？
李　靖	捐输罄尽，十室九空，路多饿殍，枯草盖之！无奈之下，易子而食。
	【两侍女惊呼出声。红拂一怔。
红　拂	唉！万户艾蒿遮白骨，一言说直惊红妆！
李　靖	如今土木疲民，边庭黩武，繁刑重重，群雄并起，眼见天下将乱，望丞相体恤苍生，为百姓做主。
杨　素	老夫又待如何？（渐感困乏，勉力支撑。）
李　靖	丞相，晚生有良策欲献！（站起来，看四周，起身趋前，杨素挥手，仆人退下。唯留红拂。）
	【李靖取出手卷，红拂接过，意味深长地瞥视于他。递给杨素。
杨　素	（打开）关中形势要览。你献与老夫，意欲何为？
李　靖	请丞相细览之。
杨　素	得关中者，得天下。关中自古便是形胜之地，（慢下来）沃野千里，雄关高矗，且潼关为西来入口，又是四固天险之所。
	【红拂听得入神，杨素昏昏欲睡，手卷掉落在地。李靖尴尬难安，坐下，又站起，欲捡手卷，红拂亦捡手卷，两人手触碰，李靖收

　　　　　　手,红拂顺势将所得手卷递给李靖,李靖收起手卷,一辑欲走。红拂摇手阻止,请他坐下。又抽回手卷。再拿手中的拂尘,轻轻一甩,拂及杨素面额,杨素醒。

红　拂　　一只飞蛾。

李　靖　　哦,哦。(红拂递回手卷。杨素览。)方今天下,虽是群雄并起,但成大事之关要,都不如丞相。(顿住,再看,快读)丞相一旦统兵,东出潼关,席卷中原,不用三年,天下可定!

杨　素　　(作色)你敢是撺掇老夫造反不成?

李　靖　　当年丞相助隋帝吊民伐罪,一统山河,今岂不能再起义师,解民倒悬,以有道易无道,天予不取,反受其咎呀。

杨　素　　(再览手卷)此人长算远谋,委实难得,果真是胆略兼人。此等奇才,若是归了别处,易成大患。啊,药师,你可知谋逆乃灭族大罪?

李　靖　　为天下人谋福,乃行至正之道,为此纵然肝脑涂地,也在所不惜,何惧之有?

红　拂　　好胆色!(暗赞。)

杨　素　　哈哈哈,(大笑)这是少年人,负气之言。我与你舅翁乃至交,

永昆《红拂记·渡江献策》剧照 1.2

	自当提携于你，怎能让你以身犯险。我欲保举你做威武将军，再送府邸一处，一干仆从，让你顷刻功名成就，家业可期。今日之计嘛，我们都忘记它，你看可好？
李　靖	谢丞相看重！（念）万斛忧愁还未洗，无功而禄更羞愧。晚生惟愿，千里江湖留踪迹，任由我放任不羁。
红　拂	真男儿也！
李　靖	晚生告罪。（行礼。）
杨　素	呵呵（转而和蔼）。既如此，你且回去，待老夫细细地思虑，不日再请你来计议，你候我音讯。
李　靖	晚生告辞。（李靖行礼下，红拂欲追，但又立即止步。而后总管上，杨素手做斩状，总管会意点头。红拂惊。光暗，杨素等下。）
红　拂	呀！

（唱）（玉芙蓉）

　　风波起出是非

　　眼见他处境危

　　（似这般）旷世英才人间奇

　　（不能够）任由恶浪将他摧

（思考）嗯，就这样办。呀，只恐违了丞相之意。我这般行事，出了此门，再无回归之日，（看四周，有不舍，又转念。）我恨杀征战离乱，他痛诉世间苦难，我厌弃金丝笼中假欢乐，他不受无功而降伪富贵，我盼离高墙，他欲走江湖，我们，都想做个有志真人啊。罢了。

（接唱）岂肯轻易将志悖

　　　　救他助己握时机

（接唱）（尾声）

　　心如磐石坚不移

　　只待夜半月如璧

　　墙内翠鸟展翅飞

【灯光暗。红拂急走。

【切光】

二　侠女夜奔

【幕前，李靖上。

李　靖　（唱）（北 仙侣 点绛唇）

　　　　　月下欷嘘

　　　　　匹马羁旅

　　　　　晚（来）风恶

　　　　　孟尝何在

　　　　　弹铗空歌鱼

今日进相府，拜见杨素，不想他果是老了，不免黯然，倒是那手执红拂的姐姐，似有些青睐，姐姐啊姐姐，可叹我有志尚未展，可怜你红颜尤自怜。啊呀，我想到哪里去了，惭愧惭愧。（转念）我还是离开的好，以免生出变故。也罢，待明日一早，收拾行装，离此便是。主意已定，该回房歇息了。（下。）

【红拂紫衣纱帽腰别铜牌，手持策论上。奔走又不时回头。再跪拜。

红　拂　唉！有负相爷恩情了。

　　　　（唱）（后庭花）

　　　　　似魏姬夜窃符

　　　　　琼楼自此罢歌舞

　　　　　（春情）非是琴心故

　　　　　（却为）立志效鸿鹄

　　　　　（慧眼）识抱负

　　　　　（弃金珠）衣着布襦

　　　　　不教那丝萝缚

　　　　　赚前程不犹豫

（更声起。）啊呀，快走呀。（两更夫上。）

更夫甲　站住，（拦住红拂，红拂紧张地一怔，转而大摇大摆状。）你是何人？这个时候，往哪里去？

红　拂	相府铜牌在此，奉相爷之令行事，谁敢阻拦？还不退下？
更夫乙	公子请去。这个公子面生得很，（又回转。）哎，回来。（红拂紧张，又强装镇定。）我没见过你嘛！
红　拂	嘟！（举策论，威仪状。）本公子岂是你们随意见着的，丞相深夜派遣，自有要事，谁敢耽搁？
更夫甲	倒是个难相与的，闲事莫管。走，走。（两更夫下。红拂松口气，窃喜，笑。）
红　拂	三言两语哄过了这两个糊涂鬼，（看自己着的男装。）我却是个女中丈夫，女中丈夫可配那人中龙虎？（羞怯。）（行至旅店。）哎呀，到了？（欲敲门，踌躇）我独身女子怎好轻易敲门呢？（更声又起。）顾不得了，若如耽搁，恐插翅难飞也。

【敲门，李靖内声。

李　靖	哪个敲门？
红　拂	是我呀。（声音极低，李靖不闻。红拂再敲。李靖上。开门。红拂紧张而退立一侧，深夜看不真切。）
李　靖	风大得很呀，啊，是了，定是那寒风吹落了枯枝，故而作响。

永昆《红拂记·侠女夜奔》剧照 2

（关门。）真是（念）枝落寒风劲，孤客开门迟。（红拂欲进门，门已关，跺脚。）

红　拂　（唱）（哪吒令）
　　　　　（说甚么）寒风落枯枝
　　　　　（又道的）开门人客孤
　　　　　（浑不识）夜奔的红拂
　　　　　　　　暗中立一隅

【又敲门。李靖惊，欲开门又犹疑。

李　靖　（接唱）立门边踌躇
　　　　　　　夜半里（谁访）客孤
　　　　　　　羁旅人警慎谋
　　　　　　　须防那暗中弩（取剑）
　　　　　　　剑在手自保无虞

不论他是敌是友，待俺先下手，制住再论。（开门，举剑。红拂躲过，闪身进房。）

红　拂　三原李靖，原是个莽夫！
李　靖　是个女的。（跟进，看。红拂取下帽子，李靖转喜。）是你！
红　拂　是我呀。（羞）
李　靖　（合唱）（鹊踏枝）
　　　　　（骤然见）喜难书
　　　　　（似梦中）人恍惚
红　拂　（接唱）（好一个）俊朗模样
李　靖　（接唱）（好一个）璨璨明珠
红　拂　（接唱）心儿乱有口难语
李　靖　（接唱）只听得风打门枢

【两人回过神来。

李　靖　是你啊！？哦，哦，姐姐高姓？深夜前来，所谓何事？
红　拂　我姓张，张出尘。（羞，又顷刻抬头转正色。）杨公与总管已定杀伐之计，我盗令改装来报。望速速离去。
李　靖　多谢了！（忽想起）多谢姐姐来此报信，若被知晓，恐遭责罚。
红　拂　这……我么？我既已出府，怎能再回？怎可再回？（李靖一怔）。

李　靖		这如何是好呢？
红　拂		（鼓起勇气）我倾慕郎君才志高远，愿相随江湖。（低声又转高，快速）我早已知你英名，心慕之，今日又亲见你在相府仗策献计，慷慨陈词，一片侠士襟袍，赤子肝肠，令人好不钦敬，若如不弃，情愿鞍马追随，同济天下。
李　靖		（深为感动）鞍马相随？多谢姐姐美意，只是江湖险恶，前路莫测，岂能连累于你。
红　拂		妾幼时，父亲征战而亡，母亲遭乱军践踏而死，被迫落入相府。自此恨杀战乱，企望天下太平，若得郎君相伴，以天下安稳为己任，纵死无憾。郎君拒我，莫非是嫌我丑笨吗？
李　靖		姐姐啊，

　　　　（唱）（寄生草）
　　　　　　（虽女子）志不输
　　　　　　（夜盗符）胆色足
　　　　　杨府厅堂巧相助
　　　　　似这般奇女子

李　靖　　（接唱）药师何幸得眷顾
　　　　　　你不惧风霜，我岂有再拒之理
　　　　　　（多谢你）肯将终身来托付
　　　　　从今往后
　　　　（接唱）剪烛西窗听夜语
　　　　　执手江湖共朝暮
　　　　（合唱）（煞尾）
　　　　　夜奔自不俗
　　　　　相许成侠侣
　　　　　眷眷风尘踏新途

红　拂　　（更声又起，马蹄声近。）啊，李郎，此地不可久留，你我速速出城。

李　靖　　也好，速速出城，去往太原，见那李世民！如此，娘子，请！（急下。）

三　三侠聚义

【幕前，杨妈妈上。

杨妈妈　　（唱）（南 中吕 引 菊花新）

　　　　　　　生逢乱世苦断肠

　　　　　　　丈夫徭役一命亡

　　　　　　　孩儿走他乡

　　　　　　　年迈人独将店掌

　　　　我那儿子杨四，跟随一众青壮乡邻，去太原投奔李世民，欲奔一个活路，前日来信，说道李家军，确是一个好去处，让我放心。我心虽安稳了些，但年迈之人，怎经得住这丧夫别子之痛呀！唉！真真苦矣。

【李靖、红拂骑马上。

李　靖　　（唱）（粉孩儿）

　　　　　　　路迢迢行山径踏草莽

红　拂　　（接唱）盘山度板桥斜阳（照）影长

李　靖　　（接唱）寒梅争春自然香

红　拂　　（接唱）潇洒也何畏风霜

　　　　　（合唱）望人间再无祸殃

　　　　　　　　须早日长风破浪

李　靖　　娘子！我们离了西京，趱行数日，到此已是山西灵石县，料无妨事了。苦旅奔波，见有个旅店，且安歇一日！

红　拂　　正是。（下马。）

李　靖　　店家可在？

杨妈妈　　客官可是住店么？

李　靖　　正是。

杨妈妈　　客官随我来，我这店儿虽小，却也洁净。

红　拂　　果然是窗明几净。

李　靖　　娘子暂且休息，改换衣装。我暂在门外栓马，片刻即回。

| 杨妈妈 | 这位娘子,就在这厅堂装束如何?哦,这厢吗,宽敞些,兵荒之时,别无他客。 |
| 红　拂 | 倒也使得。(更衣,临镜梳妆。) |

【虬髯客内声:"走哇。"执鞭携革囊上。

虬髯公　　(唱)(红芍药)
　　　　　　跨黑卫策蹇鹰扬
　　　　　　侠客行快意无双
　　　　　　手刃贼酋恁欢畅
　　　　　　欲把揽四海苍茫
　　　　　　锵锵
　　　　　　十万强兵马
　　　　　　万事备尚缺良将

近日听道太原李家起兵,那李家二弟,甚是得人心,待我前往探他端详。

【下坐骑,径直进店,迎面见红拂。

虬髯客　　噫嘻,好一个绝色女子!这是哪里来的?
　　　　　(接唱)(咋眼见)洛水神从天外降
　　　　　　　　(却又似)虞姬女书剑飘香

永昆《红拂女·同调相怜》剧照3

【虬髯客置人头于桌上，无忌惮地看红拂，红拂微怔，旋即冷静地端详虬髯客。

红　拂	我看此人相貌英豪，怕不是寻常人等。
虬髯公	我看这女子，神采非常，不惊不乍不怒，不知什么来路？
红　拂	待我上前问过。（行礼）请问尊客上姓？
虬髯客	姓张。
红　拂	啊，尊客姓张，妾身也姓张，这等倒是一家人了。敢问尊客排行第几？
虬髯客	排行第三。
红　拂	如此，是三哥了，小妹见礼。
虬髯客	小娘子排行第几？
红　拂	小妹居长。
虬髯客	这等是一妹了。哈哈哈，倒真是一家人了。（殷勤，作揖，李靖上，见之怒，拔剑，又旋即放下。）
红　拂	（遥相示意）李郎这里来，快来见过张三哥。张三哥，这便是我夫，李药师。
虬髯客	原来是药师兄，幸会幸会。俺张仲坚见礼了。
李　靖	原来是虬髯公！今日相见，真乃可喜之至也。
红　拂	三哥请上坐。
虬髯客	同坐，同坐。（三人坐。）
红　拂	妈妈请上酒菜！
虬髯客	你们从哪里来？今欲何往？
李　靖	从西京而来，往太原去。（杨妈妈端酒菜上，欲把人头挪走，见血水。）
虬髯客	哦……（正要说话。）
杨妈妈	客官，这是什么？
虬髯客	哦，一个畜生的头颅嘛。（杨妈妈惊叫出声，吓得把人头掷在桌上。）
杨妈妈	真是人头？这要报官的。
虬髯客	哈哈哈，这就是你们县这狗官的头。
杨妈妈	啊！

红拂	三哥,这是怎么一回事啊?
虬髯客	这狗官忘恩负义,欺男霸女,无恶不作,罪该万死。
杨妈妈	我们这县太爷啊,坏得很,我的丈夫就是他害死的,为凑服役人口,不顾他年老患病,拉走才三天,就死了。
李靖	快哉!当浮一大白。(举杯敬虬髯客。)
红拂	快哉!(异口同声。)这样的狗官,当真该死,妈妈,大仇得报,休要悲伤。妈妈且去歇息,可唤他人来差走。
杨妈妈	唉!孩儿为了避祸,与一干乡邻投奔太原去了。却不知何日归来?
虬髯客	(回过神来)李郎!我看一妹,气度不凡。不知她从何而来?
李靖	三哥所见不差。若是别人动问,断不敢言,三兄我等一见投缘,故此不敢隐瞒,三兄听了:

(唱)(耍孩儿)

　　错投杨公险招伐

　　(幸得)一旁红拂女

　　夜半里盗符相访

虬髯客	一妹既是杨府之人,如何嫁了李郎?
红拂	三兄。

(接唱)听讲

　　我慕他男儿有担当

　　轻富贵重(义)节可依傍

　　愿随他江湖闯

虬髯客	原来如此。(大笑)一妹是慧眼识英雄,李郎乃奇才可安邦。我们有缘相聚在此,好不痛快人也,往后要多加亲近才是。
李靖	三兄不弃,便当结为生死金兰,也好彼此相助。
虬髯公	如此甚好!
三人	义结豪侠场,承继燕赵风。对天盟誓言,祸福愿相同。(音乐中三人结拜)
虬髯客	你们此去太原作甚?
李靖	弟有一友,已投往李世民麾下,招弟前往。
虬髯客	为兄也正要去会会他。不瞒你们,方今天下大乱,群雄并起,为兄有称雄之意。我已暗中备有兵马十万。

李　靖	兵马十万？
虬髯公	兵马十万！诸事具备，就缺贤弟这等英才了。
李　靖	这个。
虬髯公	既已义结金兰，当同舟共济，贤弟岂有不助愚兄，倒投了别处之理？你只闻李世民之名，未见其人，怎知比愚兄更贤？况我平生之志乃扫尽此等奸邪（指着人头。）平息战乱，为天下百姓得天下！
红　拂	（与李靖异口同声，激动。）为天下人得天下！
虬髯客	（深深作揖）请贤弟为天下人而助我！（李靖赶紧扶起。）
李　靖	既如此，弟应允也。
虬髯客	好啊，既如此，太原去者。

四　太原见闻

【太原城。几个兵士上。

兵士甲	今日来了几个奇怪的人客，一个粗汉子，满脸大胡子。
兵士乙	一个小娘子，天仙般的貌儿。
兵士甲	一个书生，看着又不像书生。
兵士乙	那大胡子与李世民公子，下了一天的棋子，听说未分胜负，就走了。走就走吧，把棋盘也拿走了。
兵士甲	更奇怪的是，李文静刘大人让我们务必要找到他们，跟着他们。
兵士乙	这叫追踪。可怜了我们，偌大的太原城，找三个人，难兮难哪。
兵士甲	不难那，（温州话。）他们相貌恁独特。一眼便见。
兵士乙	找了许久，也找不到呀。
兵士乙	你呀，别啰嗦了，找去吧。

【红拂三人上，脸带沮丧，虬髯客手捧棋盘。

红　拂　　（唱）（北　中吕　粉蝶儿）

　　　　　　（这街头）闹闹喧喧

　　　　　好一幅太平画卷

	这天下若都如太原城这般模样，就好了。（与李靖四目相对。）
李 靖	（接唱）那二郎落落风范
	善观色
	远智谋
	谦逊明坦
	难免教人心生惺惺相惜之感
虬髯客	（接唱）手持棋盘
	观残局胜负已辨
红 拂	见三哥落落寡欢，待我上前开导一二。啊，三哥，前面有一僻静之所，我们且歇息片刻，再离城不迟。
虬髯客	就依贤妹。（三人坐定。虬髯客放下棋盘，寻思，落子。看红拂，红拂摇头，再落一子，看李靖，李靖摇头，再落，三人具摇头。）唉！竟都是走不通的。他原知胜败已定，却说道，棋逢对手，胜败难凭。胸襟难得，难得呀。我是败了，败了。（沮丧）竟是真的败了。
红 拂	（指着棋局）走这一步是输的，在三步前布局，运筹帷幄，我看是可以赢的。
虬髯客	往前三步？（认真看棋局。红拂拉李靖至一旁。）
红 拂	夫君，三哥与你我义结金兰，情如手足，如今三哥，前程未卜，他性子刚烈，必不愿居人之下，你还是要助他的。
李 靖	为夫岂能不顾兄长，只是目下李世民风头正好，麾下名将谋士众多，况他英敏豪迈，治军严明，治理有方。恐难与他抗衡也。
红 拂	（打断）然他贵胄出身，傲气天然，未必真解百姓疾苦，怜惜百姓之命。而三哥身处民间，嫉恶如仇，爱民之深，天下几人可比？夫君。（行礼。）
虬髯客	（哈哈）解了，解了，往前三步布局，真能赢他，可叹为兄愚笨，还是错过了一招。终究是败了。唉！
李 靖	三哥莫急，我们便往前走三招，布下大局！
虬髯客	贤弟有何妙策？
李 靖	三哥附耳来！
虬髯客	智取潼关，好，好啊！

五 俊杰知时

【幕前,李家军向潼关城进发。刘文静骑马上。

刘文静　　将士们,快快赶路,勇者重赏。

(唱)(北 双调 新水令)

　　金鸡声里执马鞭

　　潼关口风云有变

　　关隘怎能失

　　教人心似煎

　　赎此过愆

　　(我定要)收潼关绝危患

适才我得到密报,李靖为了助那虬髯客,竟自做囚徒,施计潜入城内,劫持主官,得了潼关。我原以为将守将重金收买,潼关已是囊中之物,不料会有今日!唉! 这原是我的疏忽,我定要在

永昆《红拂记·太原见闻》剧照4

他们根基未稳之时，速速收得潼关。（带兵下。）

【幕启，潼关城门口。三侠带兵欢乐地上。

红　拂　　三哥，亏得你们悄悄地夺城换将，严令不扰百姓，今日赶巧又是个市集之日。你看，百姓们接踵摩肩，好一个闹喧喧的平安城池。（马蹄声起。）啊呀呀！怎生忽地飞尘滚卷？

【兵探奔上。

兵　士　　报！李家骑兵突袭而来。
虬髯客　　再探！备战！（幕后音：备战！收起吊桥守城门。收起吊桥守城门。）

啊呀，你看着百姓纷乱奔走，收了吊桥，城门可保，但他们要遭乱兵践踏。不收嘛。

红　拂　　啊呀，这许多百姓，怎能开战？
李　靖　　我们且到城外拦截。（众下。刘文静等上。）

【探子上

探　子　　报！刘大人，我们神速而至，他们猝不及防，护城河的吊桥都未收起。
刘文静　　好好！此乃天助也。你速去报与李将军，左右，飞马向城门杀去。万不可让他们收起吊桥。勇者重赏！
兵士们　　是！（继续前进，三侠带兵上。拦截。）
李　靖　　刘兄，见礼！
刘文静　　李贤弟，好得很啊。
虬髯客　　今日百姓众多，请刘大人改日摆阵约战。
刘文静　　机不可失，怎能轻易放过，若非你们将潼关出让，余者免谈！
虬髯客　　哼，不顾百姓，不料李家也是不义之师！
刘文静　　潼关要塞，重于一切！
虬髯客　　鸣金收兵。
李　靖　　不殃无辜。
刘文静　　万万不能。
虬髯客　　收兵！
李　靖　　护民！
刘文静　　休想！

李　　靖	收！
虬髯客	护！
刘文静	不！（三人快速对答。开打。老百姓四处躲避，哀号。武打场面。）
红　　拂	（唱）（水仙子）（边打边唱）

〈呀呀呀〉往事回旋

〈呀呀呀〉往事回旋

〈痛痛痛〉似又见血淋淋刀枪前

〈悲悲悲〉弱娘亲将我扯牵

〈躲躲躲〉怎躲得马蹄刀箭

〈哭哭哭〉母遭误杀死难安眠

〈我我我〉孑遗孤儿只身谁怜

〈思思思〉回望前尘泪眼喑咽

〈问问问〉问何时何月停了征与战

〈盼盼盼〉世间祥和安城垣

【红拂不敌被俘。

刘文静	哈哈哈，委屈李夫人了。（李靖虬髯客上。）敢问药师，虬髯公，这般光景交城还是不交？
	【一侍卫持军令上。
侍　　卫	右将军李世民有令：为了无辜百姓免遭屠戮，今日收兵，暂不攻城。明日再战！
刘文静	我今日是能胜的！明日不知变数如何呀！
侍　　卫	李将军请刘大人莫忘了一句话。
刘文静	什么？
侍　　卫	以民为本，还天下百姓清明！
虬髯客	好个李世民，真乃英雄也！
侍　　卫	李将军请张先生仔细斟酌，我们两军能否结盟？为天下百姓谋福！我家将军愿以他之位相让！
刘文静	既如此！列位，多有得罪！左右，退下。
	【带兵下，百姓欢呼：停战了，停战了！
虬髯客	贤妹安然，为兄放心了，你且歇息，我与贤弟前去善后。（与李

靖下，李靖手扶红拂肩胛，安慰。）

李　靖　娘子，我去去就回。（下）

红　拂　（唱）（雁儿落带得胜令）

　　　　人静时禁不住心意猿

　　　　我只道贵胄子少良善

　　　　原是我心眼偏

　　　　那李世民

（接唱）待百姓甚优眷

　　　　为了百姓安危，他竟能弃了似握掌心的潼关

（接唱）好教人生生地敬他贤

　　　　我暗地思根源

　　　　若与他争城垣

　　　　有多少人命捐

　　　　这战乱年年

　　　　早推英主统操擅

　　　　终还得世间康乐延

永昆《红佛记·俊杰知时》剧照 5

不，不可啊，三哥辛苦经营多年，方有今日之势，他岂能轻易弃之，我又怎能劝他弃之？我又怎忍劝他弃之！（痛苦彷徨。）
（唱）（沽美酒）

  两重义难两全

  怎能够不助兄长反蹶颠

【虬髯客上。

虬髯客	啊，一妹，怎的神色郁郁，莫不是方才惊到了？
红　拂	不是的。
虬髯客	却是为何？
红　拂	（接唱）口难开心熬煎

  都只为万家炊烟

  强抛下自家因缘

  三哥，我有一件事想说与三哥。（为难，停顿。）

虬髯客	自家兄妹，不比别人，三妹何妨直言？
红　拂	三哥，以为那李世民如何？
虬髯客	是我敬佩的人。
红　拂	三哥以为，他可治世？
虬髯客	可治世。
红　拂	可爱民？
虬髯客	爱民的！
红　拂	可领兵？
虬髯客	良将也！
红　拂	那我们和那李世民合力吧？他说愿意以位相让。（鼓起勇气）
虬髯客	他爹才是大将军，我就算替他之位，又当怎样？三哥我生性自在放浪！又岂愿屈居人下，受之差遣？况且

（唱）（搅筝琶）

  （招兵买马）三军建

  （辛苦）经营十数年

  半生心血

  平生夙愿

  除暴政

　　　　　　平中原

　　　　　　（怎教俺）轻易言变

　　　　　　一时还原

红　拂　　三哥，我幼时，被战乱所害，再也见不得因战而离乱的景象了。（跪）

虬髯客　　你信三哥，总有一日乱像将平，天下和乐。（扶起。）

红　拂　　三哥，目下若是与李家相争，大战就在眼前。

虬髯客　　这又如何？

红　拂　　可知多少个杨妈妈，在等那儿郎回家？（虬髯客微动容，依旧不语。李靖上。红拂激动。）三哥你平生之志乃为天下人得天下，可不是为自己做大将军，做皇帝的！（虬髯客惊，怒。）

李　靖　　一妹！（责备。）

虬髯客　　这倒是个好妹妹。

红　拂　　三哥谅我！（跪。李靖作揖，虬髯客冷静。）

虬髯客　　贤弟，你待如何？

李　靖　　三哥，方才善后清点，单百姓冤死的有一十三人，军士不计。弟以为无奈之下，可以战止战，以战换安定，然我们与李家，衷由相同，两厢相争，渔翁得利，更怜将士们，死不得其所也。（虬髯客动容。）

虬髯客　　你为何早不言此？

李　靖　　一为金兰之义，二不知李世民真相。

虬髯客　　啊呀。

　　　　　　（唱）（煞尾）

　　　　　　　枉我男儿立志远

　　　　　　　细思量羞愧满面

　　　　　　　难放身外物

　　　　　　　忘却真根源

　　　　　　贤弟，一妹言之有理！为兄受教了。我便依妹之言。

李　靖　　三哥！（亦跪下。）我夫妻于你有亏！

虬髯客　　快快起来，为志而始，为志而为，何错之有？贤弟，一妹，我且将十万兵马交于贤弟，由他领兵与李世民合力。一应家财，交于

	三妹，望三妹好生经营，助贤弟一臂之力！
红　拂	三哥，这万万不可呀！
李　靖	兄长，不可也！
虬髯客	有何不可？看茫茫宇宙，得失难凭。身外之物，当物尽其用。
红　拂	三哥，那你呢？
虬髯客	我自有去处。
二　人	我夫妻愿与兄长同去。
虬髯客	哎，愚兄之志，还靠你们了结呢。就此别过。你们休要感伤。（欲下。）
红　拂	三哥，可有再见之日？请约再见之期！
虬髯客	十年后，定当再见！哈哈哈。（欲走。）
红　拂	三哥慢走，待我舞剑相送。

六　天涯知己

【十年后，元宵节

【大太监带随从骑马上，随从捧着礼物。

太　监	正月十五度元宵
	皇帝老儿将我招
	差我送礼功臣犒
	内中情由真烧脑
	左右，可要拿稳了，卫国公李靖功高盖世，非比别家。话说这卫国公夫妻二人，倒非常人，红拂夜奔，三侠结义，还有那虬髯客到了海外，做了扶余国主之事，俱是茶余饭后，酒楼茶肆中热门的话题。热搜头条，也不过如此。话说今日，他大败突厥凯旋而归，皇帝迎他进宫，告知有人弹劾他军粮之数不太清楚，却又让我送重礼到府。哎呀，做皇帝，做大臣，真真是累人的生活。左右，走啊。

【卫国公李靖府邸。红拂内唱上。

红　拂　　　（唱）（南南吕引生查子）
　　　　　　　　红梅知时节
　　　　　　　　凌寒将春报
　　　　　　　　辗转越十年
　　　　　　　　故人音讯渺
　　　　【红拂持信上。
　　　　十年了，今日元宵，不知三哥可安好？三哥，（寻觅状，灯暗，追光，虬髯客上。）这些年，你可曾怨我？
虬髯客　　万民安乐，盛世难得，喜自心间，怨从何来？
红　拂　　你可知道我们时刻念想着你，这一别竟是一生不见呀。废你半生心血，令我半生愧疚思念，李郎十年沙场冒险，如今又大破突厥，你可知晓？（李靖上。）
李　靖　　三哥晓得的，是他派人助我大破突厥的。三哥，十年别离，十年征战，换得今日琉璃灯儿挂满街。三哥，这是值得的嘛？我想是值得的吧。
虬髯客　　苦我三人，即成所愿，人生快事也！值得的。我在扶余国，见浪涛翻滚哮啕，（念）风起云涌天不老，叹多少沧桑渺渺。你我一生，犹如沧海一粟，做个真人，便是好了。

永昆《红拂记·天涯知己》剧照6

李　靖	哈哈哈，人生一世，功成不在大小，功在不以利己为先，却在有志而志正。（追光暗，两人隐下。）
红　拂	是呀，人的一生呀

（唱 宜春令）

　　　　如草木

　　　　（荣华一秋）终枯槁

　　　　又谁人能够脱逃

　　　　（怎肯）靡靡虚度

　　　　负了青春空自恼

　　　　立心志不忘节操

　　　　心且安乃万般好

　　　　自在

　　　　历历风尘

　　　　开怀而笑

【灯光暗，音乐起。

（合唱尾声）

　　　　虽是殊色尘光里

　　　　抛去明珠奔月来

　　　　几分功业谁人老

　　　　留与传奇待后侪

浙江省
中青年编剧
团队成员优秀作品

沙图什[①]

夏雯　黄颖

序

【林辉开着车，调着频道，断断续续一则新闻播报，让他停止了换台。

收音机　　第四十一届联合国教科文组织世界遗产委员会会议一锤定音，宣告中国青海可可西里列入世界自然遗产名录。

【林辉点了一根烟，默念着。

林辉（中年）　可可西里，可可西里。

【背景音乐（藏族元素的音乐，悠远绵长，充满深情），音乐仿佛从天际飘来，美妙而又空灵。

男　声　　（合唱）重新设一个时间点
　　　　　　是否就会重来一遍
　　　　　　有些等待永远没有终点
　　　　　　我独自走得太遥远
　　　　　　回忆却留在你指尖
　　　　　　有些世界从来没有界限
　　　　　　心在眷恋，生死边缘
　　　　　　谁在未来把我们扮演

[①]　音乐剧。

女　声　　　（合唱）情深缘浅
　　　　　　　　　哀愁万千
　　　　　　　　　生命之火
　　　　　　　　　永不熄灭
　　　　　　　　　一层层一圈圈
　　　　　　　　　画一个圆
　　　　　　　　　我的思念，随风沉淀

第一幕

一场

时间：现在，白天。
地点：可可西里荒原。
人物：林辉（中年），藏族小姑娘。

【音乐中，光渐渐起。一望无际的可可西里无人区，山口外风雪交加，一旦越过那道坎儿，视线瞬间广阔了起来，就好像来到世外桃源，巍峨绵延的白色雪山离云层那么近，零星的野藏牦牛，甩动着尾巴。

【林辉背对着舞台，身边放着一个大背包，手里把玩一把造型奇特的藏刀，时不时看向无边无际的远方，现在藏羚羊多起来了，这个点儿，或许能遇到它们，那些他曾经用生命守护的精灵们。

女　声　　　（合唱）情深缘浅
　　　　　　　　　哀愁万千
　　　　　　　　　生命之火
　　　　　　　　　永不熄灭
　　　　　　　　　一层层一圈圈
　　　　　　　　　画一个圆
　　　　　　　　　我的思念，随风沉淀。

【画外传来踢倒铝罐的声音。

【一个藏族小姑娘从舞台左侧蹦跳着上，穿得脏兮兮的，可是眼神清澈。突然看到林辉，她怯生生地站住。

【林辉还是没有动，一直沉浸在回忆的伤感中。

【小姑娘前后左右绕着林辉看了一圈。

女　孩　（可爱地）伯伯，伯伯，你在哭吗？
林　辉　（回过神来）噢，不，伯伯只是被风沙迷了眼睛。

【林辉看着小姑娘，在包里掏了半天，掏出一包糖果。

林　辉　来，小姑娘，伯伯给你糖吃？
女　孩　伯伯，我不吃糖！妈妈说，吃糖蛀牙。

【林辉又在包里掏，掏出一个日记本，几个打火机……

林　辉　伯伯看看有没有礼物可以送给你。

【突然，小姑娘跑过来把林辉腰间那把奇特的藏刀一把抓了过去，跑得远远地，好奇地看着。

林　辉　（愣了一会儿，反应过来）这个不行！还给我！

【小姑娘干脆跑远了，下场。

林　辉　（恼怒地）你回来！还给我！

【电子屏幕上一群藏羚羊疯狂地奔跑。

【突如其来的一声枪声。

【音乐大作。

【收光。

二场

时间：当年、白天。

地点：可可西里荒原。

人物：七个巡山队员，林辉（青年），小可，泱金，多吉。

【音乐声中，光起。

【多吉躺在舞台中央。巡山队员们站在四周，悲痛地看着多吉。

林　辉　（喊）多吉，多吉，你醒醒，醒醒啊！

【音乐《死亡》又一次响起，所有队友从舞台的后方走来，站在死去的多吉身旁，每个人口中吟唱着歌声。

【他们的脸上有痛苦、有不舍、有忧伤，因为失去了战友，因为失去了亲人。但更多的是愤怒，满满的恨意从他们眼中透出来，憎恨失去人性的盗猎者。他们的声音有了不可抗拒的力量，能够震慑天地间一切邪恶的力量。

林　辉　　（抱着多吉，悔恨不已）多吉，要不是我坚持要追到这里，你也不会就这么去了。

【舞台上突然全黑，火焰燃起来，多吉被围在中间，火把由不同的队员举着。

【合唱《死亡》音乐起。

　　　　　　（合唱）（唱）啊……
　　　　　　　　　　死亡来临，毫无征兆
　　　　　　　　　　愤恨的心，如何安宁

队　长　　（唱）颤抖着双手，紧握拳头
　　　　　　　　指缝中的年华就这么轻易不见啦

男　声　　（合唱）死亡在咫尺，鲜血流淌
　　　　　　　　　献出年轻生命，为守护者这份安宁

合　唱　　（唱）无怨付出，无悔付出，啊
　　　　　　　　舍不下的是那战友情
　　　　　　　　忘不了的是那亲人泪

林　辉　　（白）我恨，我恨！
　　　　　　（唱）多吉是因为我才挨了枪子
　　　　　　　　为什么死的不是我

【林辉愤怒地捶着自己的胸口，小可走近林辉，跟着跪下。

小　可　　（白）辉哥！你别这样。

【林辉推开小可。

林　辉　　（唱）痛恨！痛恨！
　　　　　　　　我要亲手抓住盗猎分子，为多吉报仇！
　　　　　　（合唱）（唱）啊……啊……
　　　　　　　　　　痛恨！痛恨
　　　　　　　　　　内心的怒火，在胸口怒流

　　　　　　　　罪恶的双手，天地难容
　　　　　　　　　痛恨！痛恨
小　可　　　（唱）死亡你冷酷无情
　　　　　　　　你收走的生命，
　　　　　　　　正在努力捍卫着可可西里的生灵
　　　　　　　　我们在这里煎熬，为了保护这片家园
　　　　　　　　如何才能度过不幸
　　　　　　　　如何才能抵达光明
　　　　（合唱）（唱）无怨付出，无悔付出，啊
　　　　　　　　舍不下的是那战友情
　　　　　　　　忘不了的是那亲人泪
【音乐渐渐远去。
【藏歌音乐起，歌声悲伤苍凉。无人区的风吹过，沙子随风扬起，层层叠叠的云层里，秃鹫盘旋。
护卫队员　　（唱）脱去污秽的衣服
　　　　　　　　洗净自己的一切
　　　　　　　　回到平凡的人类
　　　　　　　　回到心灵的归宿
　　　　　　　　愿逝去的生命，重新绽放

第二幕

一场

时间：白天，今日。
地点：巡山队员老驻地、羚羊之家。
人物：林辉（中年）、小姑娘、藏族妇人。
【小女孩手中抱着一只吃奶的幼年藏羚羊。
【林辉（中年）上场。

林　辉	小姑娘,把那把刀还给我?
女　孩	(一路翻看着那把刀,顽皮地)不,就不!
林　辉	哪儿来的幼崽?
女　孩	不告诉你!

【小姑娘放下怀里的羚羊,一路跑着跳着躲闪着,林辉拿她一点办法也没有,只好逗逗羚羊。

女　孩	嗨,你不许伤害她,她可是最珍贵的精灵。
林　辉	哦,你知道它们的故事?
女　孩	当然

【音乐起,女孩儿银铃般的声音,牵动了林辉的每一根神经。

(独唱)茫茫天空偶尔掠过展翅的鹰

　　　　那是山神无意放任自由的歌

　　　　我听妈妈说过一个古老的故事

　　　　每当夜幕降临 它就会

　　　　走进我的梦

　　　　梦中有那忧伤的羚羊

　　　　渴望 自由

　　　　空旷无垠 漫山遍野

　　　　回荡着哀愁

　　　　雪山流下一滴滴泪水

　　　　汇聚 成湖

　　　　湖水浸润这土地

　　　　一天天 一年年 川流不息

一个美丽的藏族妇人从右侧舞台出来。

【小姑娘连忙躲在她身后。

【林辉见有大人来,忙用藏族的问候方法问候妇人。

妇　人	(用汉语)对不起,孩子又调皮了!

【妇人回过头,温柔地对孩子。

妇　人	还不把刀还给叔叔?
女　孩	阿妈,我不!

【妇人和孩子僵持不下,回头对林辉。

妇　人　　　兄弟，你是来旅游的吧？要是不嫌弃，就到我家喝碗羊奶茶吧？

【林辉大方地同意了，他随手抱起羚羊，跟随她们走到她们的屋前，他突然在门口蹲下来，头疼欲裂。

妇　人　　　（连忙搀扶林辉进屋）兄弟，你这是怎么了？

林　辉　　　这里是我曾经住过的地方，我想起了很多往事！

二场

时间：晚上，有今天，也有当年。

地点：巡山队员住处，林辉屋里。

人物：林辉（中年），妇人，林辉（青年），队长索朗，小可。

【一个破旧的屋子，有些藏族的装饰。

【一束光在林辉（中年）身上，此时的他十分虚弱。

【一位着藏族服饰的妇人为他倒了一碗水。

【林辉抬起身来，一口喝了。

妇　人　　　大兄弟，你先坐着，我去给你烧奶茶，（把从孩子手里拿回来的刀递还给林辉）大兄弟，你的刀，收好！

【林辉接过刀子，表情复杂地看着刀，陷入深思。

【淡淡的音乐进入。

【是小可的歌声，由远而近。

【舞台光渐收，雾感强烈，光再起时，是当年的屋外。

【小可充满担忧地来找林辉。

【音乐《两个人的未来》。

小　可　　　（唱）夜，刺骨的冰冷

　　　　　　　　　风，吹进我心底

　　　　　　　　未来，会停留在哪里？在哪里

　　　　　　　　一次次，我畅想着我们的未来

　　　　　　　　在这里？在家乡？在回家的路途

　　　　　　　　什么时候，我做了最后的决定

　　　　　　　　你答应了是两个人的未来

　　　　　　　　一次次，我不知道

我们的未来，会停留在哪里

【音乐渐收。

【舞台光渐起。

【屋子里，林辉（青年）和索朗队长对坐着。

索　朗　　你也不要太自责了，那天要是我在，我也会下继续追击的命令，这些盗猎分子太可恶了！我们是和时间赛跑，藏羚羊每天都在减少，目前都不足两万只了。

林　辉　　可应该是我冲在前面！

索　朗　　谁都一样！你已经做得很好了，你一个汉族志愿者留在我们藏族，本来就不容易。你明天不要和我们进山了，小可也等了你三年了，带着她回家吧！

林　辉　　我们追捕这一伙人也快三年了，我不能就这么走了！

索　朗　　我不能让你去！

【小可从屋外进来。

小　可　　索朗队长也在啊！

索　朗　　嗯！小可，（转头对林辉）林辉，你们收拾收拾，明天就走吧！

【索朗说完出屋下场。

【林辉没有动。

【小可不知道怎么开口。

林　辉　　小可，我不能走！我要和兄弟们一起进山！

小　可　　（明知是这个结果，还是不甘心）可是，你答应过我，要带我回家，今天是最后一天！

林　辉　　你也看到了，你觉得我走得了吗？小可，你为我想想好吗？

小　可　　难道我还不为你着想吗？我等了你三年，这个鸟不拉屎的地方，到处是风沙，寒冷！每天为你担惊受怕，怕你一走出这个门就不再回来了、怕你被盗猎分子杀了、怕你被流沙吞了……每一天都做好永别的准备！为了你，我离开亲人，放下工作，你还要我怎么样？

林　辉　　别说了，我知道我欠你的，可——那也是你自己愿意的！

小　可　　（气极）你……（掩面而泣）。

【林辉见小可气哭，走过去搂着她。

林　辉　　小可，是我不好，我不是这个意思，你也知道，你也看到了，那

	些藏羚羊血淋淋地被剥了皮扔在那里，它们每一天都在减少，每当我看到那些死去的藏羚羊美丽绝望的眼睛，我就真的离不开这里，也许再过不久，这个地球上就再也没有这个物种了，我心疼啊！
小　可	那你就忍心离开我啊？
林　辉	多吉因为我指挥不当，被杀了！现在眼看就要追上那帮盗猎分子，我不能就这么走了！你也不希望自己的男人是个无情无义、有始无终的人吧？
小　可	我明白的，你别说了，我等着你，陪着你就是知道你不是个无情无义的男人，值得我等待！你实现你的理想，我才能快乐！我等着你回来！

【《誓言》音乐起，

林　辉　　（唱）我不会忘记

　　　　　　　　你一次次恳求的眼神

　　　　　　　　在我心底，你怎能不懂我的心

　　　　　　　　我不能退让说放弃

　　　　　　　　我不会忘记

　　　　　　　　你一次次恳求的眼神

　　　　　　　　在我心底，你怎能不懂我的心

　　　　　　　　我不能退让说放弃

　　　　　　　　我不会忘记

　　　　　　　　你一次次恳求的眼神

　　　　　　　　在我心底，你怎能不懂我的心

　　　　　　　　我不能退让说放弃

　　　　　　　　雪山脚下埋藏的誓言

　　　　　　　　卓乃湖中倒映着爱恋

　　　　　　　　藏羚羊追逐着我们的爱情

　　　　　　　　请让我看着你的双眼

　　　　　　　　泪水在眼眶中蔓延

　　　　　　　　再等我

　　　　　　　　再等我一回

林　辉　　（白）等我抓住这帮盗猎分子……

【在音乐声中，另一束光渐渐起来，现在的林辉出现在舞台，舞台上有两个林辉。

【时空交错。

林辉（中年）（唱）月光，你的路是否通向故乡

　　　　　　　　是否可以让我借着你的光

　　　　　　　　走到我想去的任何地方

　　　　　　　　你撒落一地暗的影

　　　　　　　　仿佛告诉我回忆的伤

　　　　　　　　在没有歌声的心中

　　　　　　　　月光，你何时能让我再次温柔地歌唱

林辉（青年）（唱）雪山脚下埋藏的誓言

　　　　　　　　卓乃湖中倒影着爱恋

　　　　　　　　藏羚羊追逐着我们的爱情

　　　　　　　　请让我看着你的双眼

　　　　　　　　泪水在眼眶中蔓延

　　　　　　　　再等我

　　　　　　　　再等我一回

林辉（青年）（白）小可，等着我，我一定会带你回我们的家的！

【另一边。

【小可缓缓走向中年林辉，在他眼前突然消失。

林辉（中年）（哭）小可，等着我，我一定会带你回我们的家的！

【光渐收。

三场

时间：白天（当年）。

地点：不冻泉藏羚羊保护站。

人物：格桑，护卫队员们。

【舞台右边一座敞篷内，黑白电视机时不时发出滋滋的噪音，格桑，一位孤独的护卫队要塞守卫者。他走过去摇晃顶端的天线，不一会儿电视却连一点儿声音都没有了，他又使劲儿拍了拍电视

　　　　　　　机，还是没信号。
　　　　　【音乐《我的心》起。
　　　　　【格桑坚定地歌唱。
格　桑　　（唱）我独自，守着一个
　　　　　　　　许多年前，我们许下的诺言
　　　　　　　　不曾忘记
　　　　　　　　每天，每时每刻
　　　　　　　　寂寞总是陪伴着我
　　　　　　　　自从那天，我拍着胸口
　　　　　　　　对天发誓，我会坚守
　　　　　　　　在这等候，在这等候
　　　　　　　　在我的世界，从不是一个人
　　　　　　　　那另一个我总会借走我的心
　　　　　　　　我总是对着自己
　　　　　　　　对自己自言自语
　　　　　　　　好像我的心里还住着一个自己
　　　　　　　　装着同一颗，我的心
　　　　　　　　一天又一天，一年又一年
　　　　　　　　我盼望着你，盼望和你再相聚
　　　　　　　　再相聚，再相聚
　　　　　　　　啊……
　　　　　【画外传来汽车的喇叭声。
　　　　　【格桑冲出帐篷。
　　　　　【护卫队长带着林辉他们渐次出现。
　　　　　【格桑看清来人，迎上，相互拥抱，大家嘻嘻哈哈开心地走进帐篷。
格　桑　　我给你们做吃的去！
　　　　　【格桑在一个水桶里洗肉又洗菜。
　　　　　【林辉走过去。
林　辉　　你小子，讲点儿卫生好不好？这可要吃坏肚子！
格　桑　　汉族人吧，穷讲究，我这里的水要去35公里以外的地方拉，三桶水只能过滤一桶净水，你就将就吧！（对索朗笑）队长，多吉小子呢？咋没看到他？又去找女人了吧？

索　朗　　多吉被盗猎分子杀了，看样子是冯添那帮人！

【格桑放下手中的活静默不语。

【悲伤的音乐渐起。

【帐篷外，队员们已经搭起了篝火架子。

【扎西用筷子敲打着碗，吆喝着发出藏舞节奏，达瓦第一个起身开始跳起来。

【音乐转换成藏族踢踏舞。

【大家兴致来了，边唱边手舞足蹈地跳着，林辉、格桑、索朗队长没有加入。

林　辉　　原来快乐可以这么简单！

索　朗　　可这快乐是这么短暂！（对格桑）你一个人在这里，千万小心，这些盗猎分子已经到了丧心病狂的地步了！

【音乐《我的心》起。

队　长　　（唱）三年，多少日夜

　　　　　　　艰辛和不易，陪你入眠

　　　　　　　我的内心，如此煎熬

　　　　　　　放不下这份执着

　　　　　　　舍不下这份情谊

格　桑　　（唱）三年，一千个日夜

　　　　　　　我盼着和队友们再次相聚

　　　　　　　往昔承诺，不曾忘记

　　　　　　　我会坚守，在此守护

【众队员加入合唱。

【分场、分层的合唱重唱

队　员　　（合唱重唱）自从那天，我拍着胸口

　　　　　　　对天发誓，我会坚守

　　　　　　　在这等候，在这等候

　　　　　　　在我的世界，从不是一个人，那另一个我总会借走我的心

　　　　　　　我总是对着自己，对自己自言自语

好像我的心里还住着一个自己
装着同一颗，我的心
一天又一天，一年又一年
我盼望着你，盼望和你再相聚
再相聚，再相聚。啊……

四场

时间：深夜（当年）。
地点：荒原另一边。
人物：冯添及盗猎分子若干。

【远处有狼群的呜咽声，光渐渐起，草原的夜幕即将降下。
【从舞台后方走来两个盗猎者，裹着破袄子，肩上挂着猎枪，鬼祟、佝偻的身体四处观察着。

盗　甲　　天气越来越冷喽，裹了两层袄子都冷。

【盗甲边说边紧了紧袄子，拿出烟袋子抽起来，然后递给旁边的人。
【盗乙接过同伙的烟，看着远处。

盗　乙　　再攒上几百张皮，够咱们回家娶媳妇了。

盗　甲　　（嗤笑道）做梦娶媳妇，先弄到皮子再说吧！看羊子的越来越难缠了，追得紧，能不能顺利带出去还不知道。

【话音落，两人后面走出盗猎头子冯添，冯添摇摇晃晃地走过来，一边走一边用藏族的膜拜方式，一步一叩首，口中念念有词。

冯　添　　（醉酒地）求神灵保佑我们这单生意成功，求神灵保佑让我死后上天堂！——这日子什么时候是尽头？

盗　甲　　队长，你又喝高了？一喝高就拜神灵！

冯　添　　你才喝高了，你妈才喝高了！

盗　乙　　队长，我们这样的人就不要祈求上天堂了，我们上不了天堂，我们的肉就算扔给秃鹫，它们也不会来吃的！

冯　添　　你——别胡说，我可是我们那里最会赚钱的人，我可是我们那里羊皮子剥得最快的人，可剥一个皮子才五块钱，我养不活我老婆

　　　　　　　和四个儿子啊！我只好来打羊子了！我也是为了我的家人啊！
盗　甲　　　我们的杀戮太重了，过一天算一天呗！
冯　添　　　（起来看看自己的手）是啊，我的手总是粘糊糊的，我一闭上眼睛就看到那些羊子用眼睛瞪着我，我睡不着，我也害怕啊！所以，我要磕头赎罪啊！
　　　　　　【音乐《明天》不知什么时候已响起。
　　　　　　【冯添醉熏熏地唱《明天》
冯　添　　　（唱）明天，明天是什么
　　　　　　　　　是风？是沙
　　　　　　　　　还是干涸的血
　　　　　　　　　噢
　　　　　　　　　是手上粗糙的茧
　　　　　　　　　是胸口荒芜的心
　　　　　　【间奏。
　　　　　　【冯添又一次叩拜，然后站起来，情绪激动。
冯　添　　　（唱）
　　　　　　　　　那一张张皮毛
　　　　　　　　　能换家人的生活
　　　　　　　　　再残忍地，残忍地剥下
　　　　　　　　　一个个活生生的灵
　　　　　　　　　那热腾腾的血肉
　　　　　　　　　一次次被沙埋没
　　　　　　　　　连同明天……
盗　乙　　　如果磕头能赎罪，我也磕！
　　　　　　【盗乙磕起头来。
　　　　　　【盗猎分子们一起在台上磕起头来。
　　　　　　【冯添似乎酒醒过来，站起来一个一个踹其他盗猎分子。
冯　添　　　干什么你们？还不快去好好看着，让看羊子的追上，谁也跑不了！
　　　　　　【光收。

第三幕

一场

时间：白天，梦境中的无时间限制。

地点：巡山队员老驻地

人物：林辉（中年），藏族妇人，小可，若干盗猎者，若干羚羊。

【舞台蓝色背景灯，追光。

【音乐起，林辉（中年）在舞台左侧前方。

【老妇人端着一碗奶茶从舞台另一侧走向林辉，林辉（中年）趴在桌子上睡着了。

老妇人　（自言自语的同时音乐起前奏）睡着了，他说他曾经在这里住过？（思考状）难不成？

（唱）夜幕低垂，万物安睡

　　　你的梦，藏着谁

　　　一遍遍，却追不回

【老妇人唱完退到桌边定格。

【小可缓缓从后走出，追光。

【林辉（中年）苏醒，缓缓站起，追寻小可的方向。

【老妇人看着他俩，缓缓从舞台退去。

小　可　（唱）谁把回忆缝入梦境

　　　日日夜夜　唤不醒

　　　谁用思念涂抹夜空

　　　封印遥远的繁星

林辉（中年）　你就像那天边流星

　　　划破夜空宁静

　　　冷冷冰冰无法靠近

　　　任我的心结了冰

【舞台后方，羚羊剪影开始缓缓活动。

【灯光暗红色。

【林辉（中年）追逐小可，两人到舞台中间，却因时空交错，生死隔离，无法触碰到对方。

林辉、小可　（合唱）你的梦，藏着谁，一遍遍，追不回
　　　　　　　　　分不清，是伤悲，是折磨，是甜美

林辉（中年）　枕头藏着流着泪的梦
　　　　　　　梦跟着你忽闪忽远忽近
　　　　　　　只要能再次把你拥入双臂
　　　　　　　去天涯，去海角
　　　　　　　去遥远的天之尽
　　　　　　　我不愿把你，不愿把你忘记

小　可　　　（唱）我在这里遥望着你
　　　　　　　　　那是回忆的距离
　　　　　　　　　别让自己穿着愧疚外衣
　　　　　　　　　别让泪水上了瘾

【小可缓缓退去，带着温柔和美好的回忆。

【林辉（中年）在舞台前方，小可在舞台后方。

林辉、小可　（合）温柔阳光洒满天际
　　　　　　　　　爱的身影是孤寂
　　　　　　　　　风吹不走梦的信仰
　　　　　　　　　带来花开的声音

羚　羊　　　（合）谁的爱被风沙掩埋
　　　　　　　　　谁的爱为我们征战
　　　　　　　　　在这渺无人烟的旷野
　　　　　　　　　写下坚守的信念

林　辉　　　写下坚守的信念……坚守的，信念，可我弄丢了你，小可。
　　　　　　小可，小可，你别走！小可！

【林辉自言自语，若有所思，转身寻小可的身影。小可如梦般消失不见。只有声音传来。

小　可　　　美丽的青山，美丽的少女，美丽的青山，美丽的少女。

林　辉　　　美丽的青山，美丽的少女。（恍然大悟）这是我告诉你的话小可，

你记得对不对？我们要守护这美丽的地方，就像我要永远守护你一样，不离不弃！

【林辉重复着，低头伤神。若有所思地缓缓抬起头。

林　辉　　小可，你是不是想告诉我什么，小可！

（自言自语）我每天都无法原谅我自己，什么不离不弃（摇头苦笑），我食言了小可，我弄丢了你，把你一个人丢在这沙漠中，是我是我！（狠狠敲击自己的胸口，哽咽着）是我负了你！

【追光收。

【音乐起，背景灯光白色或红色或闪烁。盗猎者与羚羊从两侧上场。跳起充满原始兽语舞的盗猎者与羚羊。

（合唱）皮！毛！皮！毛

　　　　皮！毛！皮毛

　　　　皮毛，皮毛，华丽的皮袄

　　　　皮毛，皮毛，灵魂的哀嚎

羚　羊　　为什么我的皮我的毛

　　　　　会招来杀身之祸

　　　　　夕阳下我看见这土地

　　　　　充满着杀戮血腥

　　　　　我退到最后的领地

　　　　　望着同胞叹息

　　　　　血和泪交织在一起

　　　　　染红了可可西里

　　　　　啊！啊

盗猎者　　啊！啊！皮毛！皮毛

羚　羊　　啊！啊

盗猎者　　啊！啊！灵魂！哀嚎！

【音乐间奏，一个八拍。

盗猎者　　皮毛！皮毛！华丽的皮袄

　　　　　皮毛！皮毛！灵魂的哀嚎

羚　羊　　流着泪带着伤，逃亡

　　　　　角落里我默默，躲藏

|||你可知我心中，渴望

　　　　　　有人把子弹　阻挡

　　　　　　流着泪带着伤，逃亡

　　　　　　角落里我默默，躲藏

　　　　　　你可知我心中，渴望

　　　　　　有人把子弹　阻挡

　　　　　　流着泪带着伤，逃亡

　　　　　　角落里我默默，躲藏

　　　　　　你可知我心中，渴望

　　　　　　有人把子弹　阻挡

　　　　　　流着泪带着伤，逃亡

　　　　　　角落里我默默，躲藏

　　　　　　你可知我心中，渴望

　　　　　　有人把子弹　阻挡

　　　　　　无情　子弹　穿过我的身体

盗猎者　　　不要躲藏，你们无处可逃

羚　羊　　　流着泪带着伤，逃亡

　　　　　　角落里我默默，躲藏

　　　　　　你可知我心中，渴望

　　　　　　有人把子弹阻挡

　　　　　　无情　子弹　穿过我的身体

盗猎者　　　不要　躲藏，你们无处可逃

羚　羊　　　流着泪带着伤，逃亡

　　　　　　角落里我默默，躲藏

　　　　　　你可知我心中，渴望

　　　　　　有人把子弹　阻挡

　　　　　　流着泪带着伤，逃亡

　　　　　　角落里我默默，躲藏

　　　　　　你可知我心中，渴望

　　　　　　有人把子弹　阻挡

　　　　　　啊……啊……啊……

　　　　　　啊……啊……啊……
　　　　　　可可西里草原上　尘土飞扬着我的梦想
　　　　　　阳光洒在皮毛上　闪着金光
　　　　　　上万只藏羚羊　跪在地上不愿躲藏
　　　　　　不要追赶　让我们　回到故乡
羚　羊　　回到故乡　不愿躲藏，回到故乡　不愿躲藏。
盗猎者　　几千发子弹
羚　羊　　（啊！）等待着出膛
羚　羊　　（啊！）天黑后的草原
　　　　　　　　将变成屠宰场
　　　　　（合）皮毛　皮毛　皮毛　皮毛
　　　　　　盗猎　在车灯光下（羊：冰冷的光）
　　　　　　最后一次奔跑吧（羊：照着前方）
　　　　　　追逐影子的藏羚羊（羊：无处可躲藏）
　　　　　　今晚，把你们的皮毛
　　　　　　献上
　　　　　【枪声响起。音乐止。追光，林辉一个机灵，从梦中惊醒。紧张地起身，混淆了现在与过往。
林　辉　　枪声！有枪声！
　　　　　【藏族妇人从提着茶壶快步过来，想要安慰林辉，却不知从何说起。
藏族妇人　你是不是做梦了，没有枪声！
　　　　　【林辉桌边坐下，扶头。
林　辉　　没有枪声，没有枪声。
　　　　　是梦，是梦。
　　　　　是个二十多年的梦，是个不会醒的梦，是个，是个永远的伤痛。
藏族妇人　你，是当年的巡山队员吗？
　　　　　（心疼地）二十多年前，那次规模空前的盗猎，死了成千上万的羊子，为了打击盗猎行动，巡山队员死了大半，走散的走散，出不来的就留在了那里。他们都是英雄，都是可可西里的英雄！
　　　　　（看向林辉）

【林辉跌撞着坐到桌边,思绪飘回二十年前。光收。

【音乐《血》起。重唱及宣叙调。

队　长　　（唱）风割着脸

　　　　　　　　水已喝干

　　　　　　　　顺着那模糊的痕迹

　　　　　　　　队友们快跟上这些脚印

　　　　　　　　寻找我们不愿面对的东西

队　员　　（唱）不远就在前面

　　　　　　　　只要再快一些

　　　　　　　　谁都不愿说

　　　　　　　　心里都明白

队　长　　（唱）羊们早出事了噢

队　员　　（唱）出事了,出事了

　　　　　　　　羊们早出事了!噢……

队　员　　（唱）出事了

队　长　　（唱）出事了

队　员　　（唱）羊们早出事了

【情绪转换,不可置信,震惊地唱。

队　员　　（唱）血染红了草原

　　　　　　　　一簇簇一团团

　　　　　　　　一片片啊

　　　　　　　　那是羊们的血

　　　　　　　　羊们的血

【宣叙调。

林　辉　　（白）它们犯了什么错?难道穿了不该穿的袄子?不!不!

队　员　　（唱）看着它们被剥了皮的躯体

　　　　　　　　被射穿的脑壳

　　　　　　　　我不能想象

　　　　　　　　在我的身上

　　　　　　　　那是如何撕心裂肺的剧痛

林　辉　　（白）你痛吗?如果你流着血,倒在地上,看着自己的丈夫孩子家人都被杀死，对，那不能用痛来形容！

队　长　　（唱）那是绝望，深深绝望

【血色的光铺满整个舞台。

队　员　　（齐唱）到处都是血的残迹

　　　　　　　像初升的太阳

　　　　　　　也像火烧云

　　　　　　　在夕阳底下，触目惊心

　　　　　　　染红了空气和土地

羊　群　　（唱）血泊中躺着

　　　　　　　我和我的同胞们

　　　　　　　我的血快要流尽

　　　　　　　我们不是

　　　　　　　卑贱的生灵

　　　　　　　可强盗却活生生剥尽了我们的皮

　　　　　　　高贵的守护者，请让我们安息

　　　　　　　在这无垠草原在这熊熊烈火中

　　　　　　　我们都烧尽，再将我们忘记

　　　　　　　你的恩情我们将会铭记在心

　　　　　　　铭记你们，从没有放弃

队　长　　（唱）烈火灼心，化作最后的饯行

　　　　　　　让火焰舔舐这罪行

　　　　　　　燃烧一切，掘地三尺

　　　　　　　我也要带你们回来

　　　　　　　到这里，认罪

【小可跪在一只被剥了皮的小羚羊边，呕吐哭泣。

【音乐继续着，随着激昂的音乐声护卫队员的情绪达到最高点。

【燃烧的火焰，天上开始飘雪。

【小可纹丝不动地呆着，眼睁睁地看着。

林　辉　　小可，我们快走吧，万一跟不上，一掉队也许永远也跟不上了。

小　可　　（哭着）林辉，我终于明白了，你为什么选择留在这里，选择留下的人，都背负着使命……

二场

时间：现在。

地点：荒原。

人物：中年林辉，泱金，妇人。

【舞台定点光起。

【林辉哭着从地上起来。

林　辉　可儿啊，你说我背负着使命，可是我却弄丢了你，弄丢了你啊……我唯独，辜负了你。

【泱金和妇人一起从外面走进来。

妇　人　泱金，这就是我跟你说的那个人。

【泱金走上前去辨认林辉。

泱　金　林辉哥，是你吗？

林　辉　（回过神来，仔细）你？你是……泱金？

泱　金　是，我是，林辉哥！

【泱金眼睛里流出泪来，看着林辉拿着的刀。

泱　金　这把刀，你还留着呢？

林　辉　留着，不能丢，不敢丢！丢了，就丢了小可！我要找到那个人！

泱　金　有些事该丢还得丢！忘记了，能更轻松！

林　辉　不！

泱　金　林辉哥，你这次回来是来干啥的？

林　辉　我？回来看看！对了，现在的可可西里怎么样？

泱　金　多亏了你写的那些文章，我阿爸爸死后的第二年，可可西里就成立了藏羚羊保护组织，有公安保护，志愿巡山队就解散了，现在藏羚羊数目已经快回升到三万头了呢！

林　辉　（沉默不语）

泱　金　你每月寄给我的钱，我也都用在孩子们身上！

林　辉　你有孩子了？

妇　人　一大群，可大多不是她自己的孩子。

林　辉　是谁的孩子？

泱金	（语速放慢，带着伤感）是那些死去的巡山队员家的孩子。
林辉	他们……都没有了父亲……

【沉默、收光。

三场

时间：当年、白天。
地点：可可西里荒原。
人物：林辉，小可，索朗，盗猎分子们，巡山队员们。

【激烈的鼓声响起，舞台遍布腥红，舞者腰绑红色绸缎上场，激烈的《大鼓舞》奏起。
【伴随着零星的枪声。
【盗猎分子一个一个气喘吁吁地逃跑。
【巡山队员一个一个气喘吁吁地追，从右侧幕追到左侧幕。

索朗	站住，别跑，你们跑不了了！

【舞台上打斗，鼓声、舞蹈。
【打斗中抓住部分盗猎者，冯添逃跑。

索朗	（对被抓住的盗猎分子一个一个进行盘问）你们领头的呢？谁是你们的枪手？
盗甲	不知道！
盗乙	不知道！

【扎西上去用枪托打了其中一个盗猎分子。

扎西	快说，领头的在哪里？
盗丙	他拿走了吃的，昨天就和我们分开了！
索朗	扎西，检查一下还有多少吃的和汽油？

【扎西上车检查。

扎西	食物和油都不多了。
索朗	（想了想）我带人继续追。（对着达瓦和扎西）林辉和小可肯定掉队了，他们的车上汽油不多，吃的你们带上，你俩返回去寻他们。
达娃	那他们呢？（指了指几个盗猎分子）
索朗	缴了枪，放了他们，让他们走。

盗猎者		我们没有吃的了,走不出去了!
索　朗		你们求老天不要下雪!

【索朗带人冲下。
【盗猎者无助地看着他们的方向。
【光渐渐收。
【另一处光起。
【舞台背景风沙渐起的荒漠,一辆抛锚的汽车。
【舞台中间出现高出的沙地。

林　辉　　小可,车子没油了,你坐着别动,我下去看看!
小　可　　我也去!

【小可说着从另一边下了车,刚走到车后,突然脚下的沙地陷落,她的身体慢慢地陷入。
【她不知道这是流沙,越挣扎越陷得越快,小可大喊。

小　可　　林辉——

【林辉急忙跑到小可边上一点的地方趴下。

林　辉　　(急)可儿,可儿,你快抓住我的手,快!可儿别动,那是……

【林辉把手伸向小可,可是总是差那么一点点。
【小可逐渐明白自己陷入了流沙,这一刻她停止挣扎,安静地望着林辉。

小　可　　(平静地)林辉,这是,流沙吧?
林　辉　　你别说话,我一定要救你出来!

【林辉试着够小可的手,就差一点点了。
【画外传来汽车的刹车声。
【冯添带着几个盗猎者上场。

盗猎者　　老大,就两个人,有一个还陷进流沙了。
冯　添　　(对盗猎者)去看看,他们车上有没有吃的。

【几个盗猎者跑下。

盗猎者　　队长,都拿上了,快走吧!
林　辉　　(带着哭腔)你们快救人啊!
冯　添　　救什么人?反正都是死,来点儿痛快的吧!

【冯添手里拿着一把藏刀,小心翼翼走上前去。

林　辉	你要干什么？
冯　添	你是索朗的人？
林　辉	你？你就是那个枪手，那个老大？
盗猎者	老大，不要啰嗦了，干掉他们，快啊！
林　辉	杀了我吧，只要你们救救她！
冯　添	（冷漠地）救什么救，杀什么杀。走了，马上下雪了，他们活不了！

【众人转身要走。

【林辉突然跳起来，抢过冯添的藏刀，二人搏斗。

【几个盗猎者上前打了林辉。

盗猎者	老大，有车子！

【冯添带着盗猎者仓皇跑走。

【汽车发动，离去的声音。

【林辉手握藏刀，绝望地。

林　辉	啊！

【小可的身体一点点在往下陷。

【林辉悲愤交加，伸手抓住了刀身，递过去。

林　辉	抓住刀！我拉你！
小　可	林辉，没用的。
林　辉	小可，别动！

【小可突然抽手，刀子留在林辉手上。

林　辉	小可，你干什么，我抓住你了！
小　可	（她的脸灿烂如阳光，笑着）林辉，你对我笑笑吧，好久没有看到你微笑了。
林　辉	（痛哭流涕，伤心欲绝）不，我不能把你留在这里！
小　可	林辉，你说过，有天堂，我会去天堂的！
林　辉	不，不要你去天堂，我要你在这地上陪我，我们不追了，我们回家——
小　可	你说过，死亡不是结束，只是另一种生命旅程的开始！再对我笑一次，林辉。

【音乐《流沙》起。

【小可渐渐消失在流沙里。

【舞台前区定点光起，中年林辉独唱。

林辉（中年）（唱）我一闭上挣扎的眼

仿佛像看见那一天

你美丽的脸出现在我面前

我摊开紧紧握的拳

身体一寸一寸下陷

每一分一秒都不愿说再见

流沙漫天，思绪缠绵

谁记得我们，许下的诺言

一天天，一年年

永不改变，我们的信仰紧紧相连

林辉、小可（合唱）流沙漫天，思绪缠绵

谁记得我们，许下的诺言

一天天，一年年

永不改变

我们的信仰紧紧相连

【间奏。

林　辉　　（唱）重新设一个时间点

是否就会重来一遍

有些等待永远没有终点

我独自走得太遥远

回忆却留在你指尖

有些世界从来没有界限

心在眷恋，生死边缘

谁在未来把我们扮演

一天天，一年年

直到永远

我将在这里安睡长眠

林辉、小可（合唱）情深缘浅，哀愁万千

生命之火，永不熄灭

　　　　　　　　　　一层层一圈圈。
　　　　　　　　　画一个圆，
　　　　　　　　　　我的思念，随风沉淀

林辉（中年）（唱）我一闭上挣扎的眼，
　　　　　　　　　仿佛像看见那一天
　　　　　　　　　你美丽的脸出现在我面前
　　　　　　　　　我摊开紧紧握的拳
　　　　　　　　　身体一寸一寸下陷
　　　　　　　　　每一分一秒都不愿说再见
　　　　　　　　　流沙漫天，思绪缠绵
　　　　　　　　　谁记得我们，许下的诺言
　　　　　　　　　一天天，一年年
　　　　　　　　　永不改变
　　　　　　　　　我们的信仰紧紧相连

林辉、小可（合唱）流沙漫天，思绪缠绵
　　　　　　　　　谁记得我们，许下的诺言
　　　　　　　　　一天天，一年年
　　　　　　　　　永不改变
　　　　　　　　　我们的信仰紧紧相连

　　【音乐渐渐收。
　　【绝望的静默。
　　【林辉大声地咆哮着，加上高原反应，开始剧烈地喘气，倒地。
　　【片刻，达瓦和扎西上场，找到林辉时，他已不省人事。

四场

　　　　时间：现在、白天。
　　　　地点：羚羊之家。
　　　　人物：中年林辉，中年泱金，妇人，少女泱金，索朗。
　　【妇人和中年泱金从屋内走出来。

妇　人　　泱金，他就是那个每个月寄钱给我们的叔叔？

泱　金　　是啊，他是当年小可的爱人！

妇　人　　那你为什么不告诉他，你还抚养了很多盗猎分子的孩子？

【林辉从里屋冲出来。

林　辉　　什么？你说什么？（愤怒地对泱金）她说的都是真的？你用我的钱抚养盗猎者的孩子？

泱　金　　（沉默一阵），是的！

林　辉　　你知道当时小可身陷流沙，那些人见死不救的冷酷吗？

泱　金　　如果我们也像他们一样冷酷，我们不就和他们是一样的人了？

林　辉　　（气极）你——你难道就忘记了你阿爸是怎么死的？

泱　金　　我不会忘记！永远不会忘记。

【音乐起。

【舞台上降下一块白纱，一张平铺的木板，旁边一张矮凳。

【队长索朗披着白布安静地躺在木板上，满是沟壑的脸，再也不能皱起的眉，时时透露出威严的眼，此刻也没有了生趣。

【少女泱金坐在矮凳上，看着已经逝去的父亲，用一块洁白的布为爸爸擦拭着血渍。

泱　金　　阿爸，你干干净净地去吧，你说草原上的羊太可怜了，一只只被打死，还被剥了皮，照这样子再过个几年草原上怕是再也见不到美丽的藏羚羊了吧。我现在再也见不到你了！

【音乐起《时间》。

泱金（少女）（唱）时间，止如水
　　　　　　　　把等待敲碎
　　　　　　　　连呼吸，都是伤悲
　　　　　　　　看着，你沉睡，竟无言相对
　　　　　　　　心里面落下，如雨泪

【唱到动情处，少女泱金站起来走向舞台前方。

泱金（少女）（唱）把过去倒回
　　　　　　　　是不是不会就这样收尾
　　　　　　　　只剩下等待，无休止梦回
　　　　　　　　生活的苦味
　　　　　　　　像荆棘爬满手背

　　　　　　干涸的味蕾

　　　　　　唱不尽苦涩芳菲

　　　　　　在时间的末尾

　　　　　　守候父亲的墓碑……

　　　　【泱金啜泣着,回到躺着的父亲身边。

泱　　金　　阿爹,你说过会活着回来的,在可可西里这么多年了,你从没有食言,可这回,你怎么就说话不算话了呢……你倒下了,我怎么办。

泱金（少女）（唱）把过去倒回

　　　　　　是不是不会就这样收尾

　　　　　　只剩下等待,无休止梦回

　　　　　　生活的苦味

　　　　　　像荆棘爬满手背

　　　　　　干涸的味蕾

　　　　　　唱不尽苦涩芳菲

　　　　　　在时间的末尾

　　　　　　守候父亲的墓碑……

　　　　【光收,舞台恢复到现实中的今天。

林　　辉　　既然你没有忘记,为什么还要这么做?

泱　　金　　孩子,他们是无辜的呀!

妇　　人　　我阿爹走进可可西里就再也没有出来过,我阿妈改了嫁,不再带着我们几个弟兄姐妹,我们被狼群追击,被饥饿吞噬,我五个兄弟姐妹到这里的时候,只剩下我了,我走到这里的时候已经奄奄一息,是泱金救了我!

泱　　金　　那些都是和我一样没有阿爹、阿妈孩子啊!那些孩子的爸爸也是死的死,被抓的被抓,可可西里的环境恶劣,到处是流沙,我们最缺乏的就是物资,你知道的。

　　　　【电子屏幕上出现了很多孩子的笑脸,一张一张的照片,越来越多,越来越多。

　　　　【林辉、泱金、妇人转向大屏幕!

泱　　金　　可可西里的藏羚羊珍贵,可可西里的人更珍贵啊!也许他们的手是脏的,也许他们身上是脏的,可他们的灵魂是纯净的!

【音乐声中收光。

尾声

时间:晚上(现在)。
地点:可可西里星空下。
人物:中年林辉,中年泱金,妇人,小姑娘。

【林辉身穿黑衣,面向无垠的星空,虽然可可西里的夜晚冷得结冰,他双手伸向星空,好像小可就在那里微笑。

林　辉　小可,我知道你在,我能看见你的脸,你的眼,你双手的温度。你就这样撞进我的怀抱,这一生,你都在我怀里。明天,我就要走了,我要把你留在这永恒中了!我在对你微笑,小可,一如你在对着我微笑!

【音乐《重生》起。

【泱金、妇人、小姑娘一起上前。

泱　金　林辉哥,要走了?你还怪我吗?

林　辉　不,我怎么能怪你?是你让这些孩子有了家,让我重新认识了你,也让我有了重生的勇气!你身上有神灵的光芒!

泱　金　生命是平等的!

林　辉　我是该丢下那些杀戮、仇恨、悲伤的重担,轻装前行了!

泱　金　有些事无法改变,我们只有接受!只有穿上神灵给任何生命的礼物——喜乐、悲伤、同情、谦逊,这一条条道路才能通往天堂!

林　辉　(点点头,走到小姑娘身边)这个也是盗猎者的孩子?

妇　人　她是……(泱金对她摇摇头)

林　辉　对,父辈的事跟孩子没关系。

【林辉把腰间的那把藏刀给了她。

林　辉　你喜欢,就送给你吧!

【小姑娘笑着接过!

【大屏幕上映出可可西里真实事件的缩影文字，如电影结束一般，片尾曲《重生》音乐起。

【舞台上站着盗猎者饰演者、巡山队员们、藏族妇人、小女孩、中年林辉。中间上升带上站着青年林辉、小可、队长、泱金等人。

队员（男高） （唱）忘记过往，忘记忧伤
　　　　　　　　　忘记我们的模样

队　员　　　（齐唱）忘记过往，忘记忧伤
　　　　　　　　　忘记我们的模样

队员（男低） （唱）出生入死，几世轮回
　　　　　　　　　才把心事重重埋藏

合　唱　　　（唱）出生入死，几世轮回
　　　　　　　　　才把心事重重埋藏

合　唱　　　（唱）忘记过往，忘记忧伤
　　　　　　　　　忘记我们的模样
　　　　　　　　　忘记世事沧桑

林辉（青年） （唱）天知道，地明了
　　　　　　　　　命运如此多舛

合唱（女）　 （唱）啊……

林辉（青年） （唱）谁愿意，用尽一生
　　　　　　　　　燃烧青春年少

合唱（女）　 （唱）啊，燃烧青春年少

合唱（混声） （唱）天知道，地明了
　　　　　　　　　命运如此多舛
　　　　　　　　　谁愿意，用尽一生
　　　　　　　　　燃烧青春年少
　　　　　　　　　燃烧，青春年少

林辉（青年） （唱）燃烧，青春年少

林辉（中年） （唱）五百年

合唱（女声） （唱）所有恩怨情仇

林辉（中年） （唱）的沧桑

合唱（女声）（唱）在烈火中涅槃
林辉（中年）（唱）用生命来换取重生
合唱（女声）（唱）用生命来换取重生
林辉（青年）（唱）我看见光，看见希望
　　　　　　　　高贵的血不会，白白流淌
合唱（混声）（唱）我看见光，看见希望
　　　　　　　　高贵的血不会，白白流淌
　　　　　　【小可上前一步看着远方。
小　可　　（唱）留在大漠中的战士
　　　　　　　　愿你魂归故乡
　　　　　　　　和那成千上万藏羚羊守望
　　　　　　　　只要一束信仰
　　　　　　【林辉跟上前眺望。
林　辉　　（唱）也会留在胸膛
　　　　　　【林辉小可齐唱。
小　可　　（唱）在心中期待家的模样
　　　　　　【背景合唱和声。
女孩（童声）（唱）只要一束信仰
　　　　　　　　也会留在胸膛
　　　　　　　　在心中期待家的模样
　　　　　　【音乐大作，全场结束。

商·道[1]

冯 文

序 幕

【幕启。
【舞台一侧,一艘雕镂纹样、巧工设计的货船。
【些许仆人出出进进船舱,搬运货物、调整桅杆。
【一阙禅意悠然的《心诚〈禅思〉》。
【一位妆扮素雅的商人杨其成从船内撩起帘幕走出来。
【海风声、浅浅波涛声、禅乐声,商人迎风饮茶,时而淡然看看眼前做工的仆人。

杨其成　　（吟哦）世间苦差,莫非二项:求之不得,得而不求。仆人自有仆人之苦,求财而不得,蛮力经营,也是枉然;我亦有自身苦,安之若素,春宵美酒,皆是不可得。纵有千金万两,奈何风情尽失,身陷罗网,一如眼前这汪洋,欲念纷纷,不易轻得,只得愈陷愈深。

【船靠岸,收桅杆,众人下船,紧忙卸货。杨其成徐行。

买商甲　　（岸上喊话）杨员外!今日送来哪些好货?布行就等您送货更新了,您的眼力必然是众商最佳,货到财到啊!（高兴地笑,众人

---

[1] 话剧。

热烈回应）

杨其成　　（徐徐下船，淡然，玩弄手中精巧的紫砂壶）些许些许，舱中杭州纤薄皓纱、贵州丝布妆花、广东莨纱绸，还有南京云锦，江宁织造府的内供好料。

买商甲　　（兴奋）好好好，我都要，都要！（站定）您，您赶紧啊，我把银子都准备好了，您只管开价！

【杨其成不耐烦，摇摇头，继续把玩手壶，顺便给仆人下令。

杨其成　　你，前去与他结算。（把玩紫砂壶，起劲儿）得来的钱财，不必交我，好生保管，回府报予夫人即可。

【仆人得令退下。风乍起，货物险些落水，云低，风雨降至。

杨其成　　（稍惊又恢复平静，把茶壶握在手中，背起手来）赶在暴雨前，将货物运至岸上，诸位暂留一宿，明早启程。（说罢，离开船，走向舞台另一侧的茶桌旁，灯光随其步子变暗）

仆　人　　（边搬货物边答复）好的，老爷。（仆人、买商一行下台）

【杨其成所坐茶桌上放有一盏烛灯，昏暗灯光下，杨其成一手撑腮，似睡似醒。

【一阵薄烟来，一位老者（壶公）出现在杨其成面前。杨其成揉眼睛，定睛细看。

壶　公　　（捋着长白胡须）形体和样貌从不欺人骗人，相貌威武者定不是等闲之辈，如若幸得一副入世的好皮相，也算称得上这尘世间的豪杰志士了。（笑对杨其成）

杨其成　　（纳闷）先生何许人也？为何谈及皮相弄人？

壶　公　　（憨笑）相与命这两件东西，是造化生人的时候搭配好的。半斤的八字，还你半斤的相貌；四两的八字，还你四两的相貌，像在天平上称量过一般，谁也不知其中奥秘。

【杨其成略有所思，微微点头。

杨其成　　敢问先生从何方来？
壶　公　　（微笑指壶）我，从你这壶中来。

【壶公笑着捋胡须。杨其成更显惊讶，端详壶，打量老者。

杨其成　　此话怎讲？
壶　公　　数年前，兄在宜兴金沙寺授僧人赠壶之时，我已在壶中，此壶乃金沙僧人采寺前灵土紫砂泥，和着佛前圣水，取寺中已风干千余年的竹片辅做剃刀，经七七四十九道工序制成，出窑后又承七七四十九日佛光开化，而现于世。如此渊源，引我壶公至此。又见兄之相貌得金沙僧人眼缘，终赠壶与兄。如此说来，兄亦是"有缘人"。这福德尽在壶中，这福德啊，也尽在相中。（大笑）

杨其成　（端起壶来惊叹）原来壶中竟有大境界！（再恭敬作揖）还望壶公教化，学生愿追随，恭习此中相法。

【杨其成再三作揖，壶公微笑扶正杨其成。

壶　公　兄不必多礼，相法有道而相无道。且看兄，额高覆肝，鼻如悬胆，双耳齐肩，好生的富贵模样，智力过人，财运亨通，大可闲云野鹤，坐享其成。倘若放下这飘洋的营生，以己之法得己之财，想必也能水到渠成。

杨其成　（惊讶）先生怎知在下正有此意？闲云野鹤，淡泊功名，无劳力费神，无险境困顿，落得一个自在人间，这正是在下之所想！不瞒先生说，在下思虑飘洋危险，眼前也挣得不少财产，心想归了家中，做放债事业，一者，可享自在人生，二者，也助众人一臂之力，帮其安身立命。此事在下斟酌已久，不知可行与否，还请先生指点一二。

壶　公　（微笑点头）兄之本领，万事可行，老朽只赠兄一句——行德生财，失德伤财。

【杨其成深作揖，壶公笑捋胡须。

【舞台渐暗。

第一幕

【舞台亮。

【秦世良与众人在杨府前院伺候，等杨员外放银。

秦世良　（探着脖子往内看，感叹）今日借债款之人如此多⋯

借款甲　（推一下秦世良，问）兄台今日借多少？

秦世良	（有点难为情）五两。	
借款甲	借这般少，兄做何生意？	
秦世良	我本读书人，哪里会做生意。只因家事萧条，不能糊口，如今废了举业，开个极小的铺子，卖些草纸灯心。生活窘迫，只管苦捱。捱到今日，穷困至极，实在过不下去，才来向杨员外借些生活费用，维持维持生计。	
借款甲	难怪看你文文弱弱，原来是个读书人。不过，话又说回来，你大可多借些银两，咱们婺州府谁不知道杨员外看相放债，没准儿他见你面相上等，还会多加银两给你。最不济，不借与你，那也是面相使然。杨员外，飘海生意留下好多钱，你这几两算什么，就是几百两，几千两，对他而言，不过是皮毛。	

【二人边说边望向里面厅堂，焦急等。

【人群中出现与秦世良相貌很像的秦世芳，三五个友人簇拥着他，谈笑着走过来。

友人甲	世芳兄器宇轩昂，不愁杨员外不给你巨额银两去行商，怕的是等兄发达了，却忘了小弟几个当年也算给爷开过道，讨过乐子的。

【秦世芳身边友人诌媚地笑。

秦世芳	你们这些个王八羔子，不怪我骂你们，自家兄弟还讲这般外家话（一边说，一边推怼几个人）别人不知道也就罢了，你们铁定得懂我，有我秦世芳一口肉吃，绝不给兄弟们汤喝！以后啊，有福同享，有钱大家一起赚！

【友人们起哄叫好，秦世芳也沾沾自喜。

【借款甲示意世良看世芳，世良惊讶，目不转睛地看世芳。

秦世芳	（走上前，迟疑，绕世良一圈）天下竟有与我如此相像之人？
秦世良	（恭敬作揖）在下秦世良，兄如何称呼？
秦世芳	难以置信，兄不仅与我相貌相似，连这名唤也极为相像，在下秦世芳，与兄一字之差。

【众人附和着惊奇此事。

友人甲	（打量世良的粗布长衫）看这位兄台打扮，兴许并未从商。我家世芳兄，可是周边皆知的商界才俊，眼下资产已有千金，且不算田地房产。世良兄今日走运像极了世芳兄，杨员外观相后，定会

赏你巨债，供你发家。且把心放于肚中，大胆提价。（大笑）

【世良尴尬含羞，世芳依旧一副自视甚高的模样。

【众人热议时，杨其成走出厅来，前后跟了几十个家仆，有持笔砚的，有拿算盘的，有捧天平的，有抬银子的。杨其成坐于中厅，如衙门升堂一般。杨其成拿紫砂壶喝了一口茶，将茶壶置于桌上。

【民乐，喜庆气氛。

杨其成　（坐稳后慢讲）收票。

【众人簇拥着交票，管家一一收好。

管　家　（收好票，站定）诸位，诸位请安静，（清清嗓子，正经八百，娘娘腔，兰花指翘起来）我再例行一遍杨府放债的三桩规矩，新老乡亲，各自参照：第一桩，我们的利钱与开当铺的不同，当铺里面当一两二两，是三分起息；十两二十两，便成二分起息。我们老爷翻一个案道，借得少的毕竟是个穷人，哪里纳得起重利钱？借得多的定是有家事的人，况且本大利也大，便多取他些也不为虐。所以杨府的利钱论十的是一分，论百的是二分，论千的是三分。

【众人纷纷点头表示赞同。

管　家　（得意）所以，我们老爷不只是为了生财，更是在行仁政。你们说对不对？（用手里的债票拍手，得意）

众　人　（纷纷赞）对……

杨其成　（听得有些不耐烦，示意管家）自家人不许起哄，说正事。

管　家　（收敛）这第二桩，杨府收债放债都有个日期，不可零星交兑。每月之中，初一、十五收，初二、十六放。其余的日子，不接债务交往。（示意众人，严厉状）不在收放日子，不得跑来府上滋事。

杨其成　（认真补充）鄙人平日喜棋牌，打双陆、下象棋，乡亲有同爱好的可以前来切磋，花鸟鱼虫、书画古玩亦可。收放债款之余，不谈事业。

【管家尴尬。众人笑着议论。杨其成自顾自得地喝茶。

管　家　（清清嗓子）这第三桩，也是杨府最重要的一桩放债规矩：看人放债。我们老爷不问你为人信实不信实，也不估你家私还得起还不起，只看相貌何如。若是相貌不济，票上写得多的，他要改少了；若是相貌生得齐整，票上写一倍，他还会借你两倍。（停顿，看众人反应）

秦世良　（对身边人）看这杨员外是有一番真性情，谈吐直率。怕就怕你我面相不济，被当众奚落，脸面岂不丢尽？（略慌）

秦世芳　（听闻，宽慰世良）兄为何如此自卑？形体相貌乃父母所赐，这只是个参照，我倒不信这员外单以面相论英雄。况，你我面相上等，有目共睹，何故自卑？

友人甲　（嘲笑世良）是啊，你只管追随世芳兄！即便不信自己的脸面，也要信世芳兄才是啊！

借款甲　（悄悄拉世良）如今的人，还要拿了银子去央人相面，我眼下不费一文半分，即便是银子不肯借，也讨个终身下落了回来，有何不好？读书人就是脸面薄，你且宽心。

管　家　诸位莫议论，杨府有杨府的规矩，所谓入乡随俗，入府照规。眼下请诸位伺候，唱到名字者，上前让杨老爷相面，再决议债款份额。

【管家退至杨其成身后。众人跃跃欲试，唯秦世良迟疑，与借款甲窃窃私语。

管　家　（唱名）秦世芳，五百两。

【秦世芳上台，杨其成端详。众人窃窃私语，友人甲等跻身至最前，借款甲拉着世良探身关注。

杨其成　（苦笑道）兄哪里借得五百两？

秦世芳　不肖虽不富裕，但也有千金薄产，只因在家坐不过，要借些本钱到江湖上走走，这银子是有抵头的，怎见得就还不起？

【众人静，一一侧耳倾听。

杨其成　兄不要怪我说，你这个尊相，莫说千金，就是百金也留不住。无论做生意不做生意，将来这些尊产少不得付之东流，不如请回去坐坐，还落得安逸几年，省得受那风霜劳碌之苦。

秦世芳　（生气）不借就是了，何须说得这般扫兴？

友人甲　（见世芳生气，示意杨其成）我说员外大人，您开开尊眼瞧清楚，

	若说世芳兄这面相抵不了百金，那估计今日众人无一能取走杨家的银两了。岂不笑话！
杨其成	（笑对友人甲）这位兄台比世芳略强。（起身目扫全场）恕我直言，世芳这面相，今日最差。
友人甲	（哭笑不得，尴尬中露喜色）员外此话当真？！
	【世芳抢过票子，欲气愤离去，见秦世良无奈又惶恐，拉过世良，让杨其成先看。
	【管家维持秩序，拦世芳而不得，反被世芳推倒在旁。
秦世芳	（对杨其成）你看这位兄，他能否趁钱？！
杨其成	（看过世良面相，再捏其手，立起身来道）失敬失敬！（转手拿过票子，查看，大笑）兄这个尊相，将来的家资不在小弟之下，为何只借五两银子？
秦世良	杨员外又来取笑了。晚生家里四壁萧然，朝不谋夕，只是这五两银子还愁员外不肯，怎么说这等过分的话来嘲笑在下？
	【众人疑状。世芳更气。
杨其成	岂敢岂敢，兄这个财主，我包得过。任你要借一千、五百，只管借，料想是绝对有得还的。（大笑）
秦世芳	（拉开杨其成与世良二人，与杨其成道）我与这位兄面容体貌如此接近，大家有目共睹，为何到你这儿，我俩待遇如此天差地别！（环顾四周）依我看，杨府今日欺我太甚，来日，我定要闯出一片天地，让你等鼠辈好好开开眼！
	【说罢，世芳气愤得招呼意犹未尽的友人们离去。
杨其成	（摇头）哎，不自量力，不自量力……（转身对世良）兄二人虽面容体貌一致，但兄慈眉善目，眼神聚气，此乃聚财之相。而世芳兄，眼神外露，企图心太强，加之性格固执，想要得到的东西必须要得到，这人反而不聚财。贪者必贫，是老祖宗留下来的祖训。我岂借他？
秦世良	（慌张）可就是杨员外肯借于晚生，晚生也不敢担当啊！
杨其成	几两、几十两的生意岂是兄做的？你借五百两去，随你做什么生意，包管趁钱，还不要你费一些气力，受一毫辛苦，现现成成做个安逸财主就是了。

【杨其成说完，拿笔递与世良改票。

杨其成　　管家，把五百银两整齐码好，交与这位秦兄。

【管家得令，退下准备。杨与秦紧握双手。场灯渐渐变暗。只听众人讨论纷纷。

群众甲　　杨员外真是火眼金睛，有理有据，想必那秦世芳亏损之时定再回来投靠他。

群众乙　　人有失手，马有失蹄。以后之事，还得走着瞧，谁又能确定杨员外说的就对？那呆头脑的秦世良果真可以当个财主？单听就像极了笑话，还是别当真的好，我们只管看戏罢！（笑）

【海浪声、风雨声渐起。

【追光，秦世芳与友人们匆匆行于舞台前侧。

友人甲　　（追着世芳，边跑边说）世芳兄，今日船工坠海之事，已告知家属，接下来，家属必定滋事，这官司咱们吃定了，下一步怎么办，怎么办？（着急状）

秦世芳　　（回头问友人）事已至此，急有何用？你们几个听好了，眼下先去安抚家属，无论如何，人是在我们船上出的事，这个责任得担。再者，你们去官衙询问赔偿额度，找些办法尽量压低，不是我不想赔偿，而是，这次漂洋买卖已将动产用光。再拿不出更多银两赔偿。（漏出愁相）

【友人们纷纷赞成，秦世芳与几人匆匆离去。

【舞台灯亮，一侧有一艘货船，波涛声。

【秦世良和商人们站在甲板上，看风景，谈天。

随从甲　　先生，您是读书人，这我们知晓。也是因了您是读书人，路上难免动个笔墨，您用得来，不像我们，大字不识，只懂趁钱。可您拿五百两银子全变换绸缎下洋，不觉偏颇？您瞧我们的货（顺势指）绸缎、陶瓷、玉器、木刻……花样多了，选择多，这才能趁银子回来。

秦世良　　（迟疑状）我仍信不过这等奇事会发生在我身上，两个人一样的相貌，他有千金产业，杨员外尚且一厘不肯借他；我这等一个穷鬼，就拼五百两银子放在我身上，难道我果然会做财主不成？想不明白只好不再管他，听说杨府早年拼得这些飘海的本钱，我便想，也拼得去做飘海的生意。我如今不入虎穴，焉得虎子？只当来洋里试试，至于这些货物，世良不才，只识得杨府做绸缎生意发家，便只顾效法，不曾多虑。能赚则赚，若不赚，我也不枉此生这飘洋经历。（略微释然）

【随从甲敷衍着离去，秦世良也随着走入船帐中。

【舞台上的船被推转，调换了方向，显船内景。

【秦世良无聊，拿出笔墨和随身书本，涂涂画画。在船内端详自己的五百两绸缎货物。提笔在书本上写字，撕下后逐匹插到绸缎里。每张内容四大字——婺州秦记。暗暗得意。

随从甲	（进世良房间，见其作为，冷嘲）你的本钱忒大，宝货忒多，也该做个记号，省得别人冒认了去。

【世良羞得脸红，正要掩饰几句，忽闻舵工喊话：西北方黑云起了，要起风暴，快收船进岛！

【舞台船调身，众人出现在船上，落篷的落篷，摇橹的摇橹，刚刚收进岛，怪风大作，雷雨齐来。世良同满船客人，个个张牙吐舌。雨过天晴，正准备开船，盗匪出现，个个持长刀。

盗匪头	想活命的，老实点儿！
众　人	（跪地求饶）我们的银子都买了货物，腰间盘费有限，你们都拿去罢！
盗匪头	我只要货物，不要银子，银子赏你们做盘费回程，将这货物尽搬上来。

【众强盗得了钧令，一齐动手，不上数刻，剩下一只空船。

盗匪头	放你们去罢！
随从甲	（逃上船，与众人埋怨道）不该带了个没时运的人，连累大家，真晦气！
秦世良	（尴尬又着急）本钱被劫了去……这可如何与杨员外交代……

【舞台暗，换景。

【台前再次出现秦世芳几友人同伙。迟疑行走。

友人甲	（试探状）世芳兄，我们还有多少银子走江湖？
秦世芳	（丧气状）最后的银两已做补偿金赔偿给坠海船工的家属。
友人乙	（抬头指杨府）既然我们已到杨府，何不进去讨要些行商的银

两？相信杨员外不会见死不救罢！

【友人甲示意友人乙转移话题。

友人丙　（迟疑状）好像还真被杨员外说中了……

【友人甲上前堵友人丙的嘴。

秦世芳　（对友人甲）你大可不必紧张，我知道你们的意思。但我已在杨府发过誓，他日，我定闯出一番事业。如今若以此般形状再去讨要银两，岂不是让众人耻笑，即便杨其成借钱与我，想必也是"嗟来之食"，岂能下咽？！（抬头看杨府，又向友人们）好马不吃回头草，我将变卖了家田去行商，即使孤注一掷，我也不再踏进杨府半步！

【秦世芳说罢离去，友人们跟随而下。

【杨府内。夜晚。舞台渐亮。

杨其成　（大笑）胜败乃兵家之常，做生意的人失风遇盗之事，哪能没个遭遇？就是学生当初飘洋，十次之中也定然遇着一两次。自古道：'生意不怕折，只怕歇。'你切不可因这一次受惊，就冷了求财之念，譬如掷骰子的，一次大输，必有一次大赢。我如今再借五百两与你，你再拿去飘洋，还你一本数十利。

秦世良　（惊讶道）杨员外，世良不可再受，这一次已是老天警示，不可再借于我了！

杨其成　我若不扶持你做个财主，人都要笑我没有眼睛。你放心借去，只要把胆放泼些，不要说不是自己的本钱，畏首畏尾，那生意就做不开了。自古道：'貌不亏人'，有你这个尊相，偷也偷个财主来。今晚且别，明日是放银的日期，我预先借五百两给你。银子你收去，我还有一句先凶后吉的话吩咐你。万一这主银子又有差池，你还来问我借。我的眼睛绝不骗我，直到你做了财主为止。

秦世良　恭敬不如从命，世良心急，愿拿此银两好好趁钱，放开胆量，另谋出路，还杨府两次本与息。

【台上灯渐暗，杨其成与秦世良坐于原位。

第二幕

【舞台渐亮，客栈内。

【秦世芳到客栈歇脚，刚入座，看到旁边歇脚人与自己相貌很是相似。

秦世芳　（上前）世良兄？数月之前在杨府借银子的世良兄？

秦世良　（惊，起身）世芳兄？莫非兄也来湖广贩米，在此等米？

秦世芳　是啊，不曾想你我如此有缘。敢问兄，当日一别，去了何处趁钱？

秦世良　兄莫提当日之事，员外之话过于冒犯，小弟也想替兄抱不平。他的话判断凶事有准，判断吉事可不见得灵验。他许我做财主，可我一试商海便被劫财，不必说趁钱了，就是保本都不得。怪就怪在，他竟再借债与我，我只好变换路数，来湖广贩米。不料，米少客多，等米期间遇兄，也是极大的缘分。

秦世芳　（作揖）话说回来，杨员外眼力也着实厉害。小弟自他相过之后，弄出一桩人命官司，千金薄产尽是费去。如今已将剩余田地卖了五百两，出来做生意，若趁钱便好，万一折本，怕是也合了他的预言。（叹气）

秦世良　不管如何，与兄面貌相同，姓又相同，名字也像兄弟一般，前世定有些缘分，兄若不弃，我两个结为手足何如？

秦世芳　照杨其成的相法，兄乃他日显赫，小弟我若果真穷困，叫我怎敢仰攀？

秦世良　兄言之过分，休得取笑我。

【两人笑。旁人帮办三牲，两人结拜，世芳为兄，世良为弟，就在神前结了金石之盟。两个搬做一房，日间促膝而谈，夜间抵足而睡，情意甚浓。

【旁人等米无聊，茶余饭后对这对结义兄弟议论纷纷。

看客甲　此二人看似同胞，如今结义也不过分，只是，二者皆商人，难免有"借势同道"之说。谁保那世良不是看中了世芳的才干，世芳

不是看中了世良的运势，二人方才走到一起。表面兄弟，实际也是勾当营生，算得上双赢了，哈哈！（冷笑）

看客乙　　你还笑得出来，就不怕他二人强强联手，以后没了我们施展发挥之处，这买卖可要怎么做哟？（愁疑状）

看客甲　　你不必多虑，尽管二人几多相像，但性格截然不同，加之交情尚浅，难免有些磕磕绊绊。世良能忍，世芳固执，这日后啊，观念不合之事必然多，关系是否长久，咱们走着瞧。

【一日天亮。

店　主　　米到了！米到了！请诸位兑银子买货罢！

【店主吩咐几个小厮去抬米。

世　良　　世良尽为弟之道，兄长先买。（恭敬示意世芳）

世　芳　　（高兴进房间取钱，大叫）不好了，银子被人偷走了！

【周遭围起人来，议论纷纷。

看客乙　　早听闻这家店有过失窃之事，这行里怎么净出如此下贱之人？

看客丙　　我也听闻此事，上次受冤的恰是我商行的弟兄，听说啊，店家跟本地官府有勾当，小地方，有官衙相护，生意才好做。只是苦了我那兄弟，他那次自当破财消灾了。

看客甲　　没来由的话暂且别讲，（探头看世芳世良）我们在这荒山野岭也没个乐子，且看看有没有意外好戏可瞧，人家可是刚刚结义的兄弟俩，不排除有内贼，呵呵呵……

【众人围观，等看笑话。

【一侧安排抬米的店主听闻有偷盗，立马警惕起来。

【一小厮慌张起身欲逃跑。店主一把抓住他。

店　主　　（拎起小厮到一边，小声，气着说）小王八羔子，又是你？！

小　厮　　（求饶）姑奶奶，不是我（迟疑，心虚）那么多小兄弟，怎么会是我呢？

店　主　　（一巴掌打小厮头上，环顾怕别人看见）铁定拿去赌了！你这个拖油瓶子，若不是你，你方才跑什么！（拎耳朵）今天我没空收拾你，哪天给我滚蛋回家！

【小厮被松开，灰头灰脸跑下场。

【店主整理衣服，转身走进人群。

世　芳	（见店主进来）我房里并无别人往来，必是你家小厮送茶送饭看在眼里，套开锁，取去了。我这五百两是拿家田换来的，不是银子，是一家人的性命！你，你若不替我查出来，我就死在你店，决不空手回去！
店　主	（慌张转淡定，走上前）舍下的小厮都是亲丁，决无做贼之理。这些银子必然要到同房共宿的客人那里去查。（走近世良，冷眼示威）偷了人家的银两，还与人称兄道弟，佩服啊！既然已经东窗事发，还不赶紧站出来认个错，兴许保住兄弟一场，不然，你这瞒天过海的，难不成还想栽赃于我店不成？！（停顿，见世良气不做声，转身再向世芳）这位爷，你房内有"梁上君子"呀，（回首怒指世良）你只管找他赔！我主人家是没得赔的！
世　良	（气愤）我一读书人，只求仁义礼智，不曾贪图妄想，况且还是这等低贱勾当！我怎会做得梁上君子？店家你怎可如此污蔑我？
世　芳	对，我不信舍弟能做出如此歹事！
店　主	呵呵！你这兄弟又不是同宗共祖的，也不是一向结拜的，只不过是萍水相逢，偶然投契，如今的盟兄盟弟里面无所不至的事端多了去了！何况，你这舍弟啊，有头脑、会演技，呵呵，就是你信得过他，也难免人家别有居心啊！
世　良	这等说来，若是我偷的，何不将我的行李取出来搜一搜？
店　主	你莫急，自然要搜，不然（停顿，看大家）怎得明白？（笑）

【世良气忿忿走进房去，把行李尽搬出来，教世芳搜。世芳不肯搜，世良自己开了顺袋，取出一封银子。

世　良	这是我自己的五百两，此外若再有一封，就是老兄的！
店　主	（慢慢走上前，细理思路，说）怎么他是五百两，你恰好也是五百两，难道一些零头都没有？（试探世芳，笑）这有些可疑啊……你的银子是多少一封，每封是多少件数，可还记得？
世　芳	我的银子是血产卖来的，与性命一般，怎记不得？二十封，每封二十五件。
店　主	（转身再问世良）你的封数件数也要说来，看对不对。
世　良	我的银子是借来的，因为对主家信得过，便不曾查阅封数和件数。

| 店 主 | （直身，抱起双臂）看兄这个光景，再加莫名这事件，此话一发，很是可疑。如今呐，只看与秦世芳的件数对不对得上便知道了。 |

【店家把银子拆开一看，恰好与世芳说的封数、件数相同。

| 店 主 | 哈哈哈！如今还有什么辩得？（把银子递与世芳） |

【世芳又细细看了一遍。

| 世 芳 | 数目相同，银水相同，（缓缓转头看了世良一眼）这纸包与字目，也相同。（看完，理好放回原地，思虑着起身） |
| 世 良 | （急上前）这……怎会如此一致？（转身向世芳，急问）兄不曾看错？ |

【世芳缓缓走向一旁。

【店主忙上前。

| 店 主 | （对世良）这位兄弟，物证俱在，还要作何解释？（见世良不言语，突然笑起来）读书人嘛有读书人的不易，穷苦书生穷苦书生，说的正是你这一类？若是银两不够，可向你这好哥哥开口，想必他也借你的！何必要偷呢，还以如此明劣之手段，呵呵呵！（停顿）噢，对了，读书人要脸面，（模仿世良）我怎会做得梁上君子？店家你怎可如此污蔑我？（忍不住大笑起来） |

【众人随笑。

世 良	（又急又怒）你，你开的可是黑店！我发誓未偷，必然清白！岂受你这般侮辱！必是你小厮偷取了，怕毁了你店名声，你故意陷害于我！（转身向世芳）兄信我，我绝不会偷银与你！
世 芳	（无奈）兄先莫慌，你我就事论事，我也不会冤你。
店 主	（拉过世良）如今银子已查出来，随你认不认，别再胡赖我家小厮！你再如此，我去官府告你栽赃陷害！

【世良气，上前。

世 良	我秦世良行得正，坐得端，岂怕你们强压诬陷！你快去报官，我倒要让你们仔细瞧瞧是谁偷的银两！
店 主	（大笑）好，你可记好你的话！待官府大人判夺，你可不要后悔！
世 良	（拂袖）无悔！

【店家欲走，世芳看出猫腻，赶忙拉住店家。

| 世 芳 | 不可报官，不可报官……我这兄弟自有他的难处，我也有我的苦 |

衷。我二人在此人生地不熟，官衙介入，怕是事态愈大，再说，错过此次贩米，再等又是半月，家中余银也撑不了妻儿过活。（停顿）还是私了罢！（不敢看世良）

【店主欣喜欲说话，世良拦下。

世　良	兄为何说出如此荒唐话！我本受冤，兄不但不维护，交于官府处置，还伙同这黑店一起冤我，兄不可失义啊！
看客丙	（从人群中探头说）还是听你大哥的，江湖之事，你太无知……
店　主	识时务者为俊杰。（抱臂笑）
世　芳	（拉世良于一侧）贤弟，这桩事教劣兄也难处，人在江湖，身不由己。若报官，店家必定齐全人证物证帮官老爷定你罪，到时不会轻饶于你。再者说来，此非你我地盘，虽说规矩是死，人却是活，况有"欲加之罪何患无辞"之说。我也是为兄着想，免受一难啊！
世　良	士可杀不可辱，我寒窗苦读为的岂是显赫富贵？还不是图一个清白一身！（恼怒）
世　芳	为兄也懂，可，事已至此，你我已无退路……
世　良	（无奈）如若说，我不懂江湖之事，那兄说一法，你我终该如何？

【周围人凑前探听。

【世芳难以启齿。

世　芳	如今物证已在，确无不二之处，众人皆看在眼里，我亦不能不顾这唯一证据……但又不能忍你受牢狱之灾，兴许只得用个两全之法。（停顿）大家认些晦气，各分一半去做本钱，为此事做个了结罢。（转身不忍看世良）
世　良	岂有此理！若是小弟的银子，老兄分毫认不得；若是老兄的银子，小弟分毫取不得。事事都可以仗义，只有这项银子万万不可仗义。兄若仗义让与小弟，便是独为君子；小弟若是仗义让与老兄，岂不是甘为小人？
世　芳	这可如何是好？
世　良	如今只好明之于神。若是老兄肯发咒，说此银断断是你的，小弟情愿空手回去；若是小弟肯发咒，说此银断断是我的，老兄也就

	说不得要袖手空回。小弟宁可别处请罪。
世　芳	贤弟不可这等固执，管仲是千古的贤人，他当初与鲍叔交财也有糊涂的时节。鲍叔知道他家贫，也朦胧不加责备。如今神圣面前不是儿戏，还是依劣兄，各分一半的是。

【两个人争论不止。

看客甲	（对世芳）笑话呀，明明是你的银子，怎么又分与他？
看客乙	（对世良）我们行里是财帛聚会之所在，不便容你这等匪人，快把饭钱结了，趁早走人！

【世良一气之下，请了城隍、关圣两分纸马，对天跪拜。

世　良	这项银两若果然是我偷他的，教我不得好死！

【拜完，与店主把饭账算清。

店　主	（谄媚）客官且把心放宽，人无全人嘛！若下次再来湖广买卖，还住我家……（试探着笑）
世　良	休得痴心妄想！

【世良转身离去。店主原地恼，周围人劝。世芳追上前去，瞒了众人，分世良半分，世良死推不受。

世　芳	（把银两送与世良）兄拿上这份银两，即便不从商营生，路上盘缠也需消耗，日后手头也可宽裕些。
世　良	（失望）兄果然是江湖大商啊，此时此景，你果真重利轻别离，算我秦世良瞎了眼！（不告别，转身离去）

【世芳欲追，听闻身后有看客在偷笑。

世　芳	几位莫要笑我，在下自有在下的打算，如此，不单是为我这兄弟着想，也算自得个心安。
看客甲	呵呵！世间哪有两全之事？依在下看，您只为图个心安。（与身边几人笑道）
看客乙	是啊，且问兄，情义重，还是商利更重？
世　芳	（尴尬）他日我若有所成，会找回兄弟，携他一道，定不计前嫌！

第三幕

【市井音乐起。

【舞台亮。秦世芳生意途中。

【世芳无往不利,卖米收钱、卖绸缎收钱、卖药材收钱、遇贵人扶持得财收钱……世芳得意,数钱数到手软。

【音乐减弱,世芳下。

【一群孩童嬉戏玩耍。

孩　童　（齐念）

小河流水哗啦啦

老财主下雨要回家

借五两,得百银

员外真是睁眼瞎

引得大家笑哈哈

【孩童嬉戏下场。

【世良垂头丧气来杨府等杨员外。

杨其成　（见到世良,喜迎上前）稀客稀客,久不见世良兄,兄近况可好?可否趁钱?（热切相问）

秦世良　（三作揖,汗颜道）世良不才,二次借银未曾出手便被鬼使神差般认作他人之财,世良愚笨,果真无行商之运,还让员外颜面丢尽。真是造孽啊!

杨其成　（笑道）我当何事,兄果真小题大做了,呵呵。兄可知这世道得失相当,今你所失之财,将以别种样式于来日还复你处。兄大可不必多虑,从商之人要看淡一切丢、抢、偷、盗,只要兄不悟偏,保有初心,发财定是早早晚晚的事。何况,兄还有我做支撑,千金散尽还复来,你才几百两银子,无关! 我现在就再借你几百两,再找出路,你这财主啊,我是认定的!

【杨其成说着,令管家准备银两。

【世良拦不住。

管　家　（不从,着急状）老爷您可看好啊,这流水的银子也不是天上掉

	下来的，是您辛苦发家之财啊，何况……（迟疑）
杨其成	何况什么？
管　家	何况，何况城里都在传……传你相错了秦世良！
杨其成	（大笑）你莫管，去，准备五百银再给世良兄！
秦世良	（急上前）管家说得对，员外的钱也不是白给的，即便管家不说，世良也不能再受员外一分钱！世良已决定不再经商，回家甘愿留在破茅陋室教周边孩童识字读诗，也算拾起本行，劳有所用。世良愿倾尽此生所得还员外的大恩大德。（再次作揖）
杨其成	（扶起世良）既然兄心意已定，我也不再勉强于你。但我仍说不管兄做何营生，定是财主命啊，你只管行善就好。
	【杨其成之女杨潇潇与丫鬟小厮在外嬉戏。
杨其成	（唤）潇潇，你且进来，怎越大越不懂礼数了。
	【杨潇潇不情愿地进。杨其成为世良解释。
杨其成	兄见笑了，这是我杨某人唯一的女儿——杨潇潇。前几年，夫人早逝，我自觉先前漂洋在外甚是亏欠她母女二人，而后的管教也不得章法，只图小女开心，不做再多要求于她，也是被我惯坏了的。（憨笑）
	【世良转身看见亭亭玉立又不失活泼的杨潇潇，慌乱间，看呆住了。
	【原本灵动的杨潇潇抬头看到世良正脸，面露羞色。
	【舞台光收，追光给世良和杨潇潇，音乐起。
秦世良	（独白）清水出芙蓉，天然去雕饰……如此倾城之容貌，灵动之神韵，深入我心，世良今日一见也算三生有幸了。
杨潇潇	（独白）这位呆书生，倒也算英俊，奇怪，看他一眼，竟直觉曾在何处见过？像个旧相识。
	【杨潇潇正对秦世良，舞台亮，音乐渐收。
杨潇潇	我叫潇潇，不知公子如何称呼？
杨其成	（不等秦世良开口）潇潇，越来越不像话，女孩子家怎好开口问别人姓氏（会意一笑）你先退下罢。
	【杨潇潇想解释，欲言又止，含羞看着父亲，行礼后退下。
	【世良看着潇潇背影远去，杨其成上前拍拍秦世良肩。
杨其成	（笑道）男大当婚女大当嫁，能和她情投意合者不多，不如我把

	小女许配与你，也好助你成家立业。
秦世良	（吓）不敢不敢，晚生不敢！员外万万使不得！世良虽倾慕于小姐，但小姐如此才貌，理应配得好姻缘，配我岂不是鲜花插在了牛粪上，世良确是高攀不起啊！员外今出此言，更让世良汗颜，怕是此生此世也无以为报了！（停顿）世良立即走，以后不再见小姐一面，请员外放心！（作揖便走）

【杨其成会心地笑，管家上前。

管　家	老爷，您可想好，小姐的终身大事就这么定了？
杨其成	方才未定，不过是试探，现如今听闻秦世良所言，却已是定了。他啊，必成才，你我且看瞧好。

【杨其成大笑着下场，管家无奈摇头下场。

【秦世良在寒舍教孩童们读诗，孩童时而调皮。

【打扮光鲜的秦世芳携友人甲找到秦世良家。

秦世芳	（门口看到世良）这可是世良兄？

【世良教书专注，不曾听到。

孩童甲	（叫住秦世良）老财主，外面有人！
秦世良	（拿着教杆）好好上学，不可再调皮，当心罚你太阳底下端水盆。

【世良用教杆指了指孩童甲，顺势望了一眼门外，发现秦世芳。

秦世芳	（急上前，高兴）兄好！我今一本百利而归，兄别来无恙？

【世良转身取盆交于孩童甲。

秦世良	喏，去门口端好，不罚你不知道天高地厚了。
孩童甲	（起身）这次并未说假话呀，老师为何罚我？
秦世良	罚昨天的，以后再如此，继续罚！

【孩童甲怏怏地走出去。

【友人甲欲上前理论，被秦世芳拦住。

秦世良	（向学生道）歇息片刻，你们仔细玩去罢。

【孩童们高兴离开各自座位，嬉戏而去。

秦世芳	（整理情绪，再上前）看兄眼前光景，我知兄湖广别后过得不易，以前的事我们不必再说。如今不同，我归来正有助兄之意！与你别后，我时运极好，一本百利而归，兄跟我一道，我定助你前景无忧，我二人仍是好弟兄！

秦世良	兄如今事业有成,在下为兄高兴。但杨员外帮扶在下至今,不曾停止关怀,在下深感亏欠,无以为报。既然兄已得财,在下只愿兄将湖广贩米时拿走的钱归还,我也好还了杨员外,以补此次亏欠。(停顿)至于其他,在下不敢妄想,兄有兄的阳关道,我亦有我的独木桥,如此便好。
友人甲	(上前)穷书生一个,还想装清高,世芳兄欲帮那是看得起你,莫要穷酸不识趣。
秦世芳	我不愿再提湖广之事,怕是再次伤及你我兄弟情义。兄为何不能与我一起走商,赚五百两也是易事,再说那湖广之事至今未名,怎有我直接还你一说?(停顿)如你所说,莫非要悔我二人结义之情?什么阳关道,什么独木桥,在下只知兄弟就该有钱一起赚,分如此清白,岂不生分?!
秦世良	兄弟一场,小事含糊也罢,湖广之事含糊不得。令我含冤,还给杨员外讨来不少议论,世人都说他看错了相,嘲笑奚落之事不在少数。
秦世芳	(急)兄莫提杨其成,不谈也罢,谈他我便气急!那日他当众奚落我,说我面相不济,时运潦倒,不能成事,亦不能生财。就连区区五百两银子都不借于我,怕我还不上!逼我卖田行商,其中艰难只有我自知,他可知?如今还不是我赢了财得了利?这般颠倒错乱,口无遮拦,他果真要遭报应的!
秦世良	杨员外兴许有他自己的打算,你我也不可知啊。
秦世芳	(越气)好,如今再来婺州城,见了兄弟,不如兄带我好好"拜访"一次杨其成!我倒要与他理论一番"杨氏相法"!

【二人下场,舞台渐暗。

第四幕

【舞台渐亮。

【杨府放贷,民乐气氛。

【杨其成面对众人坐于庭前,管家在旁报贷款人名字。

【秦世芳与秦世良在人群中。

秦世良	（拽世芳于一旁）兄莫要玩笑，事关杨员外名声。如若理论，可再挑时日，今天你我还是回去罢！
秦世芳	（拒世良心意）俗话说，择日不如撞日，今天是老天爷要给杨其成好看，你我只是推手，让十里相亲都看看这享誉美名的"杨氏相法"何等荒唐！
秦世良	（不解）兄为何不能大度些，非要杨员外难堪？先前他是直率，未有故意奚落你之意。
秦世芳	（冷笑）我没有兄这份度量，我只知以其人之道还治其人之身。
管　家	（报）秦世芳，五百两。（报完向台下望去找人，再看端坐的杨其成）
秦世芳	（大步流星走上台）员外，又见面了，今日您看我能趁几个钱回去？（故意走到台前整理了一遍华服）
杨其成	（笑道）兄请回罢。（徐徐喝茶）
秦世芳	（压着气）为何？
杨其成	我还是那句话：不如请回去坐坐，还落得安逸几年，省得受那风霜劳碌之苦。
秦世芳	（恼怒）员外，我秦世芳如若没有十全的把握是不会再来见你！找你确实为了翻旧账，讨个说法。先前你奚落我也就罢了，如今，我时运极佳，已趁得上万家产，你却装作"睁眼瞎"，仍只借别人，不借于我，还要我回家安逸。我倒要问你居了什么心？！
杨其成	（笑道）我哪有什么居心，全是面相所解。明日之事谁都不可知，兄怎就相信自己到底是个财主命？
台下人甲	杨老爷您就借些银两与他罢，少借他些也不打紧，况且这位兄看上去是勤奋之人，不怕还您不上！
杨其成	我不心疼钱，只是不能纵容了他，让他白忙活一场！
台下人乙	就借些给他罢，早些打发他走，队伍里的人也好有个盼头。

【众人起哄。

秦世芳	（对台下人乙）兄是何方神圣？为何要我走，我就得走？你们看不出在下以己之力帮你们吗？！这"杨氏相法"本来就是荒谬之论！你们果真是，不可再愚！（失望摇头）

台下人乙	兄莫要无理取闹，丢人现眼了！（气）
秦世芳	我无理取闹？！（从人群中揪出世良给大家看）你们看看，这是你们的杨老爷认定的财主，时日过去这么久，还不是依旧穷困潦倒，生活不见起色不说，时运也差。如若说我大家不解，那这位兄的光景又作何解释？（转头向台下人乙）还说我无理取闹，笑话！

【众人指指点点，议论纷纷。

秦世良	（将世芳手松开）兄过分了，我岂是你随意拉拽，任你摆布的？兄弟岂可这样做？

【世良说着要走，世芳后悔方才行为，挽留世良。

秦世芳	（着急解释）兄，误会了！我是对杨其成和这些个愚众，不曾对你啊！
杨其成	（放下手中紫砂壶，喊住秦世良）世良稍等。

【世良不情愿地驻足，站于旁。

杨其成	（端起紫砂壶，看二人）世良与世芳正如这壶身和壶嘴，一个循序渐进，有容乃大；一个只是过场，怕是为别人做了嫁衣裳。
台下人乙	（起哄）让那"壶嘴兄"赶紧下台罢！我们等久矣，让他给别人做衣裳去，何苦耗费大家的光阴！
秦世芳	（激怒）谁是壶嘴，谁是壶身，谁去给别人做嫁衣裳，你且说明白！
杨其成	（端着壶，边看边慢慢说）你是壶嘴，世良是壶身，你定要去给别人做嫁衣裳。
秦世芳	（愤怒）我不信你胡言乱语，歪门邪道！你且去跟我这兄弟说，他自信你！（伸手夺过壶）今日这壶就是祸端，我且砸了它，看你日后还有怎么编撰故事欺我！

【秦世芳砸壶。

【众人惊讶，小声议论。

【世良接壶未接住，惊讶之后附身捡壶。

杨其成	（俯下身，哭诉）我的壶！我的壶……来人，将这无赖强盗赶出我杨府！

【杨其成气晕，众人围上来关切，管家扶他坐于椅上，帮他捋气。

管　家	对对对，把他赶出去，杨府不接见这等蛮横无理之人！
	【众人不等小厮到来，集众驱赶秦世芳。
秦世芳	（挣脱，站定）不必驱赶，我自会走！今日离去，再不回头！（停顿）只是，我要再问我这兄弟最后一句：不管别人眼色，我今已发达，只愿与兄共享，兄可愿与我同闯商行？（诚恳状）
	【秦世良默默捡壶不抬头。
台下人甲	（嘲笑）自家兄弟都信不过你，还表何忠心？
台下人乙	（走近世良说）人就怕心高自大，发达便发达，何故向旁人炫耀，况眼前还是自家兄弟！如若换了我啊，不但不应他，定与他老死不相往来！
秦世芳	（指着众人）你们，你们主仆一家，宾客同台，欺于我！我秦世芳绝不回头，以后行商路途见了，只当生人一个，万不要论其他！（气愤离去）
台下人甲	（对乙道）啧啧，你我羞辱他作甚！他毕竟财主，日后万一要需他帮衬的，便不好开口……
	【舞台暗，杨其成昏坐椅上，其他人下场。
	【杨其成梦境，舞台另一侧出现壶公。
壶　公	杨员外，行德生财，失德失财，预言人事也要留个口德呐！（笑捋胡须）
杨其成	（惊讶）壶公还在？晚生以为此生无望见壶公了，善哉善哉……（站起，深深鞠躬）
壶　公	（笑道）无困于形啊，我如此，你也应如此。
杨其成	（疑惑）壶公的意思是……
壶　公	那秦世芳碎壶之前，我在，秦世芳碎壶之后，我仍在，我只为缘分福德停留，并未受困于壶中。何况，秦世良那小弟不是已将壶拿去修补？补过的壶，沾染了善人的气息，兴许更有灵气。你且放宽心。
杨其成	（长吁一口气）那就好，那就好……
壶　公	倒是你，相法精髓你虽掌握，但却常被这相法所困。相由心生，随时而变，相已不定，你为何还要定性而论？就说这世芳，他到底为谁做了嫁衣裳，岂是你们凡人可知？（说完大笑起来）

杨其成	（似有所悟）壶公一语，醍醐灌顶呐！（再次作揖）只是那世芳，起誓不再跨进我府上半步，怕是日后很难再见，叫我怎知他结果？（疑虑）
壶　公	等。他不来，你自消遣；他再来，便是另外景象。（笑）等罢！

【舞台暗。

第五幕

【舞台渐亮。音乐庄重。
【世芳携族人祭祖。
【鸣炮、奏乐、族人整齐列队。
【祭司主持祭祖仪式。

祭　司	承祖上庇护，我族秦世芳行商成功，衣锦还乡，为族人带回财富荣光。今我全体族人随世芳前来告贺先祖，愿先祖保佑我族福德兴旺，生生不息！
众　人	（齐）愿先祖保佑我族福德兴旺，生生不息！
祭　司	现由世芳代表全族，向秦氏先祖敬献祭品、焚烧香褾，以示崇敬！

【世芳携妻，摆放祭品，跪拜于前。

秦世芳	今世芳获此财富，源自祖上余荫庇护，日后兴家旺族，愿先祖保佑，保佑我族吉祥顺遂！（叩拜）
世芳妻	祖上余荫，保佑了世芳白手起家，身无分文而去，满载银两而归。终年漂泊，贱妻只愿他可平安无事，愿祖上保佑、周全！（再叩拜）

【秦世芳盯着跪在身边的妻子看。

秦世芳	（惊）你方才说什么？
世芳妻	（疑惑）怎么？我说的确实实话，我只想祖上保你周全，其他已不贪图。
秦世芳	（回忆状）不，前面一句。

世芳妻	噢，我说你身无分文而去，满载银两而归，感恩祖上庇护，有何不妥？
秦世芳	（起身，更疑）何出此言？我变卖了家田，带着五百两银子去营生，你怎说我身无分文而去？
世芳妻	（起身解释）你那五百两银子现在家中，何曾带去？

【世芳不解其故，只管定着眼睛对妻子。】

世芳妻	你那日出门之后，我晚间上床去睡，在枕边柜子里摸着一封银子，就是那宗田价。只想着你本钱掉在家中，毕竟要回来取，谁知你这么一走，便再也不见。我只怕你没了盘费，流落在异乡，不曾想你竟做起财主来。我只得感恩祖上庇护啊！（停顿）你说你携银两而去，那银两倒是从何得来？
秦世芳	（呆住，后退）莫非……银子趁了这些，负心人也便是做得了。
众　人	（涌上前，急问）为何？！
世芳妻	怎会做得负心人？
秦世芳	我把结义兄弟的本钱误认为自己的本钱，害得他名利全无，我却一本百利。更可恨是，回程时又因为他拒绝与我走商，大闹了婺州杨府。（停顿）杨其成果然说得对，我确实为别人做了嫁衣裳，离开杨府时人仰马翻，员外气晕，都不知他们现下如何，我真是作孽！再无脸面见他二人！（懊悔，抱头蹲下）
族人甲	这么说来，世芳兄并未发达，确即将要发达了那位结义兄弟？唉……
族人乙	这么说来，世芳兄不但无可庆贺，还得先回去讨个原谅罢！
族人丙	是啊，这等冤案还是先给人洗清，再议其他。
祭　司	大家莫慌乱，眼前还在祭祖，我族要安静伺祖，繁杂人等退下。

（祭司话音未落，世芳妻急走出来）

世芳妻	（站于人前）这等，我家世芳的本钱虽是那个人的银子，但时运却是他自己的。如今拼得把这五百两送去还他就是了，哪有诸位说得复杂？！
秦世芳	岂有此理，一个妇道人家懂什么？！有本才有利，我若没有他这本钱，莫说做生意，就是盘缠也没得回来。那时把他的银子错认也罢了，还教他认个贼去。仔细想来，我成了什么人？如今只有

世芳妻	（坐地，哭腔）自己天大的造化啊，趁得这些银子，怎么白白拿去送人了？（停顿）你就送与他，他只说自己本钱上生出来的，也决不会感激你的，为什么做这种呆事啊？

一说，将本利一齐送去还他，随他多少分些与我，一来赔他当日之罪，二来也表我并未有意负心。

世芳妻　（坐地，哭腔）自己天大的造化啊，趁得这些银子，怎么白白拿去送人了？（停顿）你就送与他，他只说自己本钱上生出来的，也决不会感激你的，为什么做这种呆事啊？

【族人们有搀扶世芳妻者，有议论纷纷者。

秦世芳　（指点着撒泼在地的妻子）方才在先祖面前，你还说只求我平安周全，不求其他。这才过了几时，你又来央求与我多留些银两在家，哼，真是贱妻难养！你再这般撒泼，当心扰了祖先，惩罚于你！

【世芳妻立马收声，一边抹眼泪，一边乖乖站在一旁。

秦世芳　（叩拜了祖先，再向祭司和族人作揖）在下必先找了我那兄弟，赔他不是，并将本利全还。（停顿）贱妻不懂事，叨扰到各位还请原谅，待我归来，再给各位交代。告辞！（再次作揖，离去）

第六幕

【场暗后亮，杨府。
【秦世良给杨其成送壶。

杨其成　（端详补后的紫砂壶）哎呀呀，心灵者手巧！世良啊世良，在下未曾想过兄竟有如此手艺！（再看壶）瞧这锯钉，稳扎稳打，一看便知这做活的人定是一个耐得住心气之人。（指壶）再看这枚装修荷叶，玲珑小巧，竟给一把旧壶添了不少生气。（再叹）难怪先生曾说，补过的壶，只要沾染善人的气息，便会更有灵气！

秦世良　（好奇）不知员外说的哪位先生？

杨其成　（敷衍笑道）呵呵，不是什么重要人物，不过隔壁寺庙老僧。

【世芳急走进来，管家没有拦住。

管　家　（着急禀报）老爷，小的无能，没有拦住这个强盗无赖，又放了他进来。

杨其成	（挥手）你先下去。
秦世芳	现已管不了再多了，什么誓不誓言，都不比上我兄弟的尊严！
秦世良	（站起来）湖广之后，我已无尊严可言，兄且莫来闹事。

【世芳连忙围着世良作揖。

秦世芳	千惭愧、万惭愧，劣兄该死，劣兄该死……

【世芳作了揖，再跪下来向世良和杨其成嗑头。世良不知情，慌乱中也跪下来对拜。杨其成也连忙站起身来。

秦世良	兄要折煞我啊！到底为何？
秦世芳	我那趁钱的生意，都是依了贤弟的福分啊！劣兄今日一来负荆请罪，二来连本连利送来交还原主，请贤弟验收。
秦世良	（大惊）这是什么说话？！小弟不解。
杨其成	（安抚世良）你且听他讲完。
秦世芳	劣兄离别杨府后，返乡祭祖、报喜。不料贱内在祭坛前感恩先祖，竟说出走商真相。劣兄恍然，才醒悟本钱下落，未曾被人窃取，更未曾出现于客栈，那本钱，至今还原封不动躺于家中！

【杨其成面露喜色，退回座位喝茶。

秦世良	（笑道）这等说来，小弟的贼星出命了。如今事已长久，本可隐瞒，兄竟肯说出实情，足见盛德。
秦世芳	贤弟说哪里话，劣兄若不靠贤弟的本钱，莫说求利，就是身子也不得回家，岂有负恩之理？如今本利共有五万之数，都买了绸缎，今已带来，贤弟请去一同取回。
秦世良	小弟是一个命薄之人，不敢再求原本，只愿洗去这个贼名，便是桩侥幸之事了，小弟心领盛情。（说罢作揖）
秦世芳	劣兄别你后，虽然奔走行商，也不过是侥天之幸，不曾受什么辛苦。贤弟若念结义之情，多少惠我百金，为心力之费；若终推辞不受，是要自己独为君子，教劣兄做贪财负义的小人？走！与我取了货回来！（拉世良取货）
秦世良	（站住）老兄不要矫情，世上哪有自己求来的富贵，舍与别人之理？古人常道：'不义取财，如以身为沟壑。'小弟若受了这些东西，只当把身子做了茅坑，凡世间不洁之物，都可以丢来了，这断然要不得。

秦世芳　　（变起脸来）贤弟若苦苦不受，劣兄把绸缎搬来，堆在空野之中，买几担干柴，放一把火，烧了它便是！

秦世良　　兄莫再意气用事！

【杨其成起身，走上前。

杨其成　　（笑道）世芳兄，我府上有供日常生火的千金干柴，你可随意拿去使用，包管够用。

秦世芳　　员外，在下……不敢……

杨其成　　何时把这脾气收敛，何时就是你得正财之时。

秦世芳　　（作揖）杨员外教训极是！小弟先前冒犯了员外，不明员外大智慧，恶语伤及员外。真是造孽！今只管佩服员外相法预言，小弟挣再多银两，也无非是为别人做了嫁衣裳。

杨其成　　此言差矣，别人在哪？哪里有别人？（停顿）论你相貌，是个彻底的穷人，只是脸上气色比先前大不相同。先前是一团的滞气，不但生意不趁钱，还有官府口舌，我若把银子借你，只好贴你打官司；如今你脸上，不但滞气没有了，又生出些许阴骘纹来，毕竟存了善心，做了天大的好事，才有这等气色，将来正要发财。

秦世良　　兄眼下已发财，怪他执拗非要还我所有，杨员外，我一穷苦书生，未曾见过如此多银两，便是拿来也不会使用。求员外劝世芳兄收回，好续上他先前的生意，也对其他商人行了诚信。

杨其成　　（大笑）这正是我要提醒之处，世芳自己福分有限，须要衬着个大财主，与他合做生意，沾些时运过来，还他本少利多；若他单枪独马去做，虽不折本，也只好趁些蝇头小利而已。

秦世芳　　（急上前）在下不图什么大财主借力，只求世良兄能收了我这银两，以图心安。

杨其成　　现如今，兄足可以"一举两得"。（笑，喝茶）

秦世良　　员外此话怎讲？

【世良世芳近身敬听。

杨其成　　（对世良道）我先前就讲，随你折本还是趁钱，总归等你做到财主我才得停。如今折本折出上万银子来，别人替你走过千山万水，趁了银子送上门来，可不是个安逸财主？所以，能助世芳生财保财的大主钱财正是世良你！

秦世良	（慌）员外莫要笑我，别人若不知我无能，您可知啊，此话一出，即要我坑害了世芳兄行商。不得行，不得行啊！
杨其成	兄未见真相，而我杨某人见了真相。众人知你表面无能，而我杨某认你定有作为，兄可知，福德才是一个人的大作为！何况，世芳正需要一位可以福泽他的同伴，你二者定要合作生财。（笑）
秦世芳	（醒悟）原来员外所说大财主竟是世良兄，真是远在天边近在眼前啊！（向世良道）如若兄能与我同道，我秦世芳定是用了三生三世的修为来换的。
秦世良	既然二位如此说，我愿随兄一道行商，行德生财。
杨其成	（笑对世良）再说这笔钱财，你要辞也辞不得，不是我得罪世芳讲，他若不发这片好心，做这桩好事，莫说五万，就是五十万也依旧会去的。（对世良、世芳）我如今替你们斟酌，一个出了本钱，一个费了心力，对半均分，再没得说。
秦世芳	既蒙员外吩咐，不敢不遵。只是这项本钱，原是世良借员外的，利钱自然该在公帐里除，难道教他独认不成？
杨其成	说得也是。

【杨其成思量，叫管家把利钱一算。

管　家	（拨算盘）连本结个总帐，共该交还一千三百两。
秦世芳	对对，一总除还。
秦世良	你只受得五百两，其余的你不曾见面，难道强盗劫去的也要你认不成？！万万不行！
杨其成	那就依世良，总数里只除五百两的本利。剩下五百两利息从世良分得的钱数里再除。（笑）我祝你二人旗开得胜！

第七幕

【婚礼音乐起，舞台亮。
【众人纷纷前来杨府，向杨其成道喜。

众　人	杨老爷，恭喜恭喜啊！

【身着异国服饰的一行人，携带重礼前来道贺。

一行人　　恭喜杨老爷！贺喜杨老爷！
【众人诧异，杨其成迎上前。

杨其成　　（作揖还礼）敢问诸位从何而来，怎知府上喜事？（停顿，尴尬）恕我直言，我怎记不起府上曾与异国有何交易？

驸　马　　（笑着上场）杨员外，您不曾与我交易，可您的新婿却与我交情深厚啊！

【一行人推至两侧，恭敬作揖。

一行人　　大公！
众　人　　大公？（更惊）

【杨其成疑惑状，作揖。

驸　马　　（扶起杨其成）员外不要疑虑，我本莫斯科公国商人，漂洋中国之时坏了船只，货物沉入大海，喜我命不该死，抱住一块船板浮入岛上，也落入海盗手中。无奈当时为保命，便随了他们海上抢劫，心想只要留住性命，终有一天可以回到莫斯科大公国。（停顿）恰逢海上暴风雨，汪洋之中又遇一商船，便抢了他们的货物，随即笼络了岛上的海盗，让他们知道汪洋的尽头有晴朗的天空和幸福的生活。风平浪静，我带他们返回莫斯科大公国，开始行商。后来，我被国王识去当了驸马，他们也凭借抢来的那批中国绸缎货物发家致富。（回头）看，就是他们！（笑）

杨其成　　那小婿……

驸　马　　您且听我说完，当年抢货的商船就是秦兄所在船只，回国后发现，货物内，有一宗绸缎，上面有秦世良的图书字号——婺州秦记！我一心访问，报恩那日遭遇！今恰好杨府大喜，使臣告知我当年的恩人正在府上，他不是别人，正是杨员外的新婿——秦世良！

画外音　　时辰已到，新郎新娘入场！

【音乐起，新郎新娘上场，众人叫好。
【婚礼行礼。
【世良挑盖头。
【众人簇拥着上前，世良与驸马相识。

秦世良	这位兄,你,你是?
驸　马	正是!我就是海上劫走你货物的"海盗",哈哈哈!

【秦世良下意识护妻后退。

驸　马	世良兄,今日我是来报恩,正是你"婺州秦记"的绸缎在我大公国盛行,我也才有了今日这身光景!(准备跪谢)恩人!
秦世良	快快起身!(停顿)原来如此,兄不必客气,我我……我秦世良竟有今日福分!(停顿,转身)感谢员外!(叩拜)
众　人	还叫员外?(哄笑)
秦世良	(拉过潇潇,齐叫)爹!
杨其成	(对世良世芳道)借杨府大喜之日,我将此宝壶赠与你兄弟二人,记住,行德生财,失德伤财!我杨某人祝你们生生世世兴家旺财!

【众人欢庆,其乐融融。

尾声

【舞台渐渐变暗,锣鼓声、喜乐声渐收。禅乐〈禅思〉渐起。

【壶公出现在舞台,一束追光,云雾渺远。

壶　公	(笑道)这世良啊,相貌生得好,只要不做歹事,粪土也能变做黄金;世芳呢,虽然相貌生得不济,只要肯做好事,他也能得"人财"。正所谓,行德生财,失德伤财。至于杨其成啊,他虽会相面,可还要修炼呐!这钱嘛,哈哈哈,我只能在这儿祝大家行善积德,财源广进呐!(将胡须,大笑)

【壶公在一片云雾飘渺中渐渐消失,留下渐远的笑声。

【闭幕。

注:本剧获"戏剧中国"2019年度作品推选·话剧类优佳剧本奖。

附：结项公演及获奖材料

证 书

"戏剧中国"2019年度作品征集推选活动

冯 文 先生/女士

您编剧的话剧《商·道》获"戏剧中国"2019年度作品征集推选活动·话剧类优佳剧本,特颁此证。

中国戏剧文学学会
"戏剧中国"作品征集推选活动组委会
2020年6月30日

长 椅[①]

刘宝淇

序

紧闭的大幕,台上漆黑一团。
隔着幕布,传来了微弱的音乐,
音乐随着剧情渐强,
音乐的旋律比较悠长,带有一点儿时间流逝后的叹息与感伤,
像秋天树上的落叶,在阳光下摇曳着自己的微光。
【幕启。
韩梅梅和李明从舞台两侧上场,他们面向彼此,深情地走向对方,
在距离两个人大概半米的地方,两人停住,深情凝望,
片刻之间,两人伸出双手,像隔着玻璃一样交流。
音乐渐强,
两人转身,各自回到出场的地方。
空的舞台。两侧有光照射进来。
【暗场
【音乐收。
光启:李明提着公文包上场。

---

① 音乐戏剧。

李　明	我叫李明，男，三十岁，身高一米七八，体重一百五十斤，血型A，天秤座，喜欢音乐，爱生活，目前是一家房企的管理人员，父母健在，儿孙满堂，不，纠正一下，即将满堂。另一侧韩梅梅上场。
韩梅梅	我叫韩梅梅，对，就是中学课本上大家天天念到的那个韩梅梅，今年二十八岁，身高一米六五，体重（停顿）你们猜！血型O，水瓶座，爱诗歌，爱生活。父母健在，家庭小康。
李　明	我喜欢交朋友，喜欢运动，喜欢旅行，形象讨人喜欢。身边的同事总说我没有安全感，其实，我觉得是她们自己没有安全感。有位哲人说过，安全感是自己给的，最大的安全感就是自己。
韩梅梅	不知道为什么，我这个人缺乏安全感，尤其是在感情上。我喜欢买东西，买各种生活用品，买衣服，买鞋子，买一切我觉得能买不能买的东西。莎士比亚说过，女人的名字叫脆弱，我觉得，我其实可以改名叫韩脆弱，（叹气）我觉得这句话说得不够诗意！
李　明	我要结婚了，是的，你没有听错。就是今天，我这就去民政局。
韩梅梅	我要结婚了，就在今天，现在正在去民政局的路上。
李　明	今天的风有点大，就像我的心情，轻舞飞扬。
韩梅梅	今天的阳光有点刺眼，晃得我眼睛有点酸胀，我的心莫名的感伤。
李　明	梅梅！
韩梅梅	李明！
齐　声	我们，就要，结婚了！

第一场

【黄昏，公园内，游人渐渐散去，韩梅梅和李明又走到那个他们第一次认识的长椅旁。韩梅梅停下脚步。

韩梅梅	亲爱的，（摸着长椅的扶手，深情地看着）你还记得这个地方吗？

李 明	（看着旁边的小孩子玩儿，自己在笑，头也不回）记得，记得……，不就是这个公园吗，我们来了好多次了。
韩梅梅	李明，我不是说的这里，我是说的这里（用手指着长椅，语气加强）
李 明	（回过头来）记得，记得，不就是……不就是那个……什么——那个——哎哟——妈呀——就是那个什么嘛！
韩梅梅	（低头落寞的）我就知道你不记得了……"你／一会儿看我／一会儿看云／我觉得／你看我时很远／你看云时很近"
李 明	是，是，哦，不，不是，不是……我刚刚不是在看那边的小孩儿打架嘛，你看多好玩儿！你看，我在想……我们以后是不是也会有这么可爱的……
韩梅梅	我们明天就要结婚了，可是……我们刚刚恋爱两年，我有时候觉得看婚姻，就像是一首诗中说的那样"小巷／又弯又长／没有门／没有窗／我拿把旧钥匙／敲着厚厚的墙。"
李 明	（埋怨的）完了，完了，又开始了，又开始了，一惆怅就念诗，一不高兴就念诗，还专挑那短命的诗人念，我还想多话两年呢！（对梅梅）我不是一时走神了嘛……（指着长椅，做夸张状）这……这……这不是我们的媒人吗，我怎么敢忘了呢？你借我二十个熊胆我也不敢啊，（自言自语）不过现在也没有熊胆了，因为熊都被逼得去念顾城的诗了，最后全得抑郁症自杀了。（突然变大声）梅梅……我记得，我都记得，那是个月黑风高的夜晚，我穿着一件黑衣服在公园里飘荡，黑夜，给了我黑色的眼睛，我却用它来寻找——美眉。
韩梅梅	然后呢……
李 明	然后我就看见了你旁边有一个美丽的女孩子走过……（臆想状）
韩梅梅	什么？
李 明	不对不对，是看到一个美丽的女孩子走过来坐到长椅上，就是你，亲爱的梅梅。
韩梅梅	是吗？那我为什么那么晚了还在公园里呢？
李 明	是啊，为什么你那么晚了还在公园里呢？（自言自语）你长那么黑，就不怕被别人撞到吗？哦！对，一定是，梅梅，是因为你浪

	漫，嫌白天的公园太吵闹，要来享受夜晚的宁静。
韩梅梅	对啊……那时"大地黑暗又平静／只剩下一串路灯／树影亲切又阴森／遮断了街旁的小径／我的心发热又发冷／忍受着希望的楚痛"（说着流泪了）

【李明双手扶着梅梅的肩膀，心疼地看着她，用手撩了一下她额前的刘海儿。

李　明	梅梅，别哭了，是我不好，我刚刚是脑袋被牛踩了，想逗你呢，我怎么能忘了呢，当时你在长椅上哭，我看见了就坐到你旁边，我们聊了很多，后来就留下了联系方式，再后来就走到了一起，一直到现在，（冲着观众，有些释然地）明天，我们就要结婚了。
韩梅梅	（擦干眼泪）那好，你说你没有忘。那你能陪我把当天的情形再演一遍吗？顾城曾经说过："生命中只有感觉／生活中只有教义／当我们得到了生活／生命便悄悄飞离／像一群被打湿的小鸽子／在雾中／失去踪迹"我不想失去生命的小鸽子，还有……那……（陷入低沉的情绪）
李　明	（走到一旁）这可怎么办……明天就要结婚了，今天给我来这一出，这女人的心真是小孩的脸说变就变！只有硬着头皮演了，等到明天……（语气加强）拿了结婚证……哼哼……（语气转为无奈）那可就要跪搓衣板了。（走到韩梅梅身边）亲爱的，我们可以开始了。我会证明我和当初一样爱你，不，比当初更爱你。（单膝跪地，牵着她的手，用最真诚的眼神看着她，连观众都被感动了）

【音乐，常用的抒情回忆音乐。

第二场

【音乐同上一场。

【韩梅梅一个人坐着，李明在旁边，准备走过来。

韩梅梅	（突然看着他）当时的你并不是这样的，你走路的姿势……

| 李　明 | （自语）这女人怎么记得那么清楚，好，好，我们重来一遍，音乐，MUSIC！

【李明一边自言自语念着，（一步两步三步走，搓手紧张）一边走了过来。

【韩梅梅坐着一动不动。

| 李　明 | 小……姐，哈哈哈，（狂笑）我实在是忍不住了，我们都这么熟了，你要我装我实在是……

【韩梅梅已经陷入回忆，在流泪。

曲目1：我明白

| 李　明 | （唱）

　　月光下温柔的风，吹散了我心头的旧梦
　　今夜站在这熟悉的街口
　　找寻那丢失的永恒
　　或许曾经行色匆匆看不清
　　或许忙碌紧张成了病
　　或许世界变化太快辨不清真伪
　　又或许是两颗心的结合需要更多沟通
　　这一切都没有关系
　　只要我们心中有爱，梦里有灯
　　就可以穿越迷雾抵达旅程
　　哪怕风风雨雨来不及承诺
　　两个心紧紧相系，紧紧相拥
　　我明白，你缺少安全
　　所以你目光低沉默不作声
　　我明白，你内心忐忑
　　不安的心总是聆听无处安放的钟声
　　可是我真的不知道，我要如何才能让你明白我的爱
　　我的心已经给你
　　无数次誓言证明
　　我们是彼此的爱人，一生的守护

　　　　　　不应该让隔阂生长在心中
　　　　　　我的爱人，让我们敞开心扉，乘着今夜这温柔的晚风
　　　　　　相爱相依，守护着我们的

李　明　　梅梅……梅梅，对不起，对不起，我重来，你别哭了，你一哭，我心都碎了……

韩梅梅　　不，不是……

李　明　　亲爱的，我这次一定认真哈。（对观众）你说这是何必呢，女人啊，就会自己给自己找麻烦，胖了吧，说自己不够骨感，瘦了吧，又说自己没有质感。买衣服的时候，你说好……看吧，她说你甜言蜜语就会说好听的；你说不好看吧，她说你就想快点回家没有一点诚意。哎……其实啊，女人想要活好挺容易的，就得明白一句话：女人何苦为难女人。

李　明　　音乐，再一次 MUSIC！

【李明扭捏地走到韩梅梅旁边。

李　明　　小姐，这么晚了怎么一个人在这边，请问你旁边有人吗？

【韩梅梅摇摇头，把放在旁边的包挪了过来。从里面抽了一张纸，擦了擦眼泪和鼻涕。李明顺势在旁边坐下。

李　明　　小姐，请问您叫什么名字呢？

韩梅梅　　哦，我叫韩梅梅。

李　明　　你好，韩梅梅，我叫李明，我们俩还真是有缘啊。还记得中学课本上的对话吗？How are you？

韩梅梅　　破涕为笑，Fine, thank you, and you？

李　明　　I'm fine, too.

【两人同时笑了，互相看对方一眼，同时低下了头。

李　明　　这么晚了，怎么一个人在这儿难过。

韩梅梅　　你不也是一个人？

李　明　　我嘛，单身汉一个，回去也没有意思，就出来逛逛，权当锻炼身体了。

韩梅梅　　（突然语气加强，眼睛死死盯着前方）"我被风推着／向东向西／太阳消失在暮色里／黑夜来了／我驶进银河的港湾／几千个星星对我看着"。

李　明	（抬头）哦，对，今晚的星星是挺多的。月亮也很漂亮，小姐你真有诗意。
韩梅梅	要是我的那个他……（突然变哭腔）"我被他出卖了／卖了多少谁能知道／只有月亮从指缝中落下／使血液结冰"。
李　明	（背说，有些愤怒地）什么？什么？什么？那个他？我记得当时我们说了月亮之后就一起去我家赏月了啊，什么时候来了个他？那个他是谁？她从来没有跟我说过为什么来到这儿哭，我一开始为了不让她伤心，就没有问，后来也就忘了，今儿演着演着还有点意外收获？好，好。我倒是要在结婚前问问清楚，你到底心里还有没有他！（继续进入刚刚的状态）是吗？他是谁？是他让你难过吗？
韩梅梅	（哭，转成河南方言，泼妇骂街）他，他，他是我男友，不，前男友，我们已经分手了，他喜欢上了我的闺蜜，我一直以为这种狗血的电视剧不会发生在我的身上，结果他们俩就像狗皮膏药似的一下就黏上了，还撕都撕不开！（说完又恢复到刚才的坐姿和语气）你说，那月亮……
李　明	原来是被人抛弃了找到了我啊！哼！还一天到晚说我和前女友藕断丝连，现在你不也想跟前男友千里共婵娟吗？还月亮，我还火星呢我。不行，我还得问问。（又进入刚刚的状态）那你爱他吗？
韩梅梅	他的眼睛，是那样地清澈，我都看不到底，那么迷人的眼睛……
李　明	眼睛，迷人的眼睛！知道我眼睛小就来拿眼睛气我，眼睛小怎么了，眼睛小照样迷死人！知道梁朝伟吗？知道林永健吗？人眼睛比我还小呢，照样当明星！（故作镇定）我是问你爱他吗？
韩梅梅	爱，我以前……（似乎陷入回忆，花痴状）

【李明的内心此时被激怒，刚才游戏的心态荡然无存。他，此时，作为一个即将迈入婚姻的男人，面对自己将要携手一生却还在想着别的男人的女人，情绪达到爆发的边缘。

李　明	停！停！停！音乐，小提琴去厕所拉去！你跟我说说，那个他，你的前男友是谁？你到底爱他还是爱我？今天，我把话放这儿了。

【韩梅梅由幻想进入现实。

韩梅梅	什么话？
李　明	今天有我没他，有他……有他……
韩梅梅	有他怎么了？
李　明	有他我也照样活着我。活得好好的。
韩梅梅	"葡萄藤因幻想／而延伸的触丝／海浪因退缩／而耸起的背脊"，而男人，因占有而分不清爱情。（背言）他，到底是爱我还是想占有我，我今天也必须得弄明白。
李　明	（装作不在乎）我才不和那种庸俗的男人一样有那么强的占有欲呢。我问你，（语速突然加快）他是干什么的，叫什么，多大岁数，家有几口人，有无传染病史，上小学得过几朵小红花，你俩是什么时候开始的又是什么时候结束的，最后，有没有过亲密接触？
韩梅梅	（轻挑眉毛）有过，那又怎么样？他曾经深深地爱着我，"爱着／在一个冬天的夜晚／轻轻吻她／像一个纯净的野火／吻着全部草地……"

【李明作为一个骨子里大男子主义的男人，曾经对自己的妻子抱有过某种圣洁的幻想，毕竟自己的父母信基督（抵制婚前性行为），不管在花花世界里混迹了多久，内心的某个角落总属于教堂。

李　明	停！停！停！都已经野火了，还纯净呢！（搓手，走来走去）算了，男子汉大丈夫，没有顶不起的炸药包。我……我……，你们……到底到了什么程度？老婆……
韩梅梅	（背言，又转为河南方言）男人，都是一个德行。总是在最不该大度的时候大度，又在最不该小气的时候小气。对自己的要求和对别人的从来不平等。自己可以在外面花天酒地、左拥右抱，还给自己找个理由，商业应酬！对女人却心眼比针尖还小。都说世界上最宽广的是男人的胸怀，我看是男人的醋缸子吧！今儿我非要来看看，他到底是真爱我还是假爱我。（对李明，转为正常语气）那人家可要说啦，你可要有点儿心理准备。
李　明	心理准备，他们做了什么要我有心理准备……。（左右来回走，突然在舞台中央站住，做起广播体操）一二三四，二二三四，

三二三四，再来一次。

【韩梅梅看他的样子忍不住笑了，赶紧用手捂住嘴。

韩梅梅　　嗯，嗯……（清清嗓子）。我和他……

李　明　　等等……等等……梅梅，我还没有做好准备……

韩梅梅　　大男人怎么这么磨磨唧唧，你不是特别想知道吗？

李　明　　等一会儿，我怕我接受不了这个现实，我得去祈祷，对！我要去祈祷。（说完跪在地上，双手合十，口中默念着什么）

【魔鬼和丘比特从舞台两侧上。

魔　鬼　　我是魔鬼撒旦，是人心中的恶魔。只要有我在，邪恶必定存活！

丘比特　　我是爱神丘比特，专管人间情事多，只要有我在，爱情必定燃烧！

魔　鬼　　今天我又要来说服一个男人脱离婚姻的苦海，从新回到享乐的人间了。我要让他明白，男人，一旦套上了婚姻的枷锁，就会犹如人间地狱，再也无法超生！

丘比特　　今天我要来拯救一对恋人，我要让他们走进婚姻的殿堂，享受天伦之乐！我要让他明白，婚姻不仅仅是责任，更多地是一种永久的幸福和心灵的慰藉！

魔　鬼　　（看丘比特）你怎么来了，（鄙夷的）哼！你来了也于事无补，这个男人的心已经动摇了，再加上我的力量，我一定能让他回头是岸！

丘比特　　哪里有你哪里就有我，我们各凭本事谁也不干涉谁！

魔　鬼　　那好吧，你输定了！哈哈哈……

第三场

曲目2：我像一片云，飘在属于你的空中

韩梅梅　　（唱）曾记得我和你相遇
　　　　　　　像午夜街头窗外的旧电影

我像一片云

飘在属于你的空中

特拉维夫的夜色照亮了你明亮的面容

你站在熙熙攘攘的人群中

身上的白衬衣随风飘动

我的目光追随着你的行踪

你的温柔让我深陷其中

相遇是那么遥远

感觉却没有半点陌生

两个相爱的心，在异国的天空自动联通

如今我们就要走进殿堂

用承诺与爱恋守护漫长的一生

兴奋与激动

感慨与陌生

交织在我的内心，让我不安让我激动

我想让你陪着我，重温旧梦

我想让最后一次考验你，是否忠诚

我像一片云

飘在属于你的空中

【舞台上一束光打在李明和魔鬼身上。

魔 鬼　　是你在祈祷？我是专门来解救你的。

李 明　　是我，是我。我是一个即将迈进婚姻的男人，但我现在有些退缩。我的女友告诉我，她爱她的前男友，而且……而且还发生过关系。

魔 鬼　　发生过什么关系？

李 明　　她还没有告诉我，我怕我接受不了。其实我也不是接受不了，我爱她，我爱她的一切！只是这一切……现在……我只能说，我对她的爱，对婚姻，已经有些犹豫。

魔 鬼　　爱，这个词，是世界上最不靠谱的。有多少男人为了爱而失去了一切！古有潘金莲杀夫，今有高官为情妇落马。瞧瞧那些痴情的男人吧！哪一个不是死在了女人的手里？她们只是贪恋他的钱、

	权、貌。这些东西一旦没有了，爱也就随风飘散了，爱……爱只是一剂蒙汗药，药性一过，清醒的痛苦会让你生不如死。所以有这么多男人宁愿被药死，也不愿意走出来。
李　明	你说得似乎有点道理。可是我既没有钱，也没有权，更没有貌啊。那女人贪恋我什么？
魔　鬼	哈哈，这你就不懂了。她们不愿意被人叫做老处女没有人追，年纪大了就想找一个名分兼一张长期饭票，再生一个孩子。你想想，结婚后你当牛做马地在外面挣钱，有几分你能自己花掉，还不是都给了她们，今天"老公……我要买一件新衣服"，明天"老公，我要买一个新包包"，你就等着做一辈子的佣人吧！
李　明	可是，我觉得我还是爱她的。我一想到我要离开她，心里就像要炸开一样。如果不是今天这件事，（低头）我估计我们已经结婚了。
魔　鬼	其实你根本都不是因为这件事，是你内心一直潜藏着的对婚姻的恐惧被激发出来了。你仔细想一想，你真的100%愿意跟她结婚吗？心里没有一点犹豫？
李　明	我……我……我是有点犹豫，我的姐姐就离婚了，她一直过得不好，她经常对我说"婚姻是一场冒险"，我也想，一辈子都对着一个人，难道自己不会腻烦吗？难道自己不会再爱上别的女人？难道……
	【天使上，魔鬼被丘比特的光芒刺到，躲下去了。
丘比特	李明，你好，我是丘比特。
李　明	丘比特，我到底该怎么办，我该不该结婚？
丘比特	你还没有得到你问题的答案，你为什么要先烦恼呢？
李　明	对啊。梅梅还没有回答我呢。
丘比特	等梅梅回答你了，我再来。
	【丘比特下。
韩梅梅	你祈祷好没有，我可要说了。
李　明	你说吧。我听着。
韩梅梅	我和他该干的事都干了，怎么样？你还要娶我吗？
李　明	该干的事都干了……丘比特……（委屈地）

【舞台熄灯，只有一束光打在李明身上，丘比特上。

李　　明　　她说她该干的都干了。
丘比特　　那你现在想想，你知道了答案后还在乎吗？
李　　明　　没有，我并没有太在乎。但是我在重新思考我的婚姻。我在想，我究竟你是不是真的想要结婚。
丘比特　　那你告诉我，你还爱她吗？
李　　明　　我爱。
丘比特　　你觉得你可以失去她吗？
李　　明　　（沮丧地）我想象不到失去她的样子。可是魔鬼说……

【魔鬼画外音：别忘了我的话，李明，你内心是恐惧婚姻的！（转播音腔）2020年5月28日，《中华人民共和国民法典》颁布，结婚需谨慎，离婚，要人命啊！不然你看看我（指着自己受伤的胳膊）……

丘比特　　每个人都在想象着婚姻的样子，有的说好，有的说坏，其实，每一个婚姻都有自己的样子，经营好了就是你的幸福，经营不好就是你的不幸。
李　　明　　万一我经营不好呢？那为什么我还要选择婚姻。我可以选择不冒险啊。
丘比特　　因为这是人生一个必不可少的经历。你会在婚姻中学会包容、学会忍耐、学会责任、学会经营。有许多路，只有你自己走过了，才会有真的体会。我不能说每个进入婚姻的人都幸福，但必定是经历过婚姻的人都会成长。
李　　明　　是这样吗？可我不能为了两三年的感情，就拿我一辈子的幸福当赌注啊。
丘比特　　如果你总是计较得失的话，那么你注定在感情中是不幸的。你没有听说过吗：恋爱是一场冒险，而婚姻是冒险后的将错就错。你想想，你想看着自己的宝贝出生吗？你想听他第一声叫爸爸妈妈，看他第一次走路吗？你想在你生病的时候有人在你身边，给你端水递药吗？你想在老了走不动路的时候，牵着爱人的手，在秋天的落叶里散步吗？
李　　明　　（臆想状）想啊……

【一男一女两位舞蹈演员在舞台一侧缠绵，李明坐在长椅上看着他们，表露出羡慕的样子。

【忽然，音乐变化，又传来魔鬼的声音，潘金莲……郭美美……记住，他们只是贪图你的一时，照顾不了你的一世，男人有了事业，什么样的女人没有！何必在一棵树上吊死！丘比特回身放了一个屁，把魔鬼臭走了。

丘比特　　你以为只有你会搞偷袭啊！哼！好歹我也是跟着耶稣混的！

【丘比特回身，脸上重新回到圣洁的表情。

李　明　　对啊……如果婚姻都像你说的那么好，就没那么多人选择单身了。

丘比特　　该说的我都说了，现在是你自己选择的时候了。

【丘比特下。

第四场

曲目3：月光（男女对唱）

剧情：女孩在试探男孩，男孩有点儿不耐烦，但是又很无奈，双方有点儿僵持。

韩梅梅　　你焦急的样子让我心疼
李　明　　你撒娇的样子让我闷声
韩梅梅　　你的眼神中有掩不住的伤痛
李　明　　其实我根本不懂，好好的甜蜜为何变得懵懂
韩梅梅　　让我们卸下心防
李　明　　卸下心防，亲密相拥
韩梅梅　　亲密相拥
李　明　　那些一去不返的难忘日子，因为有你变得栩栩如生
韩梅梅　　那些流逝而过的光阴，因为的承诺而掷地有声
李　明　　我明白你的心意，我愿意接受你的全部

韩梅梅	我知道这有点儿不合逻辑,爱情的冲动让我目眩神迷
李　明	从今往后
韩梅梅	从今往后
	(合唱)我们牵手相拥,期许美好的未来
韩梅梅	从今往后
李　明	从今往后
	(合唱)我们天涯海角,共度余生
	我就是你期许的未来
	我就是你不变的梦
	(重复)!
韩梅梅	(偷笑)看来他还是在乎我的,我说一个谎,他就落寞成这个样子。(对李明)哎……是不是接受不了啊。在乎人家就直说嘛……
	【李明回到现实。
李　明	梅梅,我……我……在想,我们的婚礼……
	【路人甲上,在吃冰淇淋,走到梅梅身边的时候,不小心把冰淇淋滴到了韩梅梅穿着短裙的腿上。路人甲赶紧蹲下,用纸巾擦韩梅梅的腿。
李　明	(看到了赶紧走上去)你干什么干什么,大白天的耍什么流氓。快把手拿开!(把韩梅梅拉到自己这边)
路人甲	谁耍流氓啦!你们俩什么关系啊。
李　明	她……她是我女朋友。
路人甲	女朋友?还不是老婆,还没有领证吧。人家还不是你的人呢,我看你才耍流氓呢,毛主席都说了,不以结婚为目的的谈恋爱,都是耍流氓!
李　明	我……我们明天就要结婚了,就去领证,你别占我老婆便宜。
韩梅梅	李明,你不在乎我的前男友啦,(欢呼雀跃,转为河南方言)太好了……太好了……我就知道你是真的爱我,我就知道!我骗你的,我和他就只拉了个手!李明,我爱你!
李　明	梅梅,你骗我!你骗我!现在你高兴了,不念诗了。我可要得抑郁症了我!

韩梅梅		怎么啦！我不是为了看你爱不爱我吗？
李　明		梅梅，你怎么能这样呢？
韩梅梅		你上次不还骗我说加班不能陪我逛街，结果自己跑去和哥们儿看球吗？
李　明		那能一样吗？
韩梅梅		那怎么不一样，不都是骗人吗？况且，这不是一次检测吗？除了这次，还有哪次骗过你。
李　明		还有哪次？就上次，你骗我说和闺蜜去逛街，结果和一帮同学还有学长一起去 K 歌了。
路人甲		停！别吵啦，还结不结婚？
李　明		结！走开！
韩梅梅		（河南方言）结！走开！（对路人态度野蛮，转身回到李明的肩膀又做小鸟依人状）
路人甲		男人的占有，女人的猜疑，婚姻的围城，神也走不进去！人啊，也只有你，才有如此丰富的情感，去体会其中的奥秘！

主题曲　长椅

　　街边一条长椅，温暖又陌生

　　像记忆中的你我

　　相逢又入梦

　　来来往往的人，脸上写满了孤单

　　车水马龙的都市，身上落满了霓虹

　　每个人都有一方净土

　　时间让我们变得言不由衷

　　来来往往

　　行色匆匆

　　我们的故事从长椅开始

　　又在长椅结束

　　长椅是你，淡定又从容

　　长椅是我，温柔又多梦

　　长椅像藤蔓

连着你我

让我们敞开心扉

用承诺拼成幸福的感动

在人人海海的大千世界

忙碌感动

（重复）

【韩梅梅和李明还在继续唱着，灯渐暗，伴随着他俩的歌唱声，随后响起《婚礼进行曲》(完)

此剧本入选2020年浙江音乐学院创表资助项目（项目编号2020YC015），于2021年3月14日在浙音九五剧场公演。

下姜女子[①]

蒋 巍　陶国芬

序

【画外音——"下姜村？哪个姜？美女姜的姜啊。"

合　唱　（唱）重山环抱，叠水梳妆

　　　　　　　层林尽染，秀美下姜

　　　　　　　多少故事廊桥旁

　　　　　　　这是梦开始的地方

　　　　　　　多少向往留心头

　　　　　　　这是梦开始的地方

【随着音乐声光起，一块面纱在舞台前方。

【面幕后面可以看到美丽的下姜村景色，一条清澈的溪水从村中央蜿蜒流淌而过，两边树木郁郁葱葱，村舍白墙黛瓦，青山绿水分外宜人。

【面幕前，一群时尚男女手捧着手机、IPAD、笔记本电脑，时而脚步匆匆，时而驻足操作。

【电子提示音此起彼伏，面幕上出现一个个对话框。

画外音　　看这里！看这里！下姜村又有大动作！全球招聘"职业经理人"！

画外音　　下姜村？就是那个五任省委书记接力扶贫的穷山沟？

[①] 现代越剧。

画外音	老皇历啦,脱贫致富人家现在是典型!
画外音	乡村振兴了也是乡村,跟职业经理人有毛关系?
画外音	哇!年薪十八万,一个月一万五?上不封顶!
画外音	点赞!必须点赞!

第一场

时间:现在,上午

地点:"廊桥寻梦"民宿一楼门厅

【舞台上是一个民宿门厅的景致,装修风格是欧式的,简洁而又大气典雅。在舞台左侧有一个吧台,中间两张桌子几把椅子,右侧一个大落地窗,透过窗子可以看到一条长长的廊桥。

【在窗边的桌前坐着吕从容,她一边看着窗外,一边品着咖啡看菜单。

【一群女游客吵嚷着拥住姜小鱼进门,叽叽喳喳吵得不可开交。

【余亚敏从厨房边喊着边走出来。

余亚敏	哟,大家都到啦!欢迎欢迎!这路虽然修好了,坐车时间还是有点长哈,大家辛苦啦!这边有茶水,刚泡一会儿,也不烫了,解渴,冰箱里有饮料,都别客气!我们的房间各有特点,都能让您满意;点菜我建议您来本地特色,没尝到这下姜味道您会后悔的!没带身份证的我陪您去趟派出所,一会儿就好,最多跑一次!还有啥问题?

【众人被老板娘的连珠炮震懵了,愣了一会儿,都笑了起来。

余亚敏	(唱)下姜村好山好水好空气
	到这里放松自己正相宜
	走一走看一看享受生活
	闹一闹笑一笑缓解压力
	这不是朝九晚五的办公室
	这不是没有硝烟的商战地

　　　　　　　　　　摘下假面具脱下厚盔甲
　　　　　　　　　　放飞心灵也调整好情绪
　　　　　　　【吕从容端起咖啡走上前来，凑到脸前上下打量着余亚敏。
余亚敏　　　您这是……
吕从容　　　余老板！我住了好几天，还真没看到有事难倒过你。
吕从容　　　（唱）就好比端茶送水的阿庆嫂
　　　　　　　　　　面对这八方来客上下关照
　　　　　　　　　　又仿佛神通广大的机器猫
　　　　　　　　　　解决那各式难题都有高招
　　　　　　　　　　笑脸犹如花枝俏
　　　　　　　　　　真心待客步步高
　　　　　　　　　　宾至如归人人爱
　　　　　　　　　　顾客盈门乐陶陶
余亚敏　　　哎哟喂，我哪有你说的那么好！
众游客　　　老板娘会做生意啊！
　　　　　　　【吕从容回到窗边喝咖啡。
　　　　　　　【姜小鱼给大家办手续，游客陆续下场。
　　　　　　　【余亚敏接电话。
余亚敏　　　（电话）淡然，我知道你对我的心思，可是，我真的离不开这里，去上海当然好，可下姜也不差呀！
　　　　　　　【吕从容凑上前来。
余亚敏　　　（电话）好了，有客人，晚上联系……我也想你。
吕从容　　　……男朋友？
余亚敏　　　（岔开话题）吕小姐，您住了好多天，不像旅游，倒像是来考察的？
吕从容　　　你们村全球招募"职业经理人"，我想提前来试试水！
余亚敏　　　太欢迎啦！我们村，就需要像您这样的外来人才的加盟！
　　　　　　　【冷冷的画外音："你自己不也是外来的吗？"
　　　　　　　【余亚敏愣住。
　　　　　　　【姜美惠施施然进门。
余亚敏　　　（如遭重击）小妹！真的是你？七年了，你终于回来了！

姜美惠	你是想我回来吗？
余亚敏	姜小鱼，快去找你桂花婶！
姜小鱼	好嘞！

【姜小鱼跑下。

【余亚敏浑身发抖，有点说不出话来。

【姜美惠打量着房子。

姜美惠　（唱）进家门，双脚不由在颤抖

　　　　　　　泪水直往心里流

　　　　　　　那日狠心离家走

　　　　　　　回头却在七年后

　　　　　　　七年前，我逃婚离开下姜村

　　　　　　　总有股怨气顶胸口

　　　　　　　七年来，我努力工作求发展

　　　　　　　却也会夜半思不休

　　　　　　　这七年，我身处繁华大都市

　　　　　　　心里边总是记挂小山沟

　　　　　　　原以为，我能将恩怨一笔勾

　　　　　　　哪曾想一时全都上心头

【余亚敏上前拉住姜美惠的手。

余亚敏	小妹，妈天天在念叨你！
姜美惠	（挣脱）我真没想到你还在我家，毕竟我哥早就不在啦！
余亚敏	我是你嫂子，再说了，你一走就是七年，爸妈不能没人照顾。
姜美惠	得了吧，五任省委书记都把下姜村当成他们的联系点，这些年你可沾了不少光，得了不少油水吧？
余亚敏	什么？
姜美惠	我是回来收房子的！这个房子是我家的，我得把它收回了！
余亚敏	小妹！

【吕从容莫名其妙冲上来抓住姜美惠的手。

吕从容	原来你才是房东啊？
姜美惠	你要干什么？
吕从容	我看中了你们这个民宿，两百万！卖不卖？

余亚敏	你又添什么乱？	
姜美惠	什么？这破房子值这么多？	

【音乐起。

姜美惠	（唱）回家乡果然有别样风景
余亚敏	（唱）哪曾想小妹到变故横生
吕从容	（唱）我只要挑纷争搅乱乾坤
姜美惠	（唱）保家业，手硬心狠
余亚敏	（唱）谁念我，一片赤诚
吕从容	（唱）好笑你，鹬蚌相争
余亚敏	（唱）我为爸妈付真心
姜美惠	（唱）冠冕堂皇话好听
吕从容	（唱）都有眼睛会验证
余亚敏	（唱）我永远都是姜家人
姜美惠	（唱）别有用心霸姜门
吕从容	（唱）"廊桥寻梦"要改姓
余亚敏	（气极）你，你们！

【画外姜小鱼喊"桂花婶子来啰！"

【桂花婶一路小跑上。

姜美惠	（迎上）妈！

【桂花婶看到姜美惠突然一动不动了。

余亚敏	妈，你不要太激动，深深地吸口气。

【桂花婶听话地吸气。

余亚敏	吐气，吸气！吐气……准备好了吗？

【桂花婶点点头。

余亚敏	（把姜美惠拉到她面前）妈，美惠回来了！
姜美惠	妈，是我，我是美惠，我回来啦！

【桂花婶看了一眼姜美惠，反而一把拉住余亚敏的手。

桂花婶	（对余亚敏）……美惠！美惠你别再走啦！

【旁边看热闹的吕从容惊得一口咖啡喷出。

桂花婶	（对余亚敏）……美惠！
余亚敏	（镇定地）妈，我不走，您先坐下，喝点水。

【桂花婶听话地坐下喝水。
【姜美惠将余亚敏拖到一边。

姜美惠　　我妈怎么会把你当成我？
余亚敏　　妈不能受刺激，一受刺激就会记忆混乱，犯糊涂！
姜美惠　　什么？
余亚敏　　（唱）那年你哥撒手去
　　　　　　　　接着你又把家离
　　　　　　　　姆妈心里常悲苦
　　　　　　　　一会清醒一会迷
　　　　　　　　从此不能受刺激
　　　　　　　　时时不分东和西
　　　　　　　　好言好语好好哄
　　　　　　　　还要配合她演戏
姜美惠　　演戏？你是真把自己当成我了吧？我要把民宿要回来，我也要把自己要回来！
余亚敏　　姜美惠，你要民宿没问题！可你会经营吗？
姜美惠　　做生意最简单，只要脸皮厚谁都可以！
余亚敏　　行，只要你能够将民宿好好经营半个月，营业额达到平均水平，我就把"廊桥寻梦"给你。
姜美惠　　这么简单？
余亚敏　　简单吗？
吕从容　　你们家的事，可不简单噢。
【桂花婶看着手中的茶，突然激动起来。
桂花婶　　美惠！美惠！快快快，帮妈去打桶水来！我要烧茶！
姜美惠　　妈？
余亚敏　　妈，您别急，领导下午才到，先坐，您检查一下这茶叶怎么样！
【桂花婶听话地坐下。
姜美惠　　这是怎么啦？
余亚敏　　妈妈最近总念叨那年省领导到咱家喝茶的事儿，那时候你也才十几岁吧？
姜美惠　　（突然想起什么）妈！我这就去后山井去打泉水！

桂花婶	对，门前溪水太脏，不能喝……（有所思，抬头辨认姜美惠）美惠？美惠！
姜美惠	妈！你认出我来啦？我回来啦妈！

【二人紧紧相拥。

【幕急落。

【第一场完。

第二场

时间：十五年前，傍晚

地点：农家小院

【简陋的农家小院，是十多年前的样子，还有旧自行车、煤炉等物件。

【年轻的桂花婶坐在炉旁烧水。

【年轻的余大姐兴冲冲进门。

余大姐	桂花婶，又在烧茶呐？
桂花婶	哟，余大姐，什么风把你吹到我们这个穷山村啦？
余大姐	你们村还哭穷？十里八乡都传遍啦，说是前几天，省领导到你家喝茶，你敢把开水浇到领导的衣服上！
桂花婶	你是不知道啊，那么大领导，我紧张煞啦！

（唱）哎哟喂

　　　我从小生在山里厢

　　　县城也没去几趟

　　　眼见领导笑脸扬

　　　又是紧张又是慌

　　　举起了茶壶想加水

　　　又怕加多了水太烫

　　　一来二去手发抖

　　　半杯水倒在衣襟上

余大姐	还真倒啦？
桂花婶	（唱）哎哟喂

      我生怕将他来烫伤

      他倒劝我别紧张

      我满是歉疚心发慌

      他却话语亲切暖胸膛

      他的话，说得满屋笑声飞

      说得我心中暖洋洋

余大姐	听说，临走还拉着你们两口子合影？
桂花婶	是啊，一点架子都没有！
余大姐	你们家这可算攀上高枝啦！
桂花婶	这哪跟哪呀！
余大姐	日子好过了吧？要不然啊，我也不好意思着急上门。

【桂花婶警惕地看着余大姐。

桂花婶	……你说的是那笔钱的事？（余大姐点头）老头子去县里开会了！
余大姐	咱们女人说的事，老爷们不听更好。
桂花婶	这个钱是该还了，可你也知道，我们村实在是穷，他又是个党员村干部，有点钱都贴到集体去了，我……
余大姐	老姐姐，钱小事，还有更大的事！
桂花婶	啊？
余大姐	你知道你家小子和我家姑娘是同学吗？
桂花婶	知道啊，还来我家玩过几次，你家姑娘又懂事又听话，长得还好看……
余大姐	（突然强硬起来）他们必须分手！
桂花婶	分手？他们在处对象？
余大姐	（唱）桂花婶

      你也是个明白人

      是非好坏自会分

      我就此一个宝贝女

      怎舍得送她跳火坑

      都说是，土墙房、半年粮

	有女不嫁下姜村
	我今日，厚着脸皮来求你
	别让我女儿嫁入你家门
桂花婶	（急）大姐，这是哪跟哪儿呀，再说了，这事你应该劝你女儿呀！
余大姐	她要是说得通，我又何必来找你！（突然翻脸）这样，你要是同意，咱们的债务就两清，要不然，我会要求你家最高的聘礼！

【余大姐拂袖而起，欲出门离去。

【一群妇女在小鱼妈的带领下叽叽喳喳涌了进来，又将余大姐挡了回来。

众妇女	老姜叔！老姜叔！
桂花婶	他去县里开会啦！
小鱼妈	桂花婶，什么情况啊？这么大的省领导来村里扶贫，钱呢？
众妇女	钱呢？
桂花婶	大家都看到的，没有钱啊！
小鱼妈	（唱）不发农具不发钱
	不发粮油和米面
	省领导翻山越岭来扶贫
	总不是光来看看咱的脸
众妇女	你脸好看！
小鱼妈	（唱）没钱也就便罢了
	规矩还多了一二三
	这不让，那不让
	日子过得更加难
妇女甲	（唱）不让猪到街上窜
	家家都得搭猪圈
	不让随意去砍山
	禁止伐木烧成炭
妇女乙	（唱）咱们村，种桑养蚕没优势
	茶叶品种很一般
	好像啥都没解决
	就给派了个技术员

众妇女	（唱）技术员，顶啥用
	又不能牵到市场去卖钱
桂花婶	我听说下派的这一批技术员个个是农业科技的好手！
小鱼妈	我们要吃饭，要技术员顶什么用啊？
桂花婶	那你们来找我说这个，又顶什么用啊？
妇女乙	谁不知道你们家你说了算，枕头风很厉害噢。
小鱼妈	我们就想问问你，领导到底有没有带钱来的！带了多少钱？是不是你们村干部自己吞啦！
桂花婶	你说什么呢？
小鱼妈	好处大家分！油水大家占！
众妇女	对！好处大家分！
余大姐	（突然鼓掌大叫）好！

【众人愣住。

余大姐	我知道你们村为什么穷了！不穷山不穷水，穷就穷个人字！就你们这样，怎么扶也扶不上墙！（对桂花婶，斩钉截铁）我绝对不会让我女儿来下姜村！

【余大姐拂袖而去。

小鱼妈	谁啊？
桂花婶	来要债的！
众妇女	啊，你家也欠债？

【光收，落幕。

第三场

时间：今天，第一场数日后

地点："廊桥寻梦"民宿二楼餐厅

【快节奏的音乐声中，光起。

【舞台上一个偌大的餐厅，左侧后墙处是一排酒柜，右侧还是大的落地窗，可以看到廊桥和远处的青山。

【室内几张餐桌，还没有其他客人，吕从容悠闲地坐在窗边喝着咖啡。
【余亚敏接打电话。

余亚敏　……你怎么知道我休假了，别，你千万别开车来接我！我没有旅游的心思，对，放心不下我的民宿！……不是我老拒绝你，我真觉得，咱们俩不合适！……好的，就算都合适，也是没可能。

【余亚敏黯然挂电话。
【姜美惠围着围裙端盘子跑上，将盘子放置在一张大桌子上。

姜美惠　（放好后数）……4、5、6——6个冷菜，对的吧，老板娘？

【余亚敏想起身去看，吕从容摁住她，递过咖啡。

吕从容　（对姜美惠）现在你才是老板娘！

【画外："老板娘，有没有洗衣粉啊！"
【画外："老板娘，能不能加个枕头啊！"
【画外："老板娘，这房间什么时候才能打扫好啊？"

姜美惠　（大吼）姜小鱼！

吕从容　（提醒地）唯一的服务员姜小鱼同学昨天就被你开除了！

姜美惠　她那个工作状态……

【画外众人喊："老板娘！"

姜美惠　（唱）大都市纵横商海我不怕
　　　　　　哪曾想小小民宿难当家
　　　　　　满脑子锅碗瓢盆买汏烧（马大嫂）
　　　　　　整日里柴米油盐酱醋茶
　　　　　　三头六臂都不够
　　　　　　用尽力气还失败
　　　　　　看她俩舒舒服服喝咖啡
　　　　　　莫不是
　　　　　　我搬起了石头把自己砸

【画外："老板娘，这厕所怎么又堵上啦？"

姜美惠　来啦，来啦！

【姜美惠下。
【余亚敏奋然起身，想出手相帮。

吕从容　看不下去啦？

余亚敏	（唱）这民宿好比是我心头肉
	又怎能眼睁睁旁观袖手
吕从容	（唱）神仙难救唯自救
	小不忍则乱大谋
余亚敏	（唱）数年名声一朝丢
	多少心血今日休
吕从容	（唱）她命里无时莫强求
	你心不应口强说休
余亚敏	（唱）说是休，更想留，怎舍得高飞远走
	我多想，与"廊桥"，梦魂相守
吕从容	（唱）你可知抽刀断水水更流
余亚敏	我，哎，我这心里面是……
吕从容	左右为难？坐立难安？来吧，安心喝咖啡。

【桂花婶兴冲冲进门。

桂花婶	女儿离家七年多，一回来就忙着当老板，话都没有说上两句！美惠！美惠！

【余亚敏迎上。

余亚敏	妈！你来啦，美惠还在忙着呢！

【桂花婶亲亲热热拉起余亚敏的手。

桂花婶	美惠呀，你刚刚回来怎么就忙上啦？我跟你嫂嫂说说，让你休息休息！
余亚敏	妈！你看错了，我是你儿媳妇亚敏！
桂花婶	开玩笑，自己女儿不认得！你就是美惠！

【姜美惠从楼上下来，见状气急，上前分开二人。

姜美惠	妈！我才是美惠！

【桂花婶仔细看看二人，还是走到余亚敏身边。

桂花婶	（对余亚敏）美惠，（指姜美惠）她是哪个？

【余亚敏无奈地看着婆婆，扶她一旁坐下。

【姜美惠越看越气，突然摸出钥匙高举在手。

姜美惠	还给你！

【余亚敏一惊。

余亚敏　　做什么?

姜美惠　　(唱)这几天日子不好过

　　　　　　　　我顾此失彼错漏多

　　　　　　　　手脚并用来不及

　　　　　　　　东奔西跑忙救火

　　　　　　　　再看你八面玲珑长袖舞

　　　　　　　　我只有甘拜下风心口服

　　　　　　　　别怪我前日太自负

　　　　　　　　今天要打退堂鼓

　　　　　　　　喏,钥匙还给你,算你打赢了这场赌

【姜美惠把钥匙交给余亚敏。

吕从容　　这半月为期,才过了三天,你不想再试试?

余亚敏　　是啊,这生意,总是越做越顺手!

姜美惠　　我真傻,好日子不过,要当这老板娘,整天过这提心吊胆、手忙脚乱的日子!

吕从容　　(笑)知道你嫂子不容易啦!

姜美惠　　不过,这民宿是聚宝盆,摇钱树!我管不好我可以卖呀,真金白银才是硬道理!房子收回,挂牌出售!

余亚敏　　什么?小妹,你可不能光盯着钱呀!

姜美惠　　(冷冷地)钱?在钱的问题上,你有什么资格来说我?

余亚敏　　我……

【余亚敏无奈跌坐在椅子上生闷气。

【姜美惠也不示弱,也坐到另一边去横眉冷对。

【吕从容却站了起来,走到姜美惠面前。

吕从容　　小姑子与大嫂子闹矛盾,我却帮理不帮亲!

　　　　　(唱)老板娘精明又能干

　　　　　　　　"廊桥寻梦"称首冠

　　　　　　　　老姜家,眼见得还清债务日子宽

　　　　　　　　从今后日进斗金盆钵满

　　　　　　　　盈利若照人头算

　　　　　　　　公婆小姑得大半

　　　　　　这民宿是下金蛋的鸡，流金水的泉
　　　　　　（悄悄）你家的产业岂能让外乡人霸占
　　　　【姜美惠听完猛得站了起来，立即发飙。

姜美惠　　对！余亚敏，三天之内，把账目盘清！卖也好经营也好，都与你无关！
　　　　【桂花婶站起身来。
桂花婶　　（对余亚敏）美惠，这个人要干什么啊？
姜美惠　　（不由分说地搀起母亲）妈！我才是美惠！
桂花婶　　啊？
　　　　【姜美惠硬拖着桂花婶下。
　　　　【余亚敏浑身瘫软，坐倒在椅子上。
余亚敏　　（唱）小妹她无理取闹来示威
　　　　　　　　我只觉百无聊赖心中哀
　　　　　　　　东边盖楼西边拆
　　　　　　　　台高百丈亦顷刻危
　　　　　　　　想做一番事，难称心怀
　　　　　　　　想聚一家人，难避疑猜
　　　　　　　　"廊桥寻梦"啊
　　　　　　　　这梦还有没有未来
　　　　　　　　这店还能不能开
　　　　【吕从容慢悠悠地踱过来。
吕从容　　你这小姑也太不讲理了！你艰苦创业，敢问是"为谁辛苦为谁甜"？你就没有想过自己的未来！
吕从容　　（唱）纵然你胸襟宽如海
　　　　　　　　在这下姜难作为
　　　　　　　　家事纷乱无错对
　　　　　　　　饿狼难甩更难喂
　　　　　　　　倒不如抽身而去急流退
　　　　　　　　休落得公婆小姑两头怪
　　　　　　　　狠狠心楚河汉界两分开
　　　　　　　　自谋生路（方）称心怀

吕从容	老板娘，你这样的人才品格，在哪里不能发展？你下决心，我给你推荐！
	【余亚敏警觉暗忖。
余亚敏	（唱）她挑拨离间话尖锐
	戳得我心寸寸碎
	煽风点火挖墙脚
	不知心怀啥鬼胎
	七年来为姜家我从无一夜得好睡
	到如今功败垂成心似灰
	倒不如硬心肠丢弃这买卖
	悬崖勒马免贻害
	"廊桥寻梦"啊
	你是我亲手培来亲手栽
	多少心血换你来
	今日里我忍痛舍你去
	下姜村外
	总有我扬帆起航一片海
余亚敏	（凄然）离开下姜？离开这下姜？
吕从容	对！跟你说实话吧，我是猎头公司的，一方面来考察你们村全球招募"职业经理人"，另一方面，有人专门请我来考察你！
余亚敏	还有人来考察我？
吕从容	对噢。
余亚敏	谁？
吕从容	（微笑伸出手去）重新认识一下，我叫吕从容。
余亚敏	（惊呼）吕淡然是……
吕从容	我哥。
余亚敏	（惊呼）吕淡然是你哥？！
吕从容	我哥自从在千岛湖畔认识你以后，念念不忘，一直追了你快一年了吧？可你就是没有答应他！
余亚敏	不，我不敢答应他，我欠下姜村的太多了！我，我还不能走。
吕从容	（大声地）现在是人家赶你走！

【一声闷雷,雨声渐起。
【光渐渐收掉。

第四场

时间:七年前,午后
地点:姜美惠闺房。
【舞台上农村女孩房间的摆设,比较简陋。四周贴着大红喜字,平添几分喜庆。
【一件嫁衣搭在椅子上,姜美惠坐在好远的地方看着嫁衣,一动不动。
【桂花婶轻轻走进房间,小心翼翼地。

桂花婶　　美惠,美惠时间不早啦,换上吧。
　　　　　【姜美惠默默起身,朝着嫁衣走了两步,终于是停住不动了。
姜美惠　　妈,我不要离开你!我不想嫁!我不喜欢那个人!
桂花婶　　孩子,妈对不住你呀!
姜美惠　　我知道不该怪你,怪只怪当年我哥非要娶那个余亚敏!
桂花婶　　(伤心)你哥都已经走了半年多了,你就不要再说了!
姜美惠　　我哥也是她害死的!
桂花婶　　不,不是的!
　　　　　【二人抱头痛哭。
姜美惠　　(唱)别人家,十里红妆好排场
　　　　　　　　我两手空空无笼箱
　　　　　　　　本指望娘家出手帮一帮
　　　　　　　　谁知道
　　　　　　　　说好的嫁妆全泡汤
　　　　　　　　别人家,两情相悦喜洋洋
　　　　　　　　我一心恨嫁泪两行
　　　　　　　　本指望退掉财礼推婚约

　　　　　　哪曾想

　　　　　　哥哥意外将身亡

　　　　　　婚期已到心内慌

　　　　　　愁苦悲戚做新娘

　　　　　　恨恨恨

　　　　　　这样的耻辱此生难忘

　　　　【余亚敏急匆匆上场。

余亚敏　　妈，那边说接亲的队伍已经出发了……小妹，你该换衣服了。

　　　　【姜美惠站起身，走上前捧起嫁衣。

姜美惠　　（冷冷地）这哪是嫁衣，分明是囚服！

余亚敏　　小妹，今天是大喜的日子……

姜美惠　　（爆发）你哪只眼睛看我喜啦！

桂花婶　　（悲苦）别说啦。

姜美惠　　我要说！我们家有今天都是因为她！

　　　　　（唱）若不是她步步紧逼催得急

　　　　　　哥哥怎会举债办婚礼

　　　　　　若不是她要钱狮子大开口

　　　　　　你怎忍心早早将我许

　　　　　　用我换聘金

　　　　　　给她做财礼

　　　　　　但见她欢喜

　　　　　　谁怜我哭泣

　　　　　　可叹哥哥为了我

　　　　　　拼命挣钱不顾惜

　　　　　　身心俱疲眼睛花

　　　　　　惨遭车祸一命西

　　　　　　哥哥呀

　　　　　　你可知小妹我心悲苦

　　　　　　又怎能换上这嫁衣

余亚敏　　对不起，小妹，我妈上门来逼债、要财礼这些事，我之前真的不知道！

姜美惠	哼！
桂花婶	妈知道你苦，可谁让咱家穷！
姜美惠	咱家不穷，咱家的钱都填了村里的亏空！
余亚敏	咱爸是党员，是村干部，不能让大家对村子的发展失去信心！
姜美惠	说得真好听！（将嫁衣丢到余亚敏怀中）要嫁你嫁！
桂花婶	美惠！
姜美惠	我哥已经走啦！你还赖在我们家干什么！

【余亚敏悲痛难忍，勉力走过去，将嫁衣放置在衣架上，一步步走下场去。

桂花婶	亚敏。
余亚敏	妈，我没事。

【余亚敏下。

【一群妇女在小鱼妈的带领下叽叽喳喳上场。

小鱼妈	新娘子呢？我们要看新娘子！

【桂花婶起身相迎，姜美惠背身坐回。

小鱼妈	哟，舍不得嫁女儿呀？怎么眼睛都是红的？
桂花婶	没有没有，我这是高兴！
小鱼妈	离开了下姜村，去享福喽！
村妇甲	听说女婿家养甲鱼的！有钱！
村妇乙	哎哟，县城有名的甲鱼大王！厉害！
小鱼妈	他们屋里养的甲鱼，都裙边拖地的……

【姜美惠彻底怒了。

姜美惠	出去！——出去！

【众妇女愣住，桂花婶拦着众人劝说着出门。

【姜美惠起身将一身嫁衣撕成碎片。

【余亚敏从另一边轻轻上场。

余亚敏	不想嫁，你就走吧。
姜美惠	什么？
余亚敏	我来替你当这家的女儿！我来还债！

【姜美惠转身就走，走到门口站定。

姜美惠	别指望我会原谅你！

余亚敏	走！

【姜美惠毅然下场。

【余亚敏颓然跌倒在地，慢慢地将一地嫁衣的碎片拢在一起。

余亚敏	（唱）红嫁衣，为谁织
	红尘恋，泪相思
	多少牵念无所依
	梦断天涯你可知
	红嫁衣，并蒂枝
	前缘化作一片痴
	长夜无眠怨夜长
	心心念念如抽丝
	苦命鸳鸯两分散
	阴阳相隔忆旧时
	我多愿，一生靠着你臂膀
	抛却多少烦恼事
	我多想，身旁有你可依偎
	冷暖有人知
	冷暖有人知

【画外嘈杂声"新娘子跑啦！""新娘子跑啦！"

【桂花婶冲进门。

桂花婶	我女儿呢？美惠！

【余亚敏跪倒在地，抱住桂花婶。

余亚敏	妈！从今天起，我就是你的美惠！

【光收，幕落。

第五场

时间：当下，清晨

地点："廊桥寻梦"民宿大门口

【合唱声中，光渐起。

合　唱　　（唱）山间墨色笼轻纱
　　　　　　　　竹影摇曳送芳华
　　　　　　　　蒹葭抚云何切切
　　　　　　　　雾霭蒸蒸伴朝霞

【蓝天白云，远山郁郁葱葱，一条清澈的溪流蜿蜒淌过美丽的村庄。
【"廊桥寻梦"民宿大门口，醒目地挂出了一块牌子"停业整顿"。
【余亚敏拖着行李箱站在一旁打电话。

余亚敏　　（打电话）……我当然是很生气！特别生气！我还没见过有人动用猎头公司来追女朋友的！……对对对！我被赶出下姜村，你满意了吧？……谁说我一定会去你那里？！（挂电话）

【吕从容拖着箱子从房子里出来，闻言鼓掌。

吕从容　　帅！难怪我哥对你是欲罢不能，心痒痒！
余亚敏　　其实你哥真的挺好的，是我，总也放不下这里。
吕从容　　现在好了……

【姜美惠拖着箱子上场，准备进驻民宿。

姜美惠　　该给你的钱，我会算给你。

【余亚敏轻轻摇头，拖起箱子，终是不舍，又回头看看民宿。

余亚敏　　（唱）下姜山水景色美
　　　　　　　　笑迎四方宾客来
　　　　　　　　眼看了喜，心思儿甜
　　　　　　　　用一片真情打品牌
　　　　　　　　让老少怡然精神爽
　　　　　　　　用一颗真心做接待

姜美惠　　（唱）知人知面不知心
　　　　　　　　怎知你不是怀鬼胎
　　　　　　　　若是惦记我家房
　　　　　　　　劝你今日早离开
　　　　　　　　若是还念旧时情
　　　　　　　　在这里我也盼你早释怀

【吕从容一把拉过余亚敏。

吕从容	你太过分了!

【姜小鱼急匆匆冲了进来。

姜小鱼	（冲着余亚敏）老板娘!老板娘!
吕从容	（扳过她的身子朝向姜美惠）老板娘在那儿!
姜小鱼	（转向余亚敏）不行,我还是要跟你说。省里大领导要来下姜村,指名要住你这"廊桥寻梦"!
姜美惠	你怎么知道的?
姜小鱼	哼（得意）这四里八乡谁不知道我姜小鱼是消息灵通人士!
余亚敏	他们什么时候来?
姜小鱼	不知道!
余亚敏	来多少人?
姜小鱼	不知道!
余亚敏	什么领导啊?
姜小鱼	不知道。
姜美惠	消息灵通人士——你知道什么?
姜小鱼	……知道也不告诉你!

【姜小鱼急急跑下。

姜美惠	省领导?（拿起"停业整顿"牌子,焦急）怎么办?我应该做什么?我应该怎么做?

【余亚敏看着姜美惠,想过去说点什么,被吕从容拦住。

吕从容	现在人家是老板!
姜美惠	对了!（突然反应过来,对吕从容）你不是要买吗?我这就卖给你!来谈谈价格!

【吕从容看着姜美惠大笑,笑到姜美惠都傻了。

吕从容	（喘气,指着余亚敏）没有她的民宿,还谈什么价格!
姜美惠	什么?
吕从容	你以为这民宿是宝?吵着嚷着要抢!我告诉你,你嫂子才是宝,是个可以钱生钱的聚宝盆。（挽起余亚敏）走了!
姜美惠	你不是说这民宿值两百万吗?把话说清楚!
吕从容	这个时代的核心竞争力是什么?是人!你们村全球招募"职业经理人"在招什么?是招人才!没有你嫂子的经营,这个破房子能

　　　　　　值那么多钱？你嫂子是这个！（竖起大拇指）
　　　　　　（唱）我欣赏她，果敢大气有心胸
　　　　　　　　敢想敢做敢造梦
　　　　　　　　一心建设下姜村
　　　　　　　　不枉那，五任领导送春风
　　　　　　　　创新创业立潮头
　　　　　　　　激荡起，春雷阵阵催人动
　　　　　　　　看如今，下姜建成"绿富美"
　　　　　　　　山有韵来水更灵
　　　　　　　　哪曾想，今日与你道不同
　　　　　　　　姑嫂反目不相容
　　　　　　　　（对余亚敏）老板娘
　　　　　　　　离开了下姜天地宽
　　　　　　　　我愿你，别处栽花花更红
　　　　　【在演唱过程中，桂花婶悄悄上场，站在后场看着众人，悄悄抹泪。
余亚敏　　（伤心地）小吕，别说了！
　　　　　【余亚敏转身要走，却不料看见桂花婶，大惊。
　　　　　【在下面的表演中，桂花婶其实是清醒的，但是她假装糊涂，假装搞错女儿与媳妇，演了一场戏。
桂花婶　　你要去哪儿？
余亚敏　　妈！我要走了。
桂花婶　　谁让你走的？
　　　　　【姜美惠有点难为情，想躲。
吕从容　　喏，是她（指姜美惠）赶她（指余亚敏）走的！
余亚敏　　不是的，妈！是我自己到了该走的时候了！
　　　　　【桂花婶轻轻抓起她的手。
桂花婶　　（对余亚敏）美惠，你怎么刚回来又要走哇！
　　　　　【众人都愣住了，以为桂花婶又糊涂了，有点不知所措。
姜美惠　　妈，我……
桂花婶　　（对余亚敏）美惠，七年前的事是妈错了，妈对不起你！可你有气冲妈来，不能难为你嫂子！美惠，这几天看到你嫂子不容易了吗？自从七年前你走了，你嫂子就把这儿当成了自己的家，把我们当成了自己的妈！

余亚敏　　妈！
桂花婶　　（对余亚敏唱）美惠呀

　　　　　　　七年前你离家激起浪千层
　　　　　　　你嫂嫂，扛起重担不吭声
　　　　　　　日夜操劳做家务
　　　　　　　含辛茹苦尽孝心
　　　　　　　春来添衣新
　　　　　　　夏到送风清
　　　　　　　秋至登高望
　　　　　　　冬日暖人心
　　　　　　　白天勤劳作
　　　　　　　夜晚细照应
　　　　　　　心疼我日思夜想牵挂你
　　　　　　　四处打探将你寻
　　　　　　　她就是我贴身小棉袄
　　　　　　　知冷知热更贴心
　　　　　　　无怨无悔长相伴
　　　　　　　都说是我骨肉亲
　　　　　　　美惠呀
　　　　　　　事事不是是我错
　　　　　　　桩桩件件记我身
　　　　　　　但求留下你嫂嫂
　　　　　　　我今日，跪天跪地跪亲生

【桂花婶唱着就要跪下，余亚敏与姜美惠双双扑上前去，抢先跪倒在地。

余亚敏　　妈！
姜美惠　　妈！

【三人抱住痛哭。

【音乐起。

姜美惠　　（唱）妈妈她，一番话拨动我心弦
　　　　　　　　越听越想越汗颜
余亚敏　　（唱）婆婆她，人虽糊涂话不乱
　　　　　　　　字字句句往心里钻
姜美惠　　（唱）我心中若是不释怀
　　　　　　　　重兴姜家事难全
余亚敏　　（唱）不愿家分人心散
　　　　　　　　更不愿"廊桥寻梦"美梦远
姜美惠　　（唱）想当初
　　　　　　　　砍树烧炭毁山林
　　　　　　　　养猪积粪肆蚊蝇
　　　　　　　　群山无盖成秃顶
　　　　　　　　十里清溪不见影
　　　　　　　　一条黑水绕全村
　　　　　　　　终日掩鼻臭难闻
　　　　　　　　那时节，粗暴求富成噩梦
　　　　　　　　野蛮发展步绝境
余亚敏　　（唱）现如今
　　　　　　　　早已改了旧模样
　　　　　　　　乡村振兴土变金
　　　　　　　　屋舍整洁风景美
　　　　　　　　山林青青草木深
　　　　　　　　江河有源树有根
　　　　　　　　妙手回春要治本
　　　　　　　　改变观念谋发展
　　　　　　　　思想扶贫意更深
二人齐　　（唱）筑梦下姜梦正酣
　　　　　　　　我不愿梦断留遗憾
　　　　　　　　猛想起，后退一步天地宽
　　　　　　　　不计得失方能护家园

【二人同时站了起来。

二人齐　　　（唱）携手建下姜
　　　　　　　　　有梦永不晚
【余亚敏与姜美惠手握着手，刚对上眼睛，又尴尬地分开，转过头去。
【姜美惠快步走到母亲身前。

桂花婶　　快劝她别走呀！
姜美惠　　（下了决心，轻声喊）嫂子！
【余亚敏激动地回身。

余亚敏　　啊，我真喜欢听你喊我嫂子。
姜美惠　　嫂子，这次回家，我看到家乡变化大，可变化最大的，是你！
余亚敏　　我们都在改变！习大大四次到村调查研究，五任省委书记不间断的关注，带给村子的并不是物质，而是希望与梦想，是思想上的改变。
【姜美惠走到余亚敏身边，上下打量。

姜美惠　　（唱）这番话
　　　　　　　　　醍醐灌顶当头倾
　　　　　　　　　万千思绪涌上心
　　　　　　　　　想我兄长早离世
　　　　　　　　　嫂嫂日夜泪满襟
　　　　　　　　　悲悲切切凄苦状
　　　　　　　　　不言不语不闻声
　　　　　　　　　如今她，字字句句有深意
　　　　　　　　　掷地有声金石音
　　　　　　　　　神采飞扬尽开颜
　　　　　　　　　好似那
　　　　　　　　　枯木逢春又抽青
姜美惠　　（握住余亚敏双手）嫂子！
【画外姜小鱼喊"我知道啦！"
【姜小鱼夸张地跑上，上场摔了个跟头，一个鲤鱼打挺又跳了起来。

余亚敏　　　你慢慢说！

姜小鱼　　　咱们村又火啦！有好多好多人来应聘咱们村的职业经理人，省里领导非常重视，专门来考察！电视台的都已经在路上啦，说是都要来你们家住……

【姜小鱼看看"停业整顿"的牌子，垂头丧气地摇了摇头。

姜小鱼　　　哎……停业整顿！丢人啊！

【姜小鱼欲走。

余亚敏　　　（灵机一动叫住小鱼）小鱼！老板娘刚才说了，想请你回到店里来帮忙！

【姜小鱼站定回身，走到姜美惠面前。

姜小鱼　　　老板娘？你请我回来？

余亚敏　　　（给姜美惠使眼色）美惠，你说过要请她来帮你的！

姜美惠　　　（尴尬地）……对，回来吧——请！

姜小鱼　　　（郑重地）告诉你，你差点儿错过一个人才。（突然开心地）噢耶！

【姜小鱼跑进房子。

姜美惠　　　你干嘛？

【画外姜小鱼："我去厨房帮忙！"

【画外一阵锅碗瓢盆人仰马翻的声响。

余亚敏　　　（笑）她能干好的。

【那群妇女又一次在小鱼妈的带领下叽叽喳喳上场。

姜美惠　　　（紧张地）大婶大妈，你们这是上哪儿呀？

小鱼妈　　　到你们家这个"廊桥寻梦"呀！

姜美惠　　　不是，马上要来很多客人，我这里外都没有收拾，各位，就别添乱了！

村妇甲　　　添什么乱呀，大家知道你来不及收拾，来帮你大扫除，搞卫生的！

余亚敏　　　是啊，咱们村有大事，不论男女老少，都一起上，（指村子）看，全村都动起来啦！

【众人看四周，劳动号子此起彼伏。

姜美惠　　　（激动地）真的呀！村子已经够干净的了！

小鱼妈　　　我们村的卫生标准，没有最高，只有更高！娘子军，操练起来！

【众妇女热火朝天地干了起来。
【姜美惠拿出钥匙,郑重地递给余亚敏。

姜美惠　　嫂子,留下来吧。
【余亚敏带着些许犹豫地伸出手去。
【桂花婶在一旁幸福地抹着眼泪。
【身边的吕从容一直在观察桂花婶,这时候终于喊了出来。

吕从容　　桂花婶!刚才你是在装糊涂啊?
【姑嫂二人惊回头。

桂花婶　　(狡黠地微笑)你婶子以前也当过村干部!
余亚敏　　妈!
桂花婶　　我的好媳妇!你需要下姜,下姜也需要你!我儿子虽然死了,可你是我家的顶梁柱啊!你就是我的亲闺女!妈请求你,留下来吧!
余亚敏　　(唱)婆婆她一时糊涂一时醒
　　　　　　　却远比常人看得清
　　　　　　　她对我句句褒奖出肺腑
　　　　　　　独识我一颗奋斗心
　　　　　　　她风烛残年思儿亲
　　　　　　　我想起前事泪淋淋
　　　　　　　丈夫他车轮底下难回生
　　　　　　　奄奄一息目未瞑
　　　　　　　紧握我双手苦叮咛
　　　　　　　要让下姜重振兴
　　　　　　　当日誓言犹在耳
　　　　　　　唤起我一腔热血无限情
　　　　　　　七年坚守到如今
　　　　　　　只为心头有重任
　　　　　　　下姜村盼脱贫
　　　　　　　这个家待重兴
　　　　　　　年迈公婆要孝顺
　　　　　　　这三份,沉甸甸,撇不开的担当放不下的情
　　　　　　　还须我义无反顾酬知音

　　　　　【余亚敏一时动情，拉起了婆婆的手。
余亚敏　　妈，我留下！
　　　　　【吕从容大叫一声跳了出来。
吕从容　　不行！我不同意！
姜美惠　　有你什么事啊？
吕从容　　我哥怎么办！？
余亚敏　　怎么办？凉拌！
　　　　　【光收，幕落。

尾声

　　　　　时间：当天午后。
　　　　　地点：下姜河边，廊桥一角。
　　　　　【河上奏起了鼓乐之声。
　　　　　【一排长长的梳妆台整齐地摆在了廊桥上。
　　　　　【余亚敏在打电话。吕从容凑上前去。
余亚敏　　（合上电话）小吕，我给你哥打电话，可是一直没打通……他，是不是真生气啦？
吕从容　　管他呢！亚敏姐，下姜特色民俗表演出手不凡，你带我去看看吧！
姜美惠　　是啊，去看看！
余亚敏　　你们俩有阴谋吧？
　　　　　【余亚敏被二人拉着，勉强来到廊桥中央，被拉到最中间的那个位置坐下，二人帮她化妆穿衣。
余亚敏　　你俩做啥？
　　　　　【桂花婶也过来了，给余亚敏梳头盘发。
余亚敏　　妈，你怎么也来了？
　　　　　【吹打乐响起，一条巨大的彩带飘落。
　　　　　【小鱼妈高唱礼仪。

小鱼妈	按下姜村的婚俗,男方吕淡然给女方余亚敏的聘礼是九十六斤猪肉,九十六个包子,九十六块钱……

【余亚敏瞪大了眼睛。

余亚敏	什么,这是给我的聘礼?
吕从容	对!我哥来向你求婚啦!

【两侧彩妆的女子都簇拥上来,一齐作为伴娘,扶着余亚敏走下楼台,向着婚船走去。

余亚敏	（唱）难道说,这场表演全为我
	百感交集涕泪多
	我已不愿离下姜
	却恐怕,良人难遇又蹉跎
	又想迎,又想躲
	何去何从真难做

【余亚敏边唱边左顾右盼找人,终于跳了起来。

余亚敏	（大声吼）吕淡然!你给我出来!
吕从容	（从容地）我哥不在。
余亚敏	（差点晕过去,怒）不在求什么婚!你告诉他,从此一刀两断!两不相见!
姜美惠	哎哟,你生什么气呀,人家已经进考场啦!
余亚敏	考场?
吕从容	他来应聘职业经理人呀!
余亚敏	什么?他那儿可是上市公司!不干了来这儿当经理人?
吕从容	根据我这个职业猎头的数据分析,这里的前景并不差噢,更何况——有位佳人,在水一方!

【桂花婶上前轻轻抱住余亚敏。

桂花婶	听说他打算为了你留在下姜!你要愿意,你就是我女儿,今天我就是嫁女儿啦!
众　人	快答应呀!
余亚敏	（害羞地）妈!

【乐声大作。

余亚敏	（唱）昔日媳妇变闺女

　　　　　　　女婿入赘下姜村
　　　　　　　天涯相隔心相近
　　　　　　　亚敏不曾离姜门
　　　　　　　一份执著终无悔
　　　　　　　情比金坚换真心
　　　　　　　共筑桃源幸福梦
　　　　　　　千里相思有情人
伴　唱　　（唱）啊，下姜村
　　　　　　　心想事成梦可寻
　　　　　　　几多如愿几多情
　　　　　　　昔日里
　　　　　　　"有女不嫁下姜村"
　　　　　　　看今朝
　　　　　　　香巢引凤梦成真
【花枝招展的人们在河边、船上、桥头纵情欢唱。
【全剧终。

杨开慧·嘱托 ①

吴彦青

【舞台上昏黄的灯光，几道阴森的栅栏，勾勒出深牢大狱的场景。
【后区的监舍中可以看到若干狱友或躺或坐。
【年幼的毛岸英在其间穿梭跳跃，独自一人玩耍。

毛岸英　（或合唱队合唱）
　　　　月亮弯弯，
　　　　像个小船，
　　　　月亮高高天上，
　　　　看着小船弯弯；
　　　　月亮弯弯，
　　　　照着小船，
　　　　我在小船里面，
　　　　看着月儿弯弯。
【狱婆手里掂着一把饭勺，敲打着栅栏上场。
狱　婆　开饭啦，开饭啦！
【毛岸英凑上前去。
毛岸英　婆婆，好不好多给我妈一口饭？她都省给我吃了……
狱　婆　哎哟，你的那个妈妈啊，我真是忍不住要多说她几句，自己犯事进来了，连累这么小的小孩儿也跟着受罪。

---

① 室内歌剧。

毛岸英　　我妈妈是好人！
狱　婆　　好人！好人！这年月是非颠倒，好坏不分！
毛岸英　　婆婆，你也是好人。
【"吭"一声巨响，牢门打开，杨开慧被推了进来。
毛岸英　　妈妈！（扑到杨开慧怀中）今天他们有没有打你？
杨开慧　　没有。（对狱婆）谢谢阿婆帮我照看岸英。
狱　婆　　哎哟，不要谢我，你自己早点悔过自新，早点带着孩子回家那才好！
毛岸英　　妈妈，我想回家。
【音乐起。
杨开慧　　回家……
　　　　　（唱）家就在不远的那里，
　　　　　　　　家就是我们在一起，
　　　　　　　　我和你们的爸爸，
　　　　　　　　你和你的弟弟，
　　　　　　　　在一片屋檐下团聚，
　　　　　　　　欢笑嬉戏。

　　　　　　　　家如今又会在哪里？
　　　　　　　　家国已是一片废墟，
　　　　　　　　我想你们的爸爸，
　　　　　　　　和你两个弟弟，
　　　　　　　　而你小小年纪跟着我，
　　　　　　　　身陷牢狱。

　　　　　　　　回家，回家……
　　　　　　　　我想看你们奔跑在山野里，
　　　　　　　　到处花香鸟语。
　　　　　　　　回家，回家……
　　　　　　　　我想和你们爬上高高的树杈，
　　　　　　　　眺望春回大地。

　　　　　　　回家，回家……
　　　　　　　可是家在哪里。
　　　　　【音乐收。
毛岸英　　　妈，我们是回不了家了吗？
狱　婆　　　小岸英，放心吧，你马上就要回家啦！
毛岸英　　　真的啊？
狱　婆　　　我才知道，敢情你家是大户人家，好多有头有脸的大人物都来为你妈妈求情呢！上头说了，只要你妈妈在一个声明上签个字儿，马上就可以带你回家！
毛岸英　　　（欢笑，跳跃）噢，我们可以回家喽……
　　　　　【毛岸英突然看到杨开慧的神情，愣住。
　　　　　【杨开慧松开了一直拽在手中的一张纸，任由其飘落。
狱　婆　　　（捡起纸看，惊讶）声明，杨开慧和毛润之解除夫妻关系……你没签？
　　　　　【杨开慧摇摇头。
狱　婆　　　签了字，你跟孩子就能回家了呀！
毛岸英　　　妈妈……
杨开慧　　　岸英，签了这个字，我们确实马上能回家，可是从此，你就再没有爸爸，妈妈就再没有丈夫，你愿意吗？
毛岸英　　　我……
狱　婆　　　这么小的孩子哪懂这个！可你懂啊！（轻声）你不签就是个死。
杨开慧　　　我签了，活下去又有什么意思？
　　　　　【音乐起。
狱　婆　　　（唱）你年纪轻没有斤两，
　　　　　　　　　可生命还要多思量，
　　　　　　　　　别等到后悔来不及，
　　　　　　　　　才想起孩子没了娘，
杨开慧　　　（唱）他们的把戏我太清楚，
　　　　　　　　　得寸进尺都是套路，
　　　　　　　　　违背本心就是深渊，
　　　　　　　　　从此再也没有归途。

狱　婆	（白）人死了就什么都没了！		
	【重唱。		
杨开慧	一声死像催命符，	狱　婆	我虽看惯了生死，
	投身革命虽早有觉悟，		知道人生确有命数，
	也想不到一切倏忽之间，		可眼睁睁看你送死，
	将身命付。		仍不敢目睹。

【毛岸英期盼地拉着妈妈的手。

毛岸英　　妈妈！你别丢下我，妈妈！
杨开慧　　岸英……
　　　　　对于死我其实并不害怕，
　　　　　可是孩子真让我放不下，
　　　　　一声妈妈喊得我心如刀绞，
　　　　　老天啊，
　　　　　你知道我多想永远陪着他！
狱　婆　　是啊，想想孩子！

【狱婆拿来文书，又给杨开慧递笔，杨开慧恍惚间接过文书和笔。
【重唱。

杨开慧	抛开信念和坚守，	狱　婆	什么信仰我不懂，
	我也只是一个普通的妈妈，		你是个普通的妈妈，
	想要更多地陪伴他，		应该更多地陪伴他，
	看他长大，		看他长大，
	有个小家，		有个小家，
	那美得就像一幅画。		只要签下就能回家。

【杨开慧手颤抖着拿起笔。

杨开慧　　简简单单一句话，
　　　　　签下就能回家，
　　　　　孩子啊，
　　　　　妈妈签下，
　　　　　妈妈签下，
　　　　　现在就带你回家！
狱　婆　　签！没有什么比活着更重要！

【杨开慧提笔要签,手忽然停下来,死死地盯住文书。

杨开慧　（坚毅地摇头）总有些什么,要比活着更重要!
　　　　（唱）我也爱花儿的娇美,
　　　　　　　我也爱蓝天鸟儿飞,
　　　　　　　自由令人神往,
　　　　　　　生命如此可贵!
　　　　　　　可今天我签下这字,
　　　　　　　从此心就背起了罪,
　　　　　　　我灵魂的忠贞,
　　　　　　　将蒙上一层灰。
　　　　　　　我不愿意那样的结局,
　　　　　　　因为我是杨开慧,
　　　　　　　湖南板仓的杨开慧,
　　　　　　　我是毛润之的杨开慧!
【音乐终,杨开慧将文书撕成碎片洒向天空!
【大门一声"咣噹"巨响,画外厉声,"不签,立即行刑!"
【杨开慧淡然站起,走向大门。

狱　婆　你再想想,你一时冲动,可孩子呢?这孩子才八岁,我听说还有两个弟弟,更小……
【杨开慧站定,回身。

杨开慧　岸英,来,妈妈今天跟你说的话,你不一定能够懂,但是妈妈希望你能记住。
【毛岸英似懂非懂地上前抱住妈妈。

毛岸英　嗯,我记住!妈妈。
【音乐起。

杨开慧　（唱）记住今天以后,
　　　　　　　路要靠你自己走,
　　　　　　　记住今天以后,
　　　　　　　再没有妈妈牵你的手。

　　　　　　　妈妈知道你还小,

杨开慧·嘱托

疼你也还没疼够。
可已经有一副担子,
沉甸甸压在你肩头。
出去后你要找到弟弟,
别让他们流落街头,
哪怕要饭也不分开,
要带上两个弟弟一起走。
走在路上捡根木棍,
替他们赶走蛇虫恶狗,
晚上住到破庙里,
你睡外头挡在冷风口,
有口吃的先想着弟弟,
危险的地方你要先走!

孩子呀,
记住今天以后,
泪要往肚子里流,
记住今天以后,
你要挺直腰杆走!
今天以后,
天人两隔难依旧,
今天以后,
妈妈和你们不能再相守!
孩子呀,
满心的歉疚,
妈说不出口,
满心的舍不得,
却还是要走!
孩子呀,
记住今天以后,
妈妈会为你守候。

会在天上看着你,

　　走向那一片灿烂锦绣!

【铁窗外的月亮逐渐黯淡,一轮曙光照进了监室赶走了夜晚的黑暗,杨开慧缓缓走向曙光照进来的地方,直至走进光晕之中。

【画外评弹声徒然而起:我失骄杨君失柳……

【完。

浙江音乐学院首届室内歌剧征稿比赛中荣获二等奖,并于 2020 年 12 月 25 日在浙江音乐学院大剧院公演。

父与子

柯逸峰

【《冬天里的一把火》音乐起。
【大屏：黑底白字"1988"。
【下场门方桌定点光起光。
【佳佳坐在椅子上特别专注地写作文。

佳　佳　作文，《我的爸爸》，我有一个好爸爸！他经常说明天休息，一定陪我去动物园，看老虎、狮子、大象……可我到现在也没有去过动物园！我的爸爸是个骗子，爸爸，你知道吗，你再不陪我去动物园，我就要长大啦！

【画外音：爱国！新买的录音机啊？

爱　国　对！三洋的！（幕后）

【爱国上场门出。
【全场起光。
【大屏：80年代家的场景。

佳　佳　爸爸！！！你可回来了！都出差好多天了。

爱　国　礼物！双卡录音机！来一个……（随舞摇摆，佳佳也开心坏了，蹦了起来）

爱　国　（唱）你就像那，一把火！熊熊火焰，燃烧了我……

【BB机铃声，爱国关录音机，音乐止。

佳　佳　爸爸这又是什么啊？

爱　国　这个？爸爸新买的BB机！有了它，无论爸爸在哪儿，你都能找得着我。

佳　佳　　爸爸，你看我写的作文。

爱　国　　我有一个好爸爸，好！（起身回电话）哎，小王啊，赶紧订火车票，我们再去趟东北，把仓库里那三大包阿迪达都带上，去跟老毛子换了裘皮，再给他运回来……好。

【挂电话。

佳　佳　　爸爸（捧着粥）

爱　国　　这是什么呀？

佳　佳　　今天是腊八，要喝腊八粥。我给你加了糖，可好喝了，你尝尝……

爱　国　　好！甜！

佳　佳　　爸爸，听说你是万元户？

爱　国　　（喷了一口粥）谁告诉你的？

佳　佳　　同学说的，爸爸，什么是万元户啊？

爱　国　　就是爸爸有很多很多钱。这么跟你说，你妈每个月工资三十四块钱，她就是不吃不喝，得三十年才能赚够一万块钱。

佳　佳　　三十年？

爱　国　　哎……你爸挣的钱，你这辈子都花不完！说，想要什么？

佳　佳　　我想你陪我去动物园！

爱　国　　动物园？

佳　佳　　我要去看老虎、狮子、大象……

爱　国　　看看看，全都看！

佳　佳　　你都说了二十多次了，一次都没带我去过。

爱　国　　明天！明天爸爸一定带你去动物园。

佳　佳　　那……我把全班同学都叫上！

爱　国　　啊？

佳　佳　　你有钱呀！

爱　国　　好，爸爸出钱！

佳　佳　　拉钩！

爱　国　　拉钩！

佳佳、爱国　拉钩上吊一百年不许变！

佳　佳　　这次你不许耍赖！

爱 国	（尴尬）爸爸之前耍赖是要去挣钱呀，挣了钱才能给你买好吃的、好玩的，才能请你和同学去动物园呀。
佳 佳	唉，真不想你总是出差、挣钱，
爱 国	（沉默片刻，看到桌上棋盘，转移话题）来来来，佳佳，杀一盘？
佳 佳	好！

【BB 机铃声响。

佳 佳	当头炮！
爱 国	喂，小王，怎么了？
佳 佳	爸爸该你走了。
爱 国	（边打电话边下棋）跳马！（回避佳佳，换手听电话）没你事儿。就剩明天早上火车票啦？硬座？三十多个小时啊……
佳 佳	拱卒！
爱 国	（心不在焉）上炮……去啊！大生意！肯定得去啊！这样，你多带几张报纸，咱俩在座位底下躺几个小时就行了，明天一早出发，我现在去仓库拿货！（挂电话，转身去沙发拿皮包）
佳 佳	爸爸……
爱 国	（回头看佳佳）啊？
佳 佳	你又要出去啊？
爱 国	爸爸明天早上去趟东北。
佳 佳	明天？（佳佳生气背身）
爱 国	（忽然觉察又要失信于佳佳，安慰）佳佳，爸爸明天要去做一单大生意……
佳 佳	钟！爱！国！你说话不算数！
爱 国	（厉声喝斥）佳佳！（佳佳低头）
爱 国	（无奈，蹲下抓着佳佳的手）爸爸……也没办法啊……
佳 佳	（委屈）可是我们拉过钩的。
爱 国	是，可爸爸得挣钱呀。
佳 佳	爸爸，你一天能赚多少钱？我有零花钱，我要买你一天，陪我去动物园！
爱 国	傻小子，你买不起的。

佳 佳		那……那我买你两小时,(手指桌上棋盘)陪我下棋!

【佳佳跑回里屋拿钱,下场门下。

爱 国		买我?两小时?(看看手表)傻小子……

【爱国艰难起身,疲惫地朝沙发走去。

爱 国　明天早上,(坐沙发上,头靠沙发背)五点起床……带上报纸……去火车站……

【转场音乐起。

【爱国突然想起佳佳的作文,拿起。

爱 国　作文,《我的爸爸》(扭头看一眼爱国)我有一个好爸爸……

【起上场门沙发处定点光,收面光、基础光。

【上场门沙发定点光收;下场门桌椅处起定点。

【大屏:黑底白字2018。

爱 国　他经常说明天休息,一定陪我去动物园,看老虎、狮子、大象……

【上场门定点。

【急促敲门声。

佳 佳　爸,快开门啊,我是佳佳!

爱 国　哎呦……佳佳回来了呀。

【全场起光,收定点。

【视频:2018年家的场景。

【开门。

爱 国　佳佳回来了?进来进来……前两天大扫除,翻出了你的作文本,爸正在看你小时候写的作文,写得真好,呵呵!

佳 佳　爸,你有什么急事儿?我这儿在开会呢……

爱 国　过节也不放假啊。

佳 佳　过节?什么节?

爱 国　腊八啊,喝腊八粥啊。(转身去拿粥)

佳 佳　腊八也算节啊……

爱 国　还热乎着呢。

佳 佳　你就为了这个打电话让我马上回来?

爱 国　嗯。

【佳佳转身在沙发上坐下。

爱　国	这盒是给孙子和媳妇儿的，这盒是给你的，加了糖的……
佳　佳	爸，现在叫个外卖什么都有了，以后啊，您就别费这劲儿了。
爱　国	这能一样吗？外头的东西不干净。
	【有些失落地转过身，坐到椅子上，脚疼了下，缓缓坐下。
佳　佳	爸，您别生气，其实我也惦记着想来看看您，这几天身体还好吧？
爱　国	你放心，哪儿都好。
佳　佳	这天气凉了，您这风湿还疼不疼？
爱　国	还行，一点点儿。
佳　佳	爸，您年轻的时候做生意，走南闯北的，我现在……
	【手机铃声起。
佳　佳	（接起电话）家里有点儿急事儿，我爸他……行行行，我一会儿就回来。
爱　国	单位有事儿？
佳　佳	一个会接一个会。
爱　国	哦，那你忙快去、快去。（突然摸到口袋里的钱）佳佳，这儿有两千块钱，快过年了，我也不知道买点什么，你给孙子买点儿好吃的。
	【佳佳收下钱准备走，爱国示意把粥带上。
爱　国	（眼巴巴地看着佳佳）你们啊，都忙，天天外卖，也不好好吃饭，得空，把孙子、媳妇一块带回家来，我给你们做点儿好吃的。我呀，也好久没见着他们了。
佳　佳	哎哎，不过孩子今年要上小学了，我和她真的挺忙的。
爱　国	爸真想帮帮你们，可这身体……也只能端午节包个粽子，中秋节买个月饼，可都没回来，爸都看不到你。
佳　佳	爸，我也没办法呀，这，钱你拿回去，你孙子过年的东西都买好了。
爱　国	都买好啦？
佳　佳	唉，爸，我先去开会了。
爱　国	佳佳，那这钱给你。
佳　佳	给我？

| 爱国 | 爸爸呀,买你两小时。(两人有些尴尬)

【钢琴版《当你老了》起。

| 佳佳 | 您买我……两小时?
| 爱国 | 啊,我就想我们一起出去转转。
| 佳佳 | 爸,您怎么学我小时候呀。
| 爱国 | 呵呵!
| 佳佳 | 爸,您放心,我一定带你出去转转……美国,英国、日本,你想去那儿我就陪你去哪儿……
| 爱国 | 拉钩?
| 佳佳 | 拉钩!
| 爱国 | 拉钩上吊,一百年不许变!去吧,开会去吧。

【佳佳走向门口欲出门,慢慢转身,往回走。

| 佳佳 | 爸,我陪你……杀一盘!
| 爱国 | 杀一盘?好好。(两人拿出棋盘,下棋)
| 爱国 | 别动,这是上回咱两没下完的那盘……该你走了……

【爱国坐下,人声版《当你老了》起。

| 佳佳 | 跳马

【音乐渐轻,铺底。

| 爱国 | 挺兵!
| 佳佳 | 拱卒!
| 爱国 | 飞象!
| 佳佳 | 支士!
| 爱国 | 将军!
| 佳佳 | (思索良久)
| 爱国 | 你慢慢想,爸给你热粥去,再加点儿糖……

【佳佳看着爸爸的背影,把钱藏在棋盘下,看着爸爸的方向睡着了。

【面光、基础光渐收,起下场门桌椅处暖色定点光。

(灯光渐暗,爱国给佳佳盖上了衣服,转身拿着佳佳的棋子下了起来,走一步又绕到自己的位子上下棋)

| 爱国 | 爸爸呀,其实最想带你去动物园,说了多少回了,一起去看看老

　　　　　　虎、大象、狮子（拿起来作业本）我的爸爸是个骗子，爸爸，你知道吗，你再不陪我去动物园，我就要长大啦！（双手搭着孩子肩膀）这么快就长大啦！再不陪你去，爸爸就要走不动啦！
　　　　【起上场门定点光。
　　　　【视频：黑底。

小佳佳	老虎！
年轻爱国	狮子！
小佳佳	大象！
年轻爱国	长颈鹿！
合	我们！来啦……

终

　　荣获第十二届中国艺术节第十八届群星奖，并于2019年5月28日在上海东方艺术中心剧场首演。